Della stessa autrice

Palomino
Una perfetta sconosciuta
Stagione di passione
Una volta nella vita
Un amore così raro
Due mondi due amori
Incontri
La tenuta
Ritratto di famiglia
Svolte
Promessa d'amore
Menzogne
Ora e per sempre
L'anello
Giramondo
Amarsi
Amare ancora
Cose belle
Il cerchio della vita
Il caleidoscopio
Zoya
Star
Daddy-Babbo
Messaggio dal Vietnam
Batte il cuore
Nessun amore più grande
Gioielli
Le sorprese del destino
Scomparso
Il regalo
Scontro fatale
Cielo aperto
Fulmini
La promessa
Cinque giorni a Parigi
Brilla una stella
Perfidia
Silenzio e onore
Il ranch
Un dono speciale
Il fantasma
La lunga strada verso casa
Immagine allo specchio
Dolceamaro
Forze irresistibili
Le nozze
La casa di Hope Street
Il viaggio
Granny Dan-La ballerina dello zar
Aquila solitaria
Atto di fede
Un uomo quasi perfetto
Il bacio
Il Cottage
Tramonto a Saint-Tropez
Una preghiera esaudita
Un angelo che torna
Appuntamento al buio
Un porto sicuro
La casa
Il miracolo
La stagione delle emozioni (Scomparso, Forze irresistibili, Il bacio)
Sua Altezza Reale
Sorelle
Ricominciare
Una grazia infinita
Una volta ancora
Irresistibile

DANIELLE STEEL

FINE DELL'ESTATE

Sperling Paperback

Traduzione di Grazia Maria Griffini
Summer's End

I edizione Sperling Paperback gennaio 1992

ISBN 978-88-8274-410-6
86-I-11

XX EDIZIONE

A Beatrix e Nicholas,
che amo con tutto il cuore

FINE DELL'ESTATE

L'estate venne
come un sussurro
che danzasse
fra i suoi capelli,
con l'augurio che lui
provasse qualcosa
per lei e sognasse
e fermasse quel carosello
finché non seppe la verità
di lei
finché non le riportò
indietro la giovinezza
ridendole
negli occhi,
lei voleva che lui
capisse
che lo amava
ancora
finché
non fu troppo tardi...
ma il tempo
non ha mai
aspettato,
non aspetterà mai...
e lei fu libera
per castelli di sabbia
e sogni,
i progetti dell'estate
così dolci,
così nuovi,
così antichi...
la storia è stata narrata,
i cieli si confondono
l'amore continua a vivere
fino
alla fine dell'estate.

d. s.

1

DEANNA Duras socchiuse gli occhi per guardare l'orologio non appena la prima luce filtrò tra le persiane. Erano le sei e tre quarti. Se si fosse alzata avrebbe avuto ancora quasi un'ora per sé, forse un po' di più. Momenti tranquilli in cui Pilar non l'avrebbe aggredita, o tormentata; in cui non ci sarebbero state per Marc-Edouard telefonate da Bruxelles o da Londra o da Roma. Momenti in cui avrebbe potuto pensare e restare sola. Scivolò fuori dalle lenzuola senza fare rumore, lanciando un'occhiata a Marc-Edouard ancora addormentato all'estremità del letto. Il più lontano possibile. Da anni ormai nel loro letto avrebbero potuto dormirci in tre o quattro, visto che lei e Marc restavano ognuno dalla propria parte. E non era che non si unissero più nel mezzo ormai, lo facevano ancora... Qualche volta. Quando lui era in città, quando non era stanco o non tornava a casa così tardi, tanto tardi. Lo facevano ancora, una volta ogni tanto.

In silenzio frugò nell'armadio a muro e ne tirò fuori la lunga vestaglia di seta color avorio. Aveva un aspetto giovane e delicato nella prima luce del mattino, con quei capelli scuri che le cadevano soffici sulle spalle come uno scialle di zibellino. Si chinò un momento a cercare le pantofole. Sparite. Doveva averle prese di nuovo Pilar. Niente rimaneva personale, neppure le pantofole, soprattutto quelle di Deanna. Sorrise tra sé mentre a piedi nudi attraversava silenziosamente il folto tappeto e lanciò un'altra occhiata a Marc, sempre addormentato, così quieto, là in fondo. Quando dormiva sembrava tremendamente giovane, quasi come l'uomo che aveva conosciuto diciannove anni prima. Restò a osservarlo ferma sulla soglia, provando una gran voglia di scuoterlo, di svegliarlo, di fargli allargare le braccia verso di lei con un sorriso sonnacchioso sussurrandole parole di tanto tempo prima: « *Reviens, ma chérie.* Torna a letto, *ma Diane. La belle Diane* ».

Non era più stata quella Diane per lui ormai da un millennio e forse anche più. Ormai era semplicemente Deanna, per Marc come per chiunque altro. « Deanna, puoi uscire a cena martedì? Deanna, lo sapevi che la porta del garage non è ben chiusa? » Qualche volta si chiedeva se suo marito ricordasse ancora i giorni di *Diane*, i giorni in cui si alzavano tardi, i giorni delle risate e dei caffè nella sua soffitta, oppure sul tetto della casa di lei mentre si crogiolavano al sole nei mesi precedenti il loro matrimonio. Erano stati mesi di sogni dorati, di ore dorate, quegli week-end rubati trascorsi ad Acapulco e i quattro giorni di Madrid quando avevano fatto finta che lei fosse la sua segretaria. La mattina presto, le prime ore del giorno, chissà perché, le ricordavano sempre il passato.

« *Diane, mon amour,* non torni a letto? » Le brillarono gli occhi al ricordo di quelle parole. Aveva compiuto da poco diciotto anni ed era sempre ansiosa di tornare a letto. Era stata timida, ma tanto innamorata. E lo avevano rivelato anche i suoi quadri: emanavano la luce calda e sensuale del loro amore. Deanna ricordò gli occhi di lui, seduto nello studio, quando la osservava, con un mucchio di carte che riguardavano il suo lavoro sulle ginocchia, mentre buttava giù appunti, aggrottando di tanto in tanto le sopracciglia a mano a mano che leggeva e poi sorridendo, in quel suo modo irresistibile, quando alzava gli occhi. « *Alors*, madame Picasso, sei pronta a smettere per pranzare? »

« Fra un minuto, ho quasi finito. »

« Posso dare un'occhiata? » Faceva il gesto di occhieggiare sporgendosi verso il cavalletto e aspettandosi di vederla saltare su a protestare, come faceva sempre lei finché non scorgeva quello scintillio sbarazzino nei suoi occhi.

« Smettila! Lo capisci che non puoi vedere niente finché non ho finito? »

« E perché no? Stai dipingendo un nudo scandaloso? » La risata accendeva quegli stupendi occhi azzurri.

« Potrebbe darsi, monsieur. Resteresti molto sconvolto? »

« Profondamente. Sei troppo giovane per dipingere nudi scandalosi. »

« Davvero? » E spalancava i grandi occhi verdi, talvolta un po' smarrita di fronte all'apparente serietà delle sue parole. Marc aveva sostituito suo padre in tanti modi. Era diventato la voce dell'autorità, la forza su cui contava. Era rimasta talmente sconvolta quando suo padre era morto! Ed era stato un dono divino che Marc-Edouard Duras fosse apparso all'improvviso. Dopo la morte di suo padre aveva vissuto con una serie di zie e di zii, nessuno dei quali aveva gradito la sua presenza in mezzo a loro. E poi finalmente, all'età di diciotto anni, dopo un anno di vagabondaggi fra i parenti della mamma, se ne era andata per proprio conto e si era messa a lavorare in una boutique durante il giorno e a frequentare una scuola artistica alla sera. Erano stati corsi di arte che avevano mantenuto vivo il suo spirito. Viveva solo per quelli. Quando suo padre era scomparso aveva diciassette anni. Era morto precipitando con l'aeroplano sul quale amava volare. Non erano stati fatti progetti per il suo futuro; suo padre era convinto di essere non solo invincibile, ma anche immortale. La madre di Deanna era morta quando lei aveva dodici anni e per anni e anni nella sua vita non c'era stato nessuno all'infuori di papà. Deanna sapeva poco di come fosse successo, ma le era stato detto solo che « mammina era morta ». Mammina, che si era sempre ritirata dal mondo, che si nascondeva nella sua camera da letto con una bottiglia promettendo sempre « fra un minuto, cara » quando Deanna andava a bussare alla porta. Quei « fra un minuto, cara » erano durati per dieci anni della vita di Deanna, che così giocava sempre sola nei corridoi o nella sua camera mentre il padre volava sul suo aeroplano o partiva all'improvviso con gli amici per un viaggio di affari. Per molto tempo era stato difficile stabilire se lui con quei viaggi preferisse sparire perché la mamma beveva, oppure se lei beveva perché papà era sempre lontano. Finché la mamma era morta e c'erano state lunghe discussioni sul tema di « che cosa diavolo fare? » « Per amor di Dio, io non conosco un accidente di niente sui bambini, tanto meno sulle femminucce! » esclamava. Lui aveva voluto mandarla via, in una scuola, in un « posto magnifico dove ci saranno cavalli e una bella campagna e mucchi di nuove amichette ». Ma lei era stata così sconvolta che alla fine si era lasciato impietosire. Deanna non aveva nessuna voglia di andare in un posto magnifico, voleva stare con lui. Lui era un posto magnifico; quel padre favoloso con l'aeroplano, che le portava doni stupendi da posti lontani e che ormai era tutto ciò che Deanna possedeva. Tutto ciò che le era rimasto da quando la donna chiusa dietro la porta della camera da letto se ne era andata.

Così l'aveva tenuta presso di sé. Quando poteva si faceva accompagnare da lei; quando non poteva la lasciava con amici. E le aveva insegnato ad apprezzare le belle cose della vita : l'*Hotel Imperiale* a Tokio, il *George V* a Parigi e lo Stork Club a New York. Papà aveva fatto una vita di favola. E anche Deanna, per un certo tempo, osservando tutto, stando attenta a tutto, alle donne ben curate, agli uomini interessanti, ai balli a *El Morocco*, agli week-end a Beverly Hills. Lui, molto tempo prima, era stato un divo del cinema, pilota di macchine da corsa e di aeroplani durante la guerra, giocatore d'azzardo, amante, insomma, un uomo che aveva la passione per la vita, per le donne e per tutto ciò su cui poteva volare. Aveva voluto che anche Deanna volasse, che sua figlia sapesse che cosa significava osservare il mondo da tremila metri di altezza veleggiando fra le nuvole e vivendo di sogni. Ma lei aveva i propri sogni, che erano completamente diversi da quelli del padre. Una vita quieta, una casa sua, una matrigna che non si nascondesse dietro una porta sbarrata per « un minuto » o per sempre. A quattordici anni era stanca dei locali tipo *El Morocco* e a quindici di ballare con i suoi amici. A sedici era riuscita a finire la scuola e aveva desiderato disperatamente di andare a studiare disegno a Vassar o allo *Smith*. Papà aveva insistito che sarebbe stata una gran noia. Così, invece, si era messa a dipingere su blocchi di carta da disegno e su tele che portava con sé ovunque andasse. Un gallerista, a Venezia, le aveva detto che era una buona pittrice e che, se si fermava in quella città, non era da escludere che le esponesse i suoi lavori. Naturalmente non se n'era fatto nulla. Avevano lasciato Venezia dopo un mese e Firenze dopo due, Roma dopo sei e Parigi dopo uno, poi finalmente erano rientrati negli Stati Uniti dove papà le aveva promesso una casa, una vera casa quella volta e magari anche una matrigna. Aveva conosciuto un'attrice americana a Roma, « una persona a cui vorrai bene », aveva promesso, così aveva preparato una borsa per lo week-end da passare nel ranch di lei, in una località vicino a Los Angeles.

Quella volta non aveva chiesto a Deanna di accompagnarlo. Voleva essere solo. L'aveva lasciata al *Fairmont* di San Francisco con quattrocento dollari in contanti e la promessa di tornare tre giorni dopo. Invece, tre ore dopo, era morto e Deanna era rimasta sola. Per sempre. E di nuovo al punto di partenza, con la minaccia di una « magnifica scuola ».

Quella volta però la minaccia era durata poco. Non restavano più soldi, né per una magnifica scuola, né per nient'altro. Niente. E un mucchio di debiti che non erano stati pagati. Aveva avvertito i parenti di sua madre da tempo dimenticati. Così erano arrivati all'albergo per portarla a vivere con loro. « Solo per poco tempo, Deanna. Capisci. Non possiamo. Dovrai cercarti un lavoro e anche una casa tua quando sarai riuscita a mantenerti da sola. »

Un lavoro. Quale? Che cosa sapeva fare? Dipingere? Disegnare? Sognare. A che cosa serviva che conoscesse quasi ogni pezzo degli Uffizi e del Louvre, che avesse trascorso mesi nel Jeu de Paume, che avesse guardato suo padre mentre faceva la corsa con i tori a Pamplona, ballato a *El Morocco* e alloggiato al *Ritz*? A chi poteva interessare? A nessuno. In tre mesi aveva vissuto prima in casa di una cugina e poi in casa di un'altra zia. « Per un po', capisci. » Ormai capiva tutto: la solitudine, il dolore, la gravità di ciò che suo padre aveva fatto. Aveva sprecato, scherzando, la sua vita. Si era divertito. Intuiva ciò che era successo alla mamma e perché. A un certo punto era arrivata a odiare l'uomo che aveva amato. L'aveva lasciata sola, spaventata, senza amore.

La provvidenza era arrivata sotto forma di una lettera dalla Francia. C'era stata una piccola causa in sospeso in un tribunale francese, una cosa di poco conto che però suo padre aveva vinto. Una questione di sei o settemila dollari. Voleva essere tanto gentile da chiedere al suo legale di mettersi in contatto con la ditta francese? Quale legale? Telefonò a uno di quelli elencati in una lista che si era fatta dare da una delle sue zie e lui la rimandò a uno studio di avvocati che si occupavano di diritto internazionale. Era andata nei loro uffici alle nove di un lunedì mattina indossando un semplice vestitino nero che aveva comprato con suo padre in Francia. Un vestitino nero di Dior, con una borsetta di coccodrillo nero che lui le aveva portato dal Brasile e le perle che erano tutto quanto sua madre le avesse lasciato. I sei o settemila dollari promessi erano una cifra di grande valore per lei. Voleva abbandonare il suo lavoro e frequentare una scuola artistica. Nel giro di pochi anni si sarebbe fatta un nome con la sua arte. Però, nel frattempo, forse avrebbe potuto vivere con seimila dollari l'anno. Forse.

Ecco tutto ciò che voleva quando entrò nel grande ufficio dalle pareti rivestite di legno e incontrò Marc-Edouard Duras per la prima volta.

« Mademoiselle... » Non aveva mai avuto una causa come la sua. Il settore di cui si occupava era quello del diritto corporativo, di complicate cause commerciali internazionali, ma quando la sua segretaria gli aveva riferito la telefonata della ragazza era rimasto incuriosito. Quando poi l'aveva vista, quella donna bambina delicata, con il bel volto spaventato, ne rimase affascinato. Si muoveva con una grazia stupefacente e gli occhi che fissavano i suoi erano immensi e senza fondo. L'aveva fatta accomodare in una poltrona dall'altra parte della scrivania e aveva assunto un'aria molto grave. Ma i suoi occhi scintillavano durante la conversazione che era durata più di un'ora. Anche a lui erano sempre piaciuti gli Uffizi, anche lui una volta aveva trascorso giornate intere al Louvre, anche lui era stato a San Paolo, a Caracas e a Deauville. Deanna si era scoperta a dividere con lui il proprio mondo e a spalancare finestre e porte che aveva creduto sbarrate per sempre. Poi gli aveva spiegato anche tutto di suo padre. Gli aveva raccontato l'intera storia, quella storia terribile, mentre era seduta di fronte a lui, con gli occhi verdi più grandi che Marc avesse mai visto e una fragilità che gli straziava il cuore. A quel tempo lui aveva quasi trentadue anni, non era abbastanza vecchio per essere suo padre e quindi i suoi sentimenti non erano certo paterni. Ma, nonostante quello, l'aveva presa sotto le proprie ali. Tre mesi più tardi Deanna era sua moglie. La cerimonia in municipio era stata intima; avevano trascorso la luna di miele in casa della madre di lui ad Antibes, poi erano stati due settimane a Parigi.

E lei aveva capito ciò che aveva fatto. Aveva sposato un paese oltre che un uomo. Un modo di vivere. Sarebbe dovuta essere perfetta, comprensiva e silenziosa. Sarebbe dovuta essere affascinante e intrattenere i suoi clienti e amici. Sarebbe stata sola mentre lui viaggiava. Avrebbe dovuto rinunciare al sogno di farsi un nome con la propria arte. Marc, in realtà, non la approvava. Nei giorni in cui le aveva fatto la corte ne era stato divertito, ma non era un'attività nella quale si sentisse di potere incoraggiare la propria moglie. Deanna era diventata madame Duras e per Marc quello significava moltissimo. Con il passare degli anni lei aveva rinunciato a un certo numero di sogni, però aveva Marc. L'uomo che l'aveva salvata dalla solitudine e dalla povertà. L'uomo che aveva conquistato la sua gratitudine e il suo cuore. L'uomo che portava sempre una maschera.

Sapeva che Marc la amava, ma ormai esprimeva raramente il suo amore, a differenza di quanto aveva fatto prima. « Le manifestazioni di affetto sono per i bambini », spiegava.

Ma anche quello sarebbe accaduto presto. Avevano concepito il loro primo figlio prima ancora che fosse passato un anno. Come aveva desiderato quel bambino, Marc! Abbastanza da dimostrarle, ancora una volta, quanto l'amasse. Un maschietto. Sarebbe stato un maschietto. Perché Marc diceva così. Ne era certo e anche

Deanna. Desiderava solo quello, lei. Il figlio di Marc. Doveva essere così. E così era stato. Un maschietto gracilissimo, con un sibilo nei polmoni. Il sacerdote era stato chiamato pochi minuti dopo la nascita e lo aveva battezzato Philippe-Edouard. Nel giro di quattro ore il piccino era morto.

Marc l'aveva condotta in Francia a trascorrere la estate affidandola alle cure della madre e delle zie. Quanto a lui, aveva trascorso quei mesi estivi lavorando a Londra; però rientrava per gli week-end e la stringeva a sé e asciugava le sue lagrime finché, alla fine, lei era rimasta incinta di nuovo. Anche il secondo bambino era morto, un altro maschietto. Poi, avere un figlio da Marc, era diventato per lei un'ossessione. Non sognava che quello. Aveva perfino smesso di dipingere. Il medico l'aveva costretta a letto quando era rimasta incinta per la terza volta. Marc, quell'anno, aveva cause a Milano e nel Marocco, però telefonava e mandava fiori e, quando era a casa, sedeva di fianco al suo letto. Ancora una volta le aveva promesso che avrebbe avuto un figlio maschio. Ma si sbagliava. L'erede tanto atteso era una bambina, una creatura sanissima, con un'aureola di capelli biondi e gli occhi azzurri del padre. La figlia dei suoi sogni, per Deanna. Perfino Marc si era rassegnato e si era subito innamorato della piccola. L'avevano chiamata Pilar ed erano partiti in aereo per la Francia per mostrarla alla madre di lui. Madame Duras non aveva nascosto il proprio rammarico per il fatto che Deanna non fosse riuscita a generare un figlio maschio. Ma Marc non ci aveva badato. Quella bambina era sua. Sua figlia, la sua carne. Avrebbe parlato soltanto francese, avrebbe passato ogni estate ad Antibes. Deanna era stata colta da un leggero timore, ma era troppo immersa, finalmente, nelle gioie della maternità.

Marc passava ogni momento libero con Pilar mostrandola, pieno di orgoglio, agli amici. La piccina era sempre ridente e gioiosa. Le sue prime parole le aveva pronunciate in francese. All'epoca in cui aveva compiuto i dieci anni era più di casa a Parigi che non negli Stati Uniti. I libri che leggeva, gli abitini che portava, i giochi che faceva erano sempre stati accuratamente scelti in Francia. Sapeva anche chi fosse: una Duras; e quale fosse il suo vero posto: la Francia. A dodici anni era andata in college a Grenoble. A quell'epoca era avvenuta la frattura. Deanna aveva perduto una figlia. Per la bambina, infatti, lei era una straniera, oggetto di rancore e di risentimento. Era colpa sua se non vivevano in Francia, colpa sua se Pilar non poteva stare con i suoi amici, colpa sua se papà non poteva vivere a Parigi con la nonna che sentiva tanto la sua mancanza. E alla fine avevano vinto loro. Di nuovo.

Deanna scese i gradini senza far rumore, i suoi piedi nudi frusciarono leggermente sulla passatoia persiana che Marc aveva portato dall'Iran. Per abitudine diede un'occhiata al soggiorno. Niente era fuori posto. Non c'era mai niente fuori posto. La seta di un verde spento del divano era tesa e perfetta; le seggiole Luigi XV sembravano sull'attenti, come sentinelle; il tappeto Aubusson era stupendo e raffinato come sempre, con le sue morbide tonalità verde pallido e i fiori di uno spento color lampone. L'argenteria luccicava; i portacenere erano puliti; i ritratti degli invidiabili antenati di Marc pendevano dritti, al modo giusto; le tende incorniciavano una visione perfetta del ponte del Golden Gate e della baia. A quell'ora non era ancora in mare nessuna barca a vela e una volta tanto non c'era nebbia. Era una splendida giornata di giugno e Deanna rimase ferma un momento a osservare l'acqua. Ebbe la tentazione di sedersi lì, a guardare semplicemente. Ma sembrava un sacrilegio spiegazzare la stoffa del divano, calpestare il tappeto e perfino respirare, in quella stanza. Era più facile proseguire verso il suo piccolo mondo, verso quello studio che dava sul retro della casa, dove dipingeva... Dove si rifugiava.

Passò oltre la sala da pranzo senza guardare dentro, poi proseguì per il lungo corridoio verso il retro della casa. Una breve rampa di scalini portava al suo studio. Il legno scuro era freddo sotto i piedi. La porta non scorreva bene, come sempre. Era difficile da aprire e si richiudeva rapidamente sbattendo, segregandola in quel suo piccolo luminoso bozzolo. Lo studio era un mondo prezioso per lei, un'esplosione di musica e di fiori tenuti teneramente in disparte dalla sobrietà soffocante del resto della casa. Niente tappeti Aubusson lì, niente argenterie, niente mobili Luigi XV. Lì tutto era luminoso e vivo: i colori sulla tavolozza, le tele sul cavalletto, il giallo delicato sulle pareti e la grande, comoda poltrona bianca che l'accoglieva quando si abbandonava fra le sue braccia. Sorrise mentre vi si sedeva e si guardò intorno. Poi andò a spalancare le tende a fiori e aprì la porta-finestra uscendo così sul terrazzino le cui piastrelle, dai colori vivaci, erano fredde come il ghiaccio sotto i suoi piedi.

Veniva spesso lì a quell'ora, qualche volta perfino con la nebbia, a respirare profondamente e a sorridere allo spettro del ponte che pareva sospeso come un'ombra su una baia invisibile e tendere l'orecchio al lento ululare delle sirene da nebbia. Ma quella mattina no. Il sole era talmente luminoso che fu costretta a socchiudere gli occhi mentre varcava la soglia della terrazza. Sarebbe stata una giornata perfetta per andare a vela o per sparire, giù, sulla spiaggia. Bastava l'idea a farla sorridere. Chi avrebbe detto a Margaret che cosa lucidare, chi avrebbe risposto alla posta, chi avrebbe spiegato a Pilar perché non poteva uscire quella sera? Pilar. Quello era il giorno della sua partenza per Cap d'Antibes, dove avrebbe trascorso l'estate con la nonna, le zie, gli zii e i cugini, tutti giunti da Parigi. Deanna rabbrividì quasi a quel ricordo. L'eterno fascino della famiglia di Marc era stato insopportabile: quella cortesia a denti stretti, quelle punzecchiature invisibili che penetravano profondamente, laceranti, nella carne. Deanna non era mai riuscita a ottenere la loro approvazione. E la madre di Marc non ne faceva mistero. In fondo Deanna era americana e fin troppo giovane per essere un partito conveniente. Peggio ancora, poi, era stata la figlia senza un soldo di un bizzarro giramondo. Un matrimonio, quello, che non aggiungeva nulla alla posizione di Marc. Alla fine Deanna ne aveva avuto abbastanza e aveva smesso di fare il solito pellegrinaggio estivo ad Antibes. Ormai Pilar andava da sola e ne era felice. Era una di loro.

Deanna appoggiò i gomiti sul parapetto del terrazzo e posò il mento sul dorso di una mano. Senza che se ne accorgesse le sfuggì un sospiro mentre osservava una nave mercantile che scivolava lenta nella baia.

« Non hai freddo qui, mamma? » Le parole erano glaciali come le piastrelle della terrazza. Pilar le aveva parlato come se fosse una persona un po' stramba, ferma lì in vestaglia, a piedi nudi. Deanna lanciò un'occhiata alla nave e si voltò lentamente con un sorriso.

« A dire la verità, no. Mi piace stare qui fuori. E poi non sono riuscita a trovare le mie pantofole. »

Lo disse con lo stesso sorriso tranquillo e guardò fisso sua figlia nei luminosi occhi azzurri. La ragazza era completamente diversa da Deanna. I suoi capelli erano biondo chiaro, gli occhi di un azzurro quasi iridescente e la pelle aveva la calda luminosità della giovinezza. Era più alta di sua madre di quasi tutta la testa e, sotto ogni punto di vista, era il ritratto di Marc-Edouard. Tuttavia non possedeva ancora quel tono di sicurezza, derivante dal potere, che c'era nel padre. Probabilmente sarebbe arrivato più tardi. E se avesse imparato bene la lezione dalla nonna e dalle zie sarebbe riuscita a mascherarlo con la stessa furbizia con la quale lo facevano loro. Ormai c'era ben poco che Deanna potesse fare per cambiarla: forse l'unica soluzione sarebbe stata quella di tenere Pilar lontano da loro; ma probabilmente non sarebbe servito.

Sorrise e abbassò gli occhi sui piedi di sua figlia che calzava le pantofole scomparse. « Vedo che le hai trovate tu. » Le parole di Deanna erano scherzose, però i suoi occhi rivelavano la sofferenza di una vita intera. Una tragedia costantemente nascosta da battute di spirito.

« Dovrebbe essere divertente quello che hai detto, mamma? » C'era sempre animosità nell'espressione di Pilar, anche se erano appena le sette e mezzo del mattino. « Non riesco a trovare nessuno dei miei maglioni più belli e la gonna nera non è ancora stata consegnata dalla tua sarta. » Era un'accusa aspra. Pilar buttò indietro con un gesto della testa i lunghi capelli lisci, biondi e lanciò un'occhiata furiosa a sua madre.

Le furie di Pilar stupivano sempre Deanna. Ribellione di adolescente? Oppure semplicemente il fatto che non voleva dividere Marc con lei? Deanna aveva le mani legate. Almeno per quel momento. Forse un giorno, forse in seguito, forse cinque anni dopo le si sarebbe presentata un'altra occasione per riguadagnarsi la simpatia della figlia e per diventarle amica. Era qualcosa per cui viveva. Una speranza che si rifiutava di morire.

« La gonna è arrivata ieri. È nell'armadio a muro dell'anticamera. I maglioni sono già nella valigia che Margaret ha fatto per te ieri. Hai risolto tutti i tuoi problemi, ora? »

« Mamma! Ma non stai attenta! » Per un attimo Deanna si era distratta e gli occhi di Pilar la squadrarono fiammeggianti. « Ti ho chiesto che cosa hai fatto del mio passaporto. »

Gli occhi verdi di Deanna incrociarono quelli azzurri di Pilar e li fissarono per un lungo momento. Avrebbe voluto dire qualcosa, la cosa giusta. Invece si limitò a ribattere: « Ho io il tuo passaporto. Te lo consegnerò all'aeroporto ».

« Sono capacissima di badare a me stessa. »

« Non ne ho il minimo dubbio. » Deanna rientrò lentamente nello studio evitando lo sguardo della figlia. « Hai intenzione di far colazione? »

« Più tardi. Devo lavarmi i capelli. »

« Dirò a Margaret di portartela di sopra. »

« Bene. » Poi scomparve, una freccia luminosa di gioventù che aveva trapassato ancora una volta il cuore di Deanna. Ci voleva così poco a ferire. La conversazione era stata breve, eppure la sua vacuità la torturava. Impossibile che non ci potesse essere nient'altro. Impossibile che si avessero dei figli soltanto per vedere tutto finire così! Qualche volta si domandava se le cose sarebbero andate allo stesso modo con i maschi. Magari era così soltanto Pilar. Forse la tensione di dividersi tra due paesi, e due mondi, era troppo grande per lei.

Dal telefono sulla scrivania provenne un sommesso ronzio mentre Deanna sospirava e si sedeva. Era il citofono; probabilmente Margaret voleva chiederle se desiderava il caffè nello studio. Quando Marc era via Deanna mangiava spesso sola in quella stanza mentre quando lui era in casa la colazione insieme era un rito e qualche volta l'unico pasto che dividevano.

« Sì? » La sua voce aveva qualcosa di morbido che dava sempre una grande dolcezza alle sue parole.

« Deanna, devo chiamare Parigi. Non scenderò che tra un quarto d'ora. Per favore, di' a Margaret che voglio le mie uova fritte, non carbonizzate. Hai tu i giornali, lì di sopra? »

« No, Margaret deve averli già messi sulla tavola. »

« *Bon. A tout de suite.* »

Neppure « buongiorno », neppure un « come stai? come hai dormito? ... ti amo ». Soltanto i giornali, la gonna nera, il passaporto, il... Gli occhi di Deanna si riempirono di lacrime. Le asciugò con il dorso della mano. Non lo facevano deliberatamente, erano semplicemente così. Ma perché a loro non importava dove fosse la sua gonna nera, dove si trovassero le sue pantofole, come fosse riuscito il suo ultimo quadro. Lanciò un'occhiata pensierosa e triste dietro le spalle mentre richiudeva la porta dello studio, uscendone. La sua giornata era cominciata.

Margaret la udì sfogliare i giornali con un fruscio in sala da pranzo e aprì la porta della cucina con il solito sorriso. « Buongiorno, signora Duras. »

« Buongiorno, Margaret. »

Così le cose andavano avanti, come sempre, con precisione e con garbo. Gli ordini venivano dati con gentilezza e con un sorriso; i giornali erano accuratamente disposti in ordine di importanza; il caffè veniva servito con premura nel delicato bricco di porcellana di Limoges che era appartenuto alla madre di Marc; le tende venivano spalancate; il tempo osservato; e ognuno assumeva il proprio ruolo, metteva la propria maschera e cominciava una nuova giornata.

Deanna dimenticò i pensieri di poco prima mentre dava un'occhiata al giornale e sorseggiava il caffè da una tazza a fiori azzurri, sfregando i piedi contro il tappeto per riscaldarli dal gelo delle piastrelle della terrazza. Aveva un'aria giovane al mattino, con i capelli scuri sciolti sulle spalle, gli occhi immensi, la pelle pulita come quella di Pilar e le mani delicate e senza rughe come erano state vent'anni prima. Non dimostrava i suoi trentasette anni, ma si sarebbe detto piuttosto che si avvicinasse soltanto alla trentina. Erano il modo in cui alzava il viso mentre parlava, la luminosità degli occhi, la freschezza del sorriso a farla sembrare molto giovane. Più avanti, durante la giornata, una studiata, sobria eleganza nell'abbigliamento, i capelli accuratamente raccolti in una crocchia e il portamento regale quando si muoveva l'avrebbero fatta apparire più vicina alla sua vera età. Ma al mattino non era gravata dal peso di nessuno di quei simboli, era semplicemente se stessa.

Lo udì scendere dalle scale prima ancora di sentirlo parlare, mentre rispondeva allegramente in francese a Pilar che si trovava sul pianerottolo del secondo piano con i capelli bagnati. A differenza di Deanna Marc avrebbe rivisto di nuovo sua figlia durante l'estate. Avrebbe fatto il pendolare fra Parigi e San Francisco parecchie volte, fermandosi per un week-end ad Antibes ogni volta che poteva. Le vecchie abitudini erano dure a morire e l'attrattiva di sua figlia troppo grande. Erano sempre stati amici.

« *Bonjour, ma chère.* »

Ma chère, non *ma chérie*; mia cara, non tesoro mio, osservò Deanna, quella *i* era caduta dalla parola molti anni prima.

« Sei carina, oggi. »

« Grazie. » Deanna alzò gli occhi a guardarlo con l'accenno di un sorriso, poi si accorse che lui era già immerso nella lettura dei giornali. Il complimento era stato più formale che sincero. L'arte dei francesi. La conosceva bene. « Niente di nuovo a Parigi? » Era tornata di nuovo seria.

« Te lo farò sapere. Ci vado domani. Per un po' di tempo. » Qualcosa nel tono di suo marito le fece capire che c'era dell'altro. Come sempre.

« E quanto sarebbe, questo tempo? »

Marc la guardò divertito e a lei tornarono in mente, una volta di più, tutte le ragioni per le quali si era innamorata di lui. Era un uomo incredibilmente bello, con un viso sottile, aristocratico e splendenti occhi azzurri che neppure quelli di Pilar potevano uguagliare in bellezza. Quel po' di grigio alle tempie si scorgeva appena fra i capelli ancora biondo rossicci. Aveva un aspetto ancora giovane e dinamico e un'aria quasi sempre divertita, specialmente quando si trovava negli Stati Uniti. Trovava gli americani « divertenti ». Si divertiva quando riusciva a batterli a tennis e a *squash*, a bridge o a tavola reale e soprattutto in un'aula del palazzo di giustizia. Lavorava allo stesso modo in cui faceva lo sport: con accanimento, con prontezza, bene e con risultati straordinari. Era un uomo che gli uomini invidiavano e per il quale le donne non nascondevano di avere un debole. Vinceva sempre. Vincere era il suo stile. Deanna aveva amato quello in lui, in principio. Era stata una tale gioia quando le aveva confessato, la prima volta, di amarla!

« Ti ho chiesto per quanto tempo starai via. » C'era una sottile vena di durezza nella sua voce.

« Non lo so con sicurezza. Qualche giorno. Ha importanza? »

« Naturalmente. » Ancora quella sfumatura tagliente nella sua voce.

« Abbiamo qualcosa di importante? » Lui parve sorpreso; aveva controllato il libro degli appuntamenti e non ci aveva trovato niente. « E allora? »

No, niente di importante, tesoro... Soltanto noi stessi. « No, no, proprio niente. Ma lo chiedevo, semplicemente. »

« Te lo farò sapere. Ne avrò un'idea più precisa dopo certe riunioni a cui parteciperò oggi. A quanto pare abbiamo un problema che riguarda quella grossa causa dell'agenzia di navigazione. Non è da escludere che, da Parigi, debba andare direttamente ad Atene. »

« Di nuovo? »

« Sembra proprio di sì. » Tornò a immergersi nella lettura dei suoi giornali finché Margaret non gli mise davanti le uova. Allora lanciò un'altra occhiata a sua moglie. « Vai ad accompagnare Pilar all'aeroporto? »

« Naturalmente. »

« Per piacere, vedi che sia vestita in un modo un po' decente. La mamma avrà un colpo se scenderà dall'aeroplano con uno di quei soliti assurdi vestiti addosso. »

« Perché non glielo dici tu stesso? » Deanna lo fissò con i suoi grandi occhi verdi.

« Pensavo che fosse compito tuo! » Non parve particolarmente scosso da quella risposta.

« Che cosa, la disciplina o il suo guardaroba? » Erano tutt'e due compiti ingrati, come sapevano sia Deanna, sia Marc.

« Entrambe le cose, fino a un certo punto. » Lei avrebbe voluto chiedere fino a che punto, ma non lo fece. Fino al punto in cui ne era capace? Che cosa voleva dire, suo marito? Marc proseguì: « A proposito, le ho dato un po' di soldi per il viaggio. Così non dovrai darglieli tu ».

« Quanto? »

Lui alzò gli occhi di scatto. « Come dici, scusa? »

« Ti ho domandato quanti soldi le hai dato per il viaggio. » Lo disse con molta tranquillità.

« È importante? »

« Direi di sì. Oppure la disciplina e il guardaroba sono le uniche cose di cui devo occuparmi? » L'acredine sottile di diciott'anni di matrimonio era ormai evidente nel suo tono.

« Non necessariamente. Non preoccuparti, ne ha abbastanza. »

« Non era quello che mi preoccupava. »

« E allora, di che cosa ti preoccupi? » D'un tratto il tono di Marc non fu più così gioviale e i suoi occhi ebbero un bagliore metallico.

« Secondo me non dovrebbe avere troppi soldi per l'estate. Non ne ha bisogno. »

« È una ragazza che sa assumersi le proprie responsabilità. »

« Ma non ha neanche sedici anni, Marc! Quanto le hai dato? »

« Un migliaio. » Lo disse molto sottovoce, come se volesse concludere la discussione.

« Dollari? » Deanna spalancò gli occhi. « Ma è inaudito! »

« Davvero? »

« Lo sai benissimo che è così. E sai anche benissimo per che cosa le serviranno. »

« Per divertirsi, suppongo. In modo innocente. »

« No, si comprerà una di quelle maledette motociclette che desidera tanto e io mi rifiuto assolutamente di permettere che succeda una cosa simile. » La collera di Deanna era proporzionata alla consapevolezza della sua impotenza. Pilar ormai stava per andare da « loro », al di fuori del controllo di Deanna. « Non voglio che abbia tutti quei soldi. »

« Non essere ridicola. »

« Per amor di Dio, Marc... »

Il telefono squillò mentre lei cominciava la sua tirata. Era per Marc, da Milano. Non aveva il tempo di stare ad ascoltarla prima di andarsene. Aveva una riunione alle nove e mezzo. Lanciò un'occhiata all'orologio da polso. « Smettila di fare l'isterica, Deanna. La bambina sarà in buone mani. » Ma da quelle parole sarebbe sorta un'altra discussione, lì, subito, e lui non ne aveva il tempo. « Ci vediamo stasera. »

« Ci sarai per cena? »

« Non credo. Ti farò sapere qualcosa da Dominique. »

« Grazie. » Due parole brevi, glaciali. Deanna aveva perduto un'altra battaglia.

Riprese di nuovo l'argomento con Pilar mentre stavano andando all'aeroporto. « Mi pare di avere capito che tuo padre ti ha dato un mucchio di soldi per l'estate. »

« Ci siamo. Che cosa c'è di nuovo, adesso? »

« Lo sai benissimo che cosa c'è. La motocicletta. Cercherò di spiegartelo con poche parole ben chiare, cara. Prova soltanto a comprarne una e ti faccio rispedire a casa dritto filato. »

« O.K. Non la comprerò. »

« E neanche la guiderai. »

« Non la guiderò. » Era un'inutile risposta da pappagallo e Deanna, per la prima volta dopo tanto tempo, scoprì di avere una gran voglia di mettersi a urlare.

Per un attimo mentre guidava lanciò un'occhiata a sua figlia, poi guardò dritto davanti a sé. « Perché deve essere sempre così? Stai per partire, rimarrai lontano tre mesi. Non ci vedremo. Non dovrebbe esserci, almeno oggi, un po' di serenità fra noi? Qual è il motivo di questi continui battibecchi? »

« Non sono stata io a cominciare. Hai tirato fuori tu la storia della motocicletta. »

« E lo sai perché? Perché ti voglio bene, perché mi preoccupo. Perché non voglio che tu ti ammazzi. Questo che ti dico ha almeno un senso per te? » C'era disperazione nella sua voce e, insieme, rabbia.

« Sì, certo. »

Proseguirono in silenzio sulla strada per l'aeroporto. Deanna lasciò la macchina a un custode del parcheggio e seguirono il facchino all'interno, dove Pilar si presentò allo sportello. Quando l'impiegato le restituì passaporto e biglietto si voltò verso sua madre.

« Vieni fino al cancello d'ingresso? » C'era più noia nella sua voce che incoraggiamento.

« Mi pareva più bello. Ti dispiace? »

« No. » Imbronciata e stizzosa. Che insopportabile creatura! A Deanna venne voglia di sculacciarla. Chi era quella persona? Che cosa era diventata? Dov'era sparita la bimbetta gioiosa che le voleva bene? Mentre si avviavano al cancello furono seguite da sguardi di ammirazione. Si facevano notare: la bellezza bruna di Deanna nel vestito di lana nera di taglio stupendo, i capelli stretti in un nodo, una giacca rosso vivo buttata sul braccio e Pilar, nel fulgore giovanile della sua bellezza bionda, alta, snella e aggraziata in un vestito di lino bianco che aveva ricevuto tutta l'approvazione della madre quando era apparsa in cima alle scale.

I passeggeri stavano già salendo sull'aeroplano quando arrivarono e Deanna ebbe solo un momento per stringere convulsamente la mano della ragazza nella propria. « Parlo sul serio per ciò che riguarda la motocicletta, tesoro. Per piacere... »

« Va bene, va bene. » Ma Pilar stava già guardando oltre Deanna, ansiosa di essere sull'aeroplano.

« Ti telefonerò. E anche tu telefonami se hai qualche problema. »

« Non ne avrò. » Era detto con la sicurezza di chi non aveva ancora sedici anni.

« Spero di no. » L'espressione di Deanna si addolcì mentre contemplava sua figlia, poi la attirò a sé in un abbraccio. « Ti voglio bene, tesoro. Divertiti. »

« Grazie, mamma. » Concesse a sua madre un breve sorriso, un rapido cenno di saluto mentre la bionda capigliatura ondeggiava lungo il corridoio. Deanna si sentì improvvisamente diventare di pietra. Era partita di nuovo. La sua piccina... La bambinetta con i capelli biondi e ricci, la creatura che le aveva teso le braccia con tanta fiducia ogni sera per essere abbracciata e baciata... Pilar. Deanna andò a sedersi nel salone e aspettò di vedere il 747 che cominciava la sua ascesa nel cielo. Infine si alzò e tornò lentamente a prendere la macchina.

Deanna lo udì salire le scale mentre era seduta alla toilette a spazzolarsi i capelli. Erano le dieci e venti e non le aveva telefonato in tutto il giorno. Dominique, la sua segretaria, aveva lasciato il messaggio a Margaret a mezzogiorno: monsieur Duras non sarebbe stato a casa per cena. Deanna aveva mangiato nello studio mentre disegnava, ma non era riuscita a impegnarsi a fondo su quello che faceva. Aveva continuato a pensare a Pilar.

Si voltò e gli sorrise mentre lui entrava nella stanza. Aveva davvero sentito la sua mancanza. La casa era stata stranamente silenziosa tutto il giorno. « Salve, tesoro. Che giornata lunga è stata! »

« Lunghissima. E la tua? »

« Quieta. C'è troppa quiete qui senza Pilar. »

« Non avrei mai pensato di sentirti dire una cosa simile. »

« Neanch'io. Come sono andate le tue riunioni? »

« Stancanti. »

Non era molto espansivo. Lei si voltò sulla sedia a guardarlo. « Parti sempre per Parigi domani? » Lui annuì, si alzò e andò verso Deanna con un sorriso negli occhi.

« Sì, parto per Parigi domani. Sei proprio sicura di non aver voglia di raggiungere Pilar e mia madre a Cap d'Antibes? »

« Sicurissima. » La sua espressione era decisa. « Perché dovrei aver voglia di fare una cosa del genere? »

« Lo hai detto tu stessa che qui c'è troppa quiete. Ho pensato che forse... » Le posò le mani sulle spalle fermandosi dietro di lei per un momento. « Starò via per tutta l'estate, Deanna. »

Sotto le mani di Marc le sue spalle si irrigidirono. « Tutta l'estate? »

« Più o meno. La causa della compagnia di armatori Salco è troppo importante per lasciarla in mano a qualcun altro. Farò il pendolare fra Parigi e Atene tutta l'estate. Non potrò assolutamente stare qui. » Sembrava che il suo tono fosse diventato più deciso, dopo averle parlato come se avesse già lasciato dietro di sé gli Stati Uniti. « Avrò maggiori opportunità di controllare Pilar, cosa che dovrebbe farti piacere, visto che tu non ne avrai neppure una. » Lei avrebbe voluto domandargli se gliene importava realmente, ma preferì non farlo. « Penso che la causa mi terrà occupato per gran parte dell'estate. Tre mesi, più o meno. »

Per lei quelle parole suonarono come una sentenza

di morte. « Tre mesi? » Lo disse con un tono di voce sottile.

« Adesso capisci perché ti avevo domandato se ti sarebbe piaciuto andare a Cap d'Antibes. Questo ti fa cambiar parere? »

Lei scosse lentamente la testa. « No. Non me lo fa cambiare. Tu non sarai comunque laggiù e penso che Pilar abbia bisogno di un periodo di lontananza da me. Per non parlare... » Lasciò la frase in sospeso.

« Di mia madre? » domandò Marc. Lei fece segno di sì. « Capisco... Bene, in tal caso, *ma chère*, resterai qui tutta sola. »

Accidenti! Perché non le chiedeva di seguirlo, di fare la pendolare fra Atene e Parigi? Per un attimo, un attimo di follia, Deanna pensò di proporglielo, ma sapeva che lui non avrebbe accettato. Gli piaceva essere libero quando lavorava. Non l'avrebbe mai condotta con sé.

« Riuscirai a cavartela, sola? » le stava dicendo.

« Ho un'altra scelta? Voglio dire: potrei dire di no e tu non partiresti? » Alzò il viso verso di lui.

« Lo sai che non è possibile. »

« Sì, lo so. » Restò in silenzio per un po', e infine alzò le spalle con un lieve sorriso. « Me la caverò. »

« So che ci riuscirai. »

Come fai a saperlo, dannazione? Come fai a saperlo? E se non ne fossi capace? Se avessi bisogno di te?... E se...

« Sei un'ottima moglie, Deanna. »

Per un attimo lei non seppe decidere se ringraziarlo o rispondergli a tono. « Che cosa vuol significare questo? Che non mi lamento troppo? Forse dovrei. » Il suo sorriso nascose ciò che provava e consentì a Marc di evitare di darle una risposta precisa.

« No, non dovresti. Sei perfetta così come sei. »

« *Merci, monsieur.* » A quel punto Deanna si alzò in piedi e gli voltò le spalle perché non potesse vederla in viso. « Ti occupi da solo del tuo bagaglio o vuoi che te lo prepari io? »

« Ci penso io. Tu vai a letto. Ti raggiungo fra poco. »

Deanna restò a guardarlo mentre girava qua e là per il suo spogliatoio e poi scompariva al piano sottostante, nel suo studio. Aveva spento le luci in camera da letto ed era distesa, immobile, dalla sua parte del letto quando lui ritornò.

« *Tu dors*? Dormi?

« No. » La sua voce era roca nel buio.

« *Bon.* »

Bene? Perché? Che importanza aveva se lei era addormentata oppure no? Le avrebbe mai parlato, le avrebbe mai detto che la amava, che gli dispiaceva di partire Non gli dispiaceva affatto, lo sapevano tutt'e due. Marc scivolò sotto le coperte e per un po' restarono lì svegli, pensierosi, in silenzio.

« Sei arrabbiata che io vada via per tutto questo tempo? »

Lei scosse la testa. « No, non arrabbiata, dispiaciuta. Mi mancherai. Moltissimo. »

« Passerà in fretta. » Lei non rispose e Marc si sollevò su un gomito per osservare il viso di sua moglie nella stanza buia. « Mi dispiace, Deanna. »

« Anche a me. » Le passò delicatamente una mano sui capelli e le sorrise e Deanna voltò lentamente la testa a guardarlo.

« Sei ancora molto carina, Deanna. Lo sai, questo? Sei più bella di quando eri ragazza. Bellissima, anzi. » Ma lei non aveva voglia di essere bella, desiderava essere sua, come lo era stata tanto tempo fa. La sua *Diane*. « Anche Pilar sarà bella un giorno. » Marc lo disse con orgoglio.

« Lo è già », osservò Deanna in tono distaccato, senza rabbia.

« Sei gelosa di lei? »

Pareva quasi che quell'idea le piacesse e Deanna se

ne chiese il perché. Magari lo faceva sentire importante. O giovane. Ad ogni modo gli rispose. Perché no? « Sì, qualche volta sono gelosa di lei. Mi piacerebbe essere di nuovo giovane come lei, così libera, così sicura di quello che la vita mi deve. Alla sua età è tutto così scontato: meriti il meglio, ottieni il meglio. Anch'io provavo qualcosa di simile. »

« E adesso, Deanna? La vita ti ha pagato il suo debito? »

« Sotto certi aspetti. » Gli occhi di lei erano velati da una vaga tristezza quando incontrarono quelli di Marc. Per la prima volta da tanti anni le aveva ricordato l'orfana diciottenne che si era seduta nel suo ufficio davanti a lui e che indossava quel vestitino nero di Dior. Marc si chiese se l'avesse realmente resa infelice, se Deanna non avesse desiderato qualcosa di più. Eppure le aveva dato tanto. Gioielli, automobili, pellicce, una casa. Tutte le cose che la maggioranza delle donne desidera. Che cos'altro poteva volere? La osservò a lungo, con uno sguardo indagatore, il viso corrugato per un pensiero improvviso. Possibile che non avesse realmente capito?

« Deanna...? » Non avrebbe voluto domandare, eppure all'improvviso ne fu costretto. Si leggevano troppe cose negli occhi di sua moglie. « Sei infelice? »

Lei lo guardò fisso e provò una gran voglia di rispondere di sì. Però aveva paura. Lo avrebbe perduto. Marc l'avrebbe lasciata e allora? Non voleva perderlo. Voleva possederlo di più.

« Sei infelice? » Ripeté la domanda e parve addolorato nell'accorgersi di quale sarebbe stata la risposta. Non c'era bisogno che Deanna parlasse. Improvvisamente fu chiaro. Perfino a lui.

« Qualche volta sì. E qualche volta no. Per gran parte del tempo non ci penso molto. Sento la mancanza... sento la mancanza dei primi tempi, però, quando ci eravamo appena conosciuti, quando eravamo molto giovani.» La sua voce aveva un tono basso mentre pronunciava quelle parole.

« Siamo diventati adulti, Deanna, questo non puoi cambiarlo. Ma eri una bambina incantevole.» Sorrise al ricordo di ciò che aveva provato. « Quanto ho odiato tuo padre per averti lasciato in quel pasticcio!»

« Anch'io. D'altra parte era fatto così. Ormai non ho più rancori per quella parte della mia vita.»

« Davvero? » Lei fece segno di sì. « Ne sei proprio sicura? »

« Perché non dovrei esserlo? »

« Perché qualche volta ho la sensazione che tu provi ancora risentimento contro di lui. Credo che sia questo il motivo per il quale continui a dipingere. Solo per provare a te stessa che sai fare ancora qualcosa da sola, che lo sapresti fare se tu ci fossi costretta.» La guardò più attentamente, corrugando la fronte. « Non ci sarai mai costretta, sai. Non ti lascerò mai nelle condizioni in cui ti ha lasciato tuo padre.»

« Non è quello che mi preoccupa. E poi sbagli. Dipingo perché mi piace, perché è una parte di me.»

Marc non rispose per molto tempo, ma restò disteso a guardare il soffitto, mentre vari pensieri gli passavano per la mente. « Sei tremendamente arrabbiata che me ne vada per tutta l'estate »

« No, te l'ho già detto. Mi accontenterò semplicemente di dipingere, di rilassarmi, di leggere e di vedere un po' di amici.»

« Uscirai molto? »

« Non lo so, sciocco! Ti farò sapere se mi invitano. Sono sicura che ci saranno le solite cene, le solite feste di beneficenza, i concerti e le altre cose di quel genere.» Lui fece segno di sì di nuovo, senza dire niente. « Marc-Edouard, sei geloso? » C'era il lampo di un sorriso nei suoi occhi e subito si mise a ridere forte mentre suo marito si voltava a guardarla fisso in faccia. « Oh, lo sei! Non fare lo sciocco! Dopo tutti questi anni? »

« Quale sarebbe il momento migliore? »

« Non essere assurdo, tesoro. Non è il mio stile. » Marc sapeva che era la verità.

« Lo so. Ma, *on ne sait jamais*. Non si può mai sapere. »

« Come puoi dire una cosa simile? »

« Perché ho una bella moglie, di cui qualsiasi uomo con il cervello a posto sarebbe pazzo a non innamorarsi. » Era il discorso più elaborato che le avesse mai fatto da anni. Deanna gli manifestò la propria sorpresa. « Che cosa? Credi che non me ne sia accorto? Deanna, adesso sei tu a mostrarti assurda. Sei giovane e bella. »

« Bene. Allora non andare in Grecia. » Aveva alzato gli occhi di nuovo verso di lui, sorridendo, come una ragazzina. Ma in quel momento Marc non aveva l'aria divertita.

« Devo andarci. Lo sai. »

« Va bene. Allora portami con te. » C'era una nota insolita nella sua voce, in parte beffarda, in parte seria. Lui non rispose subito. « Allora? Posso venire? »

Lui scosse la testa. « No, non puoi. »

« Bene, allora dovrò supporre che tocchi a me essere gelosa. » Erano anni e anni che non si stuzzicavano e si prendevano in giro in quel modo. Però Deanna non voleva esagerare. « Sul serio, tesoro, non avrai nessun motivo di preoccuparti. »

« Lo spero. »

« Marc! *Arrête*! Smettila! » Si sporse verso di lui, gli prese la mano. « Ti amo... Lo sai questo? »

« Sì. Ma tu sai altrettanto bene che io amo te, vero? »

Lo sguardo di Deanna si fece molto grave mentre lei lo guardava. « Qualche volta non ne sono così sicura. » Marc era sempre troppo preoccupato per dimostrarle il suo amore e poi non era il suo stile. Non lo sapeva? Non si rendeva conto di ciò che aveva fatto? Del muro che si era costruito intorno, immerso negli affari e nel lavoro, restando lontano per giorni e settimane e ora per mesi, con Pilar come sola alleata? « Mi dispiace, tesoro. Suppongo di sì. Ma qualche volta sono costretta a ricordarmelo da sola. »

« Eppure io ti amo. Questo devi saperlo. »

« Dentro di me, nel profondo, credo di saperlo. » Lo sapeva, quando le tornavano alla memoria i momenti che avevano condiviso, le pietre miliari di una vita, che ne raccontavano la storia. Quelli erano i motivi per i quali lo amava ancora.

Lui sospirò. « Però tu hai bisogno di molto di più, non è vero, mia cara? » Lei fece segno di sì, sentendosi contemporaneamente giovane ed eroica. « Hai bisogno del mio tempo oltre che del mio affetto. Hai bisogno... *enfin*, hai bisogno di ciò che io non ho da dare. »

« Questo non è vero. Potresti trovarne il tempo. Potremmo fare qualcuna delle cose che eravamo abituati a fare insieme. Lo potremmo. » La sua voce aveva preso il tono di una bambina piagnucolosa e lei si odiò per quello. Si odiò per aver così bisogno di qualcuno. Aveva giurato a se stessa molto tempo prima che non sarebbe più ricaduta in quell'errore. « Mi dispiace. Capisco. » Abbassò gli occhi e si chiuse in se stessa.

« Capisci? » Marc la stava osservando molto attentamente.

« Naturalmente. »

« Ah, *ma Diane...* » Gli occhi di Marc erano turbati mentre la prendeva fra le braccia. Lei non se ne accorse; i suoi erano colmi di lacrime. Marc lo aveva detto finalmente: « *Ma Diane...* »

2

« AVRAI denaro sufficiente in banca per tutto il periodo in cui starò via. Ma se tu ne avessi bisogno dell'altro ancora basta telefonare a Dominique in ufficio e lei lo verserà sul tuo conto. Ho detto a Sullivan che voglio che passi da te a vedere come stai, almeno due volte la settimana. E... » Guardò suo marito piena di sorpresa. « Hai detto a Jim di venire a trovarmi? Perché? » Jim Sullivan era il socio americano di Marc-Edouard e uno dei pochi americani che gli fosse sinceramente simpatico.

« Perché voglio essere sicuro che stai bene, che sei felice e che hai tutto ciò che ti può servire. »

« Grazie, però mi sembra un po' stupido dare di queste noie a Jim. »

« Gli farà piacere. Mostragli i tuoi ultimi quadri, fallo restare a cena. Mi fido di lui. »

« Puoi fidarti anche di me. » In diciotto anni di matrimonio non aveva mai ingannato Marc. E non avrebbe certo cominciato in quel momento.

« Mi fido di te. Ti chiamerò il più spesso possibile. Saprai sempre dove sarò. Se dovesse succedere qualcosa, telefonami. Io ti richiamerò al più presto se tu non dovessi trovarmi. » Lei annuì in silenzio e poi si lasciò sfuggire un piccolo sospiro. Marc si voltò a guardarla nel silenzioso abitacolo della *Jaguar*. Per un momento nei suoi occhi apparve un barlume di preoccupazione. « Andrà tutto bene. Starai bene, Deanna, vero? »

Fissò negli occhi suo marito e fece segno di sì. « Sì. Starò bene. Ma mi mancherai terribilmente. »

Lui guardava già la strada. « Il tempo passerà in fretta. Se tu dovessi cambiare idea potrai sempre raggiungere la mamma e Pilar a Cap d'Antibes. » Sorrise di nuovo a sua moglie. « Per quanto non credo che lo vorrai. »

« No, non lo vorrò. » Gli sorrise a sua volta.

« *Têtue, va*. Cocciuta. Forse è per questo che ti amo. »

« È questo il motivo? Me lo sono chiesto spesso. E tu avrai cura di te, vero? Non lavorare troppo. » Ma era una raccomandazione inutile e lo sapevano entrambi.

« D'accordo. Non lo farò. » Le sorrise con tenerezza.

« Lo farai, invece. »

« Lo farò. »

« E ne godrai ogni singolo attimo. » Sapevano tutt'e due che anche quello era vero. « Spero che la causa Salco sia vinta da voi. »

« Lo sarà. Di questo puoi essere sicurissima. »

« Marc-Edouard Duras, sei arrogante in un modo insopportabile. Non te lo ha ancora detto nessuno, oggi? »

« Soltanto la donna che amo. » Le prese una mano mentre imboccava la strada per l'aeroporto e Deanna gli sfiorò delicatamente le dita con le proprie. Le faceva pensare alla notte precedente e a quella rara unione dei loro corpi che le era stata tanto cara. *Ma Diane...* « Ti amo, tesoro. » Si portò la mano di Marc alle labbra e baciò delicatamente la punta delle sue dita. « Vorrei che avessimo più tempo. »

« Sì, anch'io. Lo avremo, uno di questi giorni. »

« Sì... Ma quando? » Deanna riportò lentamente la mano di suo marito sul sedile e lasciò le proprie dita intrecciate a quelle di lui.

« Non pensi che potremmo andare insieme in qualche posto, per una vacanza, quando tornerai? » Lo guardò, con gli occhi spalancati, da bambina.

« Dove ti piacerebbe andare? »

« In qualsiasi posto. Basterebbe stare insieme. » E soli, pensò.

Lui la fissò per un lungo momento mentre si fermavano fuori del terminal delle linee aeree e per un istante a Deanna parve di vedere un'espressione di rammarico nei suoi occhi. « Lo faremo. Non appena torno. » Poi sembrò che Marc trattenesse per un attimo il respiro. « Deanna, io... »

Aspettò, ma lui non disse più niente; la circondò con le braccia e la tenne stretta a sé. Anche lei gli buttò le braccia al collo e lo strinse a sé. Chiuse gli occhi. Aveva bisogno di Marc più di quanto lui pensasse. E le lacrime si misero a scorrerle lentamente sul viso.

« *Tu pleurs*? Stai piangendo? »

« *Un peu*. Un po' » Lui sorrise perché era molto tempo che Deanna non gli rispondeva più in francese. « Vorrei che tu non fossi costretto a partire. »

« Anch'io. » Però entrambi sapevano che era una bugia. Lui tirò fuori le chiavi dal cruscotto e aprì lo sportello, facendo segno a un facchino.

Deanna si incamminò di fianco a lui, immersa nei propri pensieri, fin quando non raggiunsero il salone di prima classe dove Marc di solito si rifugiava nell'attesa di un aeroplano. Ma ormai era tutto diverso, come se fosse già partito, quel momento in automobile era completamente dimenticato. Marc controllò i documenti che portava nella cartella e diede un'occhiata all'orologio da polso. Gli restavano dieci minuti e d'un tratto sembrò impaziente di partire.

« *Alors*, c'è qualcosa di cui ci siamo dimenticati di parlare in automobile? Qualche messaggio per Pilar? »

« Dille soltanto che le mando tutto il mio amore. Ti fermerai là prima di partire per Atene? »

« No, le telefonerò stasera. »

« Telefonerai anche a me? »

« Anche a te. Non hai intenzione di uscire? »

« No, ho un lavoro che voglio finire nello studio. »

« Dovresti fare qualcosa di divertente, in modo da non sentirti sola. »

« Andrà bene così. » Accavallò le gambe e abbassò gli occhi. Si era messa un vestito nuovo, di seta color lavanda, e gli orecchini di giada circondati da una fila di diamanti che lui le aveva portato da Hong Kong. Però Marc non se n'era accorto. Aveva già la mente occupata da altre cose.

« Deanna? »

« Eh? » Alzò gli occhi e si accorse che era in piedi vicino a lei, con la cartella in mano e quel sorriso vittorioso che ben conosceva negli occhi. Era ormai in partenza per la lotta, di nuovo lontano, libero. « È ora di andare? » *Di già*? *Così presto*? Lui fece segno di sì e Deanna si alzò in piedi: erano una coppia singolarmente bella. Lo erano sempre stati. Perfino madame Duras, la madre di Marc dagli occhi di ghiaccio, era stata costretta ad ammetterlo, una volta.

« Non c'è bisogno che tu mi accompagni fino al cancello. » Sembrava già distratto.

« No, però mi piacerebbe. Hai qualcosa in contrario? »

« Affatto. » Le tenne aperta la porta e si ritrovarono nel trambusto del terminal, immediatamente confusi e travolti da un esercito di viaggiatori carichi di valigie, regali e chitarre. Arrivarono troppo presto al cancello e lui si voltò a guardarla, abbassando gli occhi su di lei con un sorriso. « Ti chiamo al telefono stasera. »

« Ti amo. »

Lui non rispose, ma si chinò a baciarla sul capo, poi a lunghi passi imboccò il corridoio che portava all'aeroplano, senza un'occhiata indietro o un saluto. Lei restò a guardarlo finché scomparve, poi si voltò lentamente e si allontanò. *Ti amo.* Nel cervello riecheggiarono le sue parole. Ma lui non aveva risposto. Se ne era già andato.

Si accomodò sul sedile della macchina che aspettava lungo il marciapiede e, con un sorriso, mise la chiave nel cruscotto e tornò a casa.

Salì rapidamente di sopra a cambiarsi vestito e restò immersa nei propri pensieri, nello studio, per tutto il pomeriggio. Fece qualche schizzo distrattamente ed era appena uscita sulla terrazza per prendere una boccata d'aria quando Margaret bussò leggermente alla porta dello studio. Deanna si voltò stupita mentre la governante entrava, esitante, nella stanza.

« Signora Duras... Mi dispiace... » Sapeva come Deanna odiasse essere disturbata quando era lì, ma talvolta non aveva altra scelta. Deanna aveva staccato il telefono, nello studio.

« Qualcosa che non va? » Deanna aveva un'aria smarrita, lì in piedi, con i capelli sciolti sulle spalle e le mani infilate nelle tasche dei jeans.

« No. C'è giù il signor Sullivan che vuole vederla. »

« Jim? » E poi ricordò la promessa di Marc-Edouard che Jim si occupasse di lei. Certo non aveva perduto tempo. Sempre ubbidientissimo a qualsiasi richiesta del suo socio. «Scendo subito. »

Margaret fece segno di sì, che aveva capito. Aveva fatto la cosa giusta. Sapeva che Deanna non avrebbe avuto piacere di riceverlo di sopra, nello studio. Lo aveva fatto passare nel salone verde, freddissimo, e gli aveva offerto una tazza di tè che l'uomo aveva rifiutato con una risata. Era diversissimo da Marc-Edouard e Margaret aveva sempre avuto simpatia per lui.

Deanna lo trovò in piedi alla finestra a guardare la nebbiolina estiva che si levava lentamente sulla baia.

« Salve, Jim. »

« Signora. » Lui abbozzò un piccolo inchino e fece il gesto di volerle baciare la mano. Ma lei gliela ritirò con un movimento improvviso e il gorgoglio di una risata, offrendogli la guancia, che Jim baciò senza cerimonie. « Devo ammettere che preferisco questo. Baciare la mano è un'arte in cui non sono mai realmente diventato maestro. Non si sa mai se hanno intenzione di stringertela oppure se si aspettano che tu gliela baci. Un paio di volte ho rischiato di rompermi il naso con quelle che volevano stringermela. »

Lei scoppiò a ridere, divertita, e si sedette. « Dovrai farti dare qualche lezione da Marc. È un genio per queste cose. Che cosa ne diresti di bere qualcosa? »

« Mi piacerebbe moltissimo. » Abbassò la voce sussurrando con aria da cospiratore: « Mi è sembrato che, secondo Margaret, avrei gradito un tè ».

« Che orrore! »

Deanna rise di nuovo, poi Jim la seguì con gli occhi, pieno di approvazione, mentre lei apriva l'armadietto intarsiato e ne tirava fuori due bicchieri e una bottiglia di scotch.

« Bevi, Deanna? » Lo disse in tono indifferente, ma era rimasto sorpreso. Non l'aveva mai vista bere lo scotch. Forse, dopotutto, Marc-Edouard aveva avuto le sue buone ragioni nel suggerirgli di passare ogni tanto da lei. Però Deanna stava già scuotendo la testa.

« Pensavo di bere un po' d'acqua ghiacciata. Stavi preoccupandoti? » Lo guardò divertita mentre gli tornava vicino con il suo bicchiere.

« Un pochino. »

« Non preoccuparti, caro. Non mi sono ancora data all'alcol. » I suoi occhi presero improvvisamente una espressione triste mentre beveva un sorso dal proprio bicchiere e lo posava con cura sul tavolino dal piano di marmo. « Però sarà un'estate tremendamente lunga! » Sospirò e alzò gli occhi a guardarlo con un sorriso. Gentilmente lui le allungò un colpetto affettuoso sulla mano.

« Lo so. Magari potremmo andare al cinema qualche volta. »

« Sei un tesoro, ma non hai qualcosa di meglio da fare? » Sapeva che era così. Divorziato da quattro anni, Jim viveva con una modella che si era trasferita in città da New York pochi mesi prima. Adorava quel tipo di donne e loro avevano sempre adorato lui. Era alto, bello, atletico, con gli occhi azzurri degli irlandesi e i capelli neri come l'ebano appena appena spruzzati di grigio. Faceva un perfetto contrasto con Marc-Edouard in ogni suo atteggiamento: portato a lasciar correre quanto Marc era formalista; americano fino al midollo quanto suo marito era europeo; sorprendentemente modesto quanto Marc-Edouard era arrogante. Deanna era sempre rimasta stranamente colpita dal fatto che Marc avesse scelto Jim come socio, eppure era stata una scelta saggia. I Duras frequentavano raramente Jim per ragioni mondane. Lui era impegnatissimo con la propria vita e con la collezione di modelle, anche se questa si era ridotta, almeno per il momento, a una sola. Jim non restava mai a lungo con la stessa donna.

« Che cosa fai di bello in questi giorni? »

Lui le sorrise. « Lavoro, gioco, solite cose. Tu? »

« Pasticcio un po' nello studio, come al solito. » Minimizzava com'era sempre abituata a fare.

« E per questa estate? Hai già fatto qualche progetto? »

« Non ancora, ma ne farò. Non è escluso che vada a trovare degli amici a Santa Barbara o qualcosa del genere. »

« Dio! » Fece una smorfia e lei scoppiò a ridere.

« Che cosa c'è che non va, in questo? »

« Dovresti avere ottant'anni per divertirti a far roba del genere. Perché non te ne vai giù a Beverly Hills? Fingi di essere una diva del cinema, vai a pranzare alla Polo Lounge e ti fai chiamare da un fattorino dell'albergo. »

« È questo, quello che fai tu? » Si mise a ridere a quell'idea.

« Certo. Ogni week-end. » Scoppiò in una risatina chioccia, posò il bicchiere vuoto e lanciò un'occhiata all'orologio. « Niente paura. Ti organizzo io in un batter d'occhio, ma adesso... », prese un'espressione dispiaciuta, « devo scappare. »

« Grazie per esserti fermato. Effettivamente è stato un pomeriggio un po' lungo. È strano, averli lontani tutti e due! »

Lui fece segno di sì con la testa, che la capiva, diventando improvvisamente serio. Ricordava quella sensazione dell'epoca in cui sua moglie, con i loro due ragazzi, se ne era appena andata di casa. Aveva creduto di diventar matto, soltanto per quel gran silenzio che lo circondava.

« Allora ti telefono. »

« Bene. E, Jim... » Lo fissò per un lungo momento. « Grazie. »

Lui le fece una carezza sui lunghi capelli neri, spettinandola, la baciò sulla fronte e partì salutandola ancora con un ampio gesto della mano mentre saliva sulla sua *Porsche* nera, dicendosi che Marc era pazzo. Avrebbe dato chissà che cosa per avere una donna come Deanna Duras. Cristo, non si era mai accorto quanto fosse bella? O invece sì? Jim Sullivan se lo stava chiedendo mentre si allontanava in automobile. Deanna richiuse la porta senza far rumore.

Diede un'occhiata all'orologino da polso pensando che Jim era stato carino a passare da lei e chiedendosi quando Marc l'avrebbe chiamata. Aveva promesso di telefonare quella sera stessa.

Ma non lo fece affatto. Invece arrivò un telegramma la mattina dopo:

«Partito per Atene. Momento sbagliato per telefonare. Tutto bene. Pilar bene.

Marc. »

Breve e stringato. Ma perché non le aveva telefonato? « Momento sbagliato per telefonare », rilesse Deanna. Momento sbagliato. Momento sbagliato...

Lo squillo del telefono interruppe i pensieri di Deanna mentre rileggeva il telegramma di Marc. Lo sapeva già a memoria.

« Deanna? » La voce allegra e vivace la strappò dalla sua fantasticheria. Era Kim Houghton. Abitava solo a pochi isolati di distanza, ma la sua vita non sarebbe potuta essere più differente. Due volte sposata, due volte divorziata, eternamente indipendente, felice e libera. Aveva frequentato la scuola artistica con Deanna, ma si era affermata come *art-director* nel campo della pubblicità, perché non era mai stata una brava artista. Ed era l'unica amica intima che Deanna avesse.

« Ciao, Kim. Che cosa c'è di nuovo? »

« Non molto. Sono stata a Los Angeles a fare la vezzosa con uno dei nostri nuovi clienti. Quel bastardo sta già parlando di ritirarsi e di rompere il contratto. Ed è uno dei miei clienti. Hai voglia di venire a pranzo? »

« Non posso. Sono già impegnata. »

« A far che?» Una sfumatura di sospetto si insinuò nella sua voce. Lo sapeva sempre quando Deanna mentiva.

« Un pranzo di beneficenza. Sono obbligata ad andare. »

« Lascialo perdere. Sarò io la tua beneficenza. Ho bisogno di un consiglio, sono depressa. » Deanna scoppiò a ridere. Kimberly Houghton non era mai depressa. « Vieni, tesoro, andiamo in qualche posto a pranzare. Ho bisogno di prendere una boccata d'aria lontana da questo posto. »

« Anch'io. » Deanna girò gli occhi sulla sua splendida camera da letto in seta e velluto azzurri, cercando di lottare contro un senso di abbattimento. Per un attimo, senza più controllarsi, la sua voce assunse un'intonazione afflitta al telefono.

« Che cosa vorrebbe dire? » domandò Kim.

« Vuole dire, insopportabile ficcanaso che non sei altro, che Marc è lontano. Pilar è partita due giorni fa e Marc ieri mattina. »

« Gesù e non sei capace di godertela per questo? Non ti capita spesso di poter tirare il fiato senza averli intorno tutti e due. Se fossi al tuo posto, girerei per il salotto nuda come mamma mi ha fatto e inviterei tutti gli amici. »

« Intanto che sono nuda, o dopo essermi vestita? » Deanna buttò le gambe sul bracciolo della poltrona e scoppiò in una risata.

« Come vuoi. Sta' a sentire, visto che questa è la situazione, dimenticati del pranzo. Piuttosto perché non vieni fuori a cena con me stasera? »

« Questo sì. Perché nel pomeriggio posso lavorare un po' nel mio studio. »

« Credevo che tu dovessi andare a quel pranzo di beneficenza. » A Deanna parve quasi di vedere Kim che sogghignava. « Ti ho beccato! »

« Va' all'inferno. »

« Grazie. Cena alle sette da *Trader Vic's*? »

« Ci troviamo là. »

« A più tardi! » Riappese, lasciando Deanna con un sorriso. Grazie a Dio c'era Kim.

« Hai un aspetto favoloso. Vestito nuovo? » Kimberly Houghton alzò gli occhi dal bicchiere all'arrivo di Deanna e le due donne si scambiarono il sorriso di due vecchie amiche. Effettivamente Deanna aveva un aspetto incantevole in un abito di cachemire bianco che era attillato in tutti i posti giusti e che faceva risaltare i suoi capelli scuri e gli enormi occhi verdi.

« Mica male anche tu, del resto. » Kim aveva quel genere di corpo che amavano gli uomini, opulento, generoso e pieno di promesse. Gli occhi azzurri erano vividi e luminosi e il suo sorriso abbagliava ogni persona a cui era rivolto. Era sempre pettinata, come da vent'anni a questa parte, con un corto caschetto di riccioli biondi. Non aveva l'eleganza naturale di Deanna, ma possedeva un fascino irresistibile e una particolare capacità di scegliere i vestiti più adatti. Sembrava sempre che dovesse avere una decina di uomini ai suoi piedi e di solito era così. O, perlomeno, ne aveva uno o due. Quella sera si era messa un completo, giacca e pantaloni, di velluto blu con una camicetta di seta rossa sbottonata quel tanto che bastava a rivelare il suo generoso décolleté e portava, appeso a una sottile catenina d'oro, un meraviglioso brillante che le cadeva in mezzo ai seni colmi. Qualcosa che attirava gli sguardi, semmai ne avesse avuto bisogno.

Deanna ordinò da bere e poi si accomodò meglio sul sedile, buttando la pelliccia di visone su una seggiola. Kim non mostrò nessun interesse per la pelliccia e nemmeno ne rimase impressionata. Era cresciuta in quel mondo e non desiderava né il denaro né i visoni, ma solo l'indipendenza e i divertimenti, che cercava sempre di procurarsi sia l'uno che l'altra in abbondanza.

« Allora, che cosa c'è di nuovo? Ti godi la tua libertà? »

« Più o meno. A dir la verità, questa volta mi accorgo che mi riesce un po' più difficile del solito abituarmi. » Deanna sospirò e bevve un sorso della sua bevanda.

« Gesù, con tutto il viaggiare che fa Marc, credevo che ormai ti fossi abituata! E poi, un po' di indipendenza ti fa bene. »

« È probabile. Ma starà lontano tre mesi. E sembra un'eternità. »

« Tre mesi? Come mai? » La voce di Kim perse improvvisamente quel suo tono effervescente, da coppa di champagne, e i suoi occhi presero un'espressione interrogativa.

« Ha un grossa causa in corso tra Parigi e Atene. Non ha senso che di tanto in tanto debba tornare qui a casa. »

« O che tu vada da lui? »

« A quanto pare no. »

« Che cosa significa questo? Glielo hai domandato? »

« Più o meno. Avrà molto da fare e se io vado in Europa, mi troverò bloccata da madame Duras. »

« Terribile! »

« Precisamente, anche se non l'ho posta proprio in questi termini con Marc. Così, *voilà*, me ne starò sola soletta per tutta l'estate. »

« E, dopo un paio di giorni, ti odierai minuto per minuto. È vero? Perché non vai in qualche posto? »

« E dove? »

« Gesù, Deanna, in qualsiasi posto! Sono sicura che a Marc non importerebbe. »

« No, probabilmente, ma non mi piace viaggiare sola. » Non ci era mai stata costretta. Aveva sempre viaggiato con suo padre e poi con Pilar e Marc.

« Fra l'altro, dove dovrei andare? Jim Sullivan ha detto che Santa Barbara è noiosa da morire. » Mentre rispondeva all'amica aveva assunto un'aria smarrita e Kimberly scoppiò a ridere.

« Ha ragione. Povera bambina ricca. Che cosa ne diresti di venire a Carmel domani con me? Devo andar giù a incontrarmi con un cliente durante l'week-end. Potresti farmi compagnia. »

« È una sciocchezza, Kim. Ti darei fastidio. » Ma per un attimo l'idea le piacque.

« Perché dovresti darmi fastidio? Non ho una relazione con questo tale, per amor di Dio, e la tua compagnia mi farebbe un enorme piacere. Da sola mi annoierei da matti. »

« Non per molto. » Guardò l'amica con aria significativa e Kim scoppiò a ridere.

« Per piacere, la mia reputazione! » Rivolse a

Deanna un largo sorriso poi piegò la testa da una parte scuotendo i morbidi riccioli biondi. « Sul serio, verrai? Ne sarei felice. »

« Vedrò. »

« No. Verrai. Deciso? Deciso. »

« Kimberly... » Deanna accennò un sorriso.

« Vengo a prenderti alle cinque e mezzo. » Poi Kim scoppiò in una risata di vittoria.

3

KIM suonò il clacson due volte e fermò la macchina davanti alla casa. Deanna guardò giù dalla finestra della sua camera da letto prima di afferrare la borsa e di scendere, correndo, le scale. Si sentiva di nuovo ragazza, in partenza, via, lontano, per un'avventura da weekend con un'amica. Perfino l'automobile di Kim non aveva affatto l'aria del veicolo che avrebbe dovuto guidare una persona adulta. Era un'antiquata *MG* verniciata di rosso vivo. Deanna apparve nel vano della porta un attimo più tardi; indossava un paio di pantaloni grigi e un maglione grigio dal collo alto e stringeva in mano un'ampia borsa di cuoio marrone.

« Puntualissima. Come è andata la giornata? »

« In un modo spaventoso. Meglio che tu non me lo chieda. »

« Benissimo. Non lo chiederò. » Parlarono invece di tutto il resto: Carmel, l'ultimo quadro di Deanna, Pilar e i suoi amici.

Infine caddero in un piacevole silenzio. Erano arrivate quasi a Carmel quando Kimberly lanciò un'occhiata alla sua amica e si accorse che aveva un'espressione triste e pensierosa negli occhi.

« Un soldo per i tuoi pensieri. »

« Così poco? » cercò di ribattere ridendo.

« Benissimo. Ti darò un quarto di dollaro. Però lascia che indovini. Pensavi a Marc? »

« Sì. » La voce di Deanna era sommessa mentre si voltava a guardare verso il mare.

« Ti manca davvero fino a questo punto? » I loro rapporti avevano sempre lasciato perplessa Kim. In principio le era sembrato un matrimonio di convenienza, eppure sapeva che non era così. Deanna lo amava. Magari troppo.

Deanna distolse lo sguardo. « Sì, mi manca fino a questo punto. Ti sembra stupido? »

« No. Forse ammirevole. Qualcosa del genere. »

« Perché? L'ammirazione non c'entra. »

Kim si mise a ridere e scosse la testa. « Tesoro, passare diciotto anni con un solo uomo a me sembra più che ammirevole. È maledettamente eroico. »

Deanna sorrise guardando l'amica. « Perché eroico? Lo amo. È un uomo bello, intelligente, spiritoso, affascinante. » E far l'amore con lui la notte prima della sua partenza aveva risvegliato qualcosa nel suo cuore.

« Sì. Lo è. » Kim tenne gli occhi fissi sulla strada mentre diceva quelle parole. Eppure si scoprì a domandarsi se non ci fosse qualcosa di più. Se in Marc Duras non ci fosse un lato del carattere che nessuno conosceva, un calore, un senso di umanità, il saper ridere e piangere ed essere reale. Ecco quello che, agli occhi di Kim, avrebbe reso meritevole di amore un uomo.

Deanna si lasciò sfuggire un lieve sospiro. « Parlami di questo tuo cliente. È uno nuovo? »

« Sì. Ha insistito perché ci trovassimo a Carmel. Vive a San Francisco, ma ha una casa giù. Stava rientrando da Los Angeles e ha pensato che sarebbe stato un posto più simpatico per discutere il suo contratto pubblicitario. »

Erano quasi le otto quando si fermarono davanti all'albergo. Kimberly scese dalla *MG* scuotendo i riccioli e lanciando un'occhiata a Deanna che usciva faticosamente dall'automobile, con un gemito.

« Credi che sopravviverai? D'accordo, lo ammetto anch'io! Non è certo il veicolo più comodo per un viaggio. »

« Sopravviverò. » Deanna si guardò intorno, contemplò quel paesaggio che le era familiare. Nei primi tempi del loro matrimonio lei e Marc si recavano spesso a Carmel per l'week-end. In quel momento provava una sensazione dolceamara di essere lì di nuovo, ma senza di lui.

L'albergo era piccolo e accogliente, con una facciata in stile provenzale francese e alle finestre cassette di legno dipinte vivacemente, piene di fiori colorati. Nell'interno, c'erano il soffitto a basse travi di legno, un ampio camino incorniciato da pentole di rame e una tappezzeria di un blu Wedgwood con un piccolissimo motivo bianco. Era il genere di albergo che sarebbe piaciuto enormemente a Marc; aveva un'aria molto francese.

Kimberly firmò il registro al banco del portiere, poi offrì la penna a Deanna. « Ho chiesto due camere vicine. Ti va bene così? » Deanna annuì, con sollievo. Le piaceva avere una camera tutta per sé e, in cuor suo, non provava nessun desiderio di dividerne una con Kim.

« Va benissimo. » Riempì il cartoncino con il suo nome e l'indirizzo, poi seguì il facchino nelle loro camere.

Cinque minuti dopo Deanna sentì bussare alla porta.

« Vuoi una coca, Deanna? Ne ho prese due adesso dalla macchina in fondo al corridoio. » Kim si allungò comodamente di traverso sul letto di Deanna e le porse una lattina ghiacciata.

Deanna ne bevve una lunga sorsata e poi si lasciò cadere di schianto su una seggiola con un sorriso e un sospiro. « Come mi sento bene qui! Sono contenta di essere venuta. »

« Anch'io. Sarebbe stato una noia senza di te. Forse riusciremo anche a trovare il tempo per andare in giro per i negozi domani, quando avrò finito con gli affari. Oppure preferiresti tornare in città subito nel pomeriggio? Hai qualche progetto? »

« Nessuno, assolutamente. E questo è il paradiso. Magari non torno indietro per sempre! La casa è una tomba senza Marc e Pilar. »

Kimberly pensò che, anche quando c'erano, era una tomba ugualmente, ma non disse niente all'amica. Sapeva che Deanna voleva bene alla sua casa e che la sicurezza della famiglia significava molto per lei. E poi aveva visto Deanna crogiolarsi lì dentro come in un nido per quasi due decenni, al sicuro, protetta, riparata, continuando a ripetere con insistenza che era felice. Forse era la verità. Ma Kim non ne aveva mai avuto la certezza.

« C'è qualche posto particolare in cui ti piacerebbe andare a cena? » Kim si scolò l'ultimo sorso della coca mentre lo domandava.

« La spiaggia. » Deanna lanciò un'occhiata languida e nostalgica alla spiaggia che si vedeva oltre la finestra.

« La Spiaggia? Non lo conosco. » Kim assunse una aria incerta e Deanna si mise a ridere.

« No, no. Non è un ristorante. Volevo dire che mi è venuta voglia di fare una passeggiata sulla spiaggia. »

« Adesso? A quest'ora? » Erano soltanto le otto e mezzo e cominciava appena a calare la notte, ma Kim era ansiosa di dare inizio alla sua serata e di darsi una occhiata in giro. « Perché non la rimandi a domani dopo il mio incontro con il nuovo cliente? » Era evidente che Kim non si sentiva affatto attirare dalla risacca e dalle bianche sabbie. Invece Deanna sì.

Scosse risolutamente la testa e mise giù la coca.

« Niente da fare. Non posso aspettare tanto. Non vai a cambiarti prima di uscire? » Kim fece segno di sì. « Bene. Allora io vado a fare una passeggiata mentre ti vesti. Resterò con quello che ho addosso. » Il maglione di cachemire e i pantaloni grigi avevano ancora un aspetto impeccabile dopo il viaggio.

« Non smarrirti sulla spiaggia. »

« No, senz'altro. » Deanna sorrise vagamente imbarazzata a Kim. « Mi pare di essere una bambina. Non sopporto di dover aspettare a uscire per andare a giocare. » *E contemplare il tramonto e respirare profondamente l'aria marina e ricordare i giorni in cui Marc e io passeggiavamo su quella spiaggia mano nella mano.* « Sarò di ritorno fra mezz'ora. »

« Non avere fretta. Io ho intenzione di fare un magnifico bagno caldo. Nessuno ci corre dietro. Possiamo benissimo cenare alle nove e mezzo o alle dieci. » Kim avrebbe prenotato un tavolo nella sala da pranzo all'antica, vittoriana, della *Pine Inn.*

« Ciao, a presto. » Deanna scomparve con un gesto di saluto e un sorriso, infilandosi rapidamente la giacca e stringendo un foulard in mano. Sapeva che ci sarebbe stato vento sulla spiaggia. Quando uscì dall'albergo la nebbia cominciava già a levarsi.

Imboccò la strada principale di Carmel aprendosi un varco fra i pochi, sparuti gruppetti di turisti che non si erano ancora rifugiati davanti alle tavole dei ristoranti o nei loro alberghi, seguiti alle calcagna dai loro bambini che chiacchieravano, con le braccia cariche del bottino portato via dai negozi, le facce ridenti e serene. Le facevano venire in mente quella volta che lei e Marc erano andati lì con Pilar. Sua figlia era allora una bambina esuberante, di nove anni, e li aveva seguiti in una delle loro passeggiate sulla spiaggia al tramonto, raccogliendo pezzi di legno consunto, buttato dal mare sulla spiaggia, e conchiglie, correndo davanti a loro e poi tornando indietro, sempre di corsa, a riferire le sue scoperte mentre Deanna e Marc chiacchieravano. Le sembrava che fossero passati mille anni. Raggiunse la fine della strada e si fermò di colpo a contemplare la sterminata distesa di spiaggia color alabastro. Perfino Marc aveva dovuto ammettere che in Francia non c'era niente di simile. La sabbia di un candore immacolato e quelle onde gonfie, impetuose, che arrivavano sulla spiaggia mentre i gabbiani vi passavano sopra lentamente, in volo. Si mise in tasca il foulard e si tolse le scarpe. Il vento si insinuò violento fra i capelli, scompigliandoli. Chiuse gli occhi e sorrise. Era un posto magnifico, un mondo che aveva lasciato sepolto nella memoria troppo a lungo. Perché era rimasta lontana tanto tempo? Perché non erano tornati prima? Dopo aver respirato profondamente un'altra volta si incamminò per la spiaggia, con le scarpe in mano e i piedi che fremevano dal desiderio di danzare sulla sabbia come una bambina.

Aveva camminato a lungo prima di fermarsi a osservare l'ultima striscia d'oro all'orizzonte. Il cielo era diventato viola e un denso banco di nebbia stava arrivando verso la spiaggia. Rimase in piedi ferma a guardarlo per un tempo immemorabile, poi risalì lentamente verso le dune dove cercò un posto per sedersi fra l'erba alta, si raccolse le ginocchia contro il mento e restò a guardare il mare. Dopo un attimo posò la testa su un ginocchio e chiuse gli occhi, ascoltando il rumore della risacca e sentendo la gioia montarle dentro.

« È perfetto, vero? »

Deanna sussultò a quella voce inaspettata al suo fianco. Aprì gli occhi e vide un uomo alto e bruno in piedi vicino a lei. Per un momento si spaventò, ma il sorriso dell'uomo era tanto gentile che le parve impossibile sentirsi minacciata fintanto che era avvolta dal caldo abbraccio di quelle pupille. Di un blu-verde, profondo come il mare. Aveva la corporatura di un uomo che doveva aver giocato al football all'università. I capelli erano scuri come quelli di Deanna e arruffati dal vento. Aveva abbassato gli occhi e la stava guardando attentamente.

« A quest'ora del giorno mi piace più che in qualsiasi altro momento », disse.

« Anche a me. » Scoprì che era facile rispondergli e rimase sorpresa di non provare una certa stizza quando l'uomo andò a sedersi sull'erba vicino a lei. « Credevo di essere sola sulla spiaggia. » Gli lanciò un'occhiata timida e lui sorrise.

« Probabilmente era così. Io le venivo dietro. Mi dispiace se l'ho spaventata. » La fissò di nuovo con lo stesso sorriso aperto. « La mia casa è proprio qui dietro. » Fece un cenno alle sue spalle, verso uno spiazzo riparato da alberi con i rami contorti dal vento. « Scendo sempre sulla spiaggia alla sera. E oggi sono appena rientrato da un viaggio. Erano tre settimane che non ci venivo. Ogni volta devo sempre rendermi conto di quanto voglio bene a questo posto, di quanto ho bisogno di passeggiare sulla spiaggia e di contemplare tutto ciò. » Guardò dritto di fronte a sé, verso il mare aperto.

« Vive qui tutto l'anno? » Deanna scoprì di aver cominciato a chiacchierare con lui come se fosse un vecchio amico.

« No, ci trascorro tutti gli week-end che posso. E lei? »

« Era molto tempo che non ci venivo. Sono arrivata qui con un'amica. »

« Alloggia in città? »

Lei fece segno di sì, poi, ricordando qualcosa, diede un'occhiata all'orologio da polso. « Questo mi fa ricordare che bisogna che torni indietro. Mi sono lasciata trasportare dalla passeggiata sulla spiaggia e non ci ho più badato. » Erano già le nove e mezzo e mentre chiacchieravano l'ultima luce del giorno si era spenta. Deanna si alzò in piedi e abbassò gli occhi a guardarlo con un sorriso. « È fortunato ad avere tutto questo ogni volta che ne ha voglia. »

Lui rispose soltanto con un cenno affermativo, ma non la stava ascoltando realmente, stava fissandola in faccia con intensità e, per la prima volta da quando si era accorta della sua presenza, Deanna si sentì salire alle guance una strana vampata di calore e si accorse di essere imbarazzata, quando lui disse: « Lo sa che, quando era lì seduta nel vento, sembrava un quadro di Andrew Wyeth? Ci ho pensato subito non appena l'ho vista sulla duna. Conosce le sue opere? » Aveva una espressione di grande concentrazione negli occhi come se stesse prendendo le misure della faccia di Deanna e calcolando quanto potevano essere folti i suoi capelli. Ma lei stava già sorridendo.

« Conosco molto bene le sue opere. Una volta anzi conoscevo uno per uno tutti i suoi quadri. »

« Proprio tutti? » Gli occhi color del mare avevano preso improvvisamente un'espressione un po' beffarda, pur senza perdere nulla del loro calore.

« Credo di sì. »

« Conosce quel quadro in cui è rappresentata una donna sulla spiaggia? » Lei ci pensò un momento poi scosse la testa. « Le piacerebbe vederlo? » Si alzò in piedi, sempre restando vicino a lei, prendendo l'espressione di un bambino, con gli occhi lucenti, pieno di eccitazione e soltanto le ampie e robuste spalle virili e i pochi fili grigi nei capelli smentivano ciò che si leggeva in quegli occhi. « Vorrebbe? »

« Io... Io veramente dovrei proprio rientrare. Ma, grazie... » Lasciò la frase a metà, imbarazzata. Non sembrava un tipo di uomo di cui si dovesse aver timore, ma nonostante ciò era soltanto uno sconosciuto apparso all'improvviso sulla spiaggia. « Davvero, non posso. Forse un'altra volta. »

« Capisco. » Il fuoco si era un po' smorzato nei suoi occhi, ma il sorriso resisteva ancora. « È un gran bel quadro, però, e la donna che vi è dipinta assomiglia moltissimo a lei. »

« Grazie. È una cosa molto gentile da dire. » Deanna si stava chiedendo come fare a lasciarlo. Ma sembrava che lui non avesse la minima intenzione di rientrare subito a casa.

« Posso riaccompagnarla indietro per un pezzo? È un po' troppo buio adesso perché se ne vada in giro tutta sola. » Le sorrise, socchiudendo gli occhi nel vento. « Ci potrebbe essere qualche sconosciuto che tenta di abbordarla. » Lei sorrise per tutta risposta e fece segno di sì mentre ridiscendevano dalla bassa duna in direzione del mare. « Mi dica, come ha fatto a innamorarsi tanto di Wyeth? »

« Lo consideravo il più grande pittore americano che avessi mai visto. Ma poi », e lo guardò negli occhi con aria di scusa, « mi sono innamorata di tutti gli impressionisti francesi. E temo di averlo dimenticato. O meglio, non proprio dimenticato, ma credo di non avere più sentito per lui la passione di prima. »

Continuarono a camminare tranquillamente, l'uno di fianco all'altro, le uniche due persone sulla spiaggia, con il frastuono della risacca che li accompagnava. Lei, allora, scoppiò a ridere improvvisamente. Era così assurdo, discutere di arte con quello sconosciuto, camminando sulla sabbia di Carmel.

« Si innamora sempre tanto facilmente? » Era una cosa sciocca da dire, il genere di frasi che gli sconosciuti si scambiano in mancanza di qualcosa di meglio. Ma Deanna sorrise.

« Generalmente no. Soltanto quando ci sono di mezzo gli impressionisti francesi. »

Lui fece segno di sì, con l'aria di chi capisce. « È comprensibile. Dipinge, lei? »

« Un po'. »

« Come gli impressionisti? » Sembrava che sapesse già la risposta e lei annuì. « Mi piacerebbe vedere il suo lavoro. Lo ha esposto? »

« No, non più. Soltanto una volta, molto tempo fa. »

« Ha chiuso con l'amore anche per quanto riguarda la pittura? »

« No, mai. » Abbassò gli occhi verso la sabbia mentre parlava e poi li riportò su di lui. « Dipingere è la vita, per me. »

« E allora perché non espone i suoi quadri? » Sembrava perplesso dalla sua reazione, ma Deanna si limitò soltanto a stringersi nelle spalle. Avevano raggiunto il posto dove Deanna era scesa sulla spiaggia.

« Ecco, io vado su di qui. » Rimasero fermi sotto la luce lunare, fissandosi negli occhi. Per un attimo pieno di follia Deanna provò una gran voglia di essere afferrata e stretta da quelle braccia forti e accoglienti, avvolta con lui nella sua giacca a vento. « È stato un piacere parlare con lei. » Aveva la faccia stranamente seria, mentre pronunciava quelle parole.

« Il mio nome è Ben. »

Lei esitò per un momento. « Deanna. »

Lui tese una mano, strinse quella di lei, poi si voltò e riprese il cammino giù per la spiaggia. Lei restò a guardarlo, a guardare quelle spalle ampie, la schiena possente e i capelli arruffati dal vento. Avrebbe voluto gridargli: « Addio », ma probabilmente quella parola si sarebbe dispersa nel vento. Invece fu lui a voltarsi e Deanna credette di averlo visto alzare la mano in segno di saluto una volta, verso di lei, nell'oscurità.

4

« Dove accidenti sei stata? » Kim la stava aspettando nell'atrio dell'albergo con aria preoccupata quando Deanna ritornò. Si scostò dalla faccia i capelli arruffati e sorrise all'amica. Aveva le guance rosate per il vento, gli occhi che splendevano.

« Scusami. Ho camminato tanto e sono andata più lontano di quanto pensassi. Ci è voluto un secolo per tornare indietro. »

« Lo credo. Cominciavo a preoccuparmi. »

« Scusami. » Aveva assunto un'espressione piena di rimorso e la faccia di Kim si addolcì in un sorriso.

« Va bene. Ma Gesù, basta lasciar libera questa bambina sulla spiaggia e ti sparisce! Ho pensato che, magari, avevi incontrato qualcuno che conoscevi. »

« No. » Tacque per un momento. « Ho semplicemente camminato. » Ecco, l'aveva perduta. L'occasione di parlare a Kim di Ben. Ma che cosa c'era da dire? Che aveva incontrato uno sconosciuto sulla spiaggia e che si era messa a discutere di arte con lui? Sembrava ridicolo. Infantile. E poi, ad ogni modo, non l'avrebbe mai più visto. E allora perché affannarsi a dare spiegazioni?

« Pronta per andare a cena? »

« Certo. »

Fecero a piedi i due isolati che le separavano dalla *Pine Inn*, gettando un'occhiata alle vetrine, chiacchierando di amici comuni. La loro conversazione era sempre facile, disinvolta e i silenzi lasciavano Deanna ai propri pensieri. Si scoprì a domandarsi qualcosa di quel quadro sconosciuto del pittore Wyeth che Ben aveva lasciato capire di possedere. Diceva sul serio o si trattava soltanto di una riproduzione? E poi, aveva importanza? Si rispose di no.

« Sei incredibilmente silenziosa stasera, Deanna », osservò Kim mentre finivano di cenare. « Stanca? »

« Un po'. »

« Stai pensando a Marc? »

« Sì. » Era la risposta più semplice.

« Ti chiamerà da Atene? »

« Quando potrà. È la differenza di fuso orario che rende difficili le cose. » E che lo faceva sembrare terribilmente distante. In due giorni soltanto sembrava già parte di un'altra esistenza. O forse era soltanto l'effetto di trovarsi a Carmel. « Che cosa mi racconti del tuo cliente di domani? Che tipo è? »

« Non lo so. Mai visto. È un mercante d'arte. Le Gallerie Thompson. Anzi, stavo per domandarti se non avevi voglia di venire anche tu all'appuntamento. Forse ti farebbe piacere vedere dove abita. Ho sentito che ha una collezione famosa, in quella che chiama la sua 'casa di campagna'. »

« Non vorrei darti fastidio. »

« Non me lo darai. » Kimberly la guardò con aria rassicurante, poi pagarono il conto. Erano già le undici e mezzo e Deanna fu ben contenta di ficcarsi a letto.

Quando si addormentò sognò lo sconosciuto, Ben.

Il telefono squillò vicino al suo letto mentre era distesa supina e si stava chiedendo, ancora assonnata, se non fosse venuto il momento di alzarsi. Aveva promesso di andare con Kim, però provava una gran tentazione di riprendere il sonno interrotto. E poi, di fare un'altra passeggiata sulla spiaggia. Le dava fastidio che quell'idea la attirasse tanto. Conosceva il motivo per cui voleva tornare sulla spiaggia: si trattava della strana sensazione imbarazzante per cui lui continuava a restarle in mente. Con ogni probabilità non lo avrebbe visto mai più.

« Alzati e splendi. » Era Kim.

« Che ora è? »

« Le nove e cinque. »

« Dio. Sembrano piuttosto le sette o le otto. »

« Be', non è ciò che sembra e l'appuntamento è per le dieci. Tirati su dal letto e io ti porto subito la colazione. »

« Non posso ordinare che me la servano in camera? » Deanna si era abituata a fare così viaggiando con Marc.

« Questo non è il *Ritz*. Verrò io a portarti il caffè e una brioche. »

« Benissimo. Andrà perfettamente. Sarò pronta fra mezz'ora. »

Fece una doccia, si pettinò e infilò un maglione di cachemire di un intenso color pervinca sui pantaloni bianchi. Riuscì perfino ad avere un'aria fresca e vivace per il momento in cui Kim bussò alla porta.

« Gesù, hai un aspetto favoloso. » Kim le allungò una tazza fumante di caffè e un piatto.

« Anche tu. Dovevo mettermi qualcosa che fosse più adatto a una riunione di affari? Tu hai un'aria così spaventosamente seria. » Kim si era messa un completo di gabardine beige con una camicetta di seta verde prezzemolo e un graziosissimo cappellino di paglia e teneva stretta sotto il braccio una borsettina, di paglia anche quella.

« Non prendere quell'aria così stupefatta. » Kim

sorrise e si lasciò cadere sulla seggiola. « Spero che non avremo difficoltà con questo tipo. Non me la sento di discutere di affari al sabato mattina. » Sbadigliò e restò a guardare Deanna che finiva la tazza di caffè.

« A proposito, io chi dovrei essere? La tua segretaria o il tuo chaperon? Gli occhi di Deanna ebbero uno scintillio malizioso al di sopra del bordo della tazza.

« Nessuna delle due, cretina. Soltanto una mia amica. »

« Non troverà un po' strano che ti porti dietro le amiche? »

« Peggio per lui se lo pensa. » Kim sbadigliò di nuovo e si alzò. « Sarà meglio andare. »

« Sissignora. »

Il viaggio in macchina durò soltanto cinque minuti: Deanna lesse a Kim le istruzioni per arrivare all'indirizzo stabilito. Il cliente abitava in una simpatica strada dove tutte le case erano piuttosto arretrate rispetto al marciapiede e nascoste da alberi. Scendendo dalla macchina vide che si trattava di una costruzione piccola e gradevole. Niente, a giudicare dall'esterno, lasciava supporre che la collezione d'arte promessa fosse significativa o rara. Ma l'interno della casa rivelò qualcosa di ben diverso non appena una donnina linda e ordinata, in grembiule da governante, aprì la porta.

« Il signor Thompson ha detto di aspettarlo nel suo studio. È di sopra e sta parlando al telefono. Con Londra. »

Aggiunse quelle ultime parole in un tono carico di disapprovazione, come se la considerasse una spesa ridicola e inconcepibile. Ma quella telefonata non era niente, come costo, a confronto dei quadri appesi alle pareti, pensò Deanna. Li contemplò incantata e intimidita mentre seguivano la governante nello studio. Thompson aveva una magnifica collezione di quadri inglesi e del primo periodo della pittura americana. Non ce n'era neppure uno che Deanna avrebbe scelto per la propria collezione privata, però ammirarli era una gioia per gli occhi. Avrebbe voluto fermarsi a studiare ogni singola tela, ma la donna con il grembiule le condusse a passo rapido e deciso nello studio, le squadrò a lungo con occhi severi, borbottò: « Sedete pure » e sparì per tornare alle sue faccende.

« Mio Dio, Kim, hai visto che cos'ha appeso ai muri quest'uomo? »

Kimberly si mise a ridere, dandosi una raddrizzatina al cappello. « Roba stupenda, vero? Non proprio di mio gusto, però ha qualche pezzo davvero magnifico. Per quanto, non sono proprio tutti suoi. » Deanna alzò un sopracciglio con aria interrogativa. « È il proprietario di due gallerie, una a San Francisco e l'altra a Los Angeles. Ho il sospetto che, di tanto in tanto, ne prenda qualcuno a prestito dalle sue gallerie. Ma chi se ne frega, è roba magnifica! »

Deanna annuì, pienamente d'accordo con lei, e continuò a guardarsi in giro. Erano sedute in un locale con un grande finestrone panoramico che dava sul mare. Una scrivania semplice, in legno di pino, due divani e una poltrona. Perfino lì aveva appesi due schizzi molto belli, in bianco e nero, con una magnifica cornice. Si sporse e allungò gli occhi per leggere la firma degli artisti e poi si voltò a contemplare un quadro che era appeso dietro le sue spalle, unico ornamento di una parete bianca, completamente nuda. Ma già mentre si voltava a guardare si sentì trattenere il fiato. Era quello. Il quadro di Wyeth. La donna sulla duna, con la faccia seminascosta, appoggiata alle ginocchia. E perfino Deanna poteva vedere che quella donna le assomigliava in modo incredibile. La lunghezza e il colore dei capelli, la curva delle spalle, perfino l'ombra di un sorriso. Era circondata da una spiaggia triste e solitaria, che sembrava intrisa di umidità e accompagnata solo dal passaggio di un gabbiano solitario.

« Buongiorno. » Sentì la sua voce dietro le spalle

prima di poter fare un commento sul quadro. I suoi occhi incontrarono quelli di lui, sorpresi. « Sono Ben Thompson. Piacere. La signorina Houghton? » C'era una muta domanda nei suoi occhi, ma lei scosse rapidamente la testa in segno di diniego e indicò Kim la quale si fece avanti con la mano tesa e un sorriso.

« Sono Kimberly Houghton. E questa è la mia amica, Deanna Duras. Abbiamo sentito parlare talmente tanto della sua collezione che non ho potuto fare a meno di condurla con me. Anche lei è un'artista straordinariamente dotata, per quanto non voglia ammetterlo. »

Gli occhi di Kim avevano preso un curioso scintillio mentre osservava l'uomo dall'aspetto piacente fermo di fronte a lei. Non doveva avere ancora toccato la quarantina e aveva un paio di occhi straordinariamente belli.

Deanna stava sorridendo e scuoteva la testa. « No, davvero! Non lo sono affatto. »

« Come le sembra il mio Wyeth? Le piace? » Lo disse guardando fisso Deanna negli occhi e lei sentì un piccolo colpo al cuore.

« Io... È un pezzo molto, molto bello. Ma questo, del resto, lei lo sa già ». Si accorse di arrossire mentre gli parlava. Non era sicura di quello che doveva dire. Doveva ammettere di averlo già conosciuto? Doveva far finta che non si fossero mai visti? E lui? Come si sarebbe comportato?

« Però le piace, vero? » Gli occhi dell'uomo tenevano i suoi prigionieri e lei si sentì avvampare sotto quello sguardo.

« Moltissimo. » Lui annuì, soddisfatto. E allora lei capì. Non avrebbe parlato assolutamente della sera prima sulla spiaggia. Però si accorse di sorridere mentre si mettevano a sedere. Era una strana sensazione, quella di dividere un segreto, e ancora più strano sapere che aveva conosciuto il « nuovo cliente » prima di Kim.

« Le signore gradiscono un po' di caffè? » Ambedue annuirono e lui uscì in anticamera per chiamare la governante. « Uno chiaro, due scuri. » Rientrando nella stanza sorrise guardandole. « Saranno tutti chiari o tutti scuri. La signora Meacham non approva. Niente. Il caffè. Le visite. Me stesso. Però so che posso fidarmi di lei e che pulirà la casa quando sarò partito. Secondo lei tutta questa roba fa schifo. »

Quando il caffè arrivò era scuro in tutte e tre le tazze. « Perfetto. Grazie. » Fece un sorriso un po' infantile alla governante mentre lei lasciava la stanza. « Signorina Houghton?... »

« Kimberly, per piacere. »

« Okay, Kimberly, hai visto la pubblicità che abbiamo fatto l'anno scorso? » Lei annuì. « Che cosa ne pensi? »

« Non ha abbastanza stile. Non ha l'atmosfera giusta. Non è rivolta al settore di acquirenti adatto per le vostre esigenze. »

Lui annuì, ma il suo sguardo continuava a tornare su Deanna, la quale era ancora sprofondata nella contemplazione del Wyeth dietro di lui. I suoi occhi non rivelavano niente mentre la osservava e le sue parole indicavano che sapeva perfettamente quanto voleva da Kim. Si mostrò pronto, spiritoso, astuto e molto competente nei suoi affari e la riunione si sciolse dopo meno di un'ora. Kim promise di portargli qualche idea fresca nel giro di una quindicina di giorni.

« Verrà consultata Deanna su questo lavoro? » Era difficile dire se stava prendendola in giro. Deanna scosse la testa rapidamente e alzò una mano, ridendo.

« Sangue, sudore e caffè nero a litri. » Kimberly fece un largo sorriso.

« Buon Dio, no. Non riesco a immaginare come faccia Kim a tirare fuori tutte quelle sue idee diaboliche. »

« Che cosa dipingi? » Stava guardando di nuovo Deanna, con gli stessi occhi gentili che aveva notato sulla spiaggia la sera prima.

La sua voce fu molto bassa quando rispose. « Nature morte, fanciulle. I temi usuali degli impressionisti. »

« E mamme con bambini piccoli sulle ginocchia? » Gli occhi avevano sempre quella sfumatura di presa in giro, ma non avevano perduto niente della loro dolcezza.

« Soltanto una volta. » Aveva fatto un ritratto di se stessa con Pilar. Sua suocera lo aveva appeso nell'appartamento di Parigi e poi lo aveva ignorato per i dodici anni successivi.

« Mi piacerebbe vedere qualcuno dei tuoi lavori. Esponi? » Ancora dimostrava di non voler rivelare nulla della sera prima e lei si domandò per quale motivo.

« No, non espongo. Sono anni che non faccio più mostre. Non sono pronta. »

Kimberly guardò prima Ben Thompson e poi Deanna. « Dovresti mostrargli qualcuno dei tuoi lavori. »

Nessuno aveva mai visto quello che faceva da troppi anni. Soltanto Marc e Pilar e di tanto in tanto Kim. « Un giorno, ma adesso è ancora presto. Comunque, grazie. » Il suo sorriso lo ringraziò sia per il silenzio sia per quella gentilezza.

Non ci fu nulla di strano nel suo commiato da Deanna. Nessuna pressione della mano, nessun messaggio nei suoi occhi, soltanto quel calore che già aveva potuto notare e il sorriso che continuò a rivolgere alle due amiche mentre richiudeva la porta.

«Che uomo simpatico », osservò Kim. « Sarà un piacere lavorare con lui. Non credi? »

Deanna si limitò ad annuire. Era immersa nei propri pensieri e si riscosse soltanto quando Kim fermò la macchina con una stridula frenata davanti all'albergo.

« Perché diavolo non hai voluto mostrargli i tuoi lavori? » La reticenza di Deanna aveva sempre dato fastidio a Kim. Era stata l'unica alla scuola d'arte a possedere realmente un discreto talento e l'unica che aveva nascosto la sua fiaccola sotto il moggio per quasi vent'anni. Gli altri avevano tutti tentato e a poco a poco avevano fallito.

« Te l'ho detto. Non sono pronta. »

« Frottole! Se non gli telefoni tu finirò per dargli il tuo numero. È ora che tu faccia qualcosa con quella montagna di capolavori che continui a tenere ammucchiati contro i muri del tuo studio, a faccia in giù. È un delitto, Deanna. Non è giusto, insomma. Gesù, quando penso alle porcherie che dipingevo e come mi davo da fare a venderle... »

« Non erano porcherie. » Deanna la guardò con dolcezza. Ma sapevano tutt'e due che non si trattava di roba veramente buona. Kim era molto più brava a progettare campagne pubblicitarie, titoli e bozzetti di quanto non lo fosse stata con la sua arte.

« Erano porcherie, ma adesso non me ne importa più assolutamente. Mi piace quello che faccio. Ma tu? »

« Anche a me piace quello che faccio. »

« E che cosa sarebbe? » Kimberly ormai stava cominciando a sentirsi frustrata e la sua voce lo rivelava. Si eccitava sempre a quel modo quando parlavano del lavoro di Deanna. « Si può sapere che cosa fai, insomma? »

« Lo sai quello che faccio. Dipingo, mi occupo di Marc e di Pilar, dirigo la casa. Mi do da fare. »

« Sì, occupandoti di tutti gli altri. Ma di te quando ti occupi? Non ti meriteresti di vedere i tuoi lavori in mostra in una galleria? I tuoi quadri appesi in qualche altro posto e non soltanto nello studio di tuo marito? »

« Non ha importanza dove sono appesi. » Non osò dire a Kim che non erano appesi neppure lì, ormai. Sei mesi prima Marc aveva assunto un nuovo arredatore, il quale, dopo avere dichiarato che le sue opere erano « deboli e deprimenti », le aveva tolte tutte. Marc aveva portato le tele a casa, incluso un ritrattino di Pilar, che si trovava in anticamera. « Quello che mi importa è dipingere, non fare vedere i miei quadri. »

« Ma questo è come suonare un violino che non ha le corde, Gesù Cristo! Non ha senso. »

« Per me sì. » Il suo tono era gentile, ma fermo e Kim scosse la testa mentre scendevano dalla macchina.

« Bene, secondo me sei matta, ma ti voglio bene ugualmente. »

Deanna sorrise mentre rientravano nell'albergo.

Il resto del loro soggiorno passò anche troppo in fretta. Girellarono per i negozi, andarono ancora una volta a cena alla *Pine Inn.* La domenica pomeriggio Deanna fece un'altra passeggiata sulla spiaggia. Ormai sapeva dove lui abitava, lo sapeva, adocchiando la casa nascosta dietro gli alberi. Sapeva quanto era vicina al Wyeth. Continuò a camminare. Non lo rivide più e si stizzì con se stessa per essersi domandata se lo avrebbe trovato sulla spiaggia. Perché ci sarebbe dovuto essere? E che cosa gli avrebbe detto, se lo avesse trovato? Lo avrebbe ringraziato per il suo discreto silenzio? E allora? Che importanza aveva? Sapeva che non lo avrebbe rivisto mai più.

5

QUANDO suonò il telefono era già nello studio, seduta un po' scostata dalla tela per giudicare il lavoro del mattino. Era un vaso di tulipani che lasciavano cadere i loro petali su un tavolo di mogano, sullo sfondo di un cielo azzurro che si intravedeva da una finestra aperta.

« Deanna? » Rimase sbalordita nel sentire la sua voce.

« Ben? Come hai fatto ad avere il mio numero? » Si sentì una vampata di rossore che le saliva alle guance e, istantaneamente, se la prese con se stessa per quella reazione. « Kim »

« Naturalmente. Ha detto che se non esponevo i tuoi lavori avrebbe sabotato la nostra pubblicità. »

« No, davvero! » Il rossore si accentuò mentre rideva.

« No. Ha detto semplicemente che eri molto brava. Senti che cosa ti dico: sono disposto a cambiare il mio Wyeth con uno dei tuoi quadri. »

« Sei pazzo. E lo è anche Kim! »

« Perché non lasci che giudichi io da solo? Credi che potrei passare verso mezzogiorno? »

« Oggi? Adesso? » Lanciò un'occhiata all'orologio e scosse la testa. Erano già le undici passate. « No! »

« Lo so. Non sei pronta. Gli artisti non lo sono mai. » La voce era gentile come sulla spiaggia.

Lei fissò il telefono. « Davvero. Non posso. » Era quasi un bisbiglio.

« Domani? » Non insistente, ma fermo.

« Ben, davvero... Non si tratta di questo. Io... » Inciampò nelle parole e lo sentì ridere.

« Per piacere. Credimi, mi piacerebbe moltissimo vedere il tuo lavoro. »

« Perché? » Immediatamente pensò di avere fatto una domanda stupida.

« Perché mi sei simpatica. E vorrei vedere i tuoi quadri. Tutto qui. Molto semplice. Ha senso? »

« Più o meno. » Non sapeva che cos'altro aggiungere.

« Sei impegnata per il pranzo? »

« No, non sono impegnata. » Sospirò tristemente, di nuovo.

« Non avere quell'aria così desolata. Ti prometto che non mi metterò a buttare frecce contro le tue tele. Sul serio. Fidati di me. »

Per quanto strano potesse sembrare, si fidava. Era qualcosa nel modo in cui parlava e nell'espressione che ricordava di aver visto nei suoi occhi. « Credo di sì. Va bene, allora. A mezzogiorno. »

Nessuno, diretto alla ghigliottina, aveva mai parlato con tanta risolutezza. Ben Thompson sorrise a se stesso mentre riattaccava.

Arrivò a mezzogiorno, puntualissimo, con un sacchetto di pane francese, un pezzo piuttosto grosso di Brie e mezza dozzina di pesche, oltre a una bottiglia di vino bianco.

« Può andare questa roba? » domandò mentre disponeva il suo bottino sulla scrivania di Deanna.

« Andrà benissimo. Ma non avresti dovuto venire, davvero. » Aveva un'aria smarrita mentre lo squadrava al di sopra della tavola. Portava un paio di jeans e una camicetta tutta macchiata di colori, i capelli erano legati in un nodo che si era un po' disfatto. « Detesto essere presa alla sprovvista. » Aveva un'espressione turbata mentre lo osservava e per un attimo lui smise di disporre la frutta sul tavolo.

« Non sei stata presa alla sprovvista, Deanna. Desideravo sul serio vedere i tuoi quadri. Sulla spiaggia mi hai detto che la pittura è la tua vita. E quando una persona dice così non ci si può scherzare sopra. Non mi ci proverei neanche. » Fece una pausa, poi proseguì, con un timbro di voce più intenso: « Nella mia casetta di Carmel hai visto qualcuno dei quadri che amo. Quelle sono cose importanti per me. Questa è una cosa importante per te. Se ti piace il mio Wyeth ne sono felice, ma se anche non ti piacesse lo troverei comunque bello. Niente di quello che vedrò potrà cambiare ciò che fai o l'importanza che ha per te. Queste sono cose che nessuno può neppure toccare ».

Lei annuì in silenzio, poi si spostò lentamente verso il muro dove erano appoggiati, nascosti e ignorati, perlomeno venti quadri. Li girò uno per uno senza dire niente, osservando solo per un attimo le tele dipinte a olio, a mano a mano che le voltava. Non alzò gli occhi verso di lui fino alla fine, quando Ben disse: « Ferma ». Lo guardò stupita e notò che era appoggiato contro la sua scrivania con un'espressione negli occhi che non riuscì a decifrare.

« Hai provato qualcosa quando hai visto il Wyeth? » La scrutava intensamente, imprigionava il suo sguardo.

Lei fece segno di sì, « Ho provato molte cose. »

« Che cosa? »

Lei sorrise. « Prima di tutto, sorpresa, nell'accorgermi che mi trovavo in casa tua. E poi una specie di ammirazione piena di rispetto e una grande gioia nel vedere il quadro. Ho provato tutto ciò che credo volesse dirmi e farmi provare Wyeth. Per un attimo mi sono sentita incantata, ammutolita, di fronte alle sue parole. »

« Come capita a me di fronte alle tue. Hai un'idea di quanto hai messo in queste tele, quanto siano realmente belle? Sono incredibili, Deanna. Non sai quanto sono buone? » Le stava sorridendo. Lei sentì il cuore che le batteva pazzamente in petto.

« Le amo. Ma c'è un motivo, perché sono mie. » Era diventata radiosa, adesso. Le aveva fatto il dono determinante e sapeva che ogni sua parola era detta seriamente. Era passato tanto tempo dall'ultima volta che qualcuno aveva guardato ciò che lei dipingeva ... e se ne era premurosamente interessato.

« Non sono soltanto tue. Sono te. » Si avvicinò a una delle tele e la osservò in silenzio. Era il quadro di una ragazzina che si curvava sulla vasca da bagno: Pilar.

« Quella è mia figlia. » In quel momento si divertiva. Avrebbe voluto dividere qualcos'altro con lui.

« È un pezzo stupendo. Fammi vedere qualcos'altro. »

Allora glieli mostrò tutti. E quando ebbe finito si accorse di gongolare per la soddisfazione. A Ben piacevano, Ben li trovava belli! Comprendeva il suo lavoro. Aveva una gran voglia di buttargli le braccia al collo e di mettersi a ridere.

Lui intanto stava stappando una bottiglia di vino. « Ti rendi conto di che cosa significhi questo, vero? »

« Che cosa? » D'un tratto parve improvvisamente un po' cauta, dubbiosa.

« Che io ti tormenterò finché non firmerai un contratto per esporli nella mia galleria. Che cosa ne dici? »

Lei gli rivolse un largo sorriso, ma scosse la testa. « Non posso. »

« Perché no? »

« Non sono cose per me. » E poi a Marc sarebbe venuto un colpo. Avrebbe pensato che era una cosa commerciale e volgare, per quanto la galleria Thompson non avesse affatto una tale reputazione e la famiglia di Ben fosse famosa da molti anni nel campo artistico. Si era informata al suo ritorno da Carmel. Suo nonno era stato proprietario di una delle gallerie più belle di Londra e suo padre di una di New York. Ben Thompson aveva *carte blanche* in campo artistico, perfino a soli trentott'anni di età. Aveva letto anche quello. « Davvero, Ben, non posso. »

« Con il cavolo che non puoi. Stai a sentire, non essere testarda. Vieni alla galleria a dare un'occhiata. Ti sentirai molto meglio quando vedrai che cosa c'è là. » Improvvisamente era apparso molto giovane mentre diceva così e lei si mise a ridere. Sapeva che cosa ci sarebbe stato là. Aveva preso le sue informazioni anche su quello. Pissarro, Chagall, Cassatt, un Renoir molto piccolo, uno splendido Monet e qualche Corot. Non solo, ma anche qualche Pollock ben nascosto, un Dalì e un De Kooning che lui metteva raramente in esposizione. Aveva il meglio. Oltre a pochi giovani artisti sconosciuti, ben scelti, dei quali voleva che lei entrasse a far parte. Che cosa avrebbe potuto chiedere di più? Ma che cosa avrebbe detto a Marc? *Ho dovuto farlo. Me lo ha chiesto. Volevo...*

« No. » Non avrebbe compreso, molto semplice. E neanche Pilar. Sua figlia avrebbe pensato che era una cosa brutta, come mettersi troppo in mostra. « Non capisci. »

« In questo hai ragione. » Le offrì un pezzo di pane francese e di formaggio Brie. Ventidue tele sparse qua e là per lo studio. E le trovava tutte fantastiche. Deanna era raggiante mentre accettava quel pezzo di pane da lui.

« Ne ho altri trenta in soffitta. E cinque sono da Kim. »

« Sei matta. »

« No, non lo sono. »

Lui le offrì una pesca. « Sì, che lo sei. Ma non me la prenderò con te per questo. Che cosa ne diresti di venire a un *vernissage* che abbiamo domani sera? Non c'è niente di male, vero? O hai paura anche di questo? » La stava incitando, insisteva e lei non era sicurissima che le piacesse.

« Chi ha detto che avrei paura? » Aveva un'aria molto giovane mentre addentava la pesca sugosa e poi sorrideva.

« Perché dovresti? Per quale altro motivo non dovresti desiderare di fare un'esposizione? »

« Perché non ha senso. »

« Ad ogni modo mi sei simpatica ugualmente », le annunciò. « Sono abituato a trattare con i pazzi come te. »

« Sono soltanto ostinata, credo. »

« E assomigli tremendamente al mio Wyeth. Ti sei accorta anche di questo? » Cercò, di nuovo, di imprigionare il suo sguardo. Posò il bicchiere. Lei esitò per un attimo, poi annuì.

« Sì, me ne sono accorta. »

« Solo che io posso vedere i tuoi occhi. » Li osservò per un lungo momento, poi distolse lo sguardo. Erano precisamente gli occhi che aveva sempre immaginato dovesse avere la donna del quadro. « Hai due occhi stupendi. »

« Anche tu. » La sua voce si levò nella stanza come una brezza leggera e a entrambi tornò in mente la loro passeggiata di Carmel.

Lui non parlò per qualche minuto; si limitò a stare seduto in silenzio e a fissare le tele di Deanna. « Hai detto che quella è tua figlia. Dici sul serio? » La guardò di nuovo con il desiderio di saperne di più.

« Sì. Ha quasi sedici anni. Si chiama Pilar. Ed è molto, molto carina. Molto di più di quanto non risulti da quel quadro. Gliene ho fatti parecchi. »

« E adesso dov'è? È qui? »

« No. » Deanna lo squadrò per un lungo momento. « Nel Sud della Francia. Suo... Mio marito è francese. » Avrebbe voluto raccontargli che anche Marc era via, che si trovava in Grecia, ma le sembrava un tradimento. Per quale motivo avrebbe dovuto dirglielo? Che cosa desiderava da quell'uomo? Le aveva già detto che le piaceva il suo lavoro. Che cos'altro poteva chiedere? Voleva domandargli se fosse sposato. Ma anche quella non le sembrava una cosa giusta da fare. Che importanza avevano cose simili? Era andato lì a vedere i suoi quadri. Indipendentemente dalla dolcezza che si leggeva in quei profondi occhi verde-mare.

« Sai una cosa?... » Guardò l'orologio da polso con aria afflitta. « Mi dispiace doverlo dire, ma ho del lavoro da fare. Un appuntamento alle tre in ufficio. »

« Le tre? » I suoi occhi volarono all'orologio. Erano già le due e tre quarti. « Di già? Come ha fatto il tempo a passare così in fretta? »

« Verrai domani sera? Al *vernissage*? » I suoi occhi le dissero che desiderava che lei ci andasse. Deanna non riuscì a capirne completamente il motivo.

« Cercherò di venire. »

« Per cortesia, Deanna. Mi piacerebbe. » Le sfiorò rapidamente un braccio e poi, dopo un ultimo sorriso pieno di ammirazione per la stanza, che esaminò rapidamente con gli occhi, varcò la soglia dello studio e scese le scale di corsa. « Trovo da solo la strada per uscire. Ci vediamo domani! » Le sue parole si fecero sentire sempre più lontane mentre Deanna si abbandonava nell'accogliente poltroncina bianca e girava gli occhi per lo studio. C'erano quattro o cinque quadri che raffiguravano Pilar, ma nessuno di Marc. Per un momento, nel quale fu colta da un panico totale, si accorse di non riuscire a ricordare la sua faccia.

6

DEANNA parcheggiò la *Jaguar* blu scuro di fronte all'ingresso della galleria e attraversò lentamente la strada. Continuava a non essere sicura di doverci entrare, a domandarsi se fosse saggio. Se aveva un senso. Che cosa avrebbe detto se ci fosse stata anche Kim? Sarebbe passata per una sciocca. E se... Ma a quel punto le tornarono in mente gli occhi di Ben e spalancò la pesante porta di vetro. Lì all'ingresso c'erano due barman in giacca nera che erano impegnati a versare alternativamente scotch e champagne mentre una giovane donna, graziosa, stava ricevendo gli invitati i quali avevano tutti l'aspetto di persone che lavoravano nel campo artistico oppure ben fornite di quattrini. Deanna vide subito che si trattava dell'esposizione delle opere di un artista non più giovanissimo. Costui era presente, circondato dagli amici, e aveva l'aria vittoriosa e fiera. I quadri erano disposti bene alle pareti e avevano qualcosa che ricordava vagamente lo stile di Van Gogh. E poi vide Ben. Era in piedi nell'angolo più lontano della sala e appariva molto bello nel vestito blu scuro gessato. I suoi occhi l'avevano seguita mentre entrava; lo vide sorridere e liberarsi con garbo dal gruppo di invitati in cui si trovava. Un attimo dopo era di fianco a lei.

« Così sei venuta, eh? Sono contento. » Rimasero lì fermi per un momento a guardarsi e lei si sentì sorridere. Un sorriso che non sarebbe stata capace di reprimere. Era felice di rivederlo. « Champagne? »

« Grazie. » Accettò il bicchiere dalla mano di uno dei barman che glielo tendeva, poi Ben la prese delicatamente per un gomito.

« C'è qualcosa che voglio farti vedere nel mio studio. »

« Stampe? » Si sentì arrossire. « Che cosa orribile, non avrei dovuto dirlo. »

« Perché no? » Si era messo a ridere anche lui. « Ma no, è un Renoir che ho comprato ieri sera. »

« Mio Dio e dove l'hai trovato? » Lo stava seguendo per un lungo corridoio coperto da una passatoia beige.

« L'ho comprato da una collezione privata. Un vecchietto fantastico. Dice che non gli è mai piaciuto. Grazie a Dio! L'ho ottenuto per un prezzo incredibile. » Aprì l'uscio del suo studio, che era chiuso a chiave, e vi entrò rapidamente. E lì, appoggiato contro la parete più lontana c'era un nudo delicato, incantevole, in quello stile caratteristico che non richiedeva neppure un'occhiata alla firma. « Non è carina? »

« È stupenda. »

« Grazie. » A quel punto Ben fissò Deanna molto intensamente, come se ci fosse qualcos'altro che voleva dire, ma non lo fece. Invece si guardò intorno con un sorriso che la invitava a fare altrettanto. C'era ancora un Andrew Wyeth sopra la sua scrivania, un quadro molto noto.

« Mi piace anche questo. Ma non quanto l'altro. »

« Neanche a me. » I loro pensieri tornarono istantaneamente a Carmel. Il silenzio fu interrotto da qualcuno che bussava alla porta. Dal corridoio la giovane donna che, prima, si trovava all'ingresso della galleria ad accogliere gli invitati, fece un cenno a Ben. « Ehi, Sally. Che cosa c'è? Oh, questa è Deanna Duras; diventerà una dei nostri nuovi artisti. »

Sally sbarrò subito gli occhi. Poi si avvicinò con una stretta di mano e un sorriso. « Che buona notizia! »

« Ehi, un momento! » Deanna lanciò un'occhiata a Ben con un sorriso colmo di imbarazzo. « Non ho mai detto una cosa del genere. »

« No, ma mi auguro che lo farai. Sally, prova un po' a dirle che gente meravigliosa siamo, come non truffiamo mai i nostri artisti, non appendiamo mai i loro quadri capovolti, non dipingiamo mai un paio di baffoni sui nudi! »

Deanna stava ridendo e continuava a scuotere la testa in segno di diniego. « In tal caso, questa non è la galleria che fa per me. Ho sempre desiderato vedere un paio di baffoni su uno dei nudi e non ho mai avuto il coraggio di metterceli io. »

« Lascia che lo facciamo noi per te. » Ben stava ancora sorridendo quando le ricondusse nel salone facendo qualche domanda a Sally. Poi cominciò a presentare Deanna agli altri invitati. Lei si accorse di trovarsi straordinariamente a proprio agio mentre girava per la galleria, facendo la conoscenza di artisti e di collezionisti. E non rimase sorpresa di non vedere Kim. Ne accennò a Ben quando lui la raggiunse.

« Non c'è? Pensavo che venisse. »

« No. Probabilmente si starà strappando i capelli sulla nuova pubblicità per uno yogurt. In tutta franchezza preferirei che non ci mettesse tutti in un mazzo. Meglio che si cacci via gli yogurt dalla testa prima di cominciare con l'arte. Non pare anche a te? » Deanna si mise a ridere mentre lui le porgeva un altro bicchiere di champagne. « Lo sai », continuò, « che ho apprezzato moltissimo la giornata di ieri? Il tuo lavoro è straordinariamente buono. E ho intenzione di continuare a torturarti finché non dirai di sì. »

Deanna gli sorrise al di sopra del bicchiere di champagne. Prima che potesse protestare furono interrotti da parecchi altri collezionisti che volevano che Ben prestasse attenzione anche a loro. E lui dovette occuparsi di quella gente senza un attimo di respiro fin quasi alle nove.

Deanna si mosse lentamente per la galleria, osservando i probabili acquirenti e ammirando le opere di Gustave. Era ferma davanti a uno dei suoi quadri quando udì una voce ben nota dietro di sé. Si voltò sorpresa.

« È la sua tecnica, Deanna, che stai studiando? »

« Jim! » Fissò quei ridenti occhi da irlandese. « Che cosa stai facendo tu, qui? »

« Non chiedermelo. Faccio collezione di cultura, probabilmente. » E accennò con un gesto vago a un gruppo di persone ferme sulla porta. « Mi hanno trascinato loro. Ma soltanto dopo parecchi bicchierini di liquore forte e non allungato. »

« Un appassionato d'arte fino al midollo! » Aveva sulle labbra il solito sorriso caloroso, ma sentiva dentro di lei una sensazione spiacevole. Avrebbe preferito che Jim Sullivan non fosse lì. Era andata lì per vedere Ben... Oppure no? Era lì soltanto per vedere la galleria? Non era del tutto sicura e forse Jim avrebbe voluto saperlo. Forse stava notando qualcosa di differente nel suo volto, nei suoi occhi, nella sua anima. Mettendosi, istintivamente, quasi sulla difensiva, affrontò un soggetto familiare. « Hai avuto notizie di Marc? »

Lui la scrutò cauto per un attimo. « E tu? »

Lei scosse la testa. « Ho ricevuto un telegramma il giorno dopo la sua partenza nel quale mi diceva che non era riuscito a chiamarmi perché era l'ora sbagliata, poi sono andata a Carmel per l'week-end. Con Kim », aggiunse in fretta e senza che ce ne fosse bisogno. « Può darsi che abbia cercato di chiamarmi in quei giorni. Suppongo che, ormai, sia ad Atene.»

Sullivan annuì e si voltò di nuovo a guardare il gruppo dei suoi amici. Deanna seguì quello sguardo e i suoi occhi si posarono immediatamente su una stupenda ragazza con i capelli castani che portava un abito di lamé argento, scintillante. La modella di Jim, doveva essere lei.

« Già, sarà là senz'altro », stava dicendo Jim. « Bene, tesoro, devo scappare. » Poi, come se ci avesse ripensato, mentre la baciava su una guancia si staccò da lei per osservarla di nuovo. « Vuoi venire anche tu a cena con noi? »

Subito lei scosse la testa facendo segno di no. « Non... Non posso... Devo tornare a casa... Sul serio. Ma ti ringrazio. » Maledizione. Perché si sentiva così imbarazzata? Non aveva niente da nascondere.

« Sei sicura? »

« Sicurissima. »

« Va bene. Ti telefono. » La baciò rapidamente su una guancia e raggiunse gli amici. Un attimo più tardi erano scomparsi. Lei restò a guardare nella direzione in cui se ne era andato con aria assente. Era stato evasivo quando gli aveva domandato se avesse notizie di Marc. Al contrario, aveva risposto alla sua domanda con una altra chiedendole se lei avesse ricevuto notizie. Se ne domandò il perché.

« Hai un'aria terribilmente seria, Deanna. Stai pensando di firmare il contratto con noi? »

« No. Stavo pensando, però, che dovrei andare a casa. »

« Di già? Non fare la sciocca. E poi, fra l'altro, non hai mangiato. » La guardò per un attimo. « Posso richiamare il tuo interesse sull'idea di una cena? O tuo marito avrebbe qualche obiezione? »

« Un po' difficile! È in Grecia per l'estate. » I loro occhi si incontrarono e non si sfuggirono. « E poi, l'idea della cena sarebbe magnifica. » Perché no? Sorrise e si obbligò a scacciare dalla mente Jim Sullivan.

Ben fece segno a Sally che se ne andava e, senza essere notati dagli ultimi visitatori che restavano ancora qua e là, varcarono la porta di vetro e uscirono nella fresca nebbia estiva. « Qualche volta questo mi ricorda Londra », disse lui. « Andavo sempre a trovare mio nonno quando ero bambino. Lui era inglese. »

Deanna rise di fronte al tono di lui, che cercava di trincerarsi dietro l'anonimato. « Sì, lo so. »

« Sei venuta con la tua macchina? » domandò Ben. Lei indicò con la testa la *Jaguar* blu scuro. « Guarda, guarda! Sono davvero impressionato. Io guido una macchinetta tedesca di cui nessuno ha mai sentito parlare. Non consuma benzina, praticamente, e mi porta dove voglio andare. Ti vergogneresti a farti vedere a bordo di un cosino così semplice o dobbiamo prendere la tua? » Per un attimo lei si trovò imbarazzata pensando che era arrivata con la macchina di Marc. Ma guidava sempre quella quando doveva uscire alla sera. Una questione di abitudine.

« Preferirei molto di più prendere la tua. »

« Andiamo all'*Etoile*? » domandò lui esitante, tastando il terreno.

« Penso che preferirei qualcosa di più simile alla tua macchina. Un posto tranquillo e semplice. » Lui fece un sorriso di approvazione e Deanna si mise a ridere. « Ho il sospetto che l'ostentazione ti faccia orrore, eccetto che nell'arte. »

La portò in un piccolo ristorante italiano nascosto in una viuzza laterale vicino alla baia e parlarono di arte quasi tutta la sera. Lei gli raccontò degli anni nei quali aveva girato per l'Europa e gli Stati Uniti con il padre, buttandosi sui musei in qualsiasi posto andassero, e lui le parlò di come avesse appreso a conoscere l'arte prima dal nonno e poi dal padre, andando ad assistere alle grandi vendite all'asta di Londra, di Parigi e di New York. « Ma non avrei mai pensato di mettermi negli affari in campo artistico. »

« Perché no? »

« Volevo qualcosa di più interessante, come cavalcare nei rodei o fare la spia. Fin verso i nove anni avevo sempre in mente l'idea della spia, però il nonno insisteva che non era una professione rispettabile. Qualche volta non sono del tutto sicuro che lo sia anche il nostro campo di affari. A dir la verità, quando sono andato all'università sarei voluto essere uno di quegli uomini che scoprono i falsi nell'arte. Ho studiato per un po', ma le contraffazioni in campo artistico mi hanno sempre imbrogliato. Spero di fare meglio adesso. »

Deanna sorrise. Dall'aspetto della galleria e della casa a Carmel era sicura che fosse così.

« Dimmi un po' », le chiese d'un tratto, « da quanto tempo sei sposata? »

Lei rimase sorpresa a quell'improvvisa domanda così personale. Non le aveva chiesto niente del genere fino a quel momento! « Diciotto anni. Ne avevo diciannove. »

« Il che farebbe... » Eseguì il solito rituale di contare gli anni sulla punta delle dita e lei si mise a ridere.

« Ne compio centotré in novembre. »

« No. » Lui aggrottò le sopracciglia. « Non sono centodue? »

« Come minimo! E tu? Sei mai stato sposato? »

« Una volta. Per poco tempo. » Gli occhi, per un attimo, sfuggirono quelli di Deanna. « Anche in quello ho paura di non essere stato molto bravo a scoprire i falsari. Lei mi ha abbindolato: non aveva la minima idea di fare sul serio e io me la sono spassata in un modo meraviglioso. Poi tutto è finito. » Sorrise e incontrò di nuovo il suo sguardo.

« Niente figli »

« No, niente. È l'unica cosa per la quale ho provato rimpianto. Mi sarebbe piaciuto avere un figlio. »

« Anche a me. »

C'era una sfumatura di mestizia nella sua voce che richiamò l'attenzione di Ben, il quale, osservandola attentamente, disse: « Però hai una figlia adorabile ».

« Ho anche avuto due maschietti. Sono morti subito dopo la nascita. » Era un'informazione di un certo peso da fornire seduta a tavola, con una persona relativamente sconosciuta, ma Ben si limitò soltanto a fissarla negli occhi. E ci lesse ciò che aveva bisogno di sapere.

« Mi dispiace. »

« Anche a me. E poi, stupidamente, quando è nata Pilar è stata una specie di delusione. Nelle famiglie francesi le femminucce non vengono mai accolte con gli applausi. »

« Volevi gli applausi? » Lui pareva divertito.

« Come minimo. » Finalmente Deanna ricambiò il suo sorriso. « E una banda di ottoni. E un corteo. »

« Un po' difficile criticarti. Pilar è stata la terza? » domandò. Deanna fece segno di sì. « Siete molto unite? »

« Non molto, adesso, ma torneremo a esserlo. Al momento Pilar è tremendamente dilaniata dal fatto di essere americana e francese. Si tratta di cose che possono diventare difficili. »

« Anche avere quindici anni. Ti assomiglia? »

« Per nulla. È l'immagine vivente di suo padre. È una gran bella ragazza. »

« Anche sua madre. »

Per un momento Deanna non disse nulla, poi sorrise. « Grazie, signore. »

A quel punto la conversazione si spostò di nuovo sull'arte. Ben si astenne dall'affrontare argomenti penosi e personali, ma qualche volta Deanna si chiese se la stesse realmente ascoltando. Pareva che non facesse che osservarla tutto il tempo e le dicesse altre cose con lo sguardo. Era mezzanotte quando, infine, capirono che dovevano andarsene.

« Ho passato una serata magnifica. » Deanna gli sorrise felice mentre Ben fermava la macchina di fianco alla *Jaguar* parcheggiata.

« Anch'io. » Non disse altro. Mentre avviava il motore Ben indietreggiò di qualche passo con un cenno di saluto. Lo vide nello specchietto retrovisore mentre camminava per tornare alla sua automobile, con le mani in tasca e la testa abbassata come se fosse immerso in profondi pensieri.

Era già a letto con le luci accese quando suonò il telefono. La successione di rapidi scatti e fruscii sulla linea le disse che si trattava di una telefonata intercontinentale.

« Deanna? » Era Marc.

« Ciao, tesoro. Dove sei? »

« A Roma. All'*Hassler*, se hai bisogno di me. Stai bene? » Ma la comunicazione era disturbata. Si sentiva molto male.

« Sì, sto bene. Perché sei a Roma? »

« Che cosa? Non riesco a sentirti... »

« Sono qui per affari. Per la Salco. Ma questo weekend vedrò Pilar. »

« Salutala con affetto da parte mia. »

« D'accordo. Bene. Lo farò. Hai bisogno di soldi? »

« No, va bene così. » Per un attimo sentì soltanto delle interruzioni e qualche rumore che disturbava. « Ti amo. » C'era una ragione per cui aveva bisogno di dirglielo e di sentire ripetere da lui la stessa cosa.

« Ti amo, Marc! » E senza riuscire assolutamente a capirne la ragione si accorse di avere gli occhi pieni di lacrime. Voleva che Marc la sentisse, voleva sentirlo lei stessa. « Ti amo! »

« Come? »

E a quel punto vennero interrotti.

Richiamò subito il centralinista delle comunicazioni intercontinentali e domandò che le dessero Roma. Ma ci vollero altri venticinque minuti per la chiamata. La centralinista dell'*Hassler* rispose con un rapido « pronto » e Deanna chiese del signor Duras. Fecero suonare il telefono nella sua camera. Nessuna risposta. A Roma erano già le dieci del mattino. « Spiacenti. Il signor Duras è uscito. »

Lei si distese di nuovo a letto, nell'oscurità, e ripensò alla serata che aveva passato con Ben.

7

MARC-EDOUARD Duras camminava per via Veneto a Roma guardando le vetrine e lanciando di tanto in tanto un'occhiata di ammirazione a una bella ragazza che passava. Era una splendida giornata di sole e le donne indossavano magliette scollate con sottili spalline, gonne bianche che aderivano a gambe snelle e lunghe e sandali che mettevano a nudo unghie coperte di smalto rosso. Sorrise a se stesso mentre camminava con la cartella sotto il braccio. In realtà non aveva assolutamente alcun senso quel breve soggiorno in Italia, ma perché no, dopotutto? E aveva promesso... Promesso. Qualche volta si domandava come faceva a promettere tanto facilmente. Eppure era così.

Si fermò per un momento, figura aristocratica, con un vestito grigio dal taglio impeccabile, ad aspettare che un'ondata di traffico romano simile a una scarica di mitraglia gli passasse davanti allargandosi tumultuosamente in tutte le direzioni e costringendo i pedoni a sgattaiolare via in fretta. Scoppiò a ridere, guardò l'orologio da polso e raggiunse rapidamente un tavolino in un caffè. Sotto un ombrellone dalle righe a vivaci colori poteva difendersi dal sole e continuare ad ammirare la energia e l'estasi che erano l'essenza stessa di Roma.

Roma era una città magica. Forse non c'era da rimpiangere di aver fatto quella promessa. Ma per un istante, solo per un istante, quella conversazione troncata bruscamente con Deanna gli tornò alla memoria. Era stato quasi impossibile sentire ciò che diceva e ne era rimasto sollevato. C'erano momenti in cui non riusciva semplicemente a trattarla, non riusciva a raggiungerla, non riusciva a sopportare la sofferenza in quegli occhi o a udire il tono smarrito e desolato della sua voce. Scosse lentamente la testa come per cancellare il ricordo di quella voce e si trovò a scrutare con desiderio la strada. Non poteva pensare a Deanna in quel momento. Non poteva proprio. Il suo cervello era già mille miglia lontano da lei mentre con gli occhi scrutava fra la folla: una graziosa biondina, una ragazza alta e bruna, due uomini dall'aspetto molto romano in vestiti leggeri di lino, con folti capelli scuri, una donna alta con l'aspetto da madonna fiorentina, vagamente simile a un dipinto del Rinascimento, e poi la vide. Arrivava a passi elastici e allegri per la strada con quelle sue movenze inimitabili, le gambe lunghissime pareva che danzassero sul marciapiede mentre una gonna di un color turchese brillante le accarezzava le cosce. Portava una camicetta di seta di un chiarissimo color lillà, sandali leggerissimi e un enorme cappello di paglia che quasi le nascondeva gli occhi. Quasi. Ma non del tutto. Niente poteva nascondere quegli occhi, o la loro luce di zaffiro che pareva mutare con l'umore di lei. Cambiavano passando dalla lucentezza del fuoco al mistero di un profondo mare azzurro. Una folta capigliatura castana le scendeva fino ad accarezzarle le spalle.

« *Alors, chéri.* » Si fermò soltanto a pochi centimetri da lui e le labbra sensuali offrirono un sorriso solo ai suoi occhi. « Mi dispiace di essere in ritardo. Mi sono fermata di nuovo a guardare quegli stupidi braccialetti. » Lui si alzò per salutarla e, una volta tanto, il glaciale riserbo di Marc-Edouard Duras scomparve come per incanto. Aveva preso l'espressione di un ragazzo e di un ragazzo molto innamorato. Lei si chiamava Chantal Martin ed era stata modella da Dior. Anzi, la loro modella più importante, per sei anni e mezzo.

« Hai comprato i braccialetti? » Gli occhi di Marc le accarezzarono il collo e quando lei scosse la testa i capelli castani si sollevarono lievi, come danzanti, sotto il cappello che Marc le aveva comprato solo quella mattina. Era frivolo, ma delizioso. Come lei. « E allora? »

Gli occhi di Chantal risero, fissati nei suoi. Scosse di nuovo la testa. « No, ancora una volta non li ho comprati. » D'un tratto, con un gesto improvviso, gli gettò un pacchetto in grembo. « Invece ho preso questo per te. » Poi si abbandonò contro lo schienale della seggiola aspettando che lui lo aprisse.

« *Tu me gâtes, petite sotte*. Mi vizi, sciocchina. »

« E tu non vizi me? » Senza aspettare risposta chiamò con un cenno il cameriere. Gli ordinò un Campari al seltz. « E tu? »

« Mi offri anche da bere? » Lei non aspettava mai che fosse Marc a prendere in mano la situazione. Le piaceva dirigere le cose.

« Oh, sta' zitto! Che cosa prendi? »

« Scotch. » Lo ordinò come piaceva a lui e lui restò a fissarla negli occhi per un lungo momento mentre sedevano sotto l'ombrellone. La folla che si faceva più fitta all'ora di pranzo passava e ripassava intorno a loro. « Sarai sempre così indipendente, amore mio? »

« Sempre. E adesso apri il tuo regalo. »

« Sei impossibile. » Ma era proprio quello, in lei, che lo aveva sempre affascinato. Era impossibile. E gli piaceva pazzamente che fosse così. Come una giumenta selvaggia che correva libera per le pianure della Camargue. Ci erano andati insieme una volta, in quella terra dei cow-boy francesi e degli stupendi cavalli bianchi selvaggi. Dopo di allora Marc aveva sempre pensato a lei in quel modo. Non domata, sempre un po' sfuggente, sempre appena appena al di là della sua presa, eppure più o meno sua. Più o meno. Gli piaceva pensare che fosse più invece che meno. Ed era stato così fra loro in quegli ultimi cinque anni.

Lei ne aveva ventinove. Quando si erano incontrati era una ragazza di ventiquattro anni. Era stato la prima estate che Deanna si era rifiutata di seguirlo in Francia. Gli era sembrato strano passare le vacanze senza di lei; era stato imbarazzante spiegarlo alla sua famiglia insistendo sul fatto che, quell'anno, non era stata abbastanza bene per mettersi in viaggio. Nessuno ci aveva creduto, ma se avevano fatto i loro commenti era stato alle sue spalle; si erano chiesti se avesse intenzione di lasciare Marc-Edouard oppure, più semplicemente, se non avesse un amante negli Stati Uniti. Non avrebbero mai potuto capire la verità: che Deanna li odiava, che si sentiva a disagio, che era stato un suo preciso desiderio quello di rimanere a casa, di stare sola, di dipingere perché detestava l'idea di vedere Marc con loro, detestava il modo di comportarsi di suo marito quando era con loro e soprattutto detestava di dover stare a guardare Pilar che diventava sempre più come loro. Marc aveva deciso di mandarle qualcosa di bello, insieme con una lettera con cui le avrebbe domandato di cambiare idea. Ricordando quella bella creatura triste e malinconica, quella diciottenne che tanto tempo prima era entrata nel suo ufficio, era andato da Dior.

Aveva passato in rassegna l'intera collezione prendendo qualche appunto, osservando le modelle, studiando attentamente i vestiti prima di decidere quali fossero i più adatti allo stile della moglie, ma la sua attenzione era continuamente catturata dalle modelle e in particolare da una ragazza spettacolosa. Gli era apparsa affascinante e poi si muoveva in un modo che parlava soltanto a lui. Era abilissima nel modo di presentare i modelli, girando su se stessa, voltandosi di scatto, facendo un cenno per richiamare l'attenzione, la sua, soltanto la sua, almeno così sembrava, e Marc era rimasto seduto al suo posto senza fiato. Alla fine della sfilata aveva chiesto di vederla provando un po' di imbarazzo per un attimo, ma non di più. Quando lei uscì per incontrarlo, nel vestitino di jersey nero, sottile e severo, con i capelli ramati raccolti in una crocchia in cima alla testolina adorabile e quegli stupefacenti occhi azzurri che alternativamente graffiavano e accarezzavano, lui aveva provato un gran desiderio di abbracciarla e di sentirla consenziente. Marc era un uomo razionale, un uomo di potere e non aveva mai provato niente di simile prima! Lo affascinava e lo spaventava e Chantal sembrava che si rendesse perfettamente conto del potere che aveva. Lo sapeva tenere sotto controllo con molta grazia, ma anche con una forza dirompente.

Così, invece di comprare un vestito a Deanna, Marc aveva offerto a Chantal una bibita e poi un'altra e poi un'altra ancora. Avevano finito con lo champagne al bar dell'albergo *George V* e poi, con suo enorme stupore, si era sentito domandarle se gli lasciava fissare una camera. Ma lei aveva risposto soltanto con una risatina e con un tocco lieve sul volto della lunga mano delicata.

« *Ah, non, mon amour, pas encore.* Non ancora. »

E quando, allora? Avrebbe voluto urlarle in faccia quelle parole, ma non lo aveva fatto. Invece si era messo a corteggiarla, a lusingarla, a sommergerla di regali finché lei aveva acconsentito, quasi timidamente, con aria riservata e pudica, proprio nel modo che sapeva trasformare il suo cuore, la sua anima e la sua carne in fuoco ardente sotto le sue carezze. Avevano passato lo week-end in un appartamento che lui si era fatto cedere da un amico nell'elegante avenue Foch, con una camera da letto incredibilmente romantica e un balcone che guardava su alberi dal lieve fruscio. Avrebbe ricordato per tutta la vita ogni suono, ogni profumo e ogni momento di quell'week-end. E, allora, aveva capito che non ne avrebbe mai avuto abbastanza di mademoiselle

Chantal Martin. Gli si era insinuata sotto la pelle, formando come un bozzolo di filo sottile con tutta se stessa, e Marc non si sarebbe sentito a proprio agio mai più, se non quando era con lei. Lo sfiniva e lo incantava e lo rendeva quasi pazzo di un desiderio che prima non aveva mai sentito né provato. La sfuggente, strana, squisita Chantal. Era andato avanti così per cinque anni. A Parigi, ad Atene e a Roma. Ogni volta che Marc andava in Europa la portava con sé e naturalmente la presentava negli alberghi, nei ristoranti e nei negozi come « Madame Duras ». Ci si erano abituati con il passare degli anni. Ormai era semplicemente una parte della vita di lui e di lei. Una parte di cui il socio, Jim Sullivan, era perfettamente al corrente e sua moglie, grazie a Dio, niente affatto. Deanna non lo avrebbe mai saputo. Non c'era ragione di raccontarglielo. Non le toglieva niente, si ripeteva Marc. Lei aveva San Francisco e il suo piccolo mondo. Lui aveva Chantal e un mondo molto più vasto. Si augurava soltanto che le cose potessero andare avanti così per tutta la vita. Ma, quella, era una promessa che Chantal non gli avrebbe mai fatto.

« *Alors, mon amour*, il tuo regalo. Il tuo regalo, aprilo! » I suoi occhi lo stuzzicavano e Marc si sentì al settimo cielo. Aprì l'astuccio. Era l'orologio da subacqueo che aveva ammirato quella mattina, dicendo che sarebbe stato divertente da. avere per le loro gite alla spiaggia e per i suoi soggiorni a Cap d'Antibes.

« Mio Dio, sei pazza! Chantal! » Era paurosamente caro, ma lei mostrò di non tener conto delle sue obiezioni facendo un gesto disinteressato della mano. Poteva permetterselo, da quando non lavorava più da Dior. Tre anni prima si era ritirata e aveva aperto un'agenzia di modelle tutta sua. Non aveva assolutamente voluto che Marc le offrisse un appartamento a Parigi dove restare senza fare nulla, curandosi soltanto le mani e i capelli, ad aspettarlo. Si rifiutava di essere a carico di qualcuno, meno che meno di lui. Era un fatto che a volte lo irritava e che non mancava mai di spaventarlo. Chantal non aveva bisogno di lui, lo amava soltanto, ma, se non altro, di quello poteva essere certo. Qualsiasi cosa facesse quando lui si trovava negli Stati Uniti Chantal lo amava. Ne era sicuro. E la perfezione della loro vita insieme cementava quella convinzione.

« Ti piace? » Lo guardò di sottecchi con aria furba al di sopra del suo bicchiere di Campari.

« Lo trovo adorabile. » Abbassò la voce: « Ma adoro ancora di più te ».

« Davvero, mio signore? » Alzò un sopracciglio e lui si accorse di avere un'erezione.

« Vuoi la prova? »

« Forse. Che cosa avevi in mente? » Lo guardò con aria diabolica da sotto il cappello.

« Stavo pensando di proporti di andare a pranzo fuori città, in campagna, in qualche posto, ma forse... » Il sorriso di Marc fu simile al suo.

« Ci facciamo servire qualcosa in camera, tesoro? »

« Un'idea eccellente. » Chiamò con un cenno il cameriere e pagò in fretta il conto.

Lei si alzò languidamente, lasciando che il suo corpo, vacillando lievemente, sfiorasse provocante quello di lui, poi continuò a farsi strada fra i tavolini affollati, voltandosi a lanciargli un'occhiata di tanto in tanto. Marc non vedeva il momento di averla con sé, a casa. Sarebbe voluto tornare di corsa all'albergo, tenendola stretta per mano, ma lei camminava al passo che le era abituale, con lo stile che le era abituale, ben sapendo di avere Marc-Edouard Duras esattamente dove voleva. Lui la osservava, divertito: entro pochi minuti sarebbe stato lui ad averla esattamente dove la voleva. Fra le sua braccia, a letto.

Nella loro camera cominciò a slacciarle i bottoni della camicetta a velocità supersonica, ma lei gli tolse la mano e gli sfuggì per gioco, costringendolo ad aspettare prima di svelargli ciò di cui aveva tanto desiderio. Lo accarezzò con una mano, gli diede un bacio leggerissimo sul collo, finché Marc trovò il bottone della sua gonna. L'indumento cadde sul pavimento lasciandola coperta solo di pizzo rosa trasparente. Allora lui arrivò quasi a stracciarle la camicetta per la foga. E in un attimo, Chantal fu nuda davanti a lui che si lasciò sfuggire un gemito sommesso. A quel punto fu lei a spogliarlo, in fretta e con mani esperte; poi caddero insieme sul letto. Ogni volta che facevano l'amore era meglio della volta precedente e vi trovavano sempre un vago ricordo della prima. Chantal lo lasciava soddisfatto, ma ancora affamato, avido di sapere quando avrebbero potuto essere uniti ancora.

Lei si staccò da Marc, rotolando supina sul letto, e si appoggiò a un gomito con i capelli spettinati, ma sempre bellissima. Lo guardò in silenzio, sorridendo. La sua voce era ormai un rauco mormorio vicino all'orecchio di Marc mentre le sue dita giocherellavano lentamente sul suo petto. « Ti amo, sai. »

La guardò attentamente, con gli occhi fissi in quelli di lei. « Anch'io ti amo, Chantal. Troppo, forse. Ma è così. » Era un'ammissione di grande importanza per un uomo come Marc-Edouard Duras. Nessuno che lo conoscesse ci avrebbe creduto. Meno di tutti, Deanna.

Chantal sorrise e poi si abbandonò indietro, supina, con gli occhi chiusi per un momento; sul volto di lui apparve un'espressione preoccupata. « Stai bene? »

« Certo. »

« Saresti capace di mentirmi, però. Lo so. Dimmelo sul serio. Ti senti bene, Chantal? » Un'espressione di angoscia e di tormento gli alteravano il viso. Lei sorrise.

« Sto bene. »

« Hai preso l'insulina come dovevi, oggi? » Era diventato quasi paterno nella sua preoccupazione per lei e la passione di un momento prima era dimenticata.

« Sì, l'ho presa. Smettila di angustiarti. Vuoi provare l'orologio nuovo nella vasca da bagno? »

« Adesso? »

« Perché no? » Lei gli sorrise felice e per un attimo Marc si sentì completamente in pace. « Oppure avevi qualcos'altro in mente? »

« Io ho sempre qualcos'altro in mente. Ma sei stanca, tu. »

« Non sono mai stanca per te, *mon amour*. » E lui non era mai stanco di Chantal. Gli anni fra loro svanirono mentre faceva di nuovo l'amore con lei.

Erano le tre del pomeriggio quando si trovarono distesi tranquillamente l'uno accanto all'altro. « Bene, ecco che abbiamo trovato il modo di passare il pomeriggio. » Gli sorrise maliziosa e lui rispose con una risata.

« Vuoi andare a comprare ancora qualcosa? » Gli piaceva viziarla, coccolarla, stare con lei, ammirarla, inebriarsi di lei. Il suo profumo, i suoi gesti, perfino ogni suo respiro lo eccitavano. E lei lo sapeva.

« Be', forse potrei lasciarmi attirare di nuovo da un giro per i negozi. »

« Bene. » Ad ogni modo quel viaggio a Roma era stato combinato solo per lei. Marc sapeva di dovere lavorare molto quell'estate e Atene non sarebbe stata divertente per Chantal. E poi sapeva che la ragazza adorava Roma. Si imponeva sempre di condurcela. Solo per farle piacere. Fra l'altro, avrebbe dovuto lasciarla sola per l'week-end.

« Qualcosa che non va? » Lo stava osservando molto attentamente.

« Niente. Perché? »

« Per un attimo mi sei sembrato preoccupato. »

« Non preoccupato. » Meglio affrontare subito l'argomento. « Soltanto infelice. Devo lasciarti per un paio di giorni. »

« Oh? » Il suo sguardo diventò gelido, come se vi fosse passata la brina invernale.

« Devo fermarmi ad Antibes a fare un salutino a mia madre e a Pilar prima che partiamo per la Grecia. »

Lei si mise a sedere di scatto sul letto e lo guardò con aria stizzita. « E che cosa penseresti di fare di me? »

« Non prenderla su questo tono, tesoro. Non posso farci niente. E lo sai.»

« Non pensi che Pilar sia abbastanza adulta per sopportare lo choc di sapere che io esisto? Oppure continui a trovarmi ancora così poco presentabile? Non sono più la piccola *mannequin* di Dior, sai. Dirigo la più grossa agenzia di modelle di Parigi. » Ma sapeva anche che quello, nel suo mondo, non contava.

« Non è questo il punto. E no, non credo che sia abbastanza adulta. » Per quanto riguardava Pilar era stranamente testardo. Cosa che irritava enormemente Chantal.

« E tua madre? »

« Questo poi, è impossibile. »

« Capisco. » Buttò le lunghe gambe fuori dal letto e percorse la stanza a lunghi passi, afferrando una sigaretta di passaggio, voltandosi a guardarlo furiosa soltanto quando ebbe raggiunto la finestra sul lato opposto della camera. « Comincio a stancarmi un po' di essere scaraventata in posticini fuori del mondo mentre tu vai a fare visita alla famiglia, Marc-Edouard. »

« Mi sembra un po' difficile definire Saint-Tropez un 'posticino fuori del mondo'. » Cominciava ad avere l'aria seccata anche lui e il suo tono non rivelava più niente della passione delle ore precedenti.

« Dove pensavi che sarei dovuta restare questa volta? »

« Magari a Sanremo. »

« Molto comodo. Be', non ci vado. »

« Preferiresti restare qui? »

« No. »

« Dobbiamo ritornare ancora una volta su tutta questa faccenda, Chantal? Sta diventando molto noiosa. C'è di più, non capisco. Perché è diventata improvvisamente un argomento di discussione fra noi quando per cinque anni hai trovato perfettamente accettabile il fatto di passare un po' di tempo in Riviera senza di me? »

« Ti piacerebbe sapere il motivo? » D'un tratto gli occhi di lei fiammeggiarono. « Perché ho quasi trent'anni e, con te, continuo sempre a fare gli stessi giochetti di cinque anni fa. Sono, semplicemente, un po' stanca di questo! Ti aspetti che io me ne stia tranquilla a Parigi trattenendo il fiato per sei mesi e poi venga fuori dalla naftalina al tuo comando. Non ho più intenzione di farlo, Marc-Edouard. O, perlomeno, non per molto tempo ancora. » Tacque e Marc la fissò sbalordito. Non osava domandarle se facesse sul serio. Per un attimo terribile capì che era proprio così.

« Che cosa ti aspetti che ci possa fare, io? »

Cristo! Era inutile. Gli sfuggì un lieve sospiro e si passò una mano tra i capelli. « Chantal, non posso portarti con me ad Antibes. »

« Non vuoi portarmi con te ad Antibes. C'è una differenza. »

« Posso chiederti qual è il motivo di tutta questa scenata? Non può essere soltanto il tuo trentesimo compleanno. Mancano ancora quattro mesi. » Lei fece una pausa, sempre tenendogli le spalle voltate mentre guardava muta fuori della finestra, e poi si girò lentamente a guardarlo in faccia, di nuovo. « C'è semplicemente questo: qualcuno mi ha chiesto di sposarlo. »

Sembrò che il tempo si fosse fermato. Marc-Edouard la fissò inorridito.

8

« Deanna? » Il telefono aveva suonato mentre lei era ancora a letto. Era Ben.

« Sì? »

Sembrava ancora mezzo addormentata e lui sorrise. « Scusami. Ti ho svegliato? »

« Più o meno. »

« Che risposta diplomatica! Ti telefonavo per insistere ancora un po' di più. Sono convinto che presto o tardi finirò per far crollare la tua resistenza e che firmerai il contratto con la galleria, se non altro per liberarti di me. Che cosa ne dici di fare colazione insieme? »

« Adesso? »

« No, non alle otto del mattino. Verso mezzogiorno o l'una? A Sausalito? »

« Che cosa ci sarebbe là? »

« Tanto sole? Qualcosa di cui non possiamo sempre godere da questo lato del Ponte. Ti ho convinto? »

« Più o meno. » Rise nel microfono. Che cosa gli era saltato in mente di chiamarla alle otto del mattino? E perché andare insieme a pranzo così presto? Avevano cenato insieme la sera prima e il giorno prima ancora lui era andato a pranzo nel suo studio. Cominciava a domandarsi se avesse trovato un nuovo amico, un potenziale commerciante pieno di entusiasmo per i suoi quadri, o qualcos'altro. E si chiese anche se fosse saggio rivederlo così presto.

« Sì, lo è. »

« Che cosa? » Era confusa.

« Ti stai domandando se è una buona idea venire a pranzo con me. Lo è. »

« Sei impossibile! »

« Allora vuol dire che pranzeremo in città. »

« No, l'idea di Sausalito mi piace. » Aveva accettato senza pensarci oltre e si scoprì a sorridere al soffitto mentre parlava al telefono. « Mi si compra facilmente a quest'ora del giorno. Non ho ancora difese, né caffè. »

« Bene. Allora che cosa ne diresti di firmare un contratto con la mia galleria prima di aver preso il caffè, domattina? »

« Guarda che riattacco e ti pianto in asso al telefono, Ben. » Stava ridendo: era magnifico cominciare la giornata così. Non le capitava da anni.

« Non riattaccare finché non abbiamo combinato per il pranzo. Vuoi che ti venga a prendere verso mezzogiorno? »

« Sì, va bene. »

« Metti i jeans. »

« O.K. Ci vediamo a mezzogiorno. »

Lui fermò la macchina davanti alla casa di Deanna alle 12,02 esatte. Si era messo un maglione con il collo alto e un paio di jeans e quando lei salì in macchina vide che c'era sul sedile una cesta coperta da un tovagliolo a quadretti bianchi e rossi. Da un lato sporgeva il collo di una bottiglia. Ben le spalancò lo sportello e spostò la cesta sul sedile posteriore.

« Buongiorno, signora. » Le fece un largo sorriso mentre Deanna scivolava sul sedile di fianco a lui. « Ho pensato che forse sarebbe stato meglio fare un picnic. O.K.? »

« Perfettamente. » Oppure no? Era giusto andare a fare un picnic con quell'uomo? La testa di madame Duras le faceva segno di no, mentre il cuore, che era di Deanna, anelava a un pomeriggio al sole.

Ben le lanciò un'occhiata mentre avviava la macchina e notò qualche lieve ruga di preoccupazione fra le sopracciglia. « Abbiamo un problema? »

« No. » Lo disse sottovoce mentre lui si staccava dal marciapiede. Si scoprì a chiedersi se Margaret li avesse visti.

Ben la fece divertire raccontandole qualche aneddoto sugli artisti più caratteristici della galleria mentre correvano sulla splendida strada del Golden Gate Bridge. Poi anche lui tacque per un momento. Entrambi si misero a guardare il panorama.

« Bello, vero? » domandò. Deanna fece segno di sì con un sorriso. « Posso farti una domanda un po' strana? »

Lei parve stupita per un attimo. « Perché no? »

« Come va che tu e tuo marito vivete qui invece di vivere in Francia? Da quello che so dei francesi è gente che, d'abitudine, non ama molto vivere lontano da casa, a meno che non ci sia costretta. »

Lei rise. Quello che Ben aveva detto era vero. « Qui ci sono moltissimi affari di Marc. E comunque non è vero che lui resti molto in America; viaggia quasi tutto il tempo. »

« Ti sentirai un po' sola. » Era un'affermazione non una domanda.

« Ci sono abituata. »

Lui non seppe se doveva crederle o no. « Che cosa fai quando sei sola? »

Parlarono contemporaneamente, scoppiando a ridere: « Dipingo ».

« È quello che pensavo. »

« Perché sei venuta a Carmel? » Sembrava che avesse un sacco di domande da farle. Fino a quel momento non era stato difficile rispondere.

« Kim. Ha insistito che avevo bisogno di venire via. »

« Aveva ragione? » Le lanciò un'occhiata mentre prendeva la deviazione che conduceva alla zona militare recintata, sull'altro lato del ponte. « Avevi bisogno di andar via? »

« Suppongo di sì. Avevo dimenticato com'era stupendo Carmel. Erano anni che non ci andavo. Tu vai giù ogni week-end? » Provò la voglia di rispondere a quelle domande con altre domande. In fondo non le piaceva molto parlare di Marc con lui.

« Ci vado quando posso. Ma non è mai abbastanza per quello che vorrei. »

A quel punto lei si accorse che avevano imboccato una strada di campagna, stretta, e che stavano passando davanti a bunker abbandonati e costruzioni militari. « Ben, che cosa sono? »

Si guardò intorno con curiosità. Sembrava di essere capitati sul set di un film sugli anni del dopoguerra. Le caserme in rovina ai lati della strada, le finestre sbarrate da tavole di legno e fiori selvatici ed erbacce che scendevano fin sulla strada.

« È una vecchia postazione dell'esercito che risale all'ultima guerra. Chissà per quale motivo continuano a tenerla in piedi, anche se è vuota. Ma qui in fondo c'è una bellissima spiaggia. Ci vengo qualche volta, solo per pensare. » Alzò gli occhi a guardarla con un sorriso e ancora una volta Deanna si accorse che era molto bello e riposante stare con lui.

« Dà una sensazione curiosa, vero? Così bello e senza nessuno. » La sua era l'unica macchina quando si fermarono appena prima della spiaggia.

« Già, non c'è mai nessuno. E io non ho mai raccontato a nessuno che esiste questa spiaggia. Mi piace venirci da solo. »

« Ti capita spesso di farlo? O di fare cose del genere, come passeggiare da solo sulla spiaggia, a Carmel? » gli domandò. Lui annuì, girandosi a prendere il cesto sul sedile posteriore. Poi la osservò molto attentamente. « Non avrei mai pensato di rivederti dopo quella sera sulla spiaggia. »

« Neanch'io. È stato così strano passeggiare in quel modo parlando con te di arte. Avevo la sensazione che ci conoscessimo da anni e anni. »

« Anch'io, ma me lo sono spiegato con il fatto che tu assomigliavi tanto al quadro di Wyeth. » Lei sorrise e abbassò gli occhi. « Non sapevo assolutamente che cosa dire il giorno dopo, quando ti ho trovato nel tuo studio. Non sapevo se dovevamo fare capire a Kim, o no, che ci eravamo già incontrati. »

« E che cosa ti ha fatto decidere per il no? » Lei ricambiò lo sguardo di Ben con un sorrisino appena abbozzato.

« L'anello che porti alla mano sinistra. Ho pensato che, se lo facevo, sarebbe potuto essere imbarazzante per te. »

Era una cosa proprio da Ben e Deanna se ne rese conto: era intuitivo, lui, e premuroso. Lo vide aggrottare leggermente le sopracciglia e poi tornare a sedersi al suo posto. « Sarebbe imbarazzante per te se la gente sapesse che siamo qui a pranzo insieme? » domandò.

« Non vedo perché. » Ma l'espressione della sua faccia era più quella di una persona che vuole fare una bravata che non di chi dice la verità e Ben se ne accorse. « Non so. È una domanda che non mi sono mai posta. Non mi capita molto spesso di andare a pranzo con altri uomini. »

« E con mercanti d'arte che vogliono esporre i tuoi quadri? » Ben le sorrise. Non erano ancora scesi dalla macchina.

« No, men che meno con i mercanti d'arte. Non vado mai a pranzo con loro. »

« Perché no? »

Lei respirò a fondo e lo guardò dritto negli occhi. « Mio marito non approva che io dipinga. Lo trova un hobby simpatico, un passatempo, ma 'gli artisti sono tutti hippy e matti'. »

« Be', ecco sistemati, così, Gauguin e Manet. » Ci pensò un momento. Quando parlò Deanna ebbe l'impressione che i suoi occhi le arrivassero, ardenti, dritto nell'anima. « Non fa male? Non ti costringe a rinnegare una parte essenziale di te stessa? »

« A dire la verità, no. Continuo a dipingere. » Ma sapevano tutti e due che quel diniego era una menzogna. Deanna era stata costretta a rinunciare a qualcosa che desiderava moltissimo. « Suppongo che il matrimonio sia una specie di scambio », proseguì lei. « Ognuno dei due scende a un compromesso per qualche cosa. » Ma si poteva dire anche di Marc, quello? Scendeva al compromesso, lui? A che cosa aveva rinunciato? Prese un'aria pensierosa e triste e Ben preferì non guardarla.

« Forse è questo lo sbaglio che ho fatto quando mi sono sposato. Mi ero dimenticato i compromessi. »

« Avevi molte pretese », Deanna lo osservò con sorpresa.

« Forse sì. È stato talmente tanto tempo fa che mi riesce difficile affermarlo con sicurezza. La volevo come avevo sempre pensato che fosse... » La sua voce si interruppe lasciando la frase in sospeso.

« E come sarebbe dovuta essere? »

« Oh! » alzò gli occhi con un sorrisetto amaro. « Fedele, onesta, simpatica, innamorata di me. Le solite cose. » A quel punto scoppiarono a ridere tutti e due, lui afferrò il cesto del picnic e aiutò Deanna a uscire dalla macchina. Aveva portato anche una coperta che distese premurosamente per lei sulla sabbia.

« Buon Dio, sei stato tu a preparare questo pranzo? » Deanna guardò tutte le cose gustose che Ben stava tirando fuori dal cesto. C'erano insalata di gamberi, paté, pane francese, una scatoletta di paste e altro vino. E anche un cestino più piccolo, pieno di frutta sulla quale erano state sparse qua e là delle ciliegie. Deanna allungò la mano, ne prese un paio e se le appese all'orecchio destro.

« Sei incantevole in ciliegie, Deanna, ma hai provato l'uva? » E gliene porse un grappolino. Lei scoppiò a ridere e si dispose i chicchi sull'orecchio sinistro. « A guardarti, si direbbe che tu stia per venir fuori dalla cornucopia dell'Abbondanza... Fa molto *fête champêtre.* »

« E non lo è, forse? » Si abbandonò indietro fissando il cielo con un largo sorriso. Si sentiva terribilmente giovane e irrefrenabilmente felice. Si stava così bene con lui.

« Pronta per mangiare? » Abbassò gli occhi dall'alto della sua statura a guardarla, con una scodella di insalata di gamberi in una mano. Aveva una bellezza singolare, Deanna, così distesa, con eleganza, sulla coperta e con quei frutti che facevano capolino fra i capelli neri.

« A dirti la verità ho una fame da lupi. »

« Bene. Mi piacciono le donne che hanno un appetito robusto, da persone sane. »

« E che cos'altro? Che cos'altro ti piace? » Non era una domanda appropriata, ma non gliene importava.

« Oh, vediamo... Mi piacciono le donne che ballano... Le donne che scrivono a macchina... Le donne che sanno leggere e scrivere! Le donne che dipingono... Le donne con gli occhi verdi. » Si interruppe e ricominciò a fissarla. « E tu? » La sua voce si sentiva appena.

« Che genere di donne mi piace? » Rise come per prenderlo in giro.

« Oh, taci. Qui, ecco, prendi qualcosa da mangiare. » Le allungò il bastone di pane francese e il pâté e lei ne spezzò l'estremità e si mise a spalmarla abbondantemente di quella pasta delicata.

Era un pomeriggio perfetto: il sole splendeva alto

nel cielo, ma soffiava una brezza leggera mentre l'acqua lambiva con un dolce mormorio la spiaggia. Ogni tanto passava al volo un uccello. Dietro, quelle costruzioni abbandonate fissavano il panorama con occhi che non vedevano: era un mondo tutto loro.

« Ben, tu dipingi? »

Lui scosse la testa con una risata un po' triste. « Veramente no. Una volta mi ci provavo. Ma ho paura che il mio destino sia quello di vendere l'arte e non di crearla. C'è stata una volta, però, in cui sono riuscito a creare anch'io un'opera d'arte. » Aveva preso di nuovo l'aria sognante di prima mentre guardava lontano, verso la baia. Il vento e il sole scherzavano con i suoi capelli.

« Di che cosa si tratta? »

« Ho costruito una casa. Una casa piccola, ma graziosissima. Me la sono costruita con un amico. »

« Che cosa straordinaria! » Deanna ne fu colpita. « E dove? »

« Nel New England. A quell'epoca vivevo a New York. È stata una sorpresa per mia moglie. »

« Le piaceva? »

Lui scosse la testa e si voltò di nuovo a guardare la baia. « No. Non l'ha mai vista. Mi ha lasciato tre giorni prima che la portassi a vederla per la prima volta. » Deanna restò in silenzio per un momento, attonita. Entrambi avevano avuto le loro delusioni nella vita.

« Che cosa ne hai fatto? »

« L'ho venduta. Ci sono rimasto affezionato per un po', ci andavo, ma non era mai molto divertente. E poi mi sono trasferito qui. E ho comprato la casa a Carmel. » Tornò a guardare Deanna e i suoi occhi erano dolci e tristi. « Però è stato bello sapere che potevo farlo. »

Lei ebbe un lieve sorriso, mentre ascoltava. « Lo so », disse dopo un momento. « Ho provato anch'io la stessa cosa quando mi è nata Pilar. Anche se non era un maschio. »

« Ha davvero tutta questa importanza? » Sembrava irritato.

« A quell'epoca, sì. Significava moltissimo, per Marc, avere un maschio. Ma adesso non credo che gliene importi più. La adora. »

« Io penso che preferirei avere una femmina piuttosto di un maschio », osservò Ben.

Deanna parve sorpresa. « Perché? »

« Sono più facili da amare. Basta volere bene alle bambine. » Sembrava che gli dispiacesse di non avere avuto un figlio e lei si scoprì a domandarsi se si sarebbe mai risposato, un giorno.

« No, non lo farò. » Non la stava guardando, mentre parlava.

« Che cosa non farai? » Si sentiva confusa. Ben aveva uno strano modo di rispondere a domande che lei non aveva mai fatto, se non nel proprio cervello.

« Sposarmi di nuovo. »

« Sei incredibile. E perché no? » Era ancora sbalordita che Ben avesse capito ciò che stava pensando.

« Non ce ne sarebbe motivo. Ho quello di cui ho bisogno. E poi adesso sono troppo occupato con le gallerie. Non sarebbe giusto, a meno che non si tratti di una persona che condivida i miei interessi. Dieci anni fa ero meno attaccato al mio lavoro. Adesso ci sono dentro fino al collo. E tu? »

« Io ho già una figlia. Vuoi dire se ne desidero altri? » Non capiva.

« No, o forse sì, anche questo, ma tu credi che ti risposeresti? » La guardò apertamente, con quei profondi occhi verdi.

« Ma lo sono! Sposata, voglio dire. »

« Felicemente, Deanna? »

La domanda era penosa e diretta. Fece per rispondere di sì, poi si fermò. « Qualche volta. Accetto ciò che ho. »

« Perché? »

« Perché lui e io abbiamo una storia dietro di noi. » Si scoprì a non desiderare di pronunciare il nome di Marc con Ben. « Sono cose, quelle, che non si possono sostituire o rinnegare o a cui sfuggire. Abbiamo un passato. »

« Buono? »

« In parte. Una volta che io ho capito le regole del gioco. » Si stava rivelando brutalmente onesta, perfino con se stessa.

« E quali erano? » La sua voce era tanto dolce da riuscirle insopportabile; le faceva venir voglia di cercare conforto in lui e di non parlare di Marc. D'altra parte Ben era ormai suo amico. E lei aveva diritto soltanto a quello e a nient'altro. Solo alla sua amicizia. Quindi tanto valeva parlare con lui di Marc. « E quali erano queste regole? »

Lei sospirò e poi alzò le spalle. « Un sacco di 'non devi'. Non devi andare contro i desideri di tuo marito, non devi fare troppe domande, non devi vivere una vita tua, soprattutto come pittrice... Però è stato molto buono con me una volta. Mio padre mi aveva lasciato senza un soldo, senza nessuno e tanto spaventata quando è morto. Marc mi ha tirato fuori. Mi ha dato il conforto di una casa, una famiglia, la stabilità e in seguito Pilar. » Non aveva parlato dell'amore.

« Ne valeva la pena? E adesso? Lo ami? »

Il sorriso si spense lentamente. Lei annuì.

« Scusami, Deanna. Non avrei dovuto domandarlo. »

« Perché no? Siamo amici. »

« Sì. » Le sorrise di nuovo. « Certo, lo siamo. Vuoi andare a fare una passeggiata sulla spiaggia? » Era in piedi, con un braccio proteso per aiutarla. Le loro mani si toccarono brevemente prima che lui si voltasse e si avviasse a passi rapidi verso la riva, facendole segno di raggiungerlo. Lei si incamminò più lentamente, pensando a ciò che avevano detto. Perlomeno tutto era chiaro e lei amava Marc. Perlomeno non si sarebbe cacciata in un guaio con Ben. Per un minuto o due ne aveva quasi avuto paura; c'era qualcosa in lui che le piaceva moltissimo.

Le offrì delle conchiglie e poi entrò in acqua fino al ginocchio. Aveva già buttato via i sandali, tante ore prima. Sembrava un ragazzino spilungone, felice di giocare nella risacca, e lei sorrise mentre lo guardava.

« Facciamo una gara? » La guardò con aria sbarazzina andandole vicino e lei accettò la sfida, divertita. Se Pilar avesse potuto vedere sua madre in quel momento, correre in gara con un uomo sulla spiaggia, come se fossero due bambini! Ma si sentiva come una ragazzina mentre correva pesantemente sulla spiaggia umida, ansante e spettinata dal vento. Si fermò finalmente, ridendo, senza fiato, scuotendo la testa mentre lui le passava di fianco veloce come un lampo.

« Rinunci? » Si voltò a gridarle quelle parole. Quando lei fece segno di sì tornò indietro a balzi attraverso la spiaggia e si fermò nel punto dove lei si era lasciata cadere sulla sabbia. Il sole traeva sfumature rossastre dai suoi capelli scuri. Anche Ben si lasciò cadere di fianco a lei e restarono lì seduti, insieme, a guardare il mare e a riprendere fiato. Dopo un momento lei alzò gli occhi a guardarlo, sapendo già ciò che avrebbe visto: quelle pupille color del mare che aspettavano le sue.

« Deanna... » Attese un tempo interminabile, guardandola, e poi si chinò lentamente verso di lei bisbigliando le parole nella massa bruna dei suoi capelli spettinati dal vento. « Oh, Deanna, ti amo... »

E come se ormai non potesse più fermarsi si accorse di circondarle le spalle con un braccio mentre le chiudeva delicatamente la bocca con le labbra; ma le braccia di Deanna si aprirono per abbracciarlo altrettanto in fretta e la bocca di lei gli sembrò avida come la propria. Restarono lì seduti a lungo, stringendosi e accarezzandosi il volto, guardandosi negli occhi, senza più parole fra loro dopo quelle che lui aveva detto prima. Non avevano bisogno di parole; avevano loro stessi in un mondo dove il tempo si era fermato. Fu Ben il primo a staccarsi, senza dire niente, semplicemente alzandosi in piedi con movimenti pacati, lenti, tendendole una mano. Insieme, mano nella mano, tornarono indietro lungo la spiaggia.

Non parlarono più finché non si ritrovarono in macchina. Ben rimase lì seduto per un po', con aria tormentata.

« Dovrei dire che mi dispiace, Deanna, ma non è così. »

« Neanche per me. » Parlava come se fosse sotto choc. « Però non lo capisco. »

« Forse non è necessario. Possiamo restare ugualmente amici. » A quel punto Ben la guardò abbozzando un sorriso, ma non c'era sorriso negli occhi di lei, soltanto una vaga luce angosciosa.

« Non mi sento tradita. Perlomeno non da te. » Voleva che lui sapesse almeno quello.

« Da te stessa? »

« Forse. Credo di non capire, molto semplice. »

« Non ne hai bisogno. Sei stata molto chiara quando poco fa abbiamo parlato della tua vita. Non c'è niente che tu debba capire o spiegare. »

« Dicevi sul serio quando hai parlato così? » Voleva alludere a quel « ti amo » di Ben, ma capì che lui aveva intuito. « Provo anch'io la stessa cosa. È un po' assurdo! »

« No, non lo è affatto! » Scoppiò a ridere fragorosamente e le diede un bacio lieve sulla guancia. « Forse non è neanche molto assurdo. Ma, qualsiasi possano essere i nostri sentimenti, non rovinerò la tua vita. Hai quello che ti occorre e non sarò io l'uomo che può crearti delle complicazioni. Ho il sospetto che ci siano voluti questi ultimi diciotto anni perché tu riuscissi a scendere a patti con quella vita. » Era vero e lei lo sapeva. « Te lo prometto, Deanna. Non ti farò del male. »

« Ma che cosa faremo? » Lei si sentiva come una bambina, perduta nelle sue braccia.

« Niente. Faremo gli adulti, tutt'e due. E saremo buoni amici. Ti sembra che vada bene così? »

« Immagino di sì. » Ma nella sua voce c'era sollievo e anche rammarico. Non voleva ingannare Marc. Era molto importante per lei essere fedele.

Lui mise in moto la macchina e tornarono lentamente a casa, parlando poco nel viaggio di ritorno. Era una giornata che Deanna non avrebbe dimenticato facilmente. Sembrò che fosse passata un'eternità quando si fermarono davanti alla casa di lei.

« Verrai a pranzo nel mio studio una volta ogni tanto? » Aveva un tono così desolato la voce di Deanna, che gli fece sentire ancora più acuta la propria pena, ma sorrise.

« In qualsiasi momento vorrai. Ti telefono presto. »

Lei fece segno di sì e scese rapidamente dalla macchina. Lo sentì ripartire prima di avere il tempo di voltarsi a guardarlo.

Si avviò lentamente per le scale verso la camera da letto, si buttò sul letto e poi, lanciando un'occhiata al telefono, notò che c'era un messaggio da Marc. Quel pomeriggio la telefonata era stata presa da Margaret. Si sentì tutta tesa e contratta mentre lo leggeva: PER FAVORE CHIAMARE IL SIGNOR DURAS. Ma in quel momento non aveva voglia di chiamarlo, non aveva voglia di sentire la sua voce. No, proprio no.

Le occorse una mezz'ora per farsi forza e per chiedere la comunicazione. Alla fine compose all'apparecchio il numero delle comunicazioni intercontinentali e domandò al centralinista di parlare con Roma. Quando la misero in comunicazione con l'*Hassler* chiese la camera di Marc.

Quella volta lui c'era.

« Marc? Sono io. »

« Sì. Ciao. » Pareva freddo, la sua voce aveva un'intonazione strana.

« Deanna. » Pensò per un momento che suo marito non avesse capito di chi si trattava. Poi le venne in mente l'ora. A Roma erano le due del mattino. Senza dubbio stava dormendo profondamente.

« Sì, sì, lo so. Dormivo. »

« Scusami, ci hanno interrotto l'ultima volta che parlavamo e Margaret mi ha lasciato un messaggio. Ho pensato che si trattasse di una cosa importante. » Ma, d'un tratto, si era accorta di provare un certo imbarazzo nei suoi confronti. A sentirlo non si sarebbe detto che stava dormendo.

« D'accordo. Dove eri? » Dio, perché sembrava così freddo? Perché proprio in quel momento? Lei, Deanna, aveva bisogno di una ragione a cui aggrapparsi. Una ragione per non innamorarsi di Ben. Una ragione per restare fedele.

« Ero fuori. A fare spese. » Odiava la menzogna, ma che cosa poteva dirgli? Che stava baciando Ben Thompson sulla spiaggia? « Tutto bene a Roma? »

« Bene. Senti... » Le parve che esitasse un momento. « Ti richiamerò. »

« Quando? » Doveva saperlo. Aveva bisogno di sentirlo, aveva bisogno di continuare a sentirsi la sua voce nel cervello. Così, certo, avrebbe attutito il dolore per la rinuncia a ciò che non poteva avere. « Quando mi chiamerai? »

« Domani. Questo week-end. Ti chiamerò, non ti preoccupare. *D'accord?* »

« Sì, d'accordo, va bene. » Ma ormai si era adeguata anche lei al tono di Marc. « Ti amo. » Erano un tentativo di supplica, quelle parole, ma non sembrò che Marc lo capisse.

« Anch'io. Ciao. » Poi, senza aggiungere altro, riattaccò e Deanna si trovò a fissare con occhi vuoti il telefono.

Quella sera Deanna mangiò sola nello studio, poi rimase una mezz'ora sul terrazzino a guardare il sole che tramontava sulla baia. Sarebbe potuta essere con Ben se non lo avesse mandato via. Perché lo aveva fatto? Per potersi sentire virtuosa al momento di chiamare Marc che si trovava nell'altro emisfero? Si accorse che aveva le guance bagnate di lacrime. Quando sentì suonare il campanello della porta trasalì. Prese la decisione di non rispondere e poi si domandò se per caso non fosse Kim che veniva a vedere come stava. Kim avrebbe riconosciuto le luci nello studio e capito che lei si nascondeva. Si asciugò le lacrime con un lembo della camicetta e scese correndo, a piedi nudi, le scale di servizio. Non restò lì neppure un attimo a pensare chi potesse essere; aprì semplicemente la porta con l'aria di una bambina stanca e trasandata, in jeans e piedi nudi, con i capelli che le cadevano negli occhi. Alzò la testa, aspettandosi di vedere Kim, e indietreggiò di qualche passo sorpresa quando si accorse di chi si trattava. Era Ben.

« È un brutto momento? » domandò. Lei scosse la testa. « Possiamo parlare? » Sembrava turbato quanto lei e fu pronto a oltrepassare la soglia appena lei fece segno di sì.

« Vieni nello studio. Ero di sopra. »

« A lavorare? » Cercò i suoi occhi e Deanna scosse la testa.

« A pensare. »

« Ho pensato anch'io. »

Lei richiuse la porta senza rumore. Ben la seguì per le scale e lei gli indicò la sua poltrona preferita. « Caffè o vino? »

« Nessuno dei due, grazie. » All'improvviso sembrava nervosissimo, come se si domandasse perché era venuto. Poi si appoggiò allo schienale, chiuse gli occhi e si passò lentamente una mano fra i capelli. « È una pazzia, non sarei dovuto venire. »

« Sono contenta che tu lo abbia fatto. »

« Allora », aprì gli occhi e abbozzò un timido tentativo nella sua direzione, « sono contento anch'io, Deanna, io... Io so che questa è una pazzia... Ma, accidenti, ti amo! E ho la sensazione di essere un bambino irragionevole. Non dovrei neppure trovarmi qui. Non ho assolutamente niente di intelligente da dire all'infuori di quello che ti ho detto oggi sulla spiaggia. » La sua voce si abbassò fino a diventare un mormorio mentre teneva gli occhi fissi a terra. « Solo che ti amo. »

La stanza rimase immersa in un profondo silenzio per un lungo momento mentre lei lo osservava con gli occhi pieni di lacrime. Ben la udì sospirare. « Anch'io ti amo. »

« Lo sai che cosa sono venuto qui a dirti? » domandò lui. « Che sono pronto ad accettare qualsiasi cosa. Un minuto, una serata, un'estate. Non mi metterò sulla tua strada dopo di questo. Ti lascerò andare. Ma non riesco a sopportare di vederci perdere ciò che potremmo avere. » Soltanto a quel punto la guardò. La faccia di Deanna era bagnata di lacrime che scendevano lentamente sulla camicetta macchiata di colori, ma lei gli stava sorridendo e gli tendeva una mano. Ben la prese saldamente nella propria e la tirò verso di sé. « Non ti sembra pazzesco quello che ho detto? »

« Sì. Assolutamente. E alla fine dell'estate? »

« La smettiamo. »

« E che cosa succederà se non ne saremo capaci? »

« Dovremo farlo, semplicemente. Io lo farò perché so che sarà per la tua tranquillità. E tu? »

« Immagino che potrei riuscire anch'io. » Gli buttò le braccia al collo. « Non m'importa quello che succederà allora, so soltanto che ti amo! »

Lui ebbe un sorriso radioso mentre la stringeva a sé. Era quello che avrebbe voluto dire. Di colpo si sentì libero, eccitato e vivo.

« Vuoi venire a casa con me, Deanna? C'è tutto in

disordine, è un gran caos, ma voglio dividerlo con te, mostrarti i miei tesori. Voglio mostrarti le cose che hanno importanza per me, darti la mia vita, farti vedere le mie gallerie e il modo in cui lavorano. Voglio camminare con te sulla spiaggia di Carmel, voglio... Oh, Deanna, amore, amore, ti amo! »

Ormai ridevano tutti e due mentre Ben la sollevava fra le braccia e la portava giù dalle scale. Per un attimo Deanna ringraziò Dio che fosse la sera di libera uscita per Margaret, ma non restò a pensarci su molto. Fu solo un attimo, molto di più di quanto non avesse pensato a Marc. Ormai era di Ben. Di Ben, per l'estate.

9

« Buongiorno. » Udì la voce di Ben che le parlava dolcemente nell'orecchio. Aprì un occhio. La stanza era sconosciuta. Si trovò a fissare una parete giallo chiaro. Qualcuno aveva spalancato le imposte delle ampie finestre che davano sulla baia e il sole entrava a fiotti nella camera. C'erano degli alberi appena fuori della finestra e poteva sentire gli uccelli cantare. Era una splendida giornata calda d'estate, molto più simile a settembre che non a giugno.

Deanna lasciò che i suoi occhi si spostassero lentamente lungo quella parete giallo chiaro e presto furono attratti e affascinati da un acquarello che rappresentava una spiaggia e poi da un pastello più piccolo e da un quadro a olio. Tutte opere d'arte molto raffinate, serene e piene di sole, non molto diverse da Ben stesso. Si appoggiò su un gomito con uno sbadiglio, si stirò e sorrise. Lui la stava guardando con la faccia di un nuovo amore.

«È un'ora che ti aspetto. Credevo che non ti saresti mai svegliata! » D'un tratto, a sentirlo parlare così, le diede l'impressione non tanto di un amante quanto di un bambino e si mise a ridere.

« Credo di essere stata un po' stanca. » Sorrise di

nuovo e si lasciò andare fra le lenzuola, con una mano sulla coscia di Ben. Era stata una lunga notte deliziosa nelle sue braccia e non si erano addormentati che all'alba.

« È un reclamo, questo? »

« Uh, uh. » Lentamente gli fece scivolare le labbra su per la gamba fermandole sul fianco dove baciò la pelle morbida e chiara su cui si vedeva palpitare una vena. « Buongiorno, amore mio. » Ben la tirò giù prendendola dolcemente fra le braccia.

« Ti ho già detto stamattina quanto ti amo? » La stava guardando teneramente negli occhi e c'era qualcosa nella sua faccia che Deanna aveva sognato e dipinto, ma che non aveva realmente visto. Qualcosa di simile alla passione, a un amore travolgente. Qualcosa che, tanto tempo prima, aveva desiderato disperatamente anche lei e aveva smesso di credere che potesse esistere. « Ti amo, Deanna... Ti amo... » Le parole di Ben si dissolsero lentamente sulle sue labbra mentre la baciava per la prima volta quel mattino e faceva scivolare il suo corpo su quello di lei. Deanna protestò debolmente, ma fra una risata e un movimento sfuggente mentre lui la stringeva premendola più vicino a sé. « Hai qualche obiezione? » Aveva l'aria divertita e sorpresa; sembrava che niente di ciò che lei poteva dire lo avrebbe trattenuto.

« Ma non mi sono neanche lavata i denti! O pettinata... O... » Le sue parole continuavano a essere soffocate, travolte dai baci di Ben, mentre rideva convulsamente senza riuscire a fermarsi e gli passava le mani fra i capelli spettinati. « Ben... Devo... »

« No, niente affatto. Ti voglio bene così come sei. » Sembrava sicuro.

« Ma io... »

« Sshhh... »

« Ben! » Ma quella volta si dimenticò dei denti e dei capelli; era troppo felice lì dove si trovava, travolta, alla deriva su un mare di felicità mentre, con tutto il corpo, lui le penetrava nell'anima.

« Dormi, tesoro? » La voce di Ben era appena un mormorio quando finalmente si parlarono. Erano passate quasi due ore e Deanna era rannicchiata, felice, fra le sue braccia, con una gamba intrecciata a quelle di lui.

« Mm... Ben? »

« Sì? » Com'era dolce la voce di lui in quella calda mattina d'estate.

« Ti amo. » Lo disse con un tono da bambina.

« Anch'io ti amo. Adesso dormi. »

E Deanna ubbidì, per un altro paio d'ore. Quando riaprì gli occhi lui era in piedi in fondo al letto, vestito, e fra le mani reggeva un vassoio. Di colpo tutto il sonno le passò. Confusa, si mise a sedere sul letto passandosi una mano fra i capelli. D'un tratto si sentì molto nuda e in disordine come se dal letto si levasse il dolce profumo del loro amore. « Quanto tempo ho dormito? »

« Non moltissimo. E mi troverei anch'io nelle tue condizioni se non fosse perché devo andare in galleria, per un pranzo. Ne ho disdetto uno ieri e se disdico anche questo Sally si licenzia. Ma non starò via molto. » Le posò il vassoio sulle ginocchia mentre lei si appoggiava ai cuscini del grande letto matrimoniale. « Spero che andrà bene. » C'erano croissant, frutta, caffè, latte e un uovo in camicia. «Non sapevo con precisione che cosa ti piace al mattino. » E di nuovo, mentre sorrideva, sembrò molto giovane.

Deanna guardò stupita quella prima colazione, poi guardò lui. Che cosa poteva dire? Era apparso nella sua vita su una spiaggia a Carmel e in quel momento le preparava uova in camicia e croissant per la prima colazione e le chiedeva scusa perché non sapeva quali fossero i suoi gusti. Avevano fatto l'amore per tutta la notte e per quasi tutta la mattina; le aveva detto che l'amava e lei gli aveva ripetuto le stesse parole; non provava nessun senso di colpa a svegliarsi nel suo letto e non nel proprio, il letto che per diciotto anni aveva diviso con Marc. Si sentiva felice, giovane, innamorata e tutto ciò che desiderava era ciò che aveva avuto con Ben.

« La avverto, signore, che se mi vizierà in questo modo tremendo diventerò insopportabile in meno di una settimana. »

« No, non è vero. » Lo disse con un tono pieno di sicurezza, divertito. D'un tratto sembrò tornato adulto all'improvviso, molto maturo.

« Oh, no? E perché? »

« Perché domani sarà il tuo turno di preparare la colazione per me. È una democrazia, questa, Deanna. Viviamo qui insieme; facciamo le cose a turno. Ci viziamo l'un l'altro. Ci facciamo l'un l'altro le uova in camicia. » Si chinò a baciarla un'ultima volta. « E a me piacciono fritte. »

« Ne prenderò nota. » Gli sorrise.

Lui si alzò in piedi. « Te lo ricorderò io. »

« O.K. » Lei continuò a mangiare, completamente felice, a proprio agio. Le dava l'impressione che fossero mesi, se non addirittura anni che vivevano insieme. Non le sembrava affatto strano averlo lì, a sorridere radioso al suo seno nudo, mentre sorseggiava un caffellatte da una tazza giallo vivo. Ogni cosa fra loro era tranquilla, rassicurante, facile e autentica. Nella tazza gialla che stringeva in mano sentiva la solidità. Era salda, non come quelle così leziose, di Limoges, azzurre a fiorellini, che erano appartenute alla madre di Marc.

« Che cos'hai intenzione di fare oggi? »

« Credo che prima di tutto farò un bagno. » Arricciò il naso e scoppiarono a ridere tutt'e due.

« Mi piaci così come sei. »

« Sei un porcellino. » Però gli tese le braccia e Ben

la baciò di nuovo. Quando dovette staccarsi da lei alzò gli occhi al cielo con aria piena di rimpianto.

« Dio, forse dovrò disdire anche quel pranzo, a pensarci bene. »

« C'è più tardi. Oppure... » Fu lì lì per domandargli se si sarebbero rivisti quella sera, ma si accorse che poteva già leggergli la risposta negli occhi.

« Niente 'oppure', Deanna. Alle cinque avrò finito in galleria. Pensavo che si poteva andare in un posticino tranquillo per la cena. Magari a Marin? »

« Mi piacerebbe moltissimo. » Si riappoggiò ai cuscini con un sorriso radioso, ma notò subito che negli occhi di lui era apparsa un'ombra di ansietà. « Qualcosa che non va? »

« Non per me. Ma io... Io mi stavo domandando come la vedevi tu... Questa faccenda di uscire insieme. Non vorrei crearti una situazione difficile. »

« Non dovrebbe crearla. Dipenderà da quello che facciamo, da dove andiamo, da come ci comportiamo. Io credo che andrà tutto bene. » Lui fece segno di sì, senza dire niente, e lei gli tese una mano. Lui la prese in silenzio e tornò a sedere sul letto.

« Non voglio fare niente che possa poi danneggiarti. »

« Non lo farai. E adesso smettila di preoccuparti. Andrà tutto bene. »

« Però parlo sul serio, Deanna. Non sopporterei che tu dovessi soffrire per questo, in seguito. »

« Non credi che soffriremo tutti e due? »

Lui alzò gli occhi stupito. « Che cosa vuoi dire? »

« Voglio dire che questa sarà l'estate più bella della mia vita e spero anche della tua. Quando finirà, quando torneremo ognuno alla nostra vita, non credi che soffriremo? »

Lui fece segno di sì e abbassò gli occhi sulla bella mano aggraziata che teneva stretta, forte, nella propria. « Rimpiangi la nostra decisione? »

Deanna buttò indietro la testa e scoppiò in una

risata argentina prima di baciarlo teneramente sulla guancia. « Neanche per un momento. » Poi tornò di nuovo seria. «Però credo che saremmo pazzi se non ci aspettassimo di soffrire, in seguito. Se vale realmente, se è bello, se ci importa sul serio... Vuol dire che soffriremo. Dovremo accettare anche questo. »

« Lo accetto. Per me stesso. Ma... »

« Ma che cosa? Non vuoi fare soffrire anche me? Non vuoi che io lo provi? O che ti ami? Non essere assurdo, Ben. Ne vale la pena. »

« Lo capisco, questo. Sono d'accordo. Ma desidero anche un po' di discrezione. Non voglio creare problemi a te, con Marc. » Non osava pensare a quello che sarebbe successo alla fine dell'estate, ma era difficile credere che quel giorno sarebbe arrivato. I loro momenti insieme erano appena cominciati. « Dove sarai alle cinque? » Voltò la testa a guardarla dalla porta. « Qui? »

Lei scosse la testa. « Sarà meglio che vada a casa. »

« Vengo a prenderti là? » Sembrò dubbioso per un attimo.

« Ci troveremo qui. »

Lui fece segno di sì, sorrise e se ne andò. Lei sentì la piccola automobile tedesca che partiva e che si allontanava un momento più tardi, mentre girellava per la stanza; poi tornò a sedersi nuda sull'orlo del letto e accavallò le gambe. Stava sorridendo a se stessa. Aveva voglia di cantare. Si sentiva meravigliosamente ed era innamorata. Che uomo adorabile era Ben, com'era gentile, com'era pieno di attenzioni e com'era saggio! E poi, la divertiva anche; gli piaceva ridere, raccontare storielle buffe e un'infinità di cose divertenti. La notte prima aveva passato ore e ore a raccontarle episodi della sua giovinezza, a mostrarle album di fotografie di lui quando era bambino, dei genitori, della sorella e dei loro amici, molti dei quali erano artisti, attori, commediografi e scrittori famosi. Quegli album erano ancora lì, sul pavimento, spalancati.

Aveva una casetta comoda e accogliente, molto diversa dalla villa di Carmel. Là, la costruzione era più grande e le camere erano arredate con gli stessi colori morbidi e dorati della sabbia, con legno bianco, beige, grigio, color polvere e tessuti di lana soffice color panna o crema. La casa di città era un piccolo *bijou* appollaiata in cima a Telegraph Hill e piena zeppa di quadri e di libri. C'erano due profondi e ampi divani di cuoio rosso in un soggiorno le cui pareti erano tappezzate di libri dalla bella rilegatura, che trattavano quasi tutti di arte. Le pareti erano di un morbido color beige sul quale risaltavano le due tele che ci aveva appeso; i pavimenti erano di legno pregiato scuro e il tappeto era orientale, non bello però come quelli che Marc aveva portato dall'Iran per lei anni prima. Quella di Ben non era una casa di rappresentanza; si trattava invece di un ambiente caldo e simpatico dove era chiaro che gli piaceva stare e passare le serate con i suoi artisti o gli amici. C'era un camino che sembrava usato abbastanza frequentemente, con gli alari di ottone che aveva trovato in Francia e una viola da gamba appoggiata in un angolo. Aveva anche un piccolo pianoforte e una chitarra e una bella scrivania inglese antica e un busto di bronzo di Cézanne. Qualcuno degli oggetti che conteneva erano di valore, ma per la massima parte avevano soltanto valore per lui e per le persone che gli volevano bene. Il soggiorno era molto Ben, come la piccola, simpatica, camera da letto gialla che guardava a est, sulla baia, e che era molto luminosa nel sole del mattino. Aveva perfino una minuscola terrazza piena zeppa di vasi di piante dai colori vivaci e ci stavano anche due sedie a sdraio, comode, con la tela un po' sbiadita. Poi non c'erano altro che la cucina e una camera nella quale Ben teneva le cose che riguardavano il suo lavoro: qualche tela di pregio, molti scaffali e schedari, un'altra scrivania. Quella camera in più gli consentiva di lavorare a casa e, come la macchina, era utile, ma non lussuosa. Mentre Deanna si guardava in giro si rese conto che Ben era uno strano miscuglio di comodità e di stile; sembrava che riuscisse sempre a combinare felicemente le due cose in un modo che era tutto suo, assolutamente unico. Deanna si infilò la sua vestaglia di seta blu e nera e uscì lentamente sulla terrazza. Si mise a sedere su una delle due sedie a sdraio dalla tela stinta. Una volta erano state di un verde acceso, ma ormai il sole le aveva fatte sbiadire fino a ridurle a un verdolino pallido. Allungò le gambe per un momento, girando la faccia verso il sole e pensando a lui, domandandosi dove era... Già alla galleria? Oppure stava pranzando? O firmando assegni con Sally? O chiacchierando con Gustave? Insomma, era un modo piacevolissimo di vivere. Lasciò che la vestaglia si aprisse leggermente e sorrise, assaporando il tepore luminoso del sole. Di lì a poco sarebbe tornata a casa, a dipingere nel suo studio. Ma non ancora. Era troppo felice seduta lì al sole, come un gatto, pensando a Ben.

« Grazie signore... Signora Duras. » Il portiere dell'*Hassler* si inchinò cerimoniosamente a Chantal e a Marc mentre lasciavano l'albergo dopo avere pagato il conto e Marc gli allungò una mancia più che generosa. Una macchina li stava già aspettando fuori dell'albergo. Le valigie erano state sistemate nel bagagliaio e l'autista attendeva di condurli all'aeroporto.

Chantal si mostrò stranamente silenziosa durante il tragitto. Infine Marc staccò lo sguardo dal finestrino e si decise a incontrare i suoi occhi.

« Sei sicura che sia proprio ciò che vuoi fare? »

« Assolutamente sicura. »

Ma lo lasciava preoccupato. Non l'aveva mai vista così ostinata. Aveva insistito dicendo che non si sarebbe nascosta a Sanremo o in nessun'altra località della Riviera. Voleva tornare a Parigi e aspettarlo là, mentre

Marc sarebbe andato a trovare la sua famiglia a Cap d'Antibes. Per fare un week-end di nascosto con il suo amante, l'uomo che le aveva chiesto di sposarlo? La minaccia implicita in quell'annuncio non era andata perduta per Marc. D'un tratto si sentì travolgere da un impeto di gelosia omicida.

« Si potrebbe sapere almeno quello che hai deciso di fare di te stessa per tutto l'week-end? » Nella sua voce si sentiva una sfumatura di asprezza, ma Chantal ricambiò il suo sguardo tranquillamente, intanto che l'automobile correva veloce fra il traffico della strada.

« Andrò in ufficio. Non posso lasciare ogni cosa nelle mani di Marie-Ange. È già abbastanza brutto che io le scarichi sulle spalle tutto ogni volta che partiamo per un viaggio! Quando ho il tempo di farlo preferisco andare in agenzia a vedere che cosa succede. »

« La tua dedizione al lavoro mi lascia impressionato. Che cosa nuova, vero? » Gli capitava raramente di essere sarcastico con Chantal.

Ma lei non gli fu da meno. E con un tono identico a quello di Marc disse: « No, non lo è. La verità è un'altra: non sei qui molto spesso per accorgertene. Si può sapere esattamente che cosa pensavi che io avessi in mente di fare? »

« La notizia di ieri non è passata inosservata, Chantal. »

« Ho detto che mi era stata fatta una domanda di matrimonio. Non ho detto che l'avevo accettata. »

« Molto consolante! D'altra parte c'è da presumere che non ti avrà fatto una domanda del genere soltanto dopo averti invitata a un paio di pranzi o a un tè. Dovrei pensare che vi conoscete reciprocamente piuttosto bene. »

Chantal non rispose. Si limitò a guardare fuori del finestrino, mentre Marc-Edouard fremeva di collera. Accidenti, che cosa si aspettava da lui? Non poteva stare con lei più di quanto faceva già ed era un po' difficile che potesse proporle il matrimonio. Aveva Deanna.

Ma la voce di Chantal fu curiosamente dolce mentre gli rispondeva. « Non te ne preoccupare. »

« Grazie. » Sospirò e sembrò diventato quasi curvo mentre le prendeva la mano. « Ti amo, tesoro. Per piacere, per piacere, cerca di capire. »

« Figurati se non lo faccio! Più di quanto tu creda. »

« Lo so che è difficile per te. Ma anche per me. Però, almeno, vedi di non assumere una posizione di rivalità con Pilar e mia madre. Questo non è assolutamente giusto. Devo vedere anche loro. »

« Forse, ma anche me. » C'era qualcosa di così triste nella sua voce che Marc non trovò nient'altro da dire. Fosse stato un uomo meno razionale avrebbe deciso, magari, di infischiarsene della ragione e di portarla con sé, ma sapeva di non poterlo fare assolutamente.

« Tesoro, mi dispiace. » Con dolcezza le fece scivolare un braccio intorno alle spalle e l'attirò più vicino a sé. Non incontrò resistenza. « Si tratta soltanto di pochi giorni, sarò a casa domenica sera e potremo andare a cena da *Maxim's* prima di partire per Atene. »

« Quando partiremo? »

« Lunedì o martedì. »

Lei fece segno di sì, di nuovo. E lui la tenne stretta contro di sé per tutto il tragitto fino all'aeroporto.

Deanna girò la chiave nella serratura e si fermò un momento, tendendo l'orecchio per sentire se c'era Margaret. No, in casa non c'era nessuno. Era ancora la giornata di libertà di Margaret. Possibile? Non erano passate settimane? O mesi o addirittura anni? Possibile che fossa andata via con Ben per fare l'amore con lui per la prima volta soltanto la sera precedente? Non erano passati diciott'anni, per caso, da quando aveva lasciato la casa? Il cuore le batteva forte mentre richiudeva la porta alle sue spalle. C'era stata una pace talmente profonda a casa di Ben mentre si faceva il bagno e si vestiva. Era rimasta a osservare due uccellini che giocavano sul terrazzino e aveva ascoltato uno dei suoi dischi mentre rifaceva il letto. Uscendo, aveva afferrato una prugna da una grande cesta di frutta in cucina, con la sensazione di avere vissuto lì per anni, anni che erano suoi come anche di Ben. E, d'un tratto, si trovava lì di nuovo. In casa di Marc, la residenza di monsieur e madame Duras. Diede una rapida occhiata a una fotografia di loro due, in una cornice d'argento, presa durante la prima estate passata a Cap d'Antibes. Ma era proprio lei, quella? In piedi, con un bicchiere di vino bianco stretto fra le dita in un gesto poco disinvolto, mentre Marc conversava con sua madre, seminascosta dall'ampio cappello di paglia che portava. Come si sentiva imbarazzata anche solo a riguardare quella foto, come si sentiva imbarazzata in quella stanza. Si fermò all'ingresso del salone con i mobili rivestiti di seta verde pallido e il tappeto Aubusson, pensando che le bastava guardarlo per sentirsi venire freddo. Eppure quella era la sua casa. Quella il luogo a cui apparteneva realmente, non l'appartamentino lassù in collina dove aveva passato la notte con uno sconosciuto. Che cosa diavolo stava facendo?

Fece scivolare i piedi fuori dei sandali, si mise a camminare scalza per quella sala verde, glaciale e andò a sedersi con cautela sul divano. Che cosa aveva fatto? Aveva tradito Marc per la prima volta in diciott'anni ed era sembrato tutto così naturale, così normale. Allungò la mano per prendere una piccola fotografia di Pilar in un'altra cornice d'argento e si accorse di tremare. Pilar era in tenuta da tennis; la fotografia era stata scattata nel Sud della Francia. Deanna la fissò quasi come se non la vedesse. Le parve persino di non udire il trillo insistente del campanello. E ci vollero due o tre minuti prima che si accorgesse che doveva esserci qualcuno alla porta. Balzò in piedi, stupita, e riappoggiò al suo posto la fotografia di Pilar.

« Chi è? »

Una voce la informò che c'era un pacco da consegnare. Riluttante, Deanna aprì la porta e vide un fattorino. « Ma io non ho ordinato... » Poi capì. Erano fiori che mandava Ben. Per un attimo provò il desiderio di respingerli, di rimandarli indietro, di fingere che la notte precedente non fosse mai esistita e che non sarebbe esistita mai più. Invece allungò le braccia a prendere il mazzo di fiori, ne tolse il biglietto e lo tenne un momento in mano prima di leggere ciò che diceva:

« Torna presto a casa, amore mio. Ti troverò là alle cinque. Ti amo.

Ben ».

Ti amo, Ben. I suoi occhi passarono rapidi su quelle parole e si colmarono di lacrime. *Ti amo, Ben.* Ormai era troppo tardi: anche lei lo amava.

Corse di sopra nella sua camera e preparò una valigetta. Poi passò nello studio. Era tutto quello che avrebbe portato con sé. Una o due tele soltanto e un po' di colori che avrebbe fatto bastare. Non si sarebbe fermata che per qualche giorno. Tutto lì.

Lasciò un numero di telefono per Margaret e spiegò che era andata a stare da un'amica. Alle cinque e mezzo era tornata a casa di lui. Parcheggiò la *Jaguar* a mezzo isolato di distanza e si incamminò esitante verso la porta. Che cosa stava facendo? Era impazzita? Ma lui la aveva già sentita quando era ancora sui gradini. Prima che lei facesse il gesto di suonare Ben aveva già aperto la porta con un inchino, un sorriso e un ampio gesto del braccio.

« Entra. Sono ore che ti aspetto. » Ben richiuse lentamente la porta. Per un attimo lei si fermò dov'era, con gli occhi chiusi per lottare contro le lacrime.

« Deanna? Stai bene, tesoro? » C'era preoccupazione nella sua voce, ma lei fece segno di sì. Lentamente le circondò le spalle con le braccia. «Hai paura? »

Lei aprì gli occhi e, con un po' di esitazione, annuì.

Ma Ben si limitò a sorridere e a stringerla ancora di più mentre le sussurrava nei capelli: « Anch'io ».

10

« D'ACCORDO, bambina, alza i tacchi. Tocca a te. » Ben le diede una leggera spinta in mezzo alla schiena e Deanna si lasciò sfuggire un lamento.

« No, non è vero. Ieri ho preparato io la colazione. » Sorrise nel cuscino nascondendo la faccia.

« Lo sai che ti voglio bene anche se sei una gran bugiarda? Ieri sono stato io a preparare la colazione e anche due giorni prima e poi per altri quattro giorni, prima ancora. Anzi penso che adesso tocchi a te per tre giorni di fila. »

« È una bugia! » Deanna si era messa a ridere come una sciocchina.

« Niente affatto, per tutti i diavoli! Te l'ho detto: questa è una democrazia! » Stava ridendo anche lui e cercava di far voltare quel corpo nudo, che amava tanto, in modo da poterla vedere in faccia.

« La democrazia non mi piace! »

« Sei dura, eh? Voglio caffè, pane francese tostato e uova. »

« E se io non intendessi prepararla? »

« Allora stanotte dormi sul terrazzino. »

« Lo sapevo. Avrei dovuto portare Margaret. »

« *Un ménage à trois*? Una delizia. Sa cucinare? »

« Meglio di me. »

« Bene. La obbligheremo a trasferirsi qui oggi stesso. » Rotolò fuori del letto con un sorriso soddisfatto. « Intanto alzati e dammi da mangiare. »

« Sei maledettamente viziato. »

« E mi piace da matti. »

« Diventerai grasso. » Deanna si sedette sul bordo del letto osservando il corpo di Ben che era ben lontano dall'essere fuori forma, anzi, era perfetto. « E poi le uova non ti fanno bene, contengono i carboidrati o il colesterolo o i cromosomi o qualcos'altro e... » Lui puntò un dito verso la cucina mentre la sua faccia prendeva un'espressione di finto rimprovero e Deanna si alzò in piedi. « Ti odio. »

« Lo so. »

Ridendo sparì in cucina. Erano insieme da quindici giorni: un momento; una vita intera. Si dividevano le faccende domestiche e la cucina. Due volte la settimana veniva una buffa vecchietta a pulire la casa, ma a Ben piaceva fare le cose da sé e Deanna scoprì che si divertiva e che le dava gioia dividere certe cose con lui. Andavano a fare la spesa, preparavano la cena, lucidavano gli ottoni e strappavano le erbacce dai fiori sul terrazzino. Lei lo osservava immergersi nella lettura di cataloghi di future vendite d'asta e lui restava a guardarla quando disegnava o lavorava con i pastelli o con i colori a olio. Ben era la prima persona alla quale lei avesse mai concesso di vedere i suoi quadri prima che fossero finiti. Leggevano romanzi polizieschi, guardavano la televisione e andavano a fare passeggiate in macchina; una volta camminarono sulla spiaggia a mezzanotte e due volte andarono a dormire nella sua casa di Carmel. Deanna si recò a un altro *vernissage* della sua galleria e a fare visita a un nuovo artista, facendosi passare per sua moglie. Era come se niente fosse successo prima e niente dovesse succedere dopo: avevano soltanto il tempo e la vita passati insieme.

Deanna posò il vassoio con la colazione di Ben e il giornale. « Sai una cosa? Mi sei simpatico. Sì, sul serio. »

« Sembri sorpresa. Avevi paura che la democrazia ti facesse stancare? »

« Forse. »

« Non mi piace dipendere dalle altre persone, come per esempio le cameriere. Fondamentalmente, mi piace una vita molto semplice. ».

Lei rise tra sé, ricordando i tre quadri costosissimi che aveva comprato il giorno prima a Los Angeles, ma sapeva che quanto stava dicendo Ben era vero. Il lusso non era il suo stile.

Lui si chinò a baciarle la punta del naso, poi si riappoggiò ai cuscini con la colazione che Deanna gli aveva preparato, ancora sul vassoio. « Ti amo, Deanna. » Le fece un sorrisetto diabolico. « E adesso sei disposta a firmare un contratto con la mia galleria? »

« Ricominci? Ah, adesso capisco tutta questa storia. Ecco il motivo! Volevi semplicemente che io firmassi un contratto con la tua galleria. Lo sapevo! Lo sapevo. » Si mise a ridere mentre lui scansava il cuscino che gli aveva tirato in testa. « Certa gente è capace di qualsiasi cosa pur di ottenere dai nuovi artisti che firmino un contratto. »

« Be'? Ha funzionato? »

« Naturalmente che no! Dovrai fare ben altro! E di meglio! »

« Di meglio? » La guardò con aria minacciosa e mise da parte il vassoio della colazione. « Che cosa intendi esattamente con quel 'meglio', perché io... » Le chiuse la bocca con le labbra e allungò le mani ad accarezzarle il corpo. « Meglio? » Stavano ridendo tutti e due. E soltanto dopo mezz'ora riuscirono a staccarsi l'uno dall'altro e a riprendere fiato. « Be', è stato meglio? » domandò Ben.

« Molto. »

« Bene. » Alzò gli occhi a guardarla felice dal punto del letto in cui era disteso. « E adesso firmerai? »

« Be'... » Gli appoggiò la testa sul petto e lo guardò con un piccolo sbadiglio. « Forse se ripeti tutto quello che hai fatto daccapo... »

« Deanna! » Rotolò su di lei coprendola con il proprio corpo, afferrandole la gola con le mani e stringendola minacciosamente. « Voglio che tu firmi un contratto con me! » Lo urlava con voce tonante.

Lei sorrise dolcemente. « O.K. »

« Che cosa? » Si mise a sedere di scatto con una espressione di stupore dipinta sulla faccia.

« Ho detto O.K. »

« Parli sul serio? »

« Sì. Mi vuoi ancora? Per la galleria, voglio dire. » Sorrise e lo guardò con aria interrogativa. Forse non era stato che un gioco fin dal principio.

Ma lui la stava fissando come se fosse impazzita. « Certo che ti voglio ancora, matta che non sei altro! Sei la migliore di tutti i nuovi artisti sui quali son riuscito a mettere le mani in quindici anni! Parli sul serio, Deanna? Firmerai? » Lei fece segno di sì. « Non sentirti obbligata, sai? Io ti voglio bene anche se non mi lasci vedere il tuo lavoro. »

« Lo so. Ma sono settimane che ti sto guardando lavorare e non riesco più a sopportarlo. Voglio farne parte anch'io, voglio anch'io la mia mostra. »

Lui rise. « La tua, eh? Da sola, senza altri artisti. Va bene, l'avrai. Quando? »

« Quando va bene per te. »

« Devo controllare il calendario con Sally. Forse tra poche settimane. » Attaccò la colazione con un sorriso radioso. Lo stesso che avrebbe avuto se Deanna avesse appena dato alla luce suo figlio.

« Ben? Credi che io stia facendo la cosa giusta? »

Lui capì quello che stava arrivando. I dubbi erano lì, sulla faccia di Deanna. Ma quella volta non l'avrebbe lasciata tornare sulla sua decisione. « Taci. Se ricominci facciamo la mostra la settimana prossima. Sei più che buona. Sei fantastica. Sei favolosa. Oh, buon Dio, Deanna, sei la giovane artista migliore della città e forse anche di Los Angeles. Adesso taci e lascia che sia io a decidere tutto. Va bene? »

« Va bene. »

Per un po' rimase in silenzio, pensando soprattutto a Marc. Come faceva a dirgli che si era finalmente decisa a fare una mostra? Oppure era meglio lasciarlo nell'ignoranza? Molti anni prima le aveva chiesto di mettere da parte i suoi sogni sull'arte, dicendo che madame Duras non poteva essere uno di quei « pittori hippy ». Ma lei non era così, accidenti, e poi che diritto aveva di...

« A che cosa stai pensando? » Ben non aveva smesso di guardarla.

« Oh, a niente di particolare. » Lei sorrise. « Stavo semplicemente pensando alla mostra. »

« Sei sicura? Dall'aria che avevi sembrava quasi che tu avessi paura di essere picchiata. »

Lei sospirò, poi lo guardò di nuovo. « Be', la sensazione era pressappoco quella. Stavo cercando di pensare a... A quello che devo dire a Marc. »

« Ci sei proprio costretta? » Per un attimo anche la voce di Ben parve carica di tensione.

« Probabilmente dovrei. Immagino che adesso ti sembri ridicolo e assurdo, ma non voglio essere disonesta con lui. Non più di quello che è necessario. »

« Sì, sembra assurdo e pazzesco, ma capisco quello che vuoi dire. Non gli farà piacere la mostra, è così? »

« No, non gli farà piacere. Però credo che dovrei informarlo. »

« E se lui dice no? » Ben aveva preso un'aria addolorata, offesa e Deanna abbassò gli occhi.

« Non lo farà. »

Ma sapevano entrambi che, invece, lo avrebbe fatto.

Marc entrò nell'appartamento senza fare rumore. Era già il secondo week-end che andava via senza Chantal. Ma i suoi fine settimana nel Sud della Francia con la famiglia erano sacri. Chantal lo aveva sempre capito prima. Perché da un po' gli creava dei problemi? Il venerdì, quando era partito, quasi non gli aveva parlato. Posò la valigia in anticamera e si guardò in giro. Non era in casa. Erano già le nove passate. Dove diavolo poteva trovarsi? Fuori? Fuori con chi? Gli sfuggì un lungo sospiro di stanchezza mentre si sedeva sul divano. Si guardò in giro. Non gli aveva lasciato un messaggio. Diede un'altra occhiata all'orologio e quella volta allungò la mano verso il telefono. A San Francisco sarebbe stato mezzogiorno, una buona ora per dare notizie di Pilar a Deanna. Compose direttamente il numero di casa all'apparecchio e aspettò di sentirlo suonare. Era una settimana che non le parlava. Troppo impegnato per chiamare e l'unica volta che lo aveva fatto, Margaret gli aveva detto che sua moglie era fuori.

« Pronto? » Deanna rispose al telefono con il fiato corto perché aveva appena salito le scale dello studio. Ben l'aveva lasciata in quel momento. Gli aveva promesso di tornare a casa a scegliere venticinque dei suoi quadri preferiti. Un lavoro che l'avrebbe tenuta impegnata per alcuni giorni. « Sì? » Non aveva ancora ripreso fiato e, al primo momento, non si era neppure accorta che lo squillo era quello di una telefonata intercontinentale.

« Deanna? »

« Marc! » Fissò il telefono sbalordita, come se suo marito fosse un fantasma che emergesse dal passato.

« Non avere quel tono così sorpreso! Non è poi così tanto che non ci parliamo. »

« No, no, mi dispiace. Io ecco... Stavo pensando a qualcos'altro. »

« Qualche cosa che non va? »

« No, naturalmente. Come sta Pilar? È tanto che non la vedi? »

« L'ho vista oggi. Sono appena tornato da Antibes. Sta bene e ti manda tanti saluti affettuosi. » Era una bugia, ma una bugia che lui ripeteva spesso. « E anche mia madre ti saluta con tanto affetto. »

Deanna non poté trattenere un sorriso a quell'ultima notizia. « Pilar sta bene? » D'un tratto, parlando con Marc, le erano tornati in mente tutti i suoi doveri.

« Sì, Pilar sta bene. »

« Non ha comprato la motocicletta, vero? »

Ci fu un lungo momento di silenzio. Troppo lungo.

« Deanna... »

« Marc, l'ha comprata? » La voce di Deanna si alzò. « Dannazione, l'ha comprata! Lo sapevo. »

« Non è una vera e propria motocicletta, Deanna. È più, più un... » Cercava le parole, ma era stanco e poi: dove accidenti era andata Chantal? Erano le nove e tre quarti. « Sul serio, non devi preoccuparti. Andrà tutto benissimo. L'ho vista mentre la guidava. Sta molto attenta. La mamma non gliela lascerebbe guidare se non fosse così. »

« Tua madre non la può vedere guidare da casa. E non riesce a controllarla più di quanto non ci riusciamo tu e io. Marc, ti avevo detto esplicitamente... » Si sentì gli occhi pieni di lacrime. « Dio santissimo, Marc, perché non mi dai mai retta? »

« Calmati. Non le succederà niente. E tu che cosa hai fatto? »

« Non molto. » La voce di Deanna era glaciale. « Ho telefonato una volta; eri fuori. »

« Ho cominciato a dipingere in uno studio. »

« Non puoi lavorare a casa? » Marc sembrava stizzito e confuso.

Deanna chiuse gli occhi. « Ho trovato un posto dove per me è più facile lavorare. » Il cuore cominciò a batterle all'impazzata mentre pensava a Ben. E se Marc le avesse letto nel pensiero? E se avesse saputo? Oppure se qualcuno li avesse visti insieme? E se...

« Siamo via tutt'e due e non riesco a capire perché non puoi dipingere a casa tua. E poi che cos'è questa nuova frenesia che ti ha preso di metterti a dipingere? »

« Quale 'frenesia'? Dipingo come sempre. Il mio lavoro mi piace. » A parlare così lo stava facendo inasprire e lo sapeva.

« Non credo proprio che tu debba chiamarlo 'lavoro'. » Marc sospirò nel telefono e diede un'occhiata all'orologio.

« Lo chiamo lavoro perché lo è. Faccio una mostra dei miei quadri in una galleria il mese prossimo. » La sua voce era carica di sfida e sentì il suo cuore che batteva sempre più forte. Lui non rispose.

Poi: « Stai facendo... che cosa? »

« Terrò una mostra in una galleria. »

« Capisco. » C'era una sfumatura antipatica, divertita, nella sua voce e per un attimo Deanna lo odiò. « Allora è così? Vuoi passare un'estate da *bohémienne?* Be', può darsi che ti faccia bene. »

« Quella mostra è importante per me. »

« Allora può aspettare. Ne parleremo quando sarò tornato. »

« Marc... » *Sono innamorata di un altro uomo...* « Ho intenzione di fare quella mostra. »

« Bene. Aspettiamo soltanto fino all'autunno. »

« Perché? Pensi così di riuscire a farmi cambiare idea quando torni a casa? »

« Non farei niente di simile. Ne parleremo allora. »

« Non aspetterò. Ho aspettato già anche troppo. »

« Ascolta, tesoro, sei troppo vecchia per i capricci e

troppo giovane per la menopausa. Secondo me stai semplicemente comportandoti da persona irragionevole. »

Lei provò una gran voglia di picchiarlo, ma poi, solo per un momento, anche di ridere. Era una conversazione ridicola e si rese conto che, dal suo tono, assomigliava molto a Pilar. Rise e scosse la testa. « Forse hai ragione. Senti che cosa ti dico: tu occupati di vincere la tua causa ad Atene; io farò quello che devo fare con la mia arte e ci vediamo in autunno. »

« È un modo di dirmi di occuparmi dei fatti miei? »

« Forse sì. » D'un tratto si scoprì più coraggiosa di quanto non fosse stata da anni e anni. « Forse ognuno di noi due deve semplicemente fare quello che sente di dover fare adesso. » *Oh Dio, che cosa stai facendo? Gli stai dicendo...* Trattenne il fiato.

« Bene, in questo caso bisogna che tu stia ad ascoltare tuo marito; tuo marito ha bisogno di andare a letto e allora perché non piantiamo lì questo discorso per un po'? Ne riparleremo tra qualche giorno. D'accordo? E nel frattempo, niente mostra dei tuoi quadri. *C'est compris*? Capisci? »

Deanna provò una gran voglia di stringere i denti. Non era una bambina e Marc era sempre lo stesso. Pilar aveva ottenuto la sua motocicletta, Deanna non avrebbe ottenuto di fare la mostra d'arte e ne discuteremo « quando io ne avrò il tempo ». A modo suo, sempre a modo suo. Ma d'ora in avanti non più. « Capisco, Marc, ma non posso essere d'accordo. »

« Non hai scelta. »

Non era da lui pronunciare frasi così banali. Deanna si rese conto che doveva essere stanchissimo. E, probabilmente, se ne era accorto anche lui. « Non importa », disse. « Mi dispiace. Ne parleremo un'altra volta. »

« Bene. » Rimase un attimo in silenzio nello studio ad aspettare, chiedendosi che cosa avrebbe detto.

Lui disse: « *Bonsoir* ».

E riattaccò. Buonanotte. Quella volta Deanna non si era neanche data tanto da fare per dirgli che lo amava. « Niente mostra dei quadri. » Quelle parole continuavano a ritornarle in mente. Niente mostra dei suoi quadri. Sospirò profondamente e si lasciò cadere sulla poltrona. E se lo avesse sfidato? E se avesse fatto la mostra ugualmente? Poteva fargli una cosa simile? Poteva farlo a se stessa? Sarebbe stata tanto coraggiosa da andare avanti e da fare ciò che desiderava? Perché no? Marc era lontano e lei aveva Ben. Ma non era per Ben. Era per se stessa. Doveva farlo. Per se stessa..

Mentre Marc posava il microfono guardò ancora l'orologio che aveva al polso. Ormai erano quasi le dieci e la telefonata a Deanna non gli aveva minimamente placato i nervi. Anzi, tutt'altro! Accidenti, le aveva parlato della motocicletta pur non avendone nessuna intenzione. E quella maledetta mostra! Perché diavolo non la piantava con tutte quelle scemenze? E dove diavolo era Chantal? La gelosia cominciava a roderlo mentre si versava un bicchiere di scotch. Quando udì il campanello andò alla porta e la socchiuse soltanto. Era il vecchietto che abitava nell'appartamento vicino. Monsieur Moutier. Un tesoro, diceva Chantal, e aveva una figlia e una cameriera che si occupavano di lui. Aveva fatto l'avvocato, ma ormai aveva ottant'anni. E aveva un debole per Chantal. Una volta le aveva anche mandato dei fiori.

« *Oui*? » Marc lo guardò con aria interrogativa chiedendosi se, per caso, il vecchio non stesse male. Perché sarebbe dovuto venire a suonare alla loro porta a quell'ora, altrimenti? « C'è qualcosa che non va? »

« Io... No io... *je regrette*. Volevo chiedere a lei la stessa cosa. Come sta mademoiselle? »

« Benissimo, grazie, solo che, da quel che mi pare di capire, ritarda un po' a tornare a casa. » Sorrise all'anziano signore che portava una giacca nera da smoking e un paio di pantofole a mezzo punto, senz'altro ricamate dalla figlia. « Vuole entrare? » Marc si fece da parte perché aveva una gran voglia di tornare al suo scotch, ma il vecchio signore scosse la testa.

« No, no... » Guardò Marc con aria addolorata. Capiva fin troppo bene. L'uomo che viaggia sempre, l'uomo che non c'è mai. Era stato così anche lui. Poi sua moglie era morta e lui aveva imparato troppo tardi. « Non è in ritardo, monsieur, l'hanno portata all'ospedale ieri sera. » Guardò attentamente Marc mentre sulla faccia di quest'ultimo si rivelavano lo smarrimento e l'angoscia.

« Chantal? Mio Dio! Dove? »

« L'Ospedale Americano, monsieur. Sembrava sotto choc. L'autista dell'ambulanza ha detto... »

« Oh, mio Dio! » Marc guardò terrorizzato il vecchio signore, poi corse in casa a prendere la giacca che aveva buttato su una sedia. Tornò subito e richiuse con un tonfo la porta dell'appartamento mentre il vecchio si faceva da parte. « Devo andare. » Oh, mio Dio... Oh, Chantal... Oh, no... Allora non era fuori con un altro uomo! Dopo avere sceso le scale a precipizio, con il cuore che gli batteva sordamente in petto, Marc uscì correndo in strada e chiamò con un gesto un tassì.

11

Il tassì si fermò davanti al numero 92 di boulevard Victor Hugo a Neuilly, in un tranquillo sobborgo di Parigi. Marc cacciò in mano all'autista qualche banconota francese ed entrò rapidamente. Ormai l'ora delle visite era passata da un pezzo, ma si avviò ugualmente a passi decisi verso il banco delle informazioni e domandò di mademoiselle Chantal Martin. Camera 401, entrata con choc da insulina, presenti condizioni buone. Può tornare a casa fra due giorni. Marc fissò l'infermiera, sgomento. Senza discuterne oltre, prese l'ascensore che lo portò al quarto piano. Lì, al suo posto d'osservazione, c'era un'infermiera con l'aria severa, che lo guardò mentre usciva dall'ascensore.

« *Oh, oui, monsieur*? »

« Mademoiselle Martin. » Cercò di assumere un tono autoritario, ma all'improvviso si sentì tremendamente spaventato. Come era successo e perché? Si sentì cogliere da un senso di colpa per essere andato ad Antibes. « Devo vederla. »

L'infermiera scosse la testa. « Domani. »

« Dorme? »

« Può vederla domani. »

« Per favore. Vengo... Vengo addirittura da... » Stava per dire « dal Sud della Francia », poi gli venne un'idea migliore. Spalancò il portafogli. « Vengo da San Francisco, negli Stati Uniti. Ho preso il primo aereo appena l'ho saputo. » Ci fu una lunga pausa.

« Benissimo. Due minuti. Poi deve andare. Lei è... il padre? » Marc si limitò semplicemente a scuotere la testa. Quello era il colpo finale.

L'infermiera lo condusse a una stanza non molto lontana. Nell'interno c'era una luce fievole. Lasciò Marc-Edouard alla porta. Lui ebbe un attimo di esitazione sulla soglia, prima di entrare senza rumore.

« Chantal? » La sua voce era un sussurro nella stanza buia. Lei era distesa a letto e aveva un'aria molto pallida e molto giovane. Infilato nel braccio c'era un ago da endovenosa, attaccato a sua volta a una bottiglia dall'aspetto sinistro. « Tesoro... » Avanzò lentamente, chiedendosi che cosa avesse fatto. Si era preso quella ragazza, ma le aveva dato soltanto metà della sua vita. Era stato costretto a nasconderla a sua madre, a sua figlia, a sua moglie, qualche volta perfino a se stesso. Che diritto aveva avuto di farle una cosa del genere? Aveva gli occhi che gli luccicavano troppo quando si fermò di fianco a lei e le prese delicatamente la mano libera. « Tesoro, che cosa è successo? » Un sesto senso gli aveva già detto che quello choc da insulina non era accidentale. Chantal soffriva di un tipo di diabete con il quale non si può scherzare. Ma, finché prendeva l'insulina, mangiava bene, dormiva abbastanza e non restava incinta, tutto sarebbe andato per il meglio.

Gli occhi di Chantal si chiusero e dalle ciglia le scesero delle lacrime. « *Je m'excuse*. Mi dispiace... » Poi, dopo una pausa: « Ho smesso di prendere l'insulina ».

« Di proposito? » Mentre la vedeva annuire, Marc ebbe l'impressione che qualcuno gli avesse dato un colpo al cuore. « Oh, mio Dio. Chantal, tesoro... Come hai potuto? » La guardò, colto improvvisamente dal terrore. Che cosa sarebbe successo se fosse morta? E se... Non sopportava il pensiero di perderla, non riusciva neppure a pensarci. D'un tratto la forza di quel pensiero lo agghiacciò. Allungò di nuovo la mano verso quella libera di Chantal e la strinse con forza. « Non farlo, non farlo mai più! » La sua voce era diventata più alta, piena di disperazione. « Mi hai sentito? » Lei fece segno di sì, di nuovo. E allora anche Marc si accorse di avere la faccia bagnata di lacrime. Sedette al suo fianco. « Morirei senza di te. Lo sai questo? »

Non ci fu risposta negli occhi di lei. No, non lo sapeva. Ma era vero. Lui stesso se ne rendeva conto per la prima volta. Ormai erano due. Deanna e Chantal. Due, a cui doveva una vita intera, e lui era un uomo solo. Non avrebbe saputo vivere solo con se stesso, allontanando Deanna dalla propria vita. Come non avrebbe saputo vivere senza Chantal. La gravità di una idea simile lo colpì come una mazzata. Si accorse che Chantal lo stava osservando. Era diventato pallidissimo. « Ti amo, Chantal. Per piacere, per piacere non fare mai più una cosa simile. Promettimelo! » E strinse con maggior forza quella mano delicata.

« Lo prometto. » Un mormorio, nell'atmosfera della camera che sembrò improvvisamente carica di elettricità. Lottando contro i singhiozzi che gli salivano alle labbra Marc-Edouard se la strinse al petto, piano piano.

Alla fine della giornata Deanna aveva scelto undici quadri. Sarebbe stato molto difficile fare la scelta degli altri. Ne mise undici da parte e poi tornò verso la zona centrale della casa. Continuava ancora a pensare al suo colloquio con Marc. Si domandò se gli avrebbe lanciato ugualmente la sfida della mostra se lui non avesse dato a Pilar il permesso di comprarsi la motocicletta. Strano, come andavano quelle cose. Il loro matrimonio era pieno di vendette meschine. Salì le scale che portavano alla camera da letto e guardò nell'armadio: di che cosa aveva bisogno? Un'altra vestaglia, qualche paio di jeans, la gonna di camoscio color champagne che, ne era sicura, a Ben sarebbe piaciuta. Il telefono si mise a suonare mentre stava ancora guardando nell'armadio, piena di dubbi. Non provava più il minimo senso di colpa se non quando parlava con Marc. Per il resto del tempo aveva la sensazione di appartenere a Ben. Il telefono ricominciò a squillare ancora. Non c'era nessuno a cui avesse voglia di parlare. Provava la strana impressione di essersi già trasferita definitivamente altrove. Tuttavia, sia pure con riluttanza, alzò il microfono.

« Pronto? »

« Posso passare a prenderti? Sei pronta per venire a casa? » Era Ben. Ed erano solo le quattro e mezzo.

« Così presto? » domandò con un sorriso.

« Vuoi ancora un po' di tempo per lavorare? Sono talmente orgoglioso di te che non sto più nella pelle. Oggi ho parlato con Sally della mostra. Faremo dei magnifici manifesti. »

Oh, Gesù, un manifesto no. E Kim? Che cosa avrebbe detto? Si sentì mancare il fiato, le parve di annaspare alla ricerca di aria quando riprese a parlare. « Bisogna proprio farli? »

« Lascia che io mi occupi dei miei affari e tu occupati dei tuoi. E, a proposito di occuparsi di qualcosa, mi piacerebbe occuparmi... » La sua voce era dolce e sommessa al telefono e Deanna arrossì.

« Smettila! »

« Perché? »

« Perché tu sei in ufficio e io... io sono qui. »

« Be', se è questo che ti blocca, allora accidenti! Andiamocene via da questi posti che ci opprimono! Vengo a prenderti fra dieci minuti. Sei pronta? »

« In un lampo. » Non vedeva il momento di uscire di casa. Ogni attimo che ci passava era diventato opprimente.

« Se hai tanta voglia di scappare te la sentiresti di andare fino a Carmel? »

« Mi piacerebbe pazzamente, ma la tua governante? »

« La signora Meacham? Non ci sarà. E poi, ad ogni modo, non pensare alla signora Meacham. Sono da te fra dieci minuti. E, a proposito, Deanna », disse in tono solenne facendo poi una pausa mentre lei aspettava chiedendosi che cosa avrebbe detto. Poi abbassò di nuovo la voce e le parve quasi di poterlo vedere sorridere. « Ti amo. »

Lei sorrise felice e chiuse gli occhi. « Anch'io. »

L'week-end a Carmel fu un paradiso. Passarono tre giorni a camminare sulla spiaggia senza meta, a prendere il sole, a cercare conchiglie, a fare raccolta dei pezzi di legno che le onde buttavano sulla spiaggia e un paio di volte addirittura ad affrontare l'oceano, ancora gelido, per una rapida nuotata.

Lei stava già sorridendo tra sé quando Ben andò a distendersi al suo fianco sulla coperta, rabbrividendo dopo un tuffo in mare. Deanna si era sdraiata a prendere il sole per migliorare la sua abbronzatura, che aveva già un caldo color miele.

« Che cosa stai pensando, bella addormentata? » Il corpo di Ben era fresco e umido vicino al suo e la sua pelle liscia e piacevole al tatto quando si voltò a sfiorarlo con le dita lungo un braccio.

« Stavo proprio pensando che tutto questo assomiglia quasi a una luna di miele. O a un ottimo matrimonio. »

« Non saprei. Non ho mai avuto né l'una né l'altro. »

« Non hai avuto una luna di miele? »

« Non proprio. L'abbiamo passata a New York. Lei era attrice e stava recitando in qualcosa che non ricordo in un teatro di periferia, così abbiamo passato una notte al *Plaza* di New York. Quando le recite sono finite siamo andati su, nel New England. »

« È stata molto in cartellone la commedia? » Lo guardò piena di ammirazione, con quei grandi occhi verdi, colmi di innocenza. Ben sorrise.

« Tre giorni. » Scoppiarono a ridere tutti e due, poi Ben si girò su un fianco per poter guardare Deanna. « Eri felice con Marc prima che comparissi io? »

« Qualche volta credo di esserlo stata. Qualche volta mi sentivo tremendamente sola. Non avevamo un rapporto come questo. Sotto un certo aspetto non eravamo veramente amici. Ci amavamo, ma... Questo è diverso. Lui non mi rispetta nello stesso modo in cui lo fai tu: non rispetta il mio lavoro, il mio tempo, le mie idee. Però ha bisogno di me. Ci tiene a me. A modo suo mi ama. »

« E tu lo ami? » La fissava intensamente. Lei non rispose immediatamente.

« Non credevo che ci saremmo messi a parlare di cose del genere. È la nostra estate, questa. » C'era un'ombra di rimprovero nella sua voce.

« Ma è anche la nostra vita. Ci sono determinate cose che devo sapere. » Era stranamente serio.

« Le sai già, Ben. »

« Cosa vuoi dire con questo? »

« Che è mio marito. »

« Che non lo lascerai? »

« Non lo so. Devi proprio chiedermelo adesso? » Nei suoi occhi era apparsa un'espressione di dolore. «Non possiamo avere semplicemente quello che sappiamo di poter avere e poi... »

« E poi che cosa? »

« Non lo so ancora, Ben... »

« E io ho promesso che non lo avrei domandato. Però mi accorgo che, con il passare del tempo, è sempre più difficile. »

« Che tu ci creda o no, è così anche per me. Continuo a pensare alla fine dell'estate e mi pongo domande a cui non so dare risposta. Continuo a sperare in un intervento divino, in un miracolo, in qualcosa che risponda al posto nostro. »

« Anch'io. » Ben le sorrise e si curvò su di lei a baciarle più volte le labbra. « Anch'io. »

12

« BEN? » Sorrise tra sé mentre la voce di Deanna gli arrivava dalla camera vuota che teneva abitualmente per gli ospiti. Era una domenica sera tardi ed erano appena rientrati da un altro week-end a Carmel.

« Che cosa? Hai bisogno di aiuto? » Tutto ciò che udì fu un urlo e una risata gorgogliante. Ormai era chiusa lì dentro da più di un'ora. Scese dal letto e andò a vedere che cosa stava succedendo. Quando aprì la porta della camera, nella quale qualche volta si ritirava anche lui a lavorare, Deanna, barcollando, cercava di trattenere un mucchio di tele appoggiate in equilibrio instabile l'una sopra l'altra e che stavano cominciando a scivolare giù da una montagna di scatoloni posati contro il muro.

« Aiuto! È una valanga. » Lo fissò da sotto in su, con un sottile pennello stretto fra i denti e le braccia alzate nel tentativo di impedire che quella pila di quadri precipitasse rovinosamente sul pavimento. « Sono venuta qui ad aggiungere la firma a quei pochi che mi ero dimenticata di firmare e... »

« Togliti quel pennello di bocca! »

« Che cosa? In questo modo ho le mani libere

per... » Ma lui la fece tacere quasi subito con un bacio.

« Ecco perché, sciocchina. E adesso vieni a letto sì o no? » La strinse a sé e lei si rannicchiò contro il suo corpo con un sorriso.

« Fra un minuto. Posso finire questo? »

« Non vedo perché non dovresti finirlo. Sei anche tu eccitata come me, bella signora, per la mostra? » Ormai mancavano soltanto quattro giorni all'inaugurazione. Il giovedì. Finalmente Ben avrebbe potuto lanciarla nel mondo artistico. Erano anni che Deanna doveva esporre i suoi quadri! La guardò con orgoglio e compiacimento.

« Eccitata? Stai scherzando? Ho quasi perso la testa! Sono giorni e giorni che non dormo. »

Ben ebbe il sospetto che fosse vero. Ogni sera, quando andavano a letto, lui fissava insonnolito gli occhi di Deanna dopo quelle lunghe ore di amore e l'ultima cosa che ricordava sempre era quel sorriso. D'un tratto, anche al mattino, Deanna era sempre sveglissima. Balzava fuori dal letto e gli preparava la prima colazione, poi spariva nella camera degli ospiti dove aveva raccolto tutti i suoi quadri. Aveva portato lì da lui i suoi tesori: non voleva neppure che restassero in galleria fino al giorno dell'inaugurazione della mostra.

In quel momento firmò l'ultimo e poi si voltò verso di lui con un sorriso: « Non so se resisterò fino a giovedì sera ».

« Resisterai. » Si era tutto illuminato di gioia mentre la osservava. Che bella donna era! Negli ultimi tempi sembrava ancora più attraente, la faccia aveva preso una bellezza morbida e luminosa, gli occhi un fuoco di passione. C'erano in lei contemporaneamente tenerezza e ardore, come in una fiamma di velluto. Anche il tempo che passavano insieme aveva una sua magia tutta particolare e non assomigliava a niente che avesse mai conosciuto prima. Deanna colmava i suoi sogni, le sue braccia e le sue giornate. Non riusciva più a immaginare la vita senza di lei.

« A che cosa stai pensando? » Piegò la testa da un lato e si appoggiò contro il mucchio dei quadri.

« A quanto ti amo. »

« Oh! » Sorrise e i suoi occhi si addolcirono mentre lo fissava dritto nelle pupille. « Ci penso moltissimo. »

« A quanto ti amo? » Sorrise e anche Deanna sorrise.

« Sì. E a quanto io amo te. Ma si può sapere che cosa facevo prima che tu arrivassi? »

« Vivevi fin troppo bene e non ti preparavi mai la prima colazione. »

« Una cosa terribile, a sentirti. » Gli andò vicino e Ben se la tirò sulle ginocchia.

« Ecco perché sei così eccitata per la mostra e non riesci a dormire. Aspetta un altro mese o due... » Fece una pausa; era stato lì lì per dire « un anno », ma non avevano un anno, loro, soltanto altre cinque o sei settimane. « Ti stancherai di preparare la colazione. Vedrai. »

« Non mi stancherò mai di questo. Sai che cosa sto pensando? »

« Che cosa? » Lui chiuse gli occhi e aspirò il profumo fresco dei capelli di Deanna.

« Che siamo molto fortunati. Che cos'altro vogliamo di più? »

Un futuro, ma non lo disse. Spalancò gli occhi e la contemplò mentre se la teneva seduta sulle ginocchia. « Non pensi mai di volere un altro figlio? »

« Alla mia età? » Aveva assunto un'aria attonita. « Buon Dio, Pilar ha quasi sedici anni! »

« E questo che cosa c'entra? E che cosa significa 'alla tua età'? Ci sono mucchi di donne che hanno dei bambini dopo avere passato la trentina! »

« Ma io ho trentasette anni! Sarebbe una pazzia. »

« Se non è un'età troppo avanzata per un uomo perché dovrebbe esserlo per una donna? »

« Amore mio, c'è una gran bella differenza! E lo sai benissimo anche tu. »

« No, non lo so. Mi piacerebbe moltissimo che tu avessi nostro figlio. O magari anche due. Non mi sembra che tu sia troppo vecchia. »

Un bambino? Adesso?

« Dici sul serio? »

« Sì, sul serio. » Per un lungo momento lo guardò negli occhi e non riuscì a capire con certezza che cosa ci vedeva. Confusione, stupore e anche pena e dolore. « O non devi più avere altri bambini, Deanna? » Non lo aveva mai chiesto. Non ce n'era il motivo. Lei scosse la testa.

« No, non c'è nessun motivo per cui io non possa averne, ma... Non credo che vorrei passare di nuovo attraverso tutto quello che ho passato. Pilar è stato un dono inatteso dopo i due maschietti. Non credo di volerlo fare di nuovo. Stai cercando di convincermi ad avere un bambino? » I suoi occhi sembravano immensi, il viso immobile.

« Non lo so. Forse sì. A sentirmi si direbbe che è proprio così, non trovi? » Sorrise e chinò la testa. Poi la rialzò. « Secondo te è quello che stavo cercando di fare? »

Lei fece segno di sì, diventando improvvisamente molto seria. « Non farlo. »

« Perché no? »

« Sono troppo vecchia. » *E ho già una figlia. E un marito.* « Sì, sono troppo vecchia. Ho quasi quarant'anni. E anche quello che sto facendo adesso è una pazzia. Mi sento ridiventata una ragazzina. Mi comporto come se avessi diciassette, non trentasette anni. »

« E che cosa c'è di male in questo? » La fissò e Deanna si arrese.

« Assolutamente niente. Mi piace alla follia. »

« Bene. Allora vieni a letto. » La prese fra le braccia e l'adagiò sul suo ampio letto comodo, sito nella stanza vicina. La trapunta era stazzonata perché ci si erano distesi tornando da Carmel e la stanza era illuminata soltanto da una luce piccola, tenue. I colori morbidi sembravano caldi e piacevoli e il grande vaso di margheritine che Deanna aveva colto il venerdì pomeriggio sulla terrazza dava alla camera da letto un'aria campagnola. Deanna riusciva a dare qualcosa di speciale alla casa di Ben, un sapore e un gusto a cui lui anelava da molto tempo, da anni. Non aveva mai realmente capito che cosa ci mancasse, ma da quando aveva lei lo capiva. Ciò che gli era sempre mancato era stata Deanna, con gli occhi verdi e i capelli scuri raccolti in una crocchia in cima alla testa, le gambe lunghe che si intravedevano fra le lenzuola del letto, oppure seduta a gambe incrociate sulla terrazza con l'album degli schizzi, circondata di fiori. Deanna, con il suo mucchio di quadri e i pennelli infilati in tutte le tazze da caffè di Ben, le camicie che si faceva « prestare » e che poi macchiava di colori e gli innumerevoli gesti premurosi: le cravatte che aveva smacchiato, i vestiti che metteva via, i regalini che comprava, i libri che gli portava e che sapeva gli sarebbero piaciuti, le risate e le punzecchiature e quegli occhi dolci che capivano sempre. Era entrata nella sua vita come come un sogno. E Ben non avrebbe voluto risvegliarsi mai più. No, se non aveva Deanna al suo fianco.

« Ben? » La sua voce sembrava molto timida vicino a lui nell'oscurità.

« Che cosa c'è, amore? »

« E se le critiche saranno brutte? » Dal tono sembrava una bambina spaventata e gli venne voglia di ridere, ma non lo fece. Capiva quanto fosse grande la sua paura.

« Non lo saranno. » La prese di nuovo fra le braccia, sotto la trapunta. Era stata un regalo della moglie di un artista a sua madre, tanti anni prima, a New

York. « Le critiche saranno magnifiche. Te lo prometto. »

« Come fai a saperlo? »

« Lo so perché tu sei molto, ma molto brava. » La baciò sul collo ed ebbe un fremito nel sentire contro le gambe il suo corpo umido. « Poi perché io ti amo molto. »

« Sei uno sciocco. »

« Come hai detto? » La guardò sorridendo. « Ti dico che ti amo e tu mi giudichi uno sciocco. Senti un po', chi... » La strinse ancora di più e le coprì le labbra con la bocca, mentre scomparivano sotto la trapunta.

Deanna si svegliò alle sei la mattina dopo e sparì istantaneamente nella camera degli ospiti. Le era venuto in mente un quadro che non sarebbe dovuto essere lì. Poi pensò a un altro che, probabilmente, non aveva la cornice giusta. Dopo il caffè gliene vennero in mente altri due non firmati e così si andò avanti per i quattro giorni successivi. Era in preda a un nervosismo spaventoso per la mostra. Per tutto quel tempo Ben sorrise, le dimostrò il suo amore e usò ogni arte per persuaderla. La portò fuori a cena, la trascinò controvoglia a vedere un film, la obbligò a raggiungerlo sulla spiaggia; la costrinse a fare delle nuotate, la tenne sveglia fin tardi la notte a fare l'amore. Il giovedì la portò fuori a pranzo.

« Non voglio neanche sentirne parlare », disse lui alzando una mano.

« Ma, Ben, e se... »

« No. Non una parola sulla mostra fino a domani. »

« Ma... »

« No! » Le posò un dito sulle labbra e lei gli sfuggì, travolta da un nuovo attacco di inquietudine. Invece Ben si limitò a sorridere. « Com'è il vino? »

« Quale vino? » Si guardò intorno, smarrita, e lui le indicò il bicchiere che aveva davanti.

« Il vino che non stai bevendo. Com'è? »

« Non lo so e quello che dovevo chiederti è... »

Lui si cacciò tutt'e due le dita nelle orecchie e Deanna cominciò a ridere. « Ben! Smettila! Dammi retta! Volevo chiederti una cosa a proposito di stasera. »

Lui cominciò a canticchiare sottovoce, sempre con le dita nelle orecchie. Deanna rideva senza riuscire a fermarsi. « Sei insopportabile e ti odio! »

« No, non è vero. Non riesci a togliermi le mani di dosso e vuoi trascinarmi via con te per potermi aggredire. Giusto? »

« A dire la verità, adesso che ne parli... » Gli sorrise facendo una smorfia e bevve un sorso di vino, così continuarono a prendersi in giro per tutto il pranzo. Ben si era preso un pomeriggio di libertà. I quadri ormai erano tutti appesi nella galleria, nel modo più perfetto, per la mostra di Deanna. C'era Sally a controllare tutto e Ben aveva pensato che non fosse una cattiva idea quella di restare con Deanna. E poi aveva una sorpresa per lei quel pomeriggio. Guardò l'orologio mentre si incamminavano verso la macchina, finito il pranzo.

« Deanna, ti dispiacerebbe se mi fermassi un momento da Saks? »

« Adesso? » Parve sorpresa. « No, va benissimo. »

« Non ci metterò molto. » Parcheggiò davanti al grande magazzino con un sorriso distratto. « Vuoi venire dentro? »

« No, aspetto qui. »

« Sicura? »

« Va bene. Vengo. » Era stato facile persuaderla e Ben entrò felice, al suo fianco, nel grande magazzino. « Che cos'hai da fare, qui? »

« Scegliere un vestito. » Lo disse con la più completa sicurezza di sé e un'assoluta *nonchalance*.

« Un vestito? »

« Per Sally. Ha detto che lei non ne avrebbe avuto il tempo. Così io le ho risposto che sarei venuto a prenderlo personalmente per portarglielo in galleria stasera in tempo perché si possa cambiare. A proposito, e tu, che cosa ti metti? » Deanna era stata così indaffarata con i quadri da firmare e le cornici da scegliere che Ben sospettava non ci avesse dedicato il minimo pensiero.

« Non lo so. Pensavo di mettere il vestito nero. » Da casa avevo portato due o tre vestiti eleganti per uscire a cena. Erano appesi nell'armadio di Ben, insieme con i jeans, le camicette tutte macchiate di colori, parecchie paia di pantaloni di gabardine e una mezza dozzina di maglioni di cachemire con il collo alto. Gli piaceva vedere quei vestiti di lei appesi nell'armadio accanto ai propri.

« Perché non metti il vestito verde? »

« Troppo appariscente. » Quando parlò, Deanna era lontana mille miglia di lì. « Senti un po', tu lo sai già quali saranno i critici che verranno? » Gli puntò addosso gli occhi, inquieta.

« Non credo che sia troppo appariscente. » Aveva preso un'aria divertita.

« Hai sentito quello che ti ho chiesto? » L'angoscia si stava insinuando nella sua voce.

« No. E adesso, che cosa mi dici del vestito verde? »

« Al diavolo il vestito verde, volevo domandarti... » La baciò così forte sulla bocca da lasciarla senza fiato mentre uscivano dall'ascensore al secondo piano. « Ben! » Ma non c'era nessuno in giro a vedere quello che lui aveva fatto. « Vuoi ascoltarmi? »

« No. » Stava già salutando la commessa che subito tirò fuori il vestito. « Perfetto. » Le sorrise di nuovo e guardò Deanna. « Che cosa te ne pare? »

« Hm? »

Non c'era speranza, continuava a essere con la testa altrove; però, d'un tratto, il vestito attrasse la sua attenzione. Era di lana color azzurro erica, quasi *mauve,* con il collo alto, le maniche lunghe e la schiena completamente nuda. Aveva anche una giacca, dal taglio stupendo, della stessa stoffa. « Carino, vero? È il vestito di

Sally? » Fece un passo avanti a toccare quella lana leggerissima. Era una stoffa francese, anche il modello era francese e doveva costare un patrimonio. « Che bello. » La commessa e Ben si scambiarono un'occhiata e un sorriso. « Forse, a ben pensarci, dovrei proprio mettere il vestito verde. »

« Non credo. Perché non metti questo? »

« Mettere il vestito di Sally? Non essere sciocco. »

« Potresti prestarle il tuo vestito verde. »

Lei lo guardò sbalordita. « Stai scherzando? » Lui scosse la testa. « È per me? »

Lui fece segno di sì con un sorriso soddisfatto. « Ti piace? »

« Io... Oh, Ben, non posso. È magnifico! » Si voltò a guardarlo di nuovo e spalancò gli occhi. Era raffinatissimo, ma probabilmente anche mostruosamente caro. E Ben aveva fatto quello per lei? L'uomo che viaggiava su una anonima macchinetta tedesca e che preferiva gli spaghetti al caviale? L'uomo che era fiero di non avere una cameriera, ma soltanto una donna delle pulizie una o due volte la settimana, quando suo nonno aveva sempre vissuto circondato da un esercito di domestici e suo padre, ritiratosi dagli affari, viveva in un palazzo vicino a Roma? Era quell'uomo che le aveva comprato il vestito? Un capo che lei stessa avrebbe esitato perfino a fare mettere sul conto di Marc. « Bontà divina. »

« Sta' zitta e vai a provarlo. Voglio vedere! » Lei ubbidì e lui vide. Era perfetto. Nel taglio, nello stile, nel colore. Deanna aveva preso un'aria regale mentre avanzava lentamente verso di lui, con la giacca drappeggiata sul braccio. La sua abbronzatura dava risalto all'intenso color azzurro erica della stoffa e la schiena, con le spalle nude, pareva perfettamente scolpita nel vestito. « Che cosa metti con questo? »

« Orecchini di brillanti e sandali di raso nero. E i capelli rialzati sulla testa. »

« Oh, Dio, non so se resisterò. » Scoppiò a ridere con una tale gioia che perfino la commessa gli fece eco.

Quando se lo infilò quella sera Ben si era seduto sul letto. Si sorrisero e lui le chiuse sulla schiena quel po' di cerniera che c'era da chiudere. Poi Deanna si mise gli orecchini di brillanti e raccolse i capelli in una crocchia sulla testa. Aveva un aspetto squisito, perfetto, che per un attimo gli tolse il respiro. Poi, con un sorriso, Ben le tolse gli orecchini di brillanti.

« Che stai facendo? »

« Li tolgo. » Lei parve perplessa. « Perché? Non ti piacciono? » Forse perché erano stati un regalo di Marc. « Non ne ho altri che possano andare bene. »

« Non importa. » Si frugò in tasca e ne trasse un sacchettino di seta azzurra. Lo aprì e ne tirò fuori due stupende perle molto grosse. Sotto di ognuna c'era un minuscolo brillante; gli orecchini avevano un'aria molto antica e di un gusto squisito. « Voglio che tu metta questi. »

« Oh, Ben! » Deanna li fissò sbalordita, poi alzò gli occhi verso quelli di lui. « Che cosa hai fatto? » Il vestito, gli orecchini, la mostra dei quadri. Le dava così tanto! Tutto...

« Gli orecchini appartenevano a mia nonna. Voglio che li abbia tu, Deanna. Questa è una sera specialissima. » Aveva gli occhi pieni di lacrime quando li alzò a guardarlo. E Ben contemplò quel viso alzato verso di lui con tenerezza. « Voglio che questa sia la sera più bella della tua vita. È l'inizio della tua vita nel mondo dell'arte, Deanna. »

« Sei così buono con me! »

« Siamo buoni l'uno con l'altro e questo è un dono tutto speciale. »

« Non posso tenere gli orecchini. » Non poteva. No,

a meno di non rimanere con Ben. Ma nel giro di un mese sarebbe dovuta tornare da Marc.

« Sì, puoi tenerli. Voglio che li abbia tu. A qualsiasi costo. »

Aveva capito. Capiva sempre, lui. E, chissà perché, quello peggiorava le cose. Le lacrime sgorgarono dagli occhi di Deanna e scesero lente e tristi sul suo viso. I singhiozzi cominciavano a squassarle le spalle.

« Tesoro, non fare così. »

« Oh, Ben... Non posso lasciarti. »

« Non devi. Non ancora. Godiamoci quello che abbiamo, ecco tutto. »

« Ti amo. » La voce di Deanna era carica di tensione. Si aggrappò a lui e Ben chiuse gli occhi.

« Anch'io, ti amo. E adesso che cosa ne diresti di andare a questa inaugurazione della tua mostra? » La staccò da sé per guardarla e lei fece segno di sì.

« Continuo a pensare che da un momento all'altro dovrò svegliarmi e che tutto questo non è stato che un sogno. E invece ogni volta che provo questa sensazione mi guardo in giro e tu sei reale e così vero! » Lo guardò deliziata e stupita e Ben rise.

« Vero, anzi verissimo! » Scoppiò a ridere di nuovo mentre faceva scivolare una mano dentro il vestito. « E mi piacerebbe moltissimo dimostrartelo, amore mio. Ma ho paura che ce ne manchi il tempo. » Le offrì il braccio, abbozzando un inchino. « Allora, dobbiamo andare? »

Lei gli prese il braccio. « Ma certo! »

« E sei pronta? »

Si erano appena fermati con la macchina davanti alla galleria.

« Oh, Dio, no! » Istintivamente gli tese le braccia, con gli occhi sbarrati, ma lui la strinse a sé solo per un momento e poi la spinse dentro. C'era un fotografo ad aspettare e già un numero considerevole di invitati. I critici d'arte erano presenti quasi al completo e Deanna vide anche Kim addirittura, la quale stava già intrecciando una piacevole conoscenza con uno dei signori della stampa. Presto le venne incontro anche Sally, che restò ammirata e stupita di fronte al bellissimo vestito color azzurro erica.

Tutto sommato la serata fu un successone. La galleria vendette sette dei quadri di Deanna. Ben si mostrò meraviglioso: era sempre lì nei paraggi, ma non troppo; voleva mostrarle che le dava il suo aiuto, ma senza che fosse troppo evidente. Nessuno avrebbe potuto immaginare che c'era una relazione tra loro. Si dimostrò pieno di discrezione come quella prima mattina con Kim e Deanna capì subito che non aveva niente da temere. Per un momento, quel giorno aveva avuto paura di ciò che Marc avrebbe potuto sentir raccontare. Era impossibile sapere prima chi poteva recarsi a quelle mostre, chi avrebbe potuto vedere, o che cosa avrebbero potuto sospettare. Ad ogni modo quella sera nessuno sospettò niente, neppure Kim, che le mandò a casa un gigantesco mazzo di fiori. Si sentiva personalmente responsabile dell'incontro tra Deanna e Ben, da un punto di vista professionale, naturalmente, visto che non sospettava minimamente l'altro. Tuttavia non aveva potuto fare a meno di chiedersi se Deanna avesse informato Marc dell'inaugurazione di quella mostra. Ma durante la serata, poco più tardi, Deanna disse a Kim che gliene aveva parlato.

« E lui? »

« Non ha detto molto. Ma non gli ha fatto piacere. »

« Be', gli passerà. »

« Suppongo di sì. » Però Deanna non aveva più aggiunto niente su quell'argomento. Non raccontò a Kim che Marc le aveva proibito di fare la mostra e che, alla fine, aveva riattaccato bruscamente, interrompendo la telefonata.

« Santo cielo, perché sei così accigliata, tesoro? »

Ben parlò sottovoce in modo che nessun altro potesse sentire e Deanna tornò alla realtà, strappandosi ai propri pensieri.

« Niente. Scusami. Io... Solo che... Sono successe talmente tante cose. »

« Puoi dirlo forte! Sally ha appena venduto altri due quadri. » Sembrava felice come un ragazzino e Deanna provò una gran voglia di buttargli le braccia al collo e di abbracciarlo. Invece si limitò ad accarezzarlo con gli occhi. « Che cosa ne diresti di una cena per festeggiare le vendite?»

« Soltanto se è una pizza. » Gli sorrise, ben conoscendo le sue preferenze.

« Questa volta no, bella signora. Una cena sul serio. »

« Hamburger? »

« Vai al diavolo. » Senza tante cerimonie le mise un braccio intorno alle spalle e la baciò su una guancia.

Non era un gesto poco appropriato da fare, per il proprietario di una galleria la sera del primo successo di un artista, ma mentre li guardava Kim si chiese d'un tratto se non ci fosse qualcosa di più. Deanna aveva appena finito di sussurrare qualcosa a Ben nell'orecchio e per tutta risposta Kim gli aveva sentito dire con un sorriso estasiato: « Sono contento che ti siano piaciuti ». Deanna si era sfiorata con un dito le perle che aveva alle orecchie e poi si era allontanata felice. Mentre osservava quei due, a Kim venne in mente una strana idea per la prima volta.

13

« VA bene. Sono pronta. Dimmi la verità. » Deanna si mise a sedere sul letto della camera gialla con gli occhi chiusi, le mani strette a pugno, un cuscino sopra la testa.

« A guardarti si direbbe che stai aspettando il terremoto. » Ben la guardò e sorrise. Era appollaiato sul letto vicino a lei, con il giornale in mano. « Che cosa vorresti che ti leggessi, tesoro? La borsa? I fumetti? Oh, lo so! »

« Vuoi leggermela, dannazione? Non riesco a sopportare questa attesa un minuto di più. » Digrignò i denti e Ben scoppiò a ridere di nuovo, girando le pagine fino ad arrivare alla critica della sua mostra. Ma sapeva già quello che ci avrebbe letto. Lavorava in quel campo da troppo tempo per poter restare molto sorpreso. Generalmente sapeva già che cosa c'era da aspettarsi. E mentre scorreva velocemente l'articolo con gli occhi capì di avere visto giusto ancora una volta.

« O.K. Allora? Sei pronta? » « Benjamin! Leggi, dannazione! » Lo disse con voce convulsa, a denti stretti, e prese un'aria terrorizzata mentre lui cominciava a leggere.

« ... Uno stile luminoso, delicato, che non soltanto

rivela anni di studio e di dedizione al lavoro, ma un tipo di talento che capita raramente di vedere... » La sua voce continuò con lo stesso tono uguale e monotono mentre Deanna spalancava gli occhi e si toglieva il cuscino dalla testa.

« Stai inventando! Non ci credo. » Lo guardò come se fosse sotto choc. « Non è possibile. »

« E perché no? Sei brava. Te l'ho già detto. Lo so, lo sanno loro, lo sanno le persone che hanno comprato i tuoi quadri. Lo sanno tutti all'infuori di te, scioccona, stupidona, che sei così umile... » Allungò le mani verso di lei e cominciò a farle il solletico.

« Piantala! Sono celebre! Adesso non puoi farmi il solletico! » Ma stava ridendo convulsamente, come una sciocchina, e non riusciva a farlo smettere. « Piantala Sono una diva! »

« Ah sì, eh? E chi ti ha fatto diventare celebre? Chi ti ha detto che dovevi fare una mostra? Chi ti ha supplicato? Chi voleva mettere in galleria i tuoi quadri la prima volta che li ha visti? Eh? Prova un po' a dirmelo, prova un po' a dirmelo. » Ormai stavano ridendo tutti e due e Deanna si trovò nelle sue braccia mentre la camicia da notte di seta rosa chiaro le saliva lentamente verso il petto. Lui si fermò un momento e la guardò mentre la teneva stretta. Non gli era mai apparsa tanto bella, tanto delicata e si accorse di avere un gran desiderio di tenerla stretta a sé, in quel modo, per sempre. Avrebbe voluto fermare il tempo.

« Che cosa c'è, tesoro? » Aveva visto quell'espressione nei suoi occhi e lo stava osservando con cauta curiosità. « Qualcosa che non va? »

« Al contrario. Sei incredibilmente bella. »

« E tutta tua. » Fece scivolare il suo corpo su quello di lui e gli sorrise felice mentre gli posava le labbra sulla bocca per un lungo bacio tenerissimo. Meno di un minuto dopo la camicia da notte di seta rosa giaceva abbandonata sul pavimento. Era mezzogiorno quando si alzarono dal letto. Deanna sbadigliò, ancora piena di sonno, ferma sulla porta del terrazzino, nuda, con i capelli che le scendevano sulle spalle come una cascata di ebano. Ben la guardò dal letto, con il desiderio che restasse lì per sempre.

« Lo sai che credo che tu mi stia rovinando la carriera? » Continuò a tenere gli occhi fissi su di lei mentre Deanna si voltava a guardarlo. Sembrava così fragile e così giovane. Dal suo aspetto non si sarebbe detto che possedesse una discreta resistenza. C'era una durezza quasi d'acciaio in lei, altrimenti non sarebbe potuta sopravvivere alla solitudine degli anni passati con Marc.

« Perché ti sto rovinando la carriera? Credevo di averti fatto guadagnare un patrimonio con i miei meravigliosi quadri! » Si voltò a guardarlo con aria imperiosa, girando appena la testa sulla spalla.

« Sarebbe così, se riuscissi ad andare in ufficio! È una fortuna che abbia detto a Sally di non aspettarmi oggi. Lo sai che, in vita mia, non ho fatto mai niente di simile? Sono diventato pigro, felice, pieno di voglia di amare e giovane! »

« Precisamente quello che sta accadendo a me! »

« Bene, allora sposiamoci e mettiamo al mondo una dozzina di bambini! »

Deanna gli lanciò un'altra occhiata e per un attimo credette quasi che parlasse sul serio. « Ci darebbe indubbiamente qualche nuovo problema a cui pensare. Non credi? » Cercò di dare un tono leggero alle sue parole. Non voleva tornare di nuovo con lui su quell'argomento. Non poteva. Non era giusto. Invece domandò: « Che cosa facciamo questo week-end? » Alzò la faccia verso il sole e socchiuse gli occhi con aria soddisfatta.

« Vuoi che andiamo a Carmel, o ne sei già stanca? »

« Di quello non mi stanco. È il posto più perfetto, più pieno di pace in cui stare! »

« Mi fa piacere. » Allungò una mano e prese quella

di Deanna. « È quello che provo anch'io. Ma continuo a pensare che forse tu preferiresti qualche cosa di diverso. »

« Per esempio? » Quell'idea la divertiva. Atene? Si impose di non tornare con il pensiero a Marc.

« Non so. Potremmo andare a Beverly Hills. Sono settimane che non ci vado. » Di solito ci andava dalla mattina alla sera e faceva in tempo a rientrare per la cena. « Uno di questi giorni potremmo addirittura andare a New York. » Ma erano tutti viaggi che avevano sempre a che fare con il suo lavoro: altre gallerie, altri commercianti d'arte, aste, artisti. A modo suo, la passione che provava per la sua professione non era poi molto diversa da quella di Marc. Con una differenza: che includeva anche lei nella sua vita e che si trattava di una passione che Deanna poteva dividere benissimo con lui. « Ad ogni modo, amore mio, quale sarebbe la cosa che vorresti fare questo week-end? »

« Te l'ho detto. Carmel. » Spalancò gli occhi con un caldo sorriso felice.

« E allora Carmel sia! »

« A proposito, questo mi fa venire in mente... » Appoggiò indietro la testa accigliandosi leggermente. « Ci sono certe cose che vorrei prendere a casa. » Erano giorni che non ci andava. Di tanto in tanto si chiedeva che cosa doveva pensare Margaret. Le aveva spiegato che si era messa a lavorare nello studio di un'amica e che parecchie volte era più semplice, per lei, anche restarci a dormire.

Erano le due del pomeriggio quando Ben la lasciò a un isolato di distanza da casa. Voleva dare un'occhiata alla posta e firmare qualche assegno. Doveva anche pagare Margaret e lasciarle altri soldi per il vitto, per quanto non mangiasse più a casa.

Deanna entrò, aprendo la porta con la propria chiave e chiamò per vedere se c'era qualcuno in casa. Margaret doveva essere fuori. E perché ci sarebbe dovuta essere? Deanna non si vedeva mai e c'era così poco da fare! Trovò il solito mucchietto di fatture e di inviti privi di interesse, nessuna lettera da Pilar e niente da Marc. Non le scriveva, lui. Telefonava. Non c'era posta neppure per lui. Ogni volta che partiva Dominique si recava a casa tre volte la settimana a raccogliere la posta e poi gliela mandava per mezzo di un corriere speciale, con tutti i documenti e le carte che gli potevano occorrere dall'ufficio.

Salì lentamente nella propria camera con la posta in una mano e appoggiandosi con l'altra alla ringhiera e si fermò in cima, sul pianerottolo. Era deprimente ritrovarsi lì. Era come essere strappata a forza a un sogno, ridiventare vecchia, lontana dall'uomo che parlava di matrimonio e di dodici bambini. Sorrise a se stessa a quel pensiero e sospirò quando sentì il telefono. Prese la decisione di non rispondere, ma poi si domandò se non poteva essere Ben da un telefono pubblico. Era come se non esistesse nessun altro; soltanto loro due. Non riusciva a immaginare che potesse trattarsi di qualcun altro all'infuori di lui.

« Sì? » C'era l'ombra di un sorriso nella sua voce quando rispose.

« *Allò?* » Oh, Gesù, era Marc. « *Allò?* Marc? » Cercava di guadagnare tempo.

« Evidentemente. E vorrei che tu mi spiegassi che cos'è questa idiozia della mostra. Dominique mi ha appena telefonato. »

« Molto comodo. »

« Ti avevo già detto quello che pensavo. E ciò che hai fatto è di pessimo gusto. » Aveva la voce piena di livore.

« Al contrario, ti assicuro che è stato tutto fatto con ottimo gusto. »

« Questo, mia cara, è discutibile. Sai benissimo che ti avevo vietato di fare la mostra. Credevo che avessimo già stabilito tutto questo molto tempo fa. »

« Tu forse, ma io no. » Dio, com'era insopportabile! Non capiva. Non aveva mai capito.

« Già. Ad ogni modo spero che non penserai di fare cose del genere ogni giorno! »

« Un po' difficile. Avrò fortuna se riuscirò a fare una mostra ogni cinque anni. »

« In tal caso mi dispiace di avere perso questa. »

« No, non è vero che ti dispiace. » Ormai era furiosa e non voleva prestarsi al gioco di Marc.

« Come hai detto? »

« Ho detto che non ti dispiace affatto di non esserci stato. Non ne posso più della tua ipocrisia. E poi, come osi valutare così poco il mio lavoro! »

« Deanna? » Era sconvolto.

« Scusami, io... Non lo so, Marc... Forse sono stanca. »

« Lo credo anch'io. La mia telefonata non arriva in un momento opportuno, forse? » La sua voce trasudava sarcasmo e gelo. L'atteggiamento di Deanna non gli piaceva affatto. Avrebbe dovuto obbligarla ad andare a passare l'estate a Cap d'Antibes.

« No. Stavo partendo per Carmel. »

« Di nuovo? »

« Sì. Con Kim. » Oh, Dio, no, così no, non ancora. Non sopportava l'idea di mentirgli. « Vedi, quando tu sei via, non è che io abbia proprio molto da fare. » Sapeva che quello sarebbe servito a tenerlo tranquillo.

« Be', non starò lontano ancora per molto. »

« Per quanto? » Chiuse gli occhi e trattenne il fiato. *Fa' che resti via ancora molto, oh, per piacere, non farlo tornare a casa...*

« Pressappoco un mese. »

Deanna fece segno di sì, muta: a lei e a Ben restava soltanto un mese. Tutto lì.

Affrontarono in velocità la strada familiare che portava a Carmel mezz'ora dopo. Deanna era insolitamente taciturna. Ben le lanciò un'occhiata: bella e infastidita dalla brezza che le scompigliava i capelli.

« Qualcosa che non va? » domandò. Lei scosse la testa. « Hai ricevuto brutte notizie a casa, adesso? »

« No. » Dopo una lunga esitazione guardò la campagna che passava veloce al suo fianco e ricominciò a parlare: « Ha telefonato ».

« Come è andata? » *Gli hai chiesto il divorzio?...*

« Come al solito. Mi ha fatto arrabbiare. Era furioso per la mostra. La sua segretaria lo ha chiamato apposta a Parigi per dirglielo. »

« Che importanza ha? »

« Sotto certi aspetti Marc è come mio padre. È stato la figura che rappresentava l'autorità della mia vita. »

« Hai paura di lui? »

« Non ci ho mai pensato, ma forse sì. Credevo semplicemente di rispettarlo. Ma... Oh, chissà... »

« Qual è la cosa peggiore che potrebbe farti? »

« Lasciarmi... O, almeno, è quello che ero abituata a pensare. »

« E adesso non pensi più allo stesso modo? »

Lei scosse la testa. « No. » Per quanto strano potesse sembrare provava quasi il desiderio che volesse lasciarla. Avrebbe facilitato ogni cosa sebbene, naturalmente, ci fosse anche Pilar a cui pensare. Pilar non le avrebbe mai perdonato. Deanna aggrottò le sopracciglia e Ben le sfiorò una mano.

« Non preoccuparti tanto. Le cose si risolveranno. »

« Vorrei sapere come. Ben, io... Io non so che cosa fare. » Lo sapeva invece. Ma non voleva farlo. Perdere lui o lasciare Marc. « E... E poi sento anche l'impegno che mi lega a Pilar. »

« Sì, ma hai anche un impegno verso te stessa. Il primo è nei tuoi confronti, il secondo nei confronti di tua figlia. Dopotutto la decisione spetta a te. »

Deanna fece segno di sì e tacque per un po'. Ma sembrava più tranquilla di quanto non lo fosse in principio. « È strano. Mi dimentico quasi sempre della sua esistenza. Per diciott'anni è stato il centro della mia vita e adesso ecco che all'improvviso da un mese e mezzo è come se fosse sparito e non lo avessi mai conosciuto. Mi sento come una persona rinata. Invece lui esiste, Ben. Telefona ed è vivo e reale e si aspetta che io gli parli e qualche volta non ci riesco.»

« Allora non parlargli, per il momento. »

Gesù, non capisce. E, Signore, ti prego, non farlo diventare possessivo. Per piacere, non ancora...

Invece Ben continuò: « Perché non ti metti calma e ti godi le cose così come sono? Ti preoccuperai più tardi di come dovranno andare a finire ».

« Già, proprio quello che fai tu, vero? » Gli passò una mano sulle spalle, gli strinse la nuca e lo baciò su una guancia. Aveva visto l'espressione preoccupata sulla sua faccia, il timore negli occhi, lo sgomento, quando credeva che lei non lo osservasse. « Tu, invece, non ci pensi affatto, non ti tormenti, vero? »

« Io? » Scosse la testa con un'aria talmente sicura di sé che lei scoppiò a ridere.

« Sei un bugiardo. Sei preoccupato quanto me. Quindi non venire a farmi tanti discorsi! Credevo che tu fossi tanto freddo e pacato che non ti saresti mai lasciato prendere dall'angoscia. Be', adesso invece ti conosco meglio e lo so. »

« Oh, davvero? » La guardò e nei suoi occhi c'erano il riso e la sfida. Ma si sentiva terrorizzato al pensiero di ciò che sarebbe successo in autunno. Era qualcosa che non riusciva ad affrontare.

« Be', almeno ha detto che non tornerà a casa che tra un mese. »

« Un mese? » Deanna annuì in silenzio e il viaggio continuò.

14

« Su, dormigliona. Alzati. Sono quasi le dieci. » Lei aprì un occhio, gli rivolse un lamento e si voltò dall'altra parte. Lui la sculacciò leggermente, poi si chinò a baciarla. « Sbrigati. Oggi hai un appuntamento con un probabile acquirente. Devi essere alla galleria per le undici. »

« E tu? » Gli rivolse la parola con la faccia sprofondata nel cuscino.

« Io ci vado adesso. Tesoro, vuoi alzarti? »

« No. »

Tornò a sedersi vicino a lei. « Deanna, stai bene? » Si era sentita letteralmente esausta più di una volta nelle ultime due settimane, da quando c'era stata la mostra.

« Sto bene. » Ma non era vero. Si sentiva la testa pesante e il corpo come se fosse stato immerso nel cemento. Era tanto più semplice restare a letto, passare la giornata dormendo e sonnecchiando.

« Come mai sei così stanca in questi giorni? » La stava guardando con aria visibilmente preoccupata.

« Deve essere la vecchiaia. »

« Già, infatti, si vede! Spero che il successo non si rivelerà troppo pesante perché, a giudicare dalle apparenze, sembra proprio che ne avrai e moltissimo. » Continuava a parlarle voltando appena la testa verso di lei, mentre si avviava in cucina. « Vuoi il pane tostato? »

L'idea non l'attirava. Scosse la testa, richiudendo gli occhi e sprofondando la testa nel cuscino. « No, grazie! » Ma Ben riapparve un minuto dopo con il caffè e, per la prima volta da anni, non sentì nessun piacere all'idea di berlo.

« Deanna. Ma stai bene sì o no? »

« Sto bene, sono semplicemente stanca. » E mi sento male all'idea del ritorno di Marc. Doveva essere quello. La corrodeva fino al midollo, il pensiero di lui e di Pilar. Era una stupidaggine lasciare che quei due le rovinassero quelle ultime settimane con Ben, ma non sapeva che cosa farci. « Sul serio, tesoro, sto bene. Non devi preoccuparti. » Gli rivolse un sorriso luminoso e bevve un sorso di caffè, ma, non appena il tiepido vapore che ne saliva, la raggiunse in faccia, si sentì rovesciare lo stomaco. Diventò pallidissima e posò la tazza.

« Tu stai male! » Era un'accusa, carica di paura.

« Niente affatto, smettila. Sto bene, mi sento magnifica, sana e ti adoro. » Gli tese le braccia con un sorriso incantevole e lui la strinse a sé. Non voleva che le succedesse niente; d'un tratto si sentì cogliere dal terrore all'idea di perderla. Ci pensava diecimila volte al giorno: poteva ammalarsi, avere un incidente, annegare nella risacca a Carmel, morire in un incendio... Poteva tornare da Marc.

« Chi è l'acquirente con il quale dobbiamo trovarci oggi? »

« Si chiama Junot. È svizzero o francese, non ricordo bene.»

Francese? Magari conosceva Marc. Ma prima ancora che riuscisse a parlare Ben aveva già la risposta.

«No. È arrivato in città questa settimana, gli sono piaciuti i tuoi quadri mentre passava per caso davanti alla galleria. Molto simpatico e semplice. O.K.? »

« Perfetto, o uomo che sai leggere nel pensiero! »

« Bene. Allora ci vediamo lì alle undici. » La guardò di nuovo sforzandosi di sorridere. La salutò con un cenno della mano mentre richiudeva la porta. Erano entrambi presi nelle grinfie dell'angoscia e lui lo sapeva. Le grinfie. Lei aveva gli incubi e si stringeva disperatamente a Ben mentre si addormentavano e per giunta c'era quel senso di stanchezza e di malessere. Soffrivano tutti e due degli stessi terrori, chiedendosi che cosa avrebbe portato la fine dell'estate e già temendo la perdita che avrebbero subito. Non restavano che due settimane. Forse tre, se Marc era costretto per qualche motivo a ritardare. Avrebbe condotto Pilar con sé. Ma allora, che cosa avrebbe fatto? Nessuno dei due aveva la risposta. E il miracolo al quale anelavano disperatamente non si era ancora verificato.

Deanna si presentò alla galleria alle undici in punto: si era messa un tailleur di seta color crema con la camicetta di seta avorio. Scarpe e borsetta erano dello stesso color vaniglia. Aveva al collo le perle di sua madre e portava gli orecchini che Ben le aveva regalato appena prima della mostra. Il probabile acquirente, monsieur Junot, restò doverosamente impressionato dal suo aspetto, fece i gesti e le offerte appropriati e cercò di mettere in mostra tutto il suo fascino. Non comprò uno solo dei suoi quadri, ma addirittura due e dei migliori. Deanna e Ben si strinsero la mano felici dopo la sua partenza. La vendita aveva fruttato un totale di ottomila dollari, dei quali una buona metà sarebbe andata, naturalmente, a Ben. Lui percepiva il quaranta per cento, la trattenuta usuale del gallerista. Ce n'erano alcuni che prendevano addirittura il cinquanta. Ma Deanna aveva venduto molto bene i suoi quadri nelle ultime settimane. Dal giorno della mostra aveva guadagnato quasi dodicimila dollari.

« E adesso che cosa farai di tutti questi soldi? » Ben la guardava divertito. Deanna stava fissando, felice, l'assegno.

« Mi serviranno a essere indipendente », disse improvvisamente ricordando ciò che aveva dichiarato Marc prima di partire. Ecco perché continuava a dipingere: per poter essere indipendente semmai le fosse necessario.

« Vuoi dare una dimostrazione della tua indipendenza e invitarmi a pranzo? » Ben la stava guardando con occhi pieni di ammirazione. « E allora, che cosa ne dici? Mi inviti a pranzo? » Moriva dalla voglia di uscire con lei, di stare con lei, di portarla a casa, di trovarsi solo con lei, di godersi ogni minuto di quelli che ancora avevano a loro disposizione. Stava diventando un'ossessione. Invece Deanna scosse la testa facendo segno di no.

« Mi piacerebbe moltissimo, ma non posso. Sono fuori a pranzo con Kim. »

« Dannazione. E va bene, non ti chiederò di rinunciare! Ma quando uscirò di qui stasera alle cinque, bella signora, sei tutta mia. »

« Sì, signore. » Alzò gli occhi a guardarlo, soddisfatta.

« Promesso? »

« Sarà una promessa facile da mantenere. »

« Va bene, allora. »

La accompagnò alla porta della galleria, le sfiorò educatamente la guancia con un piccolo bacio e restò a guardarla mentre attraversava la strada diretta alla sua *Jaguar*. Che donna elegante era! Ed era sua. Sorrideva di orgoglio, rientrando.

« E allora, come sta oggi la mia pittrice favorita? La nuova Mary Cassatt. »

Kim le rivolse un largo sorriso mentre Deanna si metteva al suo posto. Si erano trovate come al solito da *Trader Vic's*. Erano quasi due mesi che Deanna non ci andava.

« Ci credi se ti dico che stamattina ho appena finito di vendere altri due quadri? »

«Ci credo. Grazie a Dio Thompson ha capito quando era il momento opportuno per insistere. Non avrei mai creduto di vedere il giorno in cui ti saresti finalmente arresa. Ad ogni modo sono felicissima che tu l'abbia fatto; era ora che ti decidessi! » Kim fece un cenno al cameriere e ordinò lo champagne, malgrado le risate e le proteste di Deanna. « Perché no? Quasi quasi non ci siamo più viste da quell'week-end a Carmel! Abbiamo un sacco di cose da festeggiare. »

Deanna rise tra sé. Sapeva che c'era da festeggiare più di quanto Kim non immaginasse.

« E allora, oltre al fatto che adesso sei una famosa pittrice, che cos'altro c'è di nuovo? » Gli occhi di Kim la fissarono penetranti, ma Deanna si limitò a sorridere. « Hai l'aria del gatto che ha appena mangiato il canarino.»

«Non so proprio perché.»

« Balle! Io invece, forse, credo di saperlo. » Lo aveva scoperto la sera dell'inaugurazione della mostra di Deanna, ma in principio non era stata completamente sicura. « Be', hai intenzione di raccontarmelo o mi lasci morire nell'incertezza? »

« A sentirti, si direbbe che tu lo sappia già. Dio santo, spero che non si veda fino a questo punto. »

« Non si vede. Solo che io me lo sono chiesta all'improvviso quella sera. Al *vernissage* della tua mostra. Ma non credo che nessun altro lo abbia capito. » Finalmente i loro occhi si incontrarono e Deanna rimase in silenzio per un po'.

« È una persona incredibile, specialissima, Kim. E lo amo. Moltissimo. »

Kim si lasciò sfuggire lentamente un sospiro e attese. « Sembra un uomo molto simpatico. È una cosa seria? » domandò. Deanna fece segno di sì con la testa e Kim bevve un sorso di champagne.

« Vorrei poter dire che non lo so. Ma lo so. » Le si riempirono gli occhi di lacrime. « Devo tornare da Marc. Lo sa anche Ben. Non posso ricominciare tutto daccapo, Kim. Non posso. Sono troppo vecchia. Ho quasi quarant'anni e... » La sua voce era ridotta quasi a un mormorio. « Ho una vita passata con Marc. L'ho sempre amato. E... E c'è Pilar... » Ma Deanna non riuscì ad andare avanti. Aveva gli occhi colmi di lacrime e dovette soffiarsi il naso.

Kim avrebbe voluto prenderla fra le braccia e trovarle, lì per lì, una soluzione magica.

« Non c'è nessun altro mezzo? E Ben, che cosa prova? »

Deanna respirò profondamente. « È stato preso dal panico come me. Ma non me la sento di andarmene di casa e di ricominciare tutto daccapo. Non posso... » Aveva una voce carica di disperazione quando sussurrò a Kim: « Sono troppo vecchia ».

« Se è questo che ti blocca sai benissimo, accidenti, che non è vero. Diavolo, ci sono donne che si rifanno una vita a sessant'anni, quando il marito muore. A trentasette saresti pazza a buttar via qualcosa a cui tieni sul serio. »

« Ma non è giusto. E poi, accidenti, Kim, sono troppo vecchia. Figurati che lui vuole dei bambini e io ho una figlia già quasi adulta. »

« A maggior ragione. Presto Pilar se ne andrà. Se vuoi altri figli il momento di averli è questo. »

« Sei matta come lui. » Deanna cercò di sorridere, ma non era un argomento facile.

« Sei felice con Ben, Deanna? »

« Non sono mai stata tanto felice in vita mia. E non riesco a capirlo. Ho vissuto con Marc per quasi vent'anni; ci conosciamo e d'un tratto... Oh, Dio, Kim, non riesco quasi a ricordare l'aspetto di Marc, il suono della sua voce. È come se la mia vita intera fosse stata passata con Ben. In principio provavo un senso di colpa; mi pareva di essere una persona ignobile per quello che facevo. Adesso non ho più lo stesso rimorso. Lo amo, ecco tutto. »

« E credi che riuscirai a rinunciare a tutto questo? » Kim la guardò addolorata perché capiva che cosa stava succedendo all'amica.

« Non so. Forse potremo ancora vederci. Forse... Kim, non lo so, insomma. »

Ancor meno lo sapeva Kim, però aveva il sospetto che Ben Thompson non si sarebbe adattato a dividerla con un altro per molto tempo. Non sembrava quel tipo di uomo.

« Lo dirai a Marc? »

Deanna scosse la testa. « Mai. Non capirebbe mai. Ne avrebbe il cuore spezzato. Io... Insomma, staremo a vedere. Ben dovrà andare a New York in settembre per qualche settimana. E questo mi darà il tempo di vedere come vanno le cose. »

« Se posso fare qualcosa, Deanna... Se hai bisogno di una spalla o di una mano... Sono sempre pronta per te, bambina. Spero che tu lo sappia. »

« Lo so. »

Le due amiche si scambiarono un sorriso.

Dopo avere lasciato Kim, Deanna era tornata a casa guidando lentamente. Doveva vedere la posta e pagare i conti. Non si sarebbe trovata con Ben fino alle cinque.

« Signora Duras? » Margaret la stava aspettando quando infilò la chiave nella serratura. Aveva un'aria tesa e agitata che, al primo momento, Deanna non capì.

« Margaret? Che cos'hai? Non stai bene? » Lì per lì le parve che l'anziana donna fosse pallida. Quando arrivò al tavolo dell'anticamera si accorse che la governante continuava a fissarla con gli occhi sbarrati. « Margaret? C'è qualcosa che non va? » La sua voce si era fatta più insistente e si voltò a guardare a lungo, attentamente, la donna con il grembiule blu scuro. Possibile che sapesse di Ben? Li aveva visti insieme? « Che cosa c'è? »

« Ci sono state due telefonate... » Margaret lasciò la frase a metà, senza sapere che cos'altro dire. Non era sicurissima. Non aveva nessun diritto di far preoccupare la signora Duras, ma aveva una strana sensazione che non capiva.

« Del signor Duras? » Deanna si raddrizzò sulla persona.

« Di madame Duras, sua madre. »

« Che cosa ha detto? » Deanna aveva aggrottato le sopracciglia. « È successo qualche cosa? »

« Non lo so. Ha parlato soltanto con la centralinista di Parigi. Ma vuole che la richiami. Subito. »

« A Parigi? Vorrai dire ad Antibes. » Per Margaret, Deanna lo sapeva, erano la stessa cosa. La governante scosse la testa con enfasi.

« No. Era Parigi. Hanno lasciato un numero. » Margaret tirò fuori il messaggio dal mucchietto della corrispondenza e lo tese a Deanna. Aveva ragione. Era Parigi. Il numero della casa in rue François Premier. Doveva essere successo qualcosa. Forse la vecchia signora era ammalata e voleva mandare Pilar a casa prima del tempo. Marc! Era successo qualcosa a Marc. Le affollarono il cervello mille idee di mille catastrofi diverse mentre saliva le scale di corsa per andare al telefono della camera da letto. A Parigi sarebbe stata mezzanotte appena passata. Troppo tardi? Doveva aspettare fino alla mattina? La centralinista delle comunicazioni intercontinentali le passò molto presto la telefonata e quasi subito udì all'orecchio il « ron-ron » familiare dei telefoni francesi. « Ci vorrà anche un minuto prima che rispondano, mi dispiace moltissimo. »

« Va bene così, non si preoccupi. » La centralinista, dalla cadenza, si sarebbe detta californiana e aveva il tono più pacifico del mondo. Deanna sorrise. Poi udì all'apparecchio la voce della suocera.

« *Allo*? *Oui*? »

« *Mamie*? » Quel termine affettuoso non era mai salito con facilità alle labbra di Deanna. Dopo quasi vent'anni provava ancora la tentazione di chiamare la suocera madame Duras. « *Mamie?* » La comunicazione non era molto buona, ma Deanna riusciva a sentire e alzò la propria voce per farsi sentire a sua volta. Madame Duras non sembrava né addormentata né contenta. Non lo era mai. « Sono Deanna. Mi dispiace moltissimo di chiamare così tardi, ma ho pensato che... »

« *Deanna, il faut que tu viennes.* » Oh, Dio santo, perché parlava francese con una comunicazione così disturbata? Ma la donna anziana continuò sempre a parlare in francese, sempre più in fretta. Deanna riusciva appena a sentire.

« Aspetta, aspetta. Non riesco a sentirti. Non capisco. Per piacere ripetilo in inglese. È successo qualcosa? »

« Sì. » Quella parola parve un lungo lamento lugubre e poi ci fu un silenzio mentre Deanna aspettava.

Che cosa era successo? Si trattava di Marc. Lo sapeva! « Pilar... Ha avuto... Un incidente... Sulla moto... »

Deanna sentì che il cuore le si fermava in petto. « Pilar? » Si era messa a urlare nel microfono e non sentì neppure Margaret che entrava nella stanza. « Pilar? » La comunicazione sembrava sempre più disturbata e si mise a urlare più forte: « *Mamie*? Mi senti? Che cosa è successo? »

« La testa... Le gambe... »

« Oh, Dio! Ma sta bene? » Ormai le lacrime le scendevano sulla faccia e stava disperatamente cercando di controllare la propria voce. « Mamie? Sta bene? »

« *Paralysées. Les jambes.* Le gambe... Paralizzate. E la testa... Non sappiamo. »

« Dov'è? » Quello di Deanna era diventato un urlo acuto.

« All'Ospedale Americano. » La vecchia stava singhiozzando.

« Hai chiamato Marc? »

« Non riusciamo a trovarlo. È in Grecia. La sua *société* sta cercando di rintracciarlo. Credono che potrà rientrare domani. Oh, per piacere, Deanna... verrai? »

«Stasera. Immediatamente. » Le tremava il braccio mentre guardava l'orologino da polso. Erano le quattro meno dieci. Sapeva che c'era un volo alle sette e mezzo. Marc lo prendeva sempre. Calcolando la differenza dei fusi orari si sarebbe trovata a Parigi alle quattro e mezzo del giorno successivo. « Arriverò... Nel pomeriggio... Andrò direttamente all'ospedale. Chi è il suo medico? » Scarabocchiò frettolosamente quel nome. « Come posso raggiungerlo? » Madame Duras le diede il numero di telefono di casa del medico.

« Oh, Deanna. Quella povera bambina... Lo avevo detto a Marc che la moto era troppo grossa per la bambina. Perché non mi ha voluto dar retta? Gli avevo detto... »

Anch'io glielo avevo detto. « Mamie, c'è qualcuno con lei? » La sua bambina sola, in un ospedale di Parigi.

« Abbiamo le infermiere, naturalmente. »

« Nessun altro? » C'era l'orrore nella sua voce.

« Qui è mezzanotte passata. »

« Non voglio che resti sola. »

« Benissimo. Manderò giù Angéline, adesso, e io ci andrò domattina. » Angéline, la cameriera più decrepita della terra. Angéline. Ma come poteva pensare una cosa simile?

« Arriverò appena posso. Dille che le voglio bene. Ciao, *Mamie*. Ci vediamo domani. »

Deanna, disperata, aggredì la centralinista. « Il dottor Hubert Kirschmann, telefonata personale. È una questione urgentissima. »

Ma il dottor Kirschmann non rispondeva alle chiamate. E una telefonata all'Ospedale Americano non le fece sapere molto di più. Per quanto si trovasse ancora sulla lista dei pazienti con prognosi riservata mademoiselle Duras riposava tranquillamente, era cosciente e non escludevano di poterla operare la mattina dopo. Era troppo presto per dirlo. Era arrivata in aereo da Cannes soltanto quel pomeriggio e se madame voleva esser così gentile da telefonare al dottore la mattina dopo... Oh, che andassero all'inferno! Pilar non era in grado di ricevere telefonate e non c'era nient'altro che Deanna potesse fare. Salvo prendere un aereo.

Restò seduta, immobile, per un attimo, ricacciando indietro le lacrime, stringendosi la testa fra le mani finché le sfuggì improvvisamente un singhiozzo, che le usciva straziante dal cuore. « Pilar... La mia bambina. Oh, mio Dio! » A quel punto si vide vicino quel grembiule azzurro e si sentì stringere fortemente dalle braccia gentili di Margaret che tentava di confortarla.

« È così grave? » La sua voce si levò come un sussurro nella stanza troppo silenziosa.

« Non lo so. Dicono che ha le gambe paralizzate e che c'è qualche cosa che non va anche nella testa. Non sono riuscita a ottenere risposte intelligenti da nessuno. Parto con il primo aereo. »

« Vado a prepararle una valigetta. »

Deanna fece segno di sì e cercò di mettere ordine nei suoi pensieri. Doveva chiamare Ben. E Dominique. Istintivamente le sue dita formarono all'apparecchio il numero di Dominique in ufficio. La voce che le era tanto antipatica fu pronta a risponderle al telefono. « Dov'è monsieur Duras? »

« Non ne ho la minima idea. »

« Non mi racconti frottole. Nostra figlia ha avuto un incidente poco fa e non riescono a trovarlo. Dov'è? »

« Io... madame Duras, sono spiacentissima... Farò

del mio meglio per rintracciarlo per domattina e gli dirò di chiamarla. »

« Parto stasera per Parigi. Gli dica semplicemente che sarò là. E che telefoni a sua madre. Pilar è all'Ospedale Americano a Parigi. Per amor di Dio, vuole farmi un piacere, un grosso piacere, Dominique, e rintracciarlo? » Le tremava la voce a pronunciare quelle parole.

« Farò quello che posso. E, mi creda, sono spiacentissima. Si tratta di una cosa grave? »

« Non lo sappiamo. »

Telefonò alle linee aeree e alla banca. Diede una rapida occhiata a quello che Margaret le aveva messo nella valigetta e poi compose rapidamente all'apparecchio il numero di Ben, per raggiungerlo prima che lasciasse la galleria. Non aveva che un'ora a sua disposizione, poi sarebbe dovuta uscire per andare all'aeroporto. Lui prese quasi subito la comunicazione.

« Devo partire stasera. »

« Che cosa hai fatto nel pomeriggio? Rapinato una banca? » Aveva una voce ridente, sbarazzina; aspettava con ansia la serata che avrebbero passato insieme. Ma intuì subito che era successo qualcosa di grave.

« Pilar ha avuto un incidente. Oh, Ben... » E poi scoppiò a singhiozzare, sconvolta, impaurita, addolorata e anche furiosa con Marc che aveva lasciato comprare la motocicletta a Pilar.

« Non ti agitare, tesoro. Vengo subito. Hai niente in contrario se vengo su, a casa? »

« No. »

Margaret gli aprì la porta sette minuti più tardi. Deanna stava aspettando nella sua camera. Aveva ancora indosso il tailleur che portava a pranzo e gli orecchini che Ben le aveva regalato. Li avrebbe portati durante il viaggio fino in Francia. Lui le lanciò una rapida occhiata mentre entrava e la prese fra le braccia. « Calma, bambina, calma. Andrà tutto bene. »

Allora Deanna gli parlò delle gambe paralizzate.

« Potrebbe essere una reazione temporanea dovuta alla caduta. Non conosci ancora i particolari. Potrebbe anche non essere grave come sembra. Vuoi qualcosa da bere? » Era pallida da far paura, ma fece segno di no con la testa. Tutto quello che Ben vide erano la sua faccia e la disperazione che c'era scritta sopra. Poi cominciò a piangere di nuovo e ancora una volta cercò rifugio fra le sue braccia.

« Non ho fatto che pensare alle cose più terribili. »

« No, non devi farlo. Non sai ancora niente. Devi importi di stare tranquilla e di aspettare finché non sarai là. » La guardò ancora e le fece una domanda: « Vuoi che venga? »

Lei sospirò e gli rivolse il barlume di un sorriso. «Sì. Ma non puoi. Però ti amo per avermelo chiesto. Grazie. »

« Se hai bisogno di me telefona e io verrò subito. Promesso? » domandò. Lei fece segno di sì.

« Vorresti telefonare a Kim per dirle dove sono andata? L'ho cercata adesso, ma è fuori. »

« Non avrà qualche sospetto se le telefono io per dirglielo? » Aveva assunto un'aria perplessa; ma era perplesso per Deanna, non per Kim.

« No. » Deanna sorrise. « Le ho detto di noi oggi a pranzo. » Gli tese ancora le braccia e lo strinse forte contro di sé. Era l'ultima volta che poteva farlo, almeno per un po': tenerlo così stretto a sé ed essere sua. « Avrei voluto avere ancora l'occasione di venire a casa... Se non altro per essere lì... mi dà un tale senso di pace. » Era della casa di Ben che voleva parlare, non della propria, ma lui comprese.

«Tornerai a casa presto. »

« Prometti? » Gli occhi di Deanna cercarono quelli di lui.

« Prometto. Su adesso, vieni, sarà meglio andare. Hai tutto quello che ti occorre? » domandò. Lei fece segno di sì e chiuse gli occhi di nuovo. Per un millesimo di secondo si sentì girare la testa. « Ti senti bene? »

« Sì, sto bene. » Lo seguì giù per le scale e abbracciò stretta stretta Margaret mentre usciva. Avevano una ora per arrivare all'aeroporto. Tre quarti d'ora più tardi lei sarebbe stata a bordo dell'aereo. E dodici ore dopo, a Parigi... Con la sua bambina, Pilar.

Per tutto il tragitto fino all'aeroporto Deanna si scoprì a pregare in silenzio tra sé di trovarla viva.

15

« *Quoi? Oh, mon Dieu*? Dominique, è sicura? »

« Sicurissima. Ho anche parlato con sua madre. E con il dottore. »

« Come si chiama? » Fornì l'informazione a Marc il quale, intanto, stava facendo segno disperatamente che aveva bisogno di una penna. Chantal gli porse la propria. « Quando l'hanno operata? »

« Stamattina. All'ora locale. Tre ore fa, mi sembra. Sta un po' meglio, pensano, ma non ha ancora ripreso conoscenza. Quello che li preoccupa soprattutto è la testa e... e le gambe. »

Sulle guance di Marc-Edouard avevano cominciato a scendere lentamente le lacrime, mentre ascoltava Dominique. « Mando un telegramma. Sarò lì stasera. » Poi assalì il *concierge*. Diede ordini molto precisi. « Parla Duras. Mi trovi un posto su un aeroplano. Per Parigi. Immediatamente. » Riattaccò, si passò la mano sulla faccia per asciugarla, poi guardò Chantal con aria strana.

« È Pilar? » chiese lei. Marc fece segno di sì. « Molto grave? » Andò a sedersi sul divano vicino a lui e gli prese le mani.

«Non sanno. Non sanno... » Non riusciva a pronunciare quelle parole, non si sentiva il coraggio di dirle che quella motocicletta era stato un regalo che le aveva fatto lui, mentre cominciava a essere squassato da singhiozzi convulsi.

Deanna scese dall'aereo all'aeroporto Charles de Gaulle sconvolta da una stanchezza che la rendeva esausta, dal terrore e da un vago senso di nausea. Aveva passato la notte con gli occhi spalancati, fissi davanti a sé, stringendosi convulsamente le mani. Dall'aeroporto telefonò all'ospedale, ma non ebbe nessuna notizia. Appena fuori dell'aeroporto chiamò un tassì, vi sedette in silenzio e partirono veloci. Aveva dato all'autista l'indirizzo dell'Ospedale Americano e gli aveva anche detto di andare il più velocemente possibile.

In perfetto stile francese la ubbidì alla lettera, ma le sembrò ugualmente che passassero ore prima che raggiungesse il boulevard Victor Hugo e che il tassì si fermasse di botto con uno stridio di freni davanti all'ampio portone a due battenti. Deanna frugò rapidamente nel portafogli alla ricerca dei franchi che si era fatta dare in cambio di dollari all'aeroporto. Senza pensarci gli allungò un biglietto da cento franchi e aprì rapidamente lo sportello.

« *Votre monnaie*? » La guardò con aria interrogativa, ma lei scosse la testa. Non gliene importava niente del resto. Le sue labbra erano una linea stretta e dura che scompariva quasi nella faccia pallida come l'avorio, sconvolta dal dolore angoscioso. Lui aveva già capito fin dal principio quando gli aveva dato l'indirizzo dell'Ospedale Americano. Aveva capito. « Suo marito? »

« *Non. Ma fille.* » E di nuovo le si riempirono gli occhi di lacrime.

L'autista fece segno di sì, che capiva e che comprendeva la sua disperazione. « *Désolé.* » Tirò giù dal sedile la valigetta di cuio marrone di Deanna e aprì il proprio sportello. Poi gliela allungò in silenzio. Gli occhi di lei si fissarono in quelli dell'uomo solo per una frazione di secondo, poi gli girò le spalle e si avviò rapidamente nell'ospedale.

Al banco c'era un'anziana infermiera dalla faccia acida.

« *Oui, madame?* »

« Pilar Duras. Il numero della sua camera? » *Oh, Dio, soltanto il numero della camera, per piacere. Fa' che non mi dicano... Non mi...*

« 425. » Deanna provò una gran voglia di lasciarsi sfuggire un lungo sospiro angosciato. Invece si limitò a fare un breve cenno del capo e a seguire il segno che l'infermiera le fece.

Gli sportelli dell'ascensore si aprirono al quarto piano e Deanna ne uscì dopo una breve esitazione. D'un tratto le pareva addirittura di non riuscire più a parlare francese e si domandò se sarebbe mai riuscita a trovare Pilar in quel labirinto. Si sentì salire le lacrime agli occhi. Dovette lottare contro un'ondata di nausea e una sensazione di capogiro, poi lentamente si avviò verso il banco.

« Sto cercando Pilar Duras. Sono sua madre. » Non provò neanche a dirlo in francese. Non ci riusciva, insomma. Si accontentò di pregare fra sé che qualcuno capisse.

« Duras? » L'infermiera assunse un'aria impacciata mentre alzava gli occhi a considerare Deanna; poi, aggrottando le sopracciglia esaminò il grande foglio che aveva davanti. « Oh, sì. » Incontrò lo sguardo di Deanna e fece segno di sì con la testa, domandandosi improvvisamente se quella donna pallida da far paura, tutta tremante, che le stava di fronte fosse malata. « Madame Duras? »

« Sì. » Deanna non riuscì a mormorare che quello, con un filo di voce. Di colpo, ogni attimo di quel viaggio si ripercosse sul suo fisico. Non aveva più forza per nulla. Si trovò addirittura a desiderare che ci fosse lì Marc.

« Madame Duras, non si sente bene? » La giovane donna in uniforme bianca aveva un forte accento straniero, però il suo inglese era abbastanza disinvolto. Deanna si limitò a fissarla. Non lo sapeva neppure lei. Si sentiva molto strana, come se stesse per svenire.

« Devo... Credo... Posso sedermi? » Guardò qua e là con aria incerta e poi restò imbambolata a osservare tutto ciò che aveva intorno perché prima si era messo a girare vorticosamente e poi a rimpicciolire. Come quando si guarda lo schermo di una televisione impazzita dove a poco a poco le immagini si dissolvono, a poco a poco... a poco a poco... Poi si sentì posare una mano sul braccio.

« Madame Duras? Madame Duras? » Era la voce della stessa ragazza e Deanna sorrise. Aveva una voce giovane così simpatica... così simpatica... Deanna provò improvvisamente una gran voglia di dormire. Avrebbe voluto abbandonarsi a quel sonno, ma la mano continuava a tirarla per un braccio. D'un tratto sentì qualcosa di fresco sul collo e poi sulla testa. Le figure riapparvero sullo schermo. Erano una dozzina di facce che la circondavano e che la guardavano dall'alto. Abbozzò il gesto di mettersi a sedere, ma una mano la trattenne improvvisamente e due giovanotti si scambiarono frettolosamente qualche parola in francese. Volevano trasferirla al pronto soccorso, ma Deanna scosse subito la testa.

« No, no, sto bene. Davvero, credetemi. Ho fatto un viaggio molto lungo in aereo da San Francisco e non ho mangiato niente da ieri. Sul serio, sono terribilmente stanca e... » Si trovò di nuovo con gli occhi pieni di lacrime. Cercò di ricacciarle indietro. Dannazione, perché volevano portarla al pronto soccorso? « Voglio vedere mia figlia. Pilar... Pilar Duras. » Sembrò che quelle parole li fermassero. I due giovanotti prima la fissarono poi fecero segno di sì con la testa. Avevano capito. Un attimo dopo, aiutata dalle loro mani che l'avevano presa sotto braccio, si trovò in piedi, mentre una giovane infermiera l'aiutava a rassettarsi il vestito. Qualcuno le avvicinò una seggiola e la prima infermiera le portò un bicchiere d'acqua. Dopo un attimo la piccola folla si era dispersa. Erano rimaste soltanto le due infermiere, quella anziana e quella più giovane.

« Sono tremendamente spiacente », disse Deanna.

« Non è il caso! Lei è molto stanca. Ha fatto un lungo viaggio. Abbiamo capito. Fra un minuto la portiamo a vedere Pilar. »

« Grazie. » Deanna bevve un altro sorso d'acqua e restituì il bicchiere. « È qui il dottor Kirschmann? » L'infermiera scosse la testa.

« È già andato via nel primo pomeriggio. È stato con Pilar tutta la notte. L'hanno operata, sa. »

« Alle gambe? » Deanna si sentì cogliere di nuovo da un fremito.

« No. Alla testa. »

« E come sta adesso? Sta bene? »

Ci fu una pausa che parve infinita. « Sta meglio. Venga, vedrà con i suoi occhi. » Si fece da parte per aiutarla ad alzarsi, ma Deanna ormai si sentiva più in forze, anzi, era furibonda con se stessa per il tempo che aveva sprecato.

L'accompagnarono per un lungo corridoio dalle pareti color pesca e si fermarono infine davanti a una porta bianca. L'infermiera guardò a lungo, intensamente, Deanna, poi la aprì lentamente. Deanna fece qualche passo nella stanza e provò la sensazione che l'aria le si congelasse nei polmoni. Era come se non fosse più capace di respirare.

Pilar era tutta fasciata dalle bende e circondata di apparecchi, con cannule e sondini. In un angolo c'era seduta in silenzio un'infermiera dall'aspetto severo e perlomeno tre monitor in funzione fornivano misteriosi rapporti. Pilar stessa era appena visibile tra tutte quelle bende e la sua faccia era paurosamente deformata dalle varie cannule e dai sondini.

Ma quella volta Deanna non svenne. Abbandonò sul pavimento la valigetta, lì dove si trovava, e avanzò nella stanza, con passo fermo e un sorriso, mentre l'infermiera che l'aveva accompagnata stava a osservarla. Poi scambiò un'occhiata con l'infermiera di servizio nella stanza. La donna si avvicinò, ma Deanna non se ne accorse neppure. Continuò ad avanzare verso il letto, pregando Dio che le desse forza e lottando per ricacciare le lacrime con un sorriso che spezzava il cuore.

« Ciao, piccola, sono la mamma. » Dal letto si levò un sommesso lamento e gli occhi di sua figlia seguirono i suoi movimenti. Si vedeva subito che Pilar l'aveva riconosciuta e che capiva. « Adesso andrà tutto bene. Tutto bene... » Si fermò vicino al letto e strinse l'unica mano non bendata di Pilar. E delicatamente, con tanta leggerezza che sembrava quasi non la toccasse, la prese fra le proprie mani, se la portò alle labbra e baciò le dita della sua bambina. « Va tutto bene, tesoro mio, presto starai meglio. »

Dalla ragazza distesa nel letto si levò un suono agghiacciante.

« Sss... Parleremo dopo. Non adesso. » La voce di Deanna si sentiva appena, era solo un bisbiglio, ma era ferma.

Pilar scosse la testa. « Io... »

« Sss... » Deanna aveva preso un'espressione inquieta, ma gli occhi di Pilar facevano chiaramente capire che voleva parlare.

« C'è qualcosa di cui hai bisogno? » Deanna la stava osservando attentamente, ma non trovò la risposta in quegli occhi. Diede un'occhiata all'infermiera. Era possibile che soffrisse? L'infermiera si avvicinò e insieme restarono a guardarla mentre Pilar ci si provava ancora.

« Con... tenta... che tu... sei... venuta. » Era un debolissimo mormorio, che sembrava sul punto di spezzarsi, quello che si levò dal letto, ma colmò Deanna di angoscia. Le si riempirono gli occhi di pianto. Si sforzò di sorridere mentre continuava a tenere fra le sue la mano di Pilar.

« Anch'io sono contenta di essere venuta. Adesso non parlare, piccola. Per piacere. Parleremo dopo. Abbiamo tante cose da dirci. »

Quella volta Pilar si accontentò di annuire e poi, finalmente, chiuse gli occhi per un po'. L'infermiera, quando uscirono nel corridoio, disse a Deanna che Pilar era sempre rimasta sveglia, all'infuori del periodo dell'operazione per il quale le avevano dato un anestetico, come se aspettasse qualcuno, o qualche cosa, e in quel momento era facile capire perché.

« Il fatto che lei sia qui, madame Duras, fa una enorme differenza. » L'infermiera di Pilar parlava un inglese impeccabile e aveva un'aria terribilmente asciutta e severa. Deanna provò un gran sollievo alle sue parole. Dunque Pilar l'aveva aspettata. Le importava ancora qualcosa di sua madre. Era sciocco che quello dovesse avere importanza in un momento simile e invece l'aveva. Aveva sempre temuto che, anche nelle circostanze più difficili, Pilar continuasse a rifiutarla. Invece non era stato così. Oppure era Marc quello che stava aspettando? Non aveva importanza. Deanna rientrò nella camera a passi silenziosi e si sedette.

Passarono più di due ore prima che Pilar si svegliasse e poi restò lì immobile a guardare sua madre: i suoi occhi non si staccavano mai dalla faccia di Deanna. Finalmente, dopo che i loro occhi ebbero dato l'impressione di essere incatenati gli uni agli altri per ore, le parve di vedere sorridere Pilar. Si avvicinò di nuovo al letto e prese di nuovo fra le sue una mano della ragazza con tutta la delicatezza possibile.

« Ti voglio bene, cara. E tutto sta andando proprio bene. Perché non cerchi di dormire ancora un po'? »

Ma gli occhi di Pilar dicevano di no. Restarono ancora aperti per un'ora, fissando, solo fissando, guardando la faccia di sua madre come se volessero impossessarsene, come se volesse esprimere così quelle parole che non aveva la forza di pronunciare. Ci volle ancora un'altra ora prima che parlasse di nuovo.

« Cagnolino... » Deanna prese un'aria perplessa e Pilar provò ancora. « Mi... hai... portato il mio... cagnolino? »

Quella volta Deanna non poté trattenere le lacrime. Doggie, il tesoro degli anni dell'infanzia. Doggie, così sporco e vecchio e malconcio che a un certo punto era stato messo a riposo in cima a uno scaffale chissà dove, in casa. Deanna non aveva mai avuto il coraggio di buttarlo via. Doggie le fece tornare alla memoria tanti ricordi di Pilar bambina. Allora Deanna cominciò a osservarla attentamente, chiedendosi se sapeva con esattezza dove si trovava oppure se era tornata indietro con la mente a qualche posto lontano, all'infanzia e a Doggie.

« È a casa che ti aspetta. »

Pilar annuì con un sorriso debolissimo. « O.K. ... » Parole morbide come piume sulle sue labbra mentre si abbandonava di nuovo al sonno.

Doggie. Deanna andò indietro con il pensiero a dodici anni prima, mentre se ne stava lì seduta sulla scomoda seggiolina. Lasciò che i suoi pensieri ritornassero a quando Pilar aveva avuto tre e quattro e cinque e nove e poi, troppo presto, dodici, e ormai quasi sedici anni. Che creaturina dolce era stata quando era piccola, così delicata e piena di grazia: una bambinetta con i riccioli d'oro e gli occhi azzurri. Le cose adorabili che aveva detto; i balletti che aveva fatto per papà e mamma quando lei, qualche volta, suonava; i tè che aveva dato per le bambole; la camicetta che aveva fatto per Deanna, una volta, per il giorno del suo compleanno con due strofinacci da cucina color *chartreuse*... e Deanna l'aveva messa, tutta seria, per andare in chiesa.

« Madame Duras? » Deanna fu richiamata bruscamente indietro, da molto lontano, dal suono di una voce femminile sconosciuta. Si guardò intorno, trasalendo, e vide una nuova infermiera.

« Sì? »

« Non vuole riposare un po'? Possiamo prepararle un letto nella stanza vicina. È rimasta qui tanto tempo! »

« Che ore sono adesso? » Deanna provò la sensazione di aver vissuto in un sogno per ore e ore.

« Quasi le undici. »

A San Francisco erano le due del pomeriggio. Era via da casa da meno di ventiquattr'ore, ma le pareva che fossero passati degli anni. Si alzò in piedi e si stirò.

« Come sta? » Deanna guardò in direzione del letto con aria angosciata.

L'infermiera gentile esitò per un momento. « Come al solito. »

« Quando torna il dottore? » E perché accidenti non era stato lì in tutte le cinque ore che Deanna aveva passato al fianco di Pilar? E dov'era Marc, dannazione? Non arrivava mai?

« Il dottore sarà qui fra poche ore. Ma può riposarsi un po'. Potrebbe perfino andare a casa stanotte. Abbiamo fatto un'altra iniezione a mademoiselle. E adesso dormirà per un po'. »

Deanna non aveva nessuna voglia di andarsene, ma pensò che forse sarebbe stato opportuno fare un'apparizione in casa della suocera. Così avrebbe potuto sapere se aveva rintracciato Marc e vedere che cosa stava succedendo a quel dottore. Chi era? Dov'era? E che cosa aveva da dire?

« Madame? » L'infermiera la stava osservando impietosita.

Deanna aveva l'aria affranta ed esangue, quasi come Pilar, quando raccolse la valigetta. « Lascerò un numero dove possano chiamarmi e tornerò presto. Per quanto tempo crede che dormirà? »

« Perlomeno quattro ore, forse anche cinque o sei. Ma non si sveglierà di certo prima di tre ore. E le prometto... che se sorgesse qualche problema, o dovesse svegliarsi e chiamarla, le telefonerò. »

Deanna fece segno di sì e scrisse il numero di telefono della madre di Marc. Poi guardò disperata l'infermiera negli occhi. « Telefonatemi immediatamente se... dovessi venire. » Non riuscì a dire altro, ma l'infermiera capì. Puntò con un fermaglio il numero di telefono di Deanna alla cartella clinica di Pilar e sorrise, guardandola negli occhi stanchissimi.

« Telefonerò. Ma lei deve riposarsi un po'. »

Deanna non riusciva a ricordare di essersi mai sentita così stanca in vita sua, eppure l'ultima cosa che aveva in mente di fare era dormire. Doveva telefonare a Ben. Parlare con il dottore. Cercar di sapere qualcosa di Marc. Aveva il cervello in tumulto e si sentì cogliere di nuovo dal capogiro. Si appoggiò a un muro per non cadere, ma quella volta non svenne. Restò soltanto lì a lungo, a guardare Pilar. Poi, con gli occhi pieni di lacrime, uscì dalla stanza con la valigetta in una mano e la giacca sul braccio, lasciandosi dietro il cuore.

Trovò una tassì al posteggio sull'altro lato della strada, di fronte all'ospedale, e si lasciò cadere sul sedile con un sospiro tanto forte che parve quasi un gemito. Si sentiva stanca, ammaccata e dolorante in ogni centimetro del corpo, tesa, contratta ed esausta in ogni fibra e le pareva che non sarebbe mai riuscita a fermare il costante lavorio del cervello: Pilar da neonata... Pilar l'anno prima... Pilar a sette anni... Pilar nella sua camera. A scuola. All'aeroporto. Con la nuova messa in piega. Le prime calze lunghe. Un fiocco rosso. Era come un film che non si fermasse mai, che era stata a guardare tutto il giorno, qualche volta con il sonoro e qualche volta senza, ma era una visione alla quale non poté sfuggire neppure mentre il tassì correva veloce attraverso Parigi in direzione di rue François Premier.

Si trattava di un quartiere elegante, opportunamente situato nelle vicinanze di Christian Dior. Era una delle strade di Parigi, tutte belle più o meno allo stesso modo, vicinissime agli Champs Elysées.

L'autista stava fumando una Gauloise *papier maïs* e cantava una vecchia canzone. Era troppo allegro per notare la profonda tristezza della donna e quando si fermò all'indirizzo che gli era stato dato i suoi occhi fissarono quelli di Deanna con un sorriso e un silenzioso invito. Lei non se ne accorse neppure. Si limitò a mettergli in mano il denaro e a scendere. L'autista alzò le spalle e ripartì subito mentre lei si avviava a passi pesanti verso la porta. Non le era sfuggito che sua suocera non si era vista all'ospedale per tutta la sera. L'infermiera aveva detto che era venuta ad assistere Pilar due ore nella mattinata. Due ore? Tutto lì? E l'aveva lasciata sola in quelle condizioni spaventose? Un'altra dimostrazione di tutto quello che Deanna aveva sempre pensato.

Suonò il campanello, due colpetti rapidi e acuti, e il massiccio portone di legno si spalancò davanti a lei. Ne varcò l'alta soglia, lo richiuse dietro le proprie spalle e procedette verso la gabbia del piccolo, elegante ascensore. A passi rapidi. Aveva sempre pensato che quello ascensore fosse più adatto a un canarino che non agli esseri umani, ma in quel momento i suoi pensieri erano ben diversi e non aveva certo voglia di scherzare mentre schiacciava il pulsante del settimo piano. Era l'attico; madame Duras possedeva l'intero piano.

Una cameriera dalla faccia inespressiva, in uniforme, la stava aspettando sulla porta quando Deanna scese dall'ascensore. « *Oui, madame?* » Guardò Deanna con scarso piacere se non addirittura con disprezzo.

« *Je suis madame Duras.* » L'accento di Deanna non era mai stato peggiore, ma se ne infischiava.

« *Ah, bon.* Madame la sta aspettando nel salone. » Oh, che gentile. E magari stava già versandole il tè?

Deanna digrignò i denti mentre si avviava, dietro la cameriera, verso il salone. Niente di insolito, niente fuori posto. Sua suocera portava un vestito di seta verde scuro, era pettinata in modo impeccabile e il suo passo era fermo quando andò incontro a Deanna tendendole la mano. Soltanto gli occhi rivelavano la preoccupazione. Strinse le mani a Deanna e la baciò sulle guance, osservando con sgomento l'espressione della faccia della nuora.

« Sei arrivata adesso? » Bastò un'occhiata per fare capire alla cameriera che doveva andarsene immediatamente e infatti quella si dileguò sull'istante.

« No. Sono stata con Pilar tutta la sera. Ma non ho ancora visto il dottore. » Si tolse la giacca e cadde quasi a sedere su una poltrona.

« Hai l'aria molto stanca. » La donna anziana la fissò con una faccia che sembrava di pietra. Soltanto gli occhi vecchi e astuti lasciavano intendere che ci fosse veramente una vita dietro quella maschera impassibile.

« Che io sia stanca o no non ha importanza. Chi diavolo è questo Kirschmann e dove si trova adesso? »

« È un chirurgo, famosissimo in tutta la Francia. È rimasto con Pilar fino a tardi nel pomeriggio e tornerà a vederla fra poche ore. Deanna... » Ebbe un attimo di esitazione, poi disse in tono più gentile: « Non c'è assolutamente nient'altro che possa fare. Almeno per il momento ».

« Perché no? »

« Adesso dobbiamo aspettare. Deve riprendere le forze. Deve... vivere. » La sua espressione rivelò il dolore che le dava pronunciare quella parola e Deanna si passò una mano sugli occhi. « Vuoi qualcosa da mangiare? » le domandò la suocera.

Deanna scosse la testa. « Mi basta una doccia e un po' di riposo. E... » Alzò gli occhi con un'espressione di angoscia sul volto. « Mi dispiace di essere entrata in questo modo. Non ho detto niente di tutte le cose che si devono dire come: 'Che piacere rivederti', 'Come stai?', ma, mamie, mi dispiace, non posso assolutamente. »

« Capisco. »

Capiva davvero? si chiese Deanna. Comunque a quel punto non aveva più importanza che capisse oppure no.

« Secondo me dovresti mangiare qualcosa, mia cara », stava dicendo madame Duras. « Sei molto pallida. »

« Mi faccio soltanto una doccia, mi cambio e torno là. È probabile che sia una notte molto lunga. A proposito, hai avuto notizie di Marc?» Aggrottò le sopracciglia mentre faceva quella domanda. Sua suocera annuì.

« Sarà qui fra un'ora. »

Un'ora... Un'ora. E dopo due mesi, Deanna non sentì niente dentro di sé all'infuori di quello che provava per Pilar.

« Arriva da Atene. È sconvolto. »

« È logico che lo sia. » Deanna fissò la suocera negli occhi. « È stato lui a comprarle quella motocicletta. Io lo avevo pregato di non farlo. »

Istantaneamente madame Duras si inalberò. « Deanna, non si può dare la colpa a lui. Sono sicura che si sentirà già abbastanza male così. »

« Non ne dubito. » Girò gli occhi da un'altra parte, poi si alzò in piedi. « Dici che arriverà fra un'ora? »

« Sì. Vai a prenderlo? »

Deanna stava per dire di no, ma qualcosa dentro di lei la lasciò incerta. Pensava a Pilar, all'aspetto che aveva la loro figliola... All'impressione che ne avrebbe ricevuta Marc, come l'aveva ricevuta lei, entrando e vedendola così per la prima volta. Sembrava crudele lasciarlo entrare in quella stanza da solo. Pilar era la sua piccina, il suo tesoro, la sua creatura. Era anche di Deanna, ma per Marc Pilar era quasi qualcosa di soprannaturale. Non se la sentiva di fargli affrontare quella situazione nello stesso modo in cui era stata costretta ad affrontarla lei. Sarebbe andata a prenderlo all'arrivo.

«Hai il numero del suo volo? » La madre di Marc fece segno di sì. « Allora vado. Mi lavo solo la faccia. Non mi cambio neanche. Mi puoi chiamare un taxi? »

« Certamente. » Madame Duras assunse un'aria compiaciuta. « Sarà più che felice di vederti. Fleurette ti preparerà un sandwich.» Fleurette, piccolo fiore. Il nome di una cuoca tremendamente grassa che madame Duras aveva da tempo e che Deanna aveva sempre trovato singolarmente buffo, ma non quella sera. Ormai niente le pareva più buffo. Fece un cenno del capo alla suocera e uscì rapidamente in anticamera. Stava per entrare nella camera degli ospiti quando notò un quadro in un corridoietto buio. Lasciato lì, non desiderato, non amato, non ammirato, dimenticato. Il quadro di Pilar insieme con lei. Madame Duras non lo aveva mai trovato di suo gusto. Allora, senza indugiare più oltre su quel pensiero con la mente, Deanna decise che se lo sarebbe portato a casa, dove doveva stare.

Nella camera degli ospiti, che le era così familiare, si guardò in giro. Tutto era stato studiato in un'elegante sfumatura di beige, un color sabbia, di damasco o di seta e i mobili erano Luigi XV. Era una stanza che Deanna aveva sempre trovato fredda anche quando ci aveva dormito con Marc durante la luna di miele. Si passò un pettine fra i capelli e cercò di costringersi a pensare a lui. Che impressione le avrebbe fatto rivederlo? Vedere il suo volto, toccargli la mano... Dopo Ben. Aveva un bisogno disperato di chiamare Ben, ma le mancava il tempo. Doveva arrivare all'aeroporto in tempo per andare incontro a Marc mentre usciva dal cancello degli arrivi, appena sceso dall'aereo, altrimenti non sarebbe più stata capace di trovarlo. Si domandò se c'era un mezzo di avvertirlo con un messaggio che stava andando ad accoglierlo all'arrivo, ma sapeva per esperienza che messaggi di quel genere si perdevano sempre. Un uomo, con una voce esile e sottile, in un angolo dell'aeroporto si sarebbe messo a sussurrare a se stesso: «Monsieur Duras... Monsieur Duras...» E Marc gli sarebbe passato davanti senza vederlo né sentirlo. E poi, se invece il messaggio gli fosse arrivato, si sarebbe potuto spaventare ancora di più temendo il peggio per Pilar. Perlomeno poteva risparmiargli quello.

La cameriera bussò alla porta della camera degli ospiti e le disse che il tassì stava aspettando. Mentre pronunciava quelle parole consegnò a Deanna un pacchetto. Due panini con il prosciutto e un pezzo di pollo. Forse anche monsieur avrebbe avuto fame. Fame? Dio santo, ma chi poteva mangiare?

A differenza del precedente viaggio dall'aeroporto alla città, che le era parso interminabile, quello le sembrò molto più corto. Si accorse ogni tanto di appisolarsi con la testa che le cadeva sul petto, seduta sul sedile posteriore, mentre correvano nella notte e il suo pensiero continuava a passare confuso, a scatti, da Pilar a Ben, a Marc. Le sembrò che fossero trascorsi soltanto pochi attimi quando, con un grande stridio di freni, il tassì si fermò.

« *Voilà.* »

Mormorò un « grazie » distratto all'autista, pagò la corsa aggiungendovi una mancia generosa e corse dentro, lisciandosi con le mani la gonna mentre correva. Cominciava a provare la sensazione di non essersi cambiata vestito da una settimana anche se, in realtà, il proprio aspetto non le importava minimamente, con tutte le altre cose che aveva in mente. L'aereo di Marc era appena atterrato. Entro un paio di minuti i passeggeri sarebbero sbarcati. Ce l'aveva fatta per un soffio. I passeggeri di prima classe scesero per primi e Marc viaggiava sempre in prima classe. Cominciò a correre fra l'uno e l'altro dei nuovi arrivati, rischiando di inciampare nelle loro valigie. Ma raggiunse i cancelli proprio mentre i primi passeggeri oltrepassavano la dogana e con un sospiro si ritirò in un angolo a osservare. Per un attimo ebbe il desiderio pazzesco di sorprenderlo, di mostrargli che gliene importava di lui a dispetto del tradimento di quell'estate. Perfino in quel momento terribile di angoscia per Pilar avrebbe voluto offrire a Marc qualcosa: rendergli tutto più semplice. Gli si sarebbe avvicinata con un tocco della mano e un sorriso, ecco, nient'altro. Poteva ancora fare quello per lui, dargli un momento di piacere in mezzo a tanto dolore. Si riaggiustò addosso la giacca e abbassò gli occhi sul fiocco della sciarpa della camicetta di seta color avorio. Sette od otto persone le erano già passate davanti, ma ancora nessun segno di Marc.

Poi, d'un tratto, lo vide, alto e snello, slanciato e in ordine, con un abito di buon taglio, impeccabilmente ordinato e fresco anche dopo il volo. Notò stupita che sembrava meno sconvolto di quello che aveva temuto. Evidentemente non aveva capito quanto fosse grave la situazione oppure... E poi, mentre avanzava di un passo per uscire dal suo nascondiglio, Deanna ebbe l'impressione che il cuore le si fermasse.

Maro si stava voltando con un lento, dolce sorriso, il sorriso che rivolgeva a lei quando la chiamava Diane e non Deanna. Lo vide allungare una mano per prendere quella di una giovane donna. La ragazza stava sbadigliando piena di sonno e Marc lasciò scivolare lentamente la mano intorno alle sue spalle per stringerla a sé. La donna disse qualcosa e gli accarezzò un braccio. Deanna restò a guardarli ammutolita, stupefatta, chiedendosi chi fosse quella ragazza anche se, in fondo, non gliene importava niente. Ciò che aveva visto era il pezzo mancante del puzzle, la risposta ad anni di interrogativi. Quella non era una conoscenza casuale, non era una donna che lui aveva trovato per caso durante il viaggio. Era una persona con la quale si trovava a proprio agio e con cui aveva familiarità, che conosceva bene. Il modo in cui camminavano, si rivolgevano la parola e si muovevano disse a Deanna ogni cosa.

Restò in quell'angolo, inchiodata al pavimento, con una mano alzata in un gesto di orrore verso la bocca socchiusa, e li seguì con lo sguardo, guardandoli allontanarsi da lei lungo il corridoio finché non riuscì più a distinguerli nella folla. Allora, a testa bassa, di corsa, senza vedere nessuno e con il disperato desiderio di non essere vista, si precipitò verso l'uscita e chiamò un tassì.

16

SENTENDOSI in preda al panico, senza fiato, Deanna diede al conducente l'indirizzo dell'ospedale. Appoggiò la testa contro lo schienale del sedile e chiuse gli occhi. Le pareva di sentire il cuore che le batteva ritmicamente nelle orecchie. Provava soltanto un gran desiderio di andare via, di mettere più chilometri che poteva fra sé e l'aeroporto. Provò addirittura una momentanea sensazione di follia: le parve di essere stata trascinata in alto mare da un'onda gigantesca, oppure di essere entrata nella camera da letto di un uomo e di averlo trovato nudo, oppure di avere scoperto quello che non aveva mai avuto intenzione di vedere. Ma era proprio così? Era quella la verità? E se si fosse trattato soltanto di una donna con la quale aveva fatto il viaggio in aereo? E se le sue congetture fossero state assurde, le conclusioni pazzesche? No, c'era qualcosa di più. Lo aveva capito nello stesso momento in cui li aveva visti. In fondo al cuore aveva capito. Molto semplice. Ma chi era lei? E da quanto tempo le cose andavano avanti così? Una settimana? Un mese? Un anno? Era una relazione che durava soltanto da quell'estate o si trattava di qualcosa di più? Molto, molto di più?...

« Ecco, madame. » L'autista si voltò dopo avere dato appena una occhiata al tassametro. Deanna lo udì appena. Il suo cervello in tumulto seguiva mille direzioni diverse. Durante tutto quel terribile viaggio dall'aeroporto non aveva pensato neppure una volta a Ben. Non le era passato per la mente che anche lei aveva fatto lo stesso; tutto quello che sapeva era che aveva visto suo marito con un'altra donna e che si era accorta che gliene importava. Moltissimo. Era rimasta quasi accecata dallo stupore e dal dolore.

« Madame? » L'autista la fissò mentre Deanna guardò di nuovo il tassametro con gli occhi vitrei, smarrita.

« *Je m'excuse.* » Gli mise rapidamente in mano i soldi e poi scese, guardandosi intorno. Era di nuovo davanti all'ospedale, ma come ci era arrivata? Quando gli aveva dato l'indirizzo? La sua prima idea era stata quella di tornare a casa della suocera a radunare le idee e invece eccola lì. Be', tanto era lo stesso. Marc sarebbe andato a casa a lasciare la sua roba, a vedere sua madre e poi finalmente sarebbe arrivato da Pilar. Deanna, in quel modo, si era guadagnata ancora un po' di tempo. Non si sentiva già pronta a vederlo. Ogni volta che pensava a lui, lo rivedeva con quel volto bello e giovane vicino al suo, i loro occhi che non sapevano staccarsi mentre lui le passava un braccio intorno alle spalle. E quella ragazza, poi, aveva un'aria così maledettamente giovane. Gli occhi di Deanna si riempirono di lacrime mentre spingeva il pesante battente della porta vetrata ed entrava di nuovo nell'atrio dell'ospedale. Respirò a fondo. Aveva già un odore familiare. Distrattamente si accorse che premeva con la mano il pulsante del quarto piano nell'ascensore. Non riusciva a togliersi dalla mente il volto di lei vicino a quello di Marc. E lui aveva una aria così felice, così giovane...

« Stai bene? » Marc la guardò con gli occhi stanchi mentre afferrava l'impermeabile. Chantal era sul letto.

« Sì, starò bene. Hai già abbastanza a cui pensare senza preoccuparti per me. » Ma sapeva che Marc non sopportava di vederla stanca. Il dottore lo aveva avvisato quando Chantal aveva rischiato di morire che non doveva assolutamente stancarsi. E da allora Marc la trattava come un papà eccessivamente premuroso con una figlia dalla salute delicata. « Tu, piuttosto, starai bene? » Gli tese le braccia. Non sopportava l'idea di vederlo andare via, di sapere che poteva fare per lui soltanto molto poco. Però capiva di non poterlo accompagnare all'ospedale. Ci sarebbe stata Deanna. Non era quello il momento. Chantal lo capiva. Il suo tempismo era sempre stato eccellente. « Mi telefoni per dirmi come sta? » C'era un'espressione sinceramente preoccupata nei suoi occhi e Marc le fu immediatamente molto grato per quello.

« Appena so qualcosa. Prometto. E, tesoro mio... » Sedette sul bordo del letto e la strinse a sé. « Grazie. Non... Non sarei mai riuscito a fare quel viaggio senza di te. È stata la notte più difficile della mia vita. »

« Andrà tutto bene, Marc-Edouard. Te lo prometto. » La strinse forte a sé. Poi, quando si staccò da lei, si asciugò gli occhi e si schiarì la voce.

« *J'espère.* Lo spero. »

« *Oui, oui. Je le sais.* » Ma come faceva a saperlo? Come poteva? E se invece si fosse sbagliata?

« Torno più tardi a prendere la valigia. »

« Mi svegli se sto dormendo? » C'era un sorriso furbo, da gatta, che le balenava negli occhi e lui rise.

« *On verra.* » Si infilò l'impermeabile.

« Marc-Edouard! » Lui si fermò e si voltò al suono della sua voce. Era già sulla porta.

« *N'oublie pas que je t'aime...* Non dimenticare che ti amo. »

« Anch'io. » La porta si chiuse silenziosamente su quelle parole.

Al volante della piccola *Renault* di Chantal raggiunse l'ospedale e parcheggiò in strada. Avrebbe dovuto prendere un tassì, ma non intendeva sprecare neppure un altro minuto. Voleva essere lì, al suo fianco. Vedere che cos'era successo. Cercare di capire. Tornando indietro in aereo aveva continuato a pensarci e a ripensarci. Il perché e il come e il quando e niente però aveva un senso. Non sarebbe mai riuscito a conservare il controllo dei propri nervi durante il volo di ritorno se non ci fosse stata Chantal.

L'atrio era immerso nel silenzio. Dominique gli aveva già dato il numero della camera di Pilar quando si erano parlati al telefono e lui era riuscito a mettersi in comunicazione con il dottor Kirschmann prima di lasciare Atene. Era ancora troppo presto per sapere qualcosa. Le lesioni alla testa erano considerevoli, quelle alle gambe forse permanenti; aveva la milza sfracellata, un rene colpito. Tutto sommato era molto molto grave.

Marc si sentì una stretta al cuore mentre entrava in ascensore e premeva il bottone del quarto piano. Durante la salita scoprì di avere il cervello completamente vuoto. Poi, con un fruscio, gli sportelli si aprirono e scese. Vide la capoinfermiera alla scrivania e si avvicinò con aria grave.

« Pilar Duras? » L'infermiera cominciò a spiegargli come raggiungere la camera. Ma lui alzò una mano per fermarla. « *D'abord*, come sta? »

« Le sue condizioni sono critiche, monsieur. » Gli occhi dell'infermiera erano gravi.

« Ma non sta un po' meglio di prima? » Per tutta risposta la vide soltanto fare segno di no con la testa. « Il dottor Kirschmann? È qui? »

« C'è stato e poi è andato via. Tornerà fra un po'. Controlla molto attentamente la situazione. La sua figliola viene seguita minuto per minuto su un monitor... Stiamo facendo tutto il possibile. »

Marc si limitò semplicemente ad annuire. Si schiarì la voce, si passò il fazzoletto sugli occhi e poi si avviò a passi decisi per il corridoio. Doveva farsi coraggio, mostrare a Pilar che presto tutto sarebbe andato per il meglio, che lui l'avrebbe guarita, che le avrebbe dato la propria forza. Chantal fu dimenticata, tutto ciò che Marc aveva in mente era la sua bambina.

La porta era socchiusa; diede un'occhiata nell'interno. La camera sembrava piena di apparecchi di ogni genere. C'erano due infermiere, una con il camice verde da sala operatoria e l'altra in uniforme bianca.

« Sono suo padre. » Quelle parole, per quanto appena sussurrate, avevano un tono autoritario e le due donne annuirono mentre Marc girava rapidamente gli occhi per la camera. La trovò immediatamente; sembrava rimpicciolita, così a letto, con tutte quelle sonde e quelle cannule e i monitor che scattavano con precisione ad ogni suo respiro. Per un attimo si sentì agghiacciare quando la guardò in faccia. Era di un pallore grigiastro e non gli pareva che assomigliasse a nessuno che conosceva finché, avvicinandosi, riconobbe i lineamenti deformati della sua bambina. Le cannule, il dolore e le fasce l'aveva cambiata quasi totalmente, ma era la sua Pilar. Restò a osservarla per un lungo momento: era immobile a occhi chiusi. Poi, a passi silenziosi, le andò vicino e con tutta la delicatezza possibile le sfiorò una mano. La mano ebbe un lievissimo movimento. Pilar aprì gli occhi. Ma non ci fu nessun sorriso, solo un tenue barlume negli occhi dal quale capì di essere stato riconosciuto.

« *Pilar, ma chérie, c'est papa.* » Doveva lottare per ricacciare le lacrime. Non disse niente di più, rimase lì immobile a fissarla, a stringerle la mano e a guardarla finché lei richiuse quei luminosi occhi azzurri. Provò l'impressione che l'aria fosse stata completamente risucchiata fuori da quella camera. Era così difficile pensare e guardare e respirare. Com'era possibile che fosse successo questo? Come? E proprio alla sua bambina? Si sentì tremare le ginocchia e per un attimo credette di svenire, ma continuò a restare in piedi, a osservare, a toccare la manina pallida. Perfino le unghie di Pilar avevano uno strano colore, a chiazze; non aveva abbastanza ossigeno, evidentemente. Tuttavia continuò a restar lì, in piedi, immobile, senza fare un gesto, senza parlare, limitandosi a guardare la sua bambina.

In silenzio, dalla sua sedia in un angolo, Deanna lo osservava. Non aveva detto niente quando era entrato nella camera e lui non l'aveva vista, nascosta com'era da quegli apparecchi giganteschi.

Fu soltanto una ventina di minuti più tardi che finalmente scoprì il volto familiare e quegli occhi... che lo fissavano con un'espressione disperata. Sembrò sorpreso quando la vide, come se non capisse. Perché non aveva detto niente? Perché era rimasta semplicemente lì seduta? Quando era arrivata? Oppure faceva così perché era sotto choc? Aveva un'espressione devastata, distrutta ed era pallida quasi quanto Pilar.

« Deanna... » Era un mormorio debolissimo.

Lei continuava a fissarlo. « Ciao, Marc. »

Lui rispose con un cenno della testa e lentamente il suo sguardo ritornò su Pilar. « Quando sei arrivata? »

« Alle cinque. »

« Sei stata qui tutta la notte? »

« Sì. »

« Nessun cambiamento? »

Ci fu un silenzio, Marc la guardò ancora, ripetendole quella domanda con gli occhi.

« Sembra che stia un po' peggio. Prima sono uscita per un po'... Non ho potuto farne a meno... Sono andata a casa di tua madre a lasciare la mia valigia. Sarò stata lontano due ore più o meno e... Quando sono tornata sembrava che avesse molta difficoltà a respirare.

C'era qui Kirschmann. Ha detto che se non migliorerà nel giro di qualche ora dovranno operarla di nuovo. » Sospirò e abbassò gli occhi. Era come se li avesse perduti entrambi in quelle due ore. Pilar e Marc.

« Sono appena arrivato. »

Bugiardo. Non è vero. Sei arrivato due ore fa. Dove sei andato? Ma Deanna non disse niente.

Restarono così per quasi un'ora e poi l'infermiera li pregò di uscire solo per pochi minuti; c'era una medicazione da cambiare. Lentamente Deanna si alzò e lasciò la stanza. Marc indugiò per un momento di più, come se fosse riluttante a lasciare la sua figliola. La mente di Deanna tornò alla scena dell'aeroporto. Tutto sembrava improvvisamente così strano. Non lo vedeva da due mesi eppure si erano detti appena « ciao ». Non riusciva a recitare la scena della felice unione. D'un tratto era troppo tardi. Del resto non la recitava neppure lui o forse era semplicemente troppo sconvolto per Pilar.

Fece qualche passo per il corridoio, con aria grave e solenne, a testa china, pensando a quei brani di preghiere che sapeva quando era bambina. Non aveva tempo da perdere con Marc; tutte le sue energie dovevano essere dedicate a Pilar. Sentì i suoi passi dietro di sé, ma non si voltò; continuò semplicemente a camminare, un passo dopo l'altro, un passo dopo l'altro lungo il corridoio finché arrivò in fondo e si fermò a guardare, senza vedere niente, fuori di una finestra che dava soltanto su un muro poco distante. Lo vedeva fermo dietro le proprie spalle, mentre fissava il suo riflesso nel vetro.

« Deanna, posso aiutarti? » La sua voce aveva un tono stanco, avvilito. Lei scosse la testa lentamente. « Non so che cosa dire. » Gli si spezzò la voce mentre cominciava a piangere. « Ho sbagliato a regalarle quella... »

« Adesso non ha importanza. Lo hai fatto. Ormai è

successo. Ma sarebbe potuto succedere in mille altri modi. Ha avuto un incidente, Marc. Che importanza vuoi che abbia, adesso, di chi è stata colpa se le è successo quell'incidente, di chi le ha regalato la motocicletta, di chi... » Anche la voce di Deanna tremava.

« *Mon dieu...* » Lo vide prendersi la faccia tra le mani, poi rialzarla e lo sentì sospirare profondamente. « Mio Dio, se almeno riuscisse a cavarsela e a guarire alla perfezione! E se non riuscisse più a camminare? »

« Vuol dire che le insegneremo a vivere nel modo migliore possibile per lei. È quello che le dobbiamo adesso. Il nostro amore, il nostro aiuto, il nostro sostegno, in qualsiasi cosa dovrà affrontare... » *Se ci verrà data questa opportunità*. Per la prima volta da quasi vent'anni Deanna si sentì travolta da un'ondata di terrore spaventoso... *E se?*

Deanna sentì che le posava le mani sulle spalle; poi Marc la fece voltare lentamente verso di sé. I suoi occhi erano gli occhi di Pilar e la sua faccia quella di un uomo molto vecchio e stanco.

« Sarai mai capace di perdonarmi? »

« Per che cosa? » La sua voce era fredda, distante.

« Per questo. Per ciò che ho fatto alla nostra bambina. Per non averti ascoltato quando avrei dovuto. Per... »

« Ero venuta a prenderti all'aeroporto stasera, Marc. »

Qualcosa negli occhi di Deanna gli disse che era morta ed anche lui si sentì diventare di ghiaccio dentro. « Devi avermi mancato di un pelo. » Ma nella sua voce c'era un tono di domanda. La scrutò con aria interrogativa.

« No. Sono andata via. Io... Mi ha fatto capire molte cose, Marc. Avrei dovuto saperlo. Capirlo. E invece no. » Sulle sue labbra si disegnò un lievissimo sorriso, poi si strinse nelle spalle. « Credo di essere stata una stupida. E posso farti le mie congratulazioni. Non soltanto sembra molto carina, ma anche giovane. » C'era amarezza nella sua voce, oltre al dolore.

« Deanna », le mani posate sulle sue spalle rafforzarono la stretta. « Stai tirando certe conclusioni che sono molto strane. Non credo di capire. » Ma sembravano parole dette senza convinzione. « È stato un viaggio che mi ha ridotto i nervi a pezzi e questa è una giornata assurda, inconcepibile, lo sai anche tu. Quella signorina e io abbiamo cominciato a chiacchierare e, veramente... »

« Marc, smettila. Non voglio sentire niente. » Sapeva. Molto semplice. Ecco tutto. E non voleva sentirsi rassicurare con qualche menzogna. « Per piacere. Non stasera. »

« Deanna... » Ma non riuscì a proseguire. In un altro momento, forse, ne sarebbe stato capace, ma adesso no. Non era assolutamente capace di abbozzare una storia convincente. « Per piacere. » Allora si staccò da lei voltandole le spalle; non riusciva a sopportare la sofferenza che leggeva nei suoi occhi. « Credimi, non è davvero quello che pensi. » Ma si odiò per quanto stava dicendo. Era ciò che lei aveva pensato, tutto vero dal principio alla fine. E gli pareva di essere anche un traditore a rinnegare Chantal. In qualsiasi senso cercasse una scappatoia era nei guai. « Non lo è. »

« Lo è invece, Marc. Chiaro come il sole. Niente di ciò che potresti raccontarmi riuscirebbe a cambiarlo. Niente potrebbe cancellare quello che ho visto, che ho provato, che ho capito. » Era stato come una freccia che l'avesse trafitta al cuore. « Devi avermi considerata molto stupida per tutti questi anni. »

« Che cosa ti fa pensare che siano tanti anni? » Dannazione, come faceva a saperlo?

« Il modo in cui vi muovevate, camminavate, il modo in cui lei ti guardava. È difficile raggiungere quel genere di accordo e di comunicativa in così poco tempo. Davi l'impressione di essere più sposato con lei di quanto tu non lo sia mai stato con me. » Poi, d'un tratto, non poté trattenere una domanda a se stessa. In fondo anche lei non aveva dato la stessa impressione di essere sposata con Ben? E dopo un periodo di tempo molto breve.

« Che cosa vuoi che dica? » Marc tornò a voltarsi verso di lei.

« Niente. Non resta niente da dire. »

« Mi stai spiegando che è tutto finito? Che mi lascerai perché mi hai visto all'aeroporto con una ragazza? Ma è pazzesco. Deanna, sei ammattita. »

« Io? Siamo felici allo stesso modo insieme, noi due? Ti fa piacere la mia compagnia, Marc? Provi un gran desiderio di tornare a casa quando sei lontano? Oppure la nostra è soltanto una relazione profonda, piena di significato, fatta del rispetto che abbiamo l'uno per i bisogni, le qualità e i sentimenti dell'altro? »

« Forse esiste questa relazione perché io ti amo ancora. » Mentre diceva così gli si riempirono gli occhi di lacrime e lei voltò la testa.

« Non ha importanza se mi ami. » Ormai era troppo tardi. Erano andati ognuno per la sua strada.

« Che cosa stai dicendo, Deanna? » Era diventato livido in faccia.

« Non lo so con certezza. Prima dobbiamo superare l'incidente di Pilar. Dopo potremo parlare di noi. »

« Ce la faremo. Lo so che ce la faremo. » La guardò con aria piena di determinazione e lei si sentì sommergere dalla stanchezza e dalla fatica come da un'ondata di cemento.

« Che cosa te lo fa pensare? Perché dovremmo farcela? »

« Perché lo voglio io. » Ma non sembrava del tutto sicuro.

« Sul serio. Perché? Perché ti piace avere una moglie oltre a un'amante? Non posso darti torto. Dev'essere una combinazione molto conveniente. Dove vive lei, Marc? Qui in Europa? Tutto combinato perfettamente. »

« Deanna, smettila! »

« Lasciami stare. » Per la prima volta in vita sua provò odio verso di lui, verso ciò che era, verso ciò che le stava facendo e verso tutto quello che non riusciva a capire e per un attimo doloroso, sconvolgente, si scoprì a desiderare profondamente Ben. D'altra parte, Marc era davvero così ingiusto? Lei forse era diversa, o migliore? « Abbiamo troppe cose a cui pensare. Ne discuteremo quando Pilar non sarà più in pericolo. »

Quasi nello stesso istante l'infermiera li chiamò con un cenno dal fondo del corridoio e, dimenticati i loro problemi, si affrettarono a raggiungerla.

« C'è un cambiamento? » Marc fu il primo a chiederlo.

« No, però è sveglia. E ha chiesto di voi. Perché non le parlate un po'? Ma attenti a non stancarla. Le occorre tutta la poca forza che ha. »

Deanna notò un leggerissimo cambiamento in Pilar quando entrarono nella camera. Il suo colorito non era migliore di prima però gli occhi sembravano più vivaci. Pareva che si spostassero nervosamente dall'una all'altra delle loro facce cercando qualcuno, frugando, lanciando sguardi qua e là.

« Ciao, tesoro. Eccoci qui. C'è anche papà. » Deanna le andò vicino e le carezzò dolcemente una mano. Se chiudeva gli occhi riusciva a immaginare ancora Pilar quando era piccolissima.

« Così... è... bello... » Gli occhi di Pilar si spostarono sul padre; cercava di sorridere, ma aveva il respiro affannoso e di tanto in tanto chiudeva gli occhi. « Ciao, papà... come... è stata... la Grecia? » Sembrava più pronta e al corrente degli avvenimenti di quei giorni di quanto non fosse stata prima, ma d'un tratto parve anche più agitata. « Ho... sete... » Deanna diede un'occhiata all'infermiera che fece segno di no con la testa.

« Acqua? »

« Fra un pochino, cara. » Deanna continuò a parlare con voce suadente mentre Marc restava di fianco a lei, angosciato. Gli pareva di avere perduto qualsiasi capacità di parlare, di comunicare e Deanna vedeva dagli occhi gonfi e dal labbro tremante che stava lottando di continuo per ricacciare le lacrime.

« *Ça va*? » Finalmente aveva parlato e di nuovo Pilar cercò di sorridere.

Fece segno di sì, piano piano. « *Ça va.* » Ma come poteva essere O.K. qualcosa, nelle sue condizioni? Poi, come se capisse quello che suo padre stava passando, rivolse gli occhi proprio verso di lui, lottando alla ricerca delle parole: « Stavo... andando... troppo forte... colpa mia, papà... non tua... » Pilar chiuse gli occhi e strinse la mano di Deanna. « Mi dispiace. »

Ormai le lacrime scendevano a fiotti sulle guance di Marc. Senza fare rumore si allontanò. Gli occhi di Pilar rimasero chiusi.

« Non preoccuparti, tesoro. Non importa di chi è stata la colpa. Ma la mamma aveva ragione. » Lanciò un'occhiata a Deanna.

« Mammina? » Sembrava che la sua voce diventasse sempre più debole.

« Sss. Non parlare... »

« Ti ricordi quella casetta che avevo in giardino... per giocare? Continuo a sognare... quella... casetta e il mio cagnolino. Augustin. »

Era stato un piccolo, buffo terrier, ricordava Deanna, che poi era stato sostituito con un gattino e poi ancora con un uccellino finché non avevano più avuto bestiole in casa. A Marc-Edouard non piacevano.

« Dove... hai mandato... Augustin? » Lo avevano dato a una famiglia che viveva in campagna. « È andato in campagna. Credo che fosse molto felice. » Deanna continuò a parlare su quell'argomento, ma i suoi occhi cercarono quelli di Marc. Che cosa significava, quello? Stava meglio o peggio? Le veniva in mente all'improvviso il suo bambino, quel maschietto fragilissimo che si era tanto agitato, inquieto fra le sue braccia, nelle poche ore che aveva vissuto prima di morire. Philippe-Edouard. C'era lo stesso pericolo oppure quello era un segnale che Pilar stava migliorando? Nessuno di loro lo sapeva.

«Mammina?... Potrei avere di nuovo... Augustin?... Chiedilo a papà... » Quella di Pilar era una voce infantile. Deanna chiuse gli occhi e tirò un sospiro.

« Parlerò con papà. »

Gli occhi di Marc si riempirono improvvisamente di terrore. Guardò Pilar e poi Deanna. « Prenderemo un cane, *chérie*... Vedrai... Un bellissimo cagnolino con due orecchie grosse grosse e un codino sempre in movimento. »

« Ma io voglio... Augustin. » La voce si era fatta lamentosa e l'infermiera fece capire con un cenno che era meglio che si allontanassero dal letto. Pilar si era di nuovo assopita e non si accorse che lasciavano la stanza.

Quella volta cominciarono a camminare su e giù per il corridoio e, in principio, non dissero niente. Senza pensarci Deanna cercò la mano di Marc. « Quando torna Kirschmann? »

« Hanno detto che tornerà presto. Ti sembra peggiorata? »

Deanna fece segno di sì. « Mi pare nervosa, inquieta, ansiosa. »

« Però ha parlato. Dovrebbe essere un buon segno. »

« Può darsi », disse Deanna. Ma i loro animi erano pieni di terrore. Mentre camminavano su e giù per il corridoio il braccio di Marc scivolò intorno alle sue spalle e lei non lo respinse. Improvvisamente Deanna si accorse di aver bisogno di lui, come Marc sentiva il bisogno di lei.

« Marc? » La guardò con occhi disperati, ma lei scosse soltanto la testa. Aveva le guance bagnate di lacrime. In silenzio Marc la prese fra le braccia. Non aveva niente da dire, nessuna parola di conforto, soltanto le sue lacrime da unire alle lacrime di Deanna.

Percorsero ancora il lungo corridoio, da un capo all'altro, sette o otto altre volte e infine si misero a sedere su due seggiole dallo schienale rigido. Deanna aveva gli occhi vitrei per la fatica. Si mise a fissare l'orlo della sua stazzonatissima gonna color crema.

« Ti ricordi quando aveva cinque anni? È stato allora che le abbiamo comprato quel cagnolino! » Sorrise a se stessa al ricordo. Avevano nascosto il cucciolo in uno stivale e lo avevano messo nell'armadio di Pilar. Poi le avevano ordinato di andare subito ad aprirlo per prendere un vestito. Invece ecco lì il cucciolo, che spuntava con il musino fuori dello stivale! Pilar aveva strillato di gioia.

Anche Marc sorrise tra sé a quel ricordo. « Non dimenticherò mai la sua faccia in quel momento. »

« Anch'io. » Deanna alzò gli occhi a guardarlo, sorridendo fra le lacrime e frugò nella borsetta per cercare il fazzoletto. Che cosa strana. Soltanto un'ora prima erano lì a discutere e lei aveva perfino alluso a un divorzio. Ma ormai non aveva più importanza. Non era il loro matrimonio che importava, soltanto la loro figliola. Qualsiasi dolore, qualsiasi problema fosse sorto fra loro, avevano sempre Pilar in comune. In quel preciso momento Marc era l'unica persona che avesse idea di quello che lei provava, e lei l'unico essere vivente che condividesse il suo terrore. Era come se, stringendosi forte forte, senza lasciarsi andare, continuando a muoversi, a parlare, a sperare e a pregare... Pilar fosse ancora lì, e non potesse morire. Deanna alzò gli occhi verso Marc e lui le diede un colpetto affettuoso su una mano.

« Cerca di calmarti.»

Lei sospirò di nuovo e si portò una mano agli occhi, ma prima che potesse dire qualcosa, l'infermiera li raggiunse.

«Il dottor Kirschmann vorrebbe vedervi. È in camera con lei. » Si avviarono quasi correndo verso la camera dove il medico era fermo ai piedi del letto e osservava alternativamente la ragazza e gli apparecchi. Sembrava che fossero passate ore e ore dal momento in cui erano usciti in corridoio.

« *Docteur*? » disse subito Marc.

Lui pareva preoccupato. « Voglio darle ancora un po' di tempo. Se le cose non migliorano entro un'ora la portiamo di nuovo in sala operatoria e vediamo ciò che si può fare. »

« Qual è la sua opinione? » Marc da lui voleva parole, promesse, garanzie.

« Non so. Resiste. Non posso dirvi di più. » Se aveva delle buone speranze, avrebbe potuto dirlo in quel momento, ma non ce n'erano e preferì non rischiare. « Volete sedervi vicino a lei per un po'? »

« Sì. » Deanna fu la prima a parlare e reclamò il posto vicino alla testa di Pilar. Marc la raggiunse.

Restarono lì, a quel modo, per quasi un'ora mentre Pilar dormiva, si lamentava in un modo strano, ogni tanto si riscuoteva e sembrava che lottasse per respirare. Marc posò una mano sul letto sentendo vicino a sé quel piccolo corpo fragile, senza abbandonarlo mai con gli occhi. Deanna le aveva preso una mano e aspettava. Qualcosa... La speranza. L'ora era quasi passata quando finalmente Pilar si svegliò.

« Sete... »

« Fra un minuto, tesoro. » Le parole di Deanna erano un mormorio dolcissimo accompagnato da un sorriso. Sfiorò la fronte di sua figlia con un gesto infinitamente lieve. « Fra un pochino, tesoro. Adesso dormi. Mamma e papà sono qui, cara. Dormi... Ti sentirai molto meglio, prestissimo. »

E allora Pilar sorrise. Fu un vero sorriso, malgrado le sonde e le cannule, e straziò il cuore di Marc e Deanna.

« Mi sento... meglio... adesso. »

« Sono contenta, *chérie*. E domani ti sentirai molto

meglio. La mamma ha ragione. » La voce di Marc era dolce come una brezza estiva. Ancora una volta Pilar sorrise e chiuse gli occhi.

Fu soltanto un attimo più tardi che il medico entrò e fece segno che uscissero.

Mentre se ne andavano sussurrò: « Adesso la prepariamo per l'operazione. Potrete rientrare fra un momento ». Poi voltò le spalle e loro uscirono. Anche Deanna adesso si sentiva mancare il fiato, come se, allo stesso modo di Pilar, dovesse lottare per avere un po' d'aria. Il corridoio era troppo freddo e afoso al tempo stesso e fu costretta ad aggrapparsi a Marc per reggersi in piedi. Erano le quattro del mattino e nessuno di loro aveva chiuso occhio da due giorni.

« Ha detto che si sentiva meglio. » Marc si aggrappò a quella tenue speranza e Deanna fece segno di sì. « Anche a me è sembrato che avesse un colorito migliore. »

Deanna stava per dire qualcosa quando riapparve il dottor Kirschmann, avanzando verso di loro in corridoio

«*Merde*. Dovrebbe stare di più vicino a Pilar, maledetto lui. Non venire a cercare noi. » Marc fece per avviarsi verso il medico, ma Deanna si fermò. Aveva già capito e si aggrappò al braccio di Marc. Aveva capito e non riusciva a muovere un passo di più. Il mondo era crollato in quel momento. Pilar era morta.

17

Il sole stava levandosi quando lasciarono l'ospedale. C'era voluta più di un'ora per firmare i documenti e per prendere le decisioni sul da farsi. Marc aveva espresso il desiderio che il funerale si facesse in Francia. A Deanna non importava. Uno dei suoi bambini era sepolto in California, l'altro in Francia. Ormai non aveva più importanza per lei. E sospettava che Pilar stessa forse avrebbe preferito così. Il dottor Kirschmann era stato comprensivo e gentile. Non aveva potuto fare niente per lei. Era già in condizioni disperate quando gliel'avevano portata dal Sud della Francia. Il colpo alla testa era stato troppo violento e si era meravigliato perfino che non fosse deceduta negli attimi immediatamente successivi all'incidente. « Ah... Queste motociclette! » aveva detto e Marc aveva sussultato visibilmente.

Si erano visti offrire un caffè, che avevano rifiutato, e finalmente tutto era finito. Marc la prese per un braccio e la guidò gentilmente verso la strada. Deanna provava l'impressione che, nell'ultima ora, il suo cervello avesse cessato di funzionare. Non riusciva a pensare, non riusciva a muoversi, non riusciva neppure a sentire qualcosa.

Marc l'accompagnò verso la piccola *Renault* blu e aprì la portiera con la chiave.

« Di chi è questa macchina? » Era una domanda strana da fare in una mattina come quella, eppure gli occhi di Deanna lo fissarono quasi senza vederlo mentre parlava.

« Non ha importanza, sali. Andiamo a casa. » Non si era mai sentito così stanco, o così sperduto, o così solo. Tutte le sue speranze erano andate in frantumi, tutte le sue gioie e i suoi sogni. Ormai non gli importava neppure più di avere Deanna e Chantal. Aveva perduto Pilar. Le lacrime gli rotolarono di nuovo lentamente sulla faccia mentre avviava il motore, ma questa volta le lasciò scendere senza trattenerle. Non gliene importava niente.

Deanna, quando si fu seduta, appoggiò indietro la testa e chiuse gli occhi, sentendosi un groppo nello stomaco e un nodo alla gola. Lì, chiuso, c'era il pianto di tutta una vita, ma per il momento non voleva uscirne.

Attraversarono lentamente Parigi mentre gli spazzini ripulivano le strade e il sole splendeva con una luce troppo viva sui marciapiedi. Sarebbe dovuta essere una giornata di pioggia e di fitte nebbie e invece no; quel sole così splendente e luminoso dava l'impressione che la cosa orrenda che era successa sembrasse assurda, impossibile. Come aveva potuto andarsene in una giornata simile? Ma era proprio così... Se n'era... andata. Quel pensiero continuava a passare meccanicamente per il cervello di Marc-Edouard... andata via... mentre Deanna guardava fuori del finestrino senza vedere niente.

La cameriera era già sulla porta quando raggiunsero l'appartamento della signora Duras. Era ancora in vestaglia. Aveva sentito l'ascensore e si era precipitata ad aprire, per sapere. La faccia di Marc-Edouard diceva tutto. La donna cominciò a piangere silenziosamente.

« Devo svegliare madame? »

Marc scosse la testa. Non c'era motivo di svegliarla. La cattiva notizia poteva aspettare.

« Un po' di caffè, monsieur? »

Marc fece segno di sì e chiuse la porta senza fare rumore mentre Deanna gli si fermava al fianco, sentendosi sperduta. La guardò per un momento, si asciugò gli occhi e le allungò una mano. Senza dire nient'altro lei la prese e insieme si avviarono lentamente verso la loro camera.

Le tende erano tirate, le imposte chiuse, il letto preparato eppure, chissà perché, Deanna non si sentiva di andare a distendersi. Non riusciva a sopportare quella idea, l'idea di distendersi lì sul letto a pensare, non riusciva a sopportare l'idea di sapere che Pilar era morta. Marc-Edouard si lasciò cadere su una sedia e si nascose la faccia fra le mani. Lentamente i singhiozzi ricominciarono. Deanna gli si avvicinò e gli appoggiò le mani sulle spalle, ma non c'era niente che potesse fare. Finalmente non ebbe più neppure la forza di piangere e lo aiutò ad andare fino al letto.

« Dovresti cercare di dormire. » Glielo disse sussurrandolo come aveva fatto con Pilar.

« E tu? » Aveva la voce rauca quando parlò.

« Anch'io. Dopo. Non hai portato una valigia? » Si guardò intorno stupita. Non vedeva nessuna delle cose di Marc.

« Vado a prenderla più tardi. » Chiuse gli occhi. Andare a prendere la valigia significava vedere Chantal. Avrebbe dovuto dirle di Pilar. Come avrebbe dovuto dirlo a sua madre. E ai loro amici. Non riusciva a sopportare quell'idea. Il semplice fatto di raccontarlo avrebbe fatto diventare realtà ciò che era successo. Di nuovo le lacrime gli sgorgarono dagli occhi. E infine cedette al sonno.

Soltanto Deanna bevve il caffè quando lo portarono. Si trasferì nel salone con la sua tazza e si mise a sedere sola, guardando i tetti di Parigi, pensando alla sua creatura. Si sentiva in pace seduta lì a pensare, a guardare quel cielo mattutino striato d'oro. Pilar era stata talmente tanto per lei e se spesso non si era mostrata facile, negli ultimi anni, però, alla fine, sarebbe maturata e cresciuta. Sarebbero potute diventare amiche... Sarebbe stato così, certo! Era difficile da immaginare. Provava continuamente la sensazione che Pilar fosse lì vicino e non perduta per sempre. Le pareva inconcepibile che non ci dovessero più essere le loro chiacchierate o le risate o le discussioni, che Pilar non dovesse più scuotersi sulle spalle quella capigliatura dorata che sembrava una criniera o lanciare lampi da quegli occhi azzurri per ottenere ciò che voleva, che le pantofole di Deanna non venissero più prese in prestito, o i suoi rossetti fatti sparire, come la vestaglia preferita e il cappotto migliore... Mentre pensava a tutto ciò finalmente, a ondate successive, arrivarono le lacrime. Aveva capito, a quel punto, che Pilar non c'era più.

« Deanna? » Era la vecchia signora, immobile al centro della stanza, simile nell'aspetto a una statua, chiusa nella vestaglia azzurro ghiaccio. «Pilar? »

Deanna scosse la testa e chiuse gli occhi. Madame Duras si aggrappò a una sedia.

« Oh, mio Dio. *Oh, bon Dieu... Bon Dieu.* » E poi guardandosi in giro mentre le lacrime le scendevano dagli occhi: « Dov'è Marc? »

« Dorme, credo. A letto. » La suocera annuì e uscì silenziosamente dalla stanza. Non aveva niente da dire, ma Deanna la odiò una volta di più per non essersi neppure provata a farlo. In fondo era una perdita anche per lei e avrebbe dovuto perlomeno dire a Deanna qualche parola.

In punta di piedi Deanna tornò nella loro camera. Aveva paura di svegliare Marc e aprì la porta con il minimo rumore possibile. Lui stava ancora dormendo, russava leggermente. Questa volta, mentre lo osservava, non le parve più giovane. Sembrava che l'intera faccia di Marc si fosse appesantita, afflosciata nel dolore e, anche se dormiva, Deanna si accorse che non era in pace.

Deanna si mise a sedere e restò in quella posizione a lungo, guardandolo, domandandosi che cosa sarebbe successo, che cosa avrebbero fatto. Molte questioni erano cambiate in un giorno solo. Pilar. La donna che aveva visto con lui all'aeroporto. E si rese conto in quel momento che probabilmente Marc si era fatto dare la macchina da lei e a casa di lei aveva lasciato la valigia. Avrebbe voluto odiarlo per questo, ma in quel momento non gliene importava niente. Improvvisamente pensò che doveva chiamare Ben. Una occhiata all'orologio da polso di Marc le disse che erano le otto e mezzo. A San Francisco sarebbe stata mezzanotte. Probabilmente era ancora alzato. Doveva chiamarlo subito, finché poteva.

Si passò una mano fra i capelli, infilò di nuovo la giacca e afferrò la borsetta. Avrebbe telefonato da un ufficio postale a mezzo isolato di distanza, come facevano tutti i parigini senza telefono. Non voleva che sulla fattura della suocera apparisse il suo numero.

Sentendosi intorpidita e intontita prese l'ascensore e scese al pianterreno, poi percorse a piedi il mezzo isolato fino alla posta.

Il numero squillò soltanto due volte e la comunicazione venne effettuata rapidamente. Si accorse di tremare mentre aspettava, poi udì la sua voce. Sembrava addormentato e Deanna, a quel punto, si rese conto che doveva essere già a letto.

« Ben? »

« Deanna? Tesoro, come stai? »

« Io... » Poi le parole si fermarono. Non riusciva a dire altro.

« Deanna? »

Si era messa a tremare violentemente e continuava a essere incapace di parlare.

« Oh, tesoro, che cosa?... Come sono le sue condizioni? Gravi? Da quando sei partita non ho fatto che pensare a te, ogni minuto. » L'unico suono che uscì dalla gola di Deanna per risposta fu un rapido singhiozzo convulso. « Deanna! Ti supplico, tesoro, cerca di calmarti e prova a parlarmi. » Poi di colpo, anche lui si sentì afferrare da un brivido di terrore. « Mio Dio, è... Deanna? » La sua voce si era fatta improvvisamente molto dolce.

« Oh, Ben, è morta stamattina. »

« Oh, Dio, no. Amore mio, sei sola? Dove ti trovi? »

« In un ufficio postale. »

« Oh, per amor del cielo, che cosa ci fai lì? »

« Volevo chiamarti. »

« E... anche... lui è a Parigi? »

« Sì. » Cercò di calmarsi e di riprendere fiato. « È arrivato ieri sera. »

« Come mi dispiace. Per tutt'e due. »

Lei ricominciò a singhiozzare. Con Ben poteva lasciarsi andare, poteva cercare di fargli capire quanto avesse bisogno di lui.

« Vuoi che venga? Posso prendere il primo aereo del mattino. »

« Ne sarei felicissima, ma non mi sembra che abbia molto senso. Tornerò anch'io a casa fra un paio di giorni. »

« Ne sei sicura? Non voglio crearti un problema, ma sono disposto a partire anche subito se questo può aiutarti. Ti aiuterebbe? »

« Moltissimo. » Sorrise fra le lacrime. « Ma è meglio di no. »

« E... tutto il resto? » Cercava di non sembrare preoccupato o turbato.

« Non so. Dovremo parlare. »

E lui capì che sottintendeva che avrebbe dovuto parlare con Marc. « Bene, non preoccuparti di quello. Cerca soltanto di superare questa prova e poi ci preoccuperemo del resto. Sarà... lo farete qui, voglio dire? »

« Il funerale? » Provò una gran voglia di morire a pronunciare quella parola. La mano si mise a tremarle terribilmente. Si sforzò di stringere di più il microfono tra le dita. « No, Marc vuole che venga fatto qui. Non ha importanza. Credo che Pilar, probabilmente, avrebbe preferito così anche lei. In ogni caso tornerò fra due o tre giorni. »

« Vorrei poterti risparmiare tutto questo. »

« È... » Per un attimo, però, non riuscì a proseguire. « Non importa. Ce la farò. » Ma ce l'avrebbe fatta davvero? Non ne era del tutto certa. Non si era mai sentita così fragile e frastornata in tutta la sua vita.

« Be', ricordati che se hai bisogno di me verrò. Non andrò in nessun posto nei prossimi giorni senza lasciare un numero di telefono in modo che tu possa sempre raggiungermi. O.K.? »

« O.K. » Cercò di sorridere mentre pronunciava quelle parole, ma lo sforzo la fece piangere ancora di più. « Puoi... potresti telefonare... »

« Kim? »

« Sì. » Fu come un rantolo triste, soffocato. « Telefono subito. Adesso voglio che tu vada a casa a riposare. E appena torni andiamo a Carmel. Ad ogni costo. Non me ne importa quello che succederà dopo, ma devi venire a Carmel con me. Cammineremo sulla spiaggia, saremo insieme. »

Ormai lei stava singhiozzando violentemente. Non sarebbero mai più stati insieme. Non avrebbero mai più camminato insieme su quella spiaggia, o in qualsiasi altro posto. Si sentiva chiusa in trappola, imprigionata eternamente in quell'incubo, sola.

« Deanna, ascoltami », stava dicendo Ben. « Non vorresti pensare a Carmel in mezzo a tutto questo e cercare di ricordare che ti amo? »

Lei fece segno di sì tristemente, ancora incapace di aprire bocca.

« Amore mio, sarò con te ogni momento. Sii forte, tesoro mio. Ti amo. »

« Ti amo anch'io. » Ma la sua voce era soltanto un sommesso mormorio mentre riattaccava; poi andò alla cassa a pagare per la telefonata fatta... e crollò sul pavimento di colpo, svenuta.

18

« DOVE diavolo sei stata? » Marc era seduto nel salone quando lei ritornò con i capelli arruffati e l'aria affranta. « Sei stata via ore e ore. » Era un'accusa. La fissava con gli occhi rossi al di sopra dell'orlo di una tazza di caffè. Deanna non aveva certo un aspetto migliore del suo, anzi decisamente peggiore. « Dove sei stata? »

« Sono uscita a fare quattro passi. Scusami. Avevo bisogno di aria. » Posò la borsetta su una seggiola. « Come sta tua madre? »

« Puoi immaginarlo. Ho chiamato il dottore mezz'ora fa e le ha fatto un'iniezione. Probabilmente non si sveglierà fino a mezzogiorno.»

Per un momento Deanna la invidiò. « E tu? »

« Abbiamo un mucchio di cose da fare oggi. » La guardò con aria addolorata e soltanto allora si accorse che Deanna aveva la gonna macchiata di fango. « Che cos'è successo? Sei caduta? »

Lei fece segno di sì e girò gli occhi da un'altra parte. « Devo essere stata stanca. Ho inciampato. Non è niente. »

Lui si alzò, le andò vicino e le circondò le spalle con un braccio. « Dovresti proprio andare a letto. »

« Ci andrò. Ma tutte le cose che dobbiamo decidere? »

« Me ne occupo io. Tu non dovrai fare niente. »

« Ma io voglio... » Le sembrò che le sfuggisse di nuovo il controllo della situazione, come se non avesse mai niente da dire su nessun argomento.

« No, voglio che tu vada a riposare un po'. » La condusse nella loro camera e la fece sedere sul letto. « Vuoi che chiami il dottore anche per te? » Lei scosse la testa e poi si distese, alzando su di lui due occhi carichi di una tale disperazione che Marc si sentì straziare il cuore. « Deanna... »

« E la tua amica? »

Lui si rialzò e le girò le spalle. « Non ci pensare, a quello. »

« Forse non è il momento buono, ma presto o tardi dovremo parlarne. »

« Forse no. »

« Che cosa significa questo? » Lo stava fissando molto intensamente. Marc tornò a voltarsi verso di lei per affrontarla.

« Significa che non sono affari tuoi. E che farò del mio meglio per sistemare tutto. »

« In modo duraturo? »

Sembrò che lui esitasse a lungo e poi fece segno di sì, senza parlare e senza lasciarla con gli occhi. « Sì. »

Chantal sentì la sua chiave che girava nella serratura mentre usciva dalla doccia. Non aveva avuto il coraggio di chiamare al telefono la casa di rue François Premier e l'ultima telefonata anonima che aveva fatto all'ospedale le aveva procurato soltanto l'informazione che le condizioni di Pilar erano le stesse. Aveva avuto l'intenzione di richiamare di nuovo non appena avesse preso un caffè, ma Marc-Edouard era arrivato prima con l'aspetto di chi non ha dormito tutta la notte. Chantal alzò gli occhi verso di lui e sorrise dalla porta del bagno. Si stava asciugando una gamba con una spugna giallo pallido.

« *Bonjour, mon chéri*. Come sta Pilar? » Si rialzò prendendo un'espressione grave, con la spugna stretta in una mano. C'era qualcosa negli occhi di lui che, d'un tratto, la terrorizzò. Poi Marc li coprì con la mano. Sembrò che passasse un tempo infinito prima che si decidesse a guardarla di nuovo.

« È... è andata, spirata: alle quattro di stamattina. » Si lasciò cadere pesantemente su una poltrona del soggiorno e Chantal gli corse subito vicino, infilandosi una vestaglia rosa pallido che aveva staccato da un gancio della parete del bagno.

« Oh, Marc-Edouard... Oh, tesoro, come mi dispiace. » Si inginocchiò di fianco a lui e se lo prese gentilmente fra le braccia, circondandogli le spalle e stringendolo a sé come se fosse stato un bambino. « *Oh, mon pauvre chéri*, Marc-Edouard. *Quelle horreur...* » Quella volta lui non pianse, si limitò a restare seduto dov'era a occhi chiusi. Provando un gran sollievo a trovarsi lì.

Lei avrebbe voluto domandargli se fosse successo qualcos'altro di grave. Pareva una domanda davvero stupida, considerando ciò che era successo quella mattina, eppure le sembrava diverso, strano, differente dal solito. Forse si trattava soltanto della stanchezza e dello choc. Lo lasciò solo il tempo necessario per versargli una tazza di caffè e poi tornò a sedersi ai suoi piedi, con il corpo rannicchiato sul tappeto bianco, la vestaglia rosa che non nascondeva quasi nulla e le lasciava scoperte le lunghe gambe lisce come la seta. Marc si mise a fissarla mentre lei si accendeva una sigaretta. « Posso fare qualcosa? »

Lui scosse la testa. « Chantal, Deanna ci ha visto ieri sera. Era venuta all'aeroporto a prendermi e ci ha visto scendere dall'aeroplano. E ha capito. Tutto. Le donne hanno un sesto senso per queste cose. Ha detto che ha capito dal nostro modo di muoverci che ci dovevamo conoscere da molto tempo. »

« Deve essere una donna estremamente intelligente. » Chantal lo studiò, domandandosi quale sarebbe stato il seguito.

«Lo è, a modo suo, è attenta e profonda, senza farlo notare. »

« E?... Che cosa ha detto? »

« Non molto. Non ancora. Sono successe troppe cose. E poi è americana. E non prende molto bene questo genere di cose. Nessuna di loro è capace di farlo. »

« Allora noi che cosa facciamo? O, più esattamente, che cosa fai tu? » Non voleva domandargli: « Lei o io », ma la sua domanda lasciava supporre proprio quello e lo sapevano entrambi.

« È troppo presto per saperlo, Chantal. Vedi anche tu quello che è successo. E Deanna ha ancora tutto chiuso dentro di sé. È in una condizione terribile. »

« È un dolore ancora fresco. »

Lui annuì e distolse gli occhi. Era arrivato lì per dire addio a Chantal, per mettere fine alla loro relazione, per spiegare che non poteva più fare una cosa del genere a Deanna: avevano appena perduto la loro unica figlia. Ma mentre la guardava, mentre stava lì seduto accanto a lei provava soltanto il desiderio di allungare le braccia e di stringerla a sé, di passare con le mani sul suo corpo, di vedersela vicina per sempre, in eterno. Come faceva a rinunciare a ciò che amava e di cui aveva un tale bisogno?

« A che cosa stai pensando, Marc-Edouard? » Non poteva sfuggirle l'espressione di tormento che c'era sulla faccia di lui.

« A te. » Lo disse molto piano, abbassando gli occhi sulle mani.

« In che senso? »

« Stavo pensando », e la guardò di nuovo, « che ti

amo e che in questo preciso momento l'unica cosa al mondo che desidero è fare l'amore con te. »

Lei restò a osservarlo per un lungo momento, poi si alzò in piedi e gli tese una mano. Lui la prese e la seguì in silenzio in camera da letto. Lei sorrise mentre si faceva scivolare giù dalle spalle la vestaglia rosa.

«Chantal, non capirai mai quanto ti amo. »

E per le due ore seguenti glielo mostrò in tutti i modi che conosceva.

19

Il funerale fu breve, solenne e atroce. Deanna si era messa un vestito di lana nera molto semplice, con un cappellino nero e un velo. La madre di Marc era tutta vestita di nero, con le calze nere. Marc stesso portava un abito scuro e la cravatta nera. Tutto venne eseguito secondo le tradizioni francesi in una graziosa chiesetta del Sedicesimo Arondissement e l'*Ave Maria* fu eseguita dal coro della parrocchia. Era un canto che straziava il cuore con quelle vocette infantili che si levavano limpide e che Deanna cercò disperatamente di non dire. Ma era impossibile evitarlo. Come evitare tutto il resto. Marc aveva organizzato ogni cosa alla francese: la funzione, la musica, il breve discorso, il piccolo cimitero di campagna con un altro sacerdote ancora e infine la riunione di parenti e amici a casa. Deanna provò l'impressione che Pilar le fosse stata strappata un'altra volta, solo che ormai, in realtà, non importava più. Quella sarebbe stata proprio l'ultima volta. Riuscì perfino a chiamare Ben da casa, addebitando a lui la telefonata.

« Scusami. Non la farò lunga. Avevo solo bisogno di parlarti. Sono in casa. »

« Riesci a reagire? »

« Non so. Mi sento frastornata. Quante storie fanno

qui! E quante scene! Ho dovuto perfino lottare per la cassa. Grazie a Dio, se non altro, in questo ho vinto. »

Non gli piacque il suono della sua voce. Sembrava nervosa, stanca e tesa. Ma, del resto, non c'era da sorprendersi che fosse così, date le circostanze. « Quando torni? »

« Nel giro di un paio di giorni, spero. Ma non sono sicura. Ne parleremo stasera. »

« Ti amo, Deanna. »

« Anch'io. » Aveva quasi paura di pronunciare quelle parole perché temeva che entrasse improvvisamente qualcuno nella stanza, ma sapeva che lui avrebbe capito.

Tornò ai cinquanta o sessanta ospiti che affollavano le sale di sua suocera, spostandosi continuamente di qua e di là, chiacchierando, spettegolando, parlando di Pilar, consolando Marc. Mai come in quel momento Deanna si era sentita un'estranea. Le pareva di non avere più visto Marc da ore e ore. Finalmente lui la trovò in cucina a guardare, fuori della finestra, un muro nudo.

« Deanna? Che cosa stai facendo qui? »

« Niente. » I grandi occhi colmi di disperazione di Deanna si fissarono in quelli di Marc. Effettivamente quest'ultimo aveva un aspetto migliore. Mentre, giorno per giorno, sembrava che lei diventasse più sciupata. Non si sentiva nemmeno bene, per di più, ma non ne aveva parlato con Marc, come non gli aveva menzionato il fatto di essere svenuta due volte negli ultimi quattro giorni. « Stavo semplicemente riprendendo fiato. »

« Mi dispiace che sia stata una giornata così lunga. Mia madre non lo avrebbe capito se avessimo fatto tutto in un modo differente. »

« Lo so. Me ne rendo conto. »

D'un tratto, guardandolo, si rese conto che anche lui capiva e che misurava in pieno lo sforzo che tutte quelle cerimonie avevano preteso da lei. « Marc, quando torniamo a casa? »

« A San Francisco? » domandò lui. Deanna fece

segno di sì. « Non so. Non ci ho neppure pensato. Hai fretta di tornare? »

« No, voglio semplicemente trovarmi a casa. Qui... È più difficile per me. »

« *Bon*. Però io qui ho ancora del lavoro da finire. Mi ci vorranno perlomeno altre due settimane. Vuoi andare a casa da sola? » Prese un'aria turbata. « Preferirei di no. Voglio tornare anch'io con te. » Ci aveva già pensato. Sarebbe stato troppo doloroso per lei affrontare la loro casa da sola: la camera di Pilar, tutte le sue cose. E non lo voleva. Avrebbe dovuto aspettarlo.

« Non posso aspettare due settimane. » Sembrava terrorizzata a quell'idea e Marc notò ancora una volta come appariva esausta e tesa.

« Vedremo. »

« Marc, devo tornare a casa. » Le tremava la voce mentre pronunciava quelle parole in tono forte e vibrato.

« Va bene. Ma prima vorresti fare qualcosa per me? »

« Che cosa? » Lo guardò in modo curioso. Che cosa poteva volere Marc? Quanto a lei, tutto ciò che desiderava era andare lontano di lì.

« Non vorresti venire via con me per un paio di giorni? In un posto qualsiasi, per l'week-end. Un posticino tranquillo, dove possiamo riposare tutti e due. Abbiamo bisogno di parlare. Qui non siamo riusciti a farlo e io non voglio che tu torni a casa finché non abbiamo parlato. Tranquillamente. Da soli. Vuoi farlo per me? »

Lei aspettò un lungo momento e lo guardò. « Non so. »

« Per piacere. È tutto quello che chiedo. Soltanto quello. Due giorni e poi potrai partire. »

Lei gli voltò le spalle e tornò a fissare la cima dei tetti. Stava pensando a Ben e a Carmel. Ma non aveva nessun diritto di tornare a precipizio a casa da lui soltanto per sentirsi meglio. Doveva qualcosa al loro matrimonio. Si voltò a guardare Marc: « Va bene. Verrò ».

20

« *Merde alors*! Che cosa ti aspetti da me? Mia figlia è morta tre giorni fa e tu vuoi che io annunci a Deanna che desidero divorziare? Non ti sembra un po' precipitoso, Chantal? E non ti è passato per la testa che ti stai approfittando indegnamente della situazione? » Si sentiva diviso fra due donne, due mondi: le due donne gli imponevano una scelta, una scelta penosa. Durante quella settimana se n'era accorto più che mai. Deanna gli aveva dato l'impressione di essere prontissima e contentissima di lasciarlo anche subito. Ma non voleva perdere Deanna. Era sua moglie, ne aveva bisogno, la rispettava, era abituato a lei. E poi era anche l'ultimo legame che lo teneva avvinto a Pilar. Lasciare Deanna sarebbe stato come lasciare la propria casa. Al tempo stesso non se la sentiva neppure di rinunciare a Chantal: era la sua gioia, la sua passione, ciò che gli dava eccitazione nella vita. In quel momento la guardò esasperato e si passò una mano fra i capelli. « Non puoi capire? È troppo presto! »

« Sono cinque anni. E adesso lei sa tutto. Forse non è troppo presto. Forse adesso è proprio il momento migliore. »

« Per chi? Per te? Accidenti, Chantal, dovresti essere un po' più paziente. Lasciarmi vedere chiaro nelle cose. »

« E quanto ti ci vorrà per questo? Altri cinque anni mentre tu vivi là e io qui? Avresti dovuto tornare a casa nel giro di due settimane, e poi... che cosa? Che cosa dovrei fare io? Starmene qui seduta due mesi ad aspettare il tuo ritorno? *Et alors?* Avevo venticinque anni quando ci siamo conosciuti, adesso ne ho quasi trenta. E poi ne avrò trentacinque e trentasette e quarantacinque. Il tempo passa in fretta. Specialmente così. Passa troppo, troppo in fretta. »

Lui sapeva che era vero, ma non si sentiva in vena di discutere di quell'argomento. « Senti, perché non accantoniamo questo discorso per un po'? Per pura e semplice decenza vorrei che quella donna si riprendesse dalla perdita della figlia prima di distruggere la sua vita. »

« Che cosa ti fa pensare che tu stia distruggendo la sua vita? Magari ha un amante. »

« Deanna? Non essere ridicola. Anzi, comincio a pensare che tu ti stia comportando in un modo assurdo in tutto questo. Sarò via per l'week-end. Abbiamo un sacco di cose da discutere. Le parlerò, vedrò che piega prendono le cose. E fra un po' farò la mossa giusta. »

« E di che mossa si tratterebbe? »

Lui sospirò impercettibilmente e d'un tratto si sentì molto vecchio. Si era giunti al bivio. « Quella che vuoi tu. »

Ma quando, due ore più tardi, chiamò un tassì per ritornare a casa di sua madre, dove Deanna lo stava aspettando, si scoprì a domandarselo. Perché Chantal insisteva tanto con lui? Perché lo faceva proprio in quel momento? Per una strana ragione che non riuscì a capire sentì una gran voglia di precipitarsi da Deanna per proteggerla da un mondo che stava per diventare molto crudele.

Partirono per la campagna la mattina dopo. Deanna era stranamente taciturna mentre uscivano di città. Sembrava immersa nei propri pensieri. Marc aveva voluto portarla in un posto anonimo dove non li travolgesse una marea di ricordi di Pilar. Così un amico gli aveva offerto la sua casa di campagna vicino a Dreux.

Lanciò distrattamente un'occhiata a Deanna e poi riportò la propria attenzione sulla strada, concentrandosi sulla guida, ma si accorse che ricominciava a pensare a Chantal. Le aveva parlato quella mattina stessa prima della partenza: « Glielo dirai durante l'week-end? »

« Non lo so. Devo vedere. Non vorrei che le venisse un esaurimento nervoso perché la cosa non ci gioverebbe affatto. » Chantal, invece, quando gli aveva parlato le era sembrata petulante e infantile. D'un tratto, dopo tanti anni di pazienza, si stava lasciando prendere la mano. D'altra parte era stato il pilone d'ormeggio della sua vita negli ultimi cinque anni. Non se la sentiva di rinunciare a lei. Ma sarebbe stato facile rinunciare a Deanna? Le diede un'altra occhiata. Teneva gli occhi chiusi e fino a quel momento non aveva detto una sola parola. L'amava? Ne era sempre stato convinto, ma dopo l'estate passata con Chantal non ne era più così sicuro.

« È molto lontano? » Le palpebre di Deanna palpitarono, aprì gli occhi, ma non mosse la testa. Si sentiva oppressa da quello sfinimento che ormai da giorni la dominava.

« No. Un'oretta. È una casa simpatica. Non ci sono più tornato da quando ero ragazzo, ma è sempre stata stupenda. » Le sorrise. Deanna aveva due occhiaie spaventose. « Sai che hai un'aria stanchissima? »

« Lo so. Forse riuscirò a riposare un po' durante l'week-end. »

« Ti sei fatta dare un po' di pastiglie di sonnifero dal dottore della mamma? »

Lei scosse la testa. « Mi arrangerò da sola. » Lui fece una smorfia e per la prima volta lei sorrise.

Non parlarono più fino all'arrivo. Effettivamente era un posto stupendo: un'antica casa di pietra, di notevoli proporzioni e di considerevole *grandeur*, quasi sullo stile di un castello, circondata da giardini curati in modo stupendo. Più lontano c'erano orti e frutteti che si allungavano per chilometri.

« Piuttosto bello, vero? » Lo disse in tono incerto e i loro occhi si incontrarono.

« Molto. Grazie per avere combinato anche questo. » Quando Marc prese le valigie lei parlò di nuovo, in modo appena percettibile. « Sono contenta che siamo venuti. »

« Anch'io. » La guardò di sottecchi e poi sorrisero.

Marc portò in casa le valigie e le posò nel grande atrio centrale. I mobili erano quasi tutti inglesi e di stile provenzale francese e ogni cosa nelle stanze era fedele al XVII secolo, quando la casa era stata costruita. Deanna girellò per i lunghi corridoi osservando gli stupendi pavimenti intarsiati e guardando fuori delle finestre che davano sui giardini. Si fermò infine in fondo a un corridoio, in un solario pieno di piante e di accoglienti poltrone. Sedette in una di esse e rimase in silenzio a fissare il giardino. Dopo un po' sentì il rumore dei passi di Marc che riecheggiavano nel corridoio.

« Deanna? »

« Sono qui. »

Lui entrò e si fermò un attimo sulla soglia, guardando fuori della finestra e lanciando di tanto in tanto un'occhiata alla moglie.

« *C'est joli, non?* » Aveva parlato in tono distratto e gli occhi di Deanna si alzarono verso di lui. « Carino, vero? »

Lei fece segno di sì. « Ho capito. Marc? » Non voleva chiedere, ma ci si sentiva costretta. E sapeva che lui non sarebbe stato contento. « Come sta la tua amica? »

« Non so che cosa vuoi dire. » Ci aveva messo molto prima di rispondere.

« Sì, che lo sai. » Si sentì cogliere dalla nausea mentre cercava i suoi occhi. «Come hai deciso di affrontare la situazione?»

« Non trovi che sia un po' troppo presto per discuterne? Siamo appena scesi dalla macchina. »

Gli sorrise. « Molto francese, questo. Che cosa avevi in mente, caro? Che si passasse qui l'week-end mostrandoci felici e contenti per poi discuterne tornando a casa domenica sera? »

« Non è questo il motivo per il quale ti ho portata qui. Avevamo bisogno tutt'e due di andare via un po'. »

Lei fece segno di sì, di nuovo, e le si riempirono di lacrime gli occhi. « Sì. È vero. » Il suo pensiero tornò impetuosamente a Pilar. « Ma dobbiamo parlare anche di questo. Lo sai, d'un tratto mi sono chiesta perché abbiamo continuato a rimanere sposati. »

Tornò ad alzare gli occhi verso di lui. Marc entrò finalmente nella stanza e sedette con lentezza.

« Sei impazzita? »

« Può darsi. » Cercò il fazzoletto e si soffiò il naso.

« Deanna, per piacere... » Le lanciò un'occhiata, poi distolse lo sguardo.

« Che cosa? Non vorrai fingere che non sia successo niente? Marc, non possiamo. »

« Ma non è di questo che devi preoccuparti adesso. »

« Quale momento potrebbe essere migliore? Siamo già così addolorati che tanto vale fare scoppiare subito il bubbone. Se non lo facessimo continuerebbe a essere gonfio e a fare male per sempre e noi a fingere che non esista. »

« È così tanto tempo che sei infelice? »

Lei fece segno di sì lentamente, voltandosi a guardare fuori. Stava pensando a Ben. « Non mi sono mai accorta, fino a questa estate, della solitudine terribile che ho provato, di come sia stata costantemente sola... Del poco che facevamo insieme, del poco che dividevamo. E di quanto poco tu capisca ciò di cui io ho bisogno. »

« E che cosa sarebbe questo? » La sua voce era molto bassa e morbida.

« Del tuo tempo, del tuo affetto. Un po' di risate. Le passeggiate sulla spiaggia... » Disse quell'ultima cosa senza pensarci e poi voltò la testa verso di lui sorpresa. « Voglio che tu ti interessi al mio lavoro perché è importante per me. Voglio stare con te, Marc. Non sola soletta a casa. Che cosa credi che succederà adesso che Pilar non c'è più? Tu viaggerai per mesi e mesi e io che cosa farò? Starò lì seduta ad aspettare? » Il solo pensiero di un'esistenza simile la faceva tremare. « Non lo posso fare più. Non voglio più farlo. »

« Vuoi dirmi con questo che ti piacerebbe viaggiare con me? » Aveva preso un'aria seccata.

« Perché no? Lei viaggia con te, vero? » Finalmente Deanna aveva intuito anche questo. « Perché non potrei farlo io? »

« Perché... Perché è irragionevole. Non è pratico. E... ed è troppo costoso. » E perché, in quel modo, non avrebbe più potuto frequentare Chantal.

« Costoso? » Deanna alzò un sopracciglio e abbozzò un sorrisetto maligno. « Guarda, guarda. Allora paga la sua parte, lei? »

« Deanna! Non voglio discutere queste cose con te! »

« E allora perché siamo venuti qui? » I suoi occhi avevano un'espressione dura nella faccia pallida e magra.

« Siamo venuti qui a riposare. » Erano le parole del monarca, del suo re. L'argomento ormai doveva considerarsi chiuso.

« Capisco. Allora non ci resterà che trascorrere questo week-end mostrandoci cortesi ed educati e poi rientrare a Parigi fingendo che non sia successo niente. Tu torni alla tua amichetta e fra due settimane rientriamo negli Stati Uniti e tutto continua come sempre. E per quanto tempo resterai a casa questa volta, Marc? Venti giorni? Un mese? Un mese e mezzo? E poi ripartirai di nuovo e chissà per quanto tempo e chissà con chi, mentre io dovrò starmene seduta, tutta sola, in quel maledetto museo nel quale abitiamo, ad aspettare il tuo ritorno. Di nuovo sola, dannazione! Sola! »

« Questo non è vero. »

« Sì che lo è e lo sai benissimo. E quello che ti sto dicendo adesso è che non ne posso più. Ne ho abbastanza. Per quanto mi riguarda quei giorni sono finiti. » Si alzò di scatto e stava per lasciare la stanza, ma, non appena fu in piedi, si sentì girare la testa. Si fermò un momento abbassando gli occhi e aggrappandosi alla poltrona dov'era rimasta seduta.

Lui la guardò senza dire niente in principio, poi con un'ombra di preoccupazione negli occhi. « Qualcosa che non va? »

« No. Niente. » Si raddrizzò sulla persona e lo guardò con aria torva dal posto dove si trovava. «Sono semplicemente molto stanca. »

« Allora vai a riposare. Adesso ti faccio vedere la nostra camera. » La prese garbatamente per un gomito, restò un attimo ad assicurarsi che fosse ben salda sulle gambe e poi la condusse per un lungo corridoio fino all'estremità opposta della casa. Avevano scelto per loro la camera da letto dei padroni di casa, una splendida *suite* arredata in seta color lampone e beige. « Perché non ti distendi un pochino, Deanna? » Dall'aspetto sembrava peggiorata. « Vado a fare una passeggiata. »

« E poi che cosa? » Lo guardò con aria angosciata. Lo guardò con aria profondamente infelice. « E poi che cosa faremo? Non me la sento più di andare avanti così, Marc. Non so stare al gioco. »

Lui fu tentato di chiedere: « Quale gioco? » per negare tutto. Invece tacque e Deanna continuò, guardandolo direttamente negli occhi mentre parlava. Erano occhi turbati, sul punto di riempirsi di lacrime.

« Voglio sapere quello che provi, quello che senti, quello che stai per fare. Che cosa c'è di diverso per me da prima, adesso, all'infuori del fatto che non abbiamo Pilar? Voglio sapere se continuerai a vedere la tua amante. Voglio sapere tutte le cose che, secondo te, è scortese dire. Dille adesso, Marc. Ho bisogno di sapere. »

« Non è facile per me parlare di queste cose. Ti ho sempre amato. » Lo disse senza voltarsi in modo che Deanna non potesse vederlo in faccia. « E ti amerò sempre. »

Lei si sentì salire le lacrime agli occhi. « Perché? Perché mi ami? Perché sono tua moglie? Per abitudine? O perché ti importa di me sul serio? »

« Dobbiamo proprio farlo? Adesso... Così presto dopo la... morte... di Pilar? » Deanna non rispose. Marc aveva la faccia scossa da un tremito parlando di Pilar. « Deanna, io... io non ce la faccio, ecco. »

E senza aggiungere un'altra parola uscì rapidamente dalla stanza e lei lo vide quasi subito passeggiare in giardino a testa bassa. Mentre lo guardava di nuovo ebbe voglia di piangere.

Ritornò in casa soltanto un'ora dopo e la trovò addormentata. Aveva l'aria esausta con quelle occhiaie così cupe e profonde. Per la prima volta da anni non si era truccata e il contrasto con il color lampone del copriletto di seta dava alla sua faccia un colorito quasi verdognolo. Marc tornò indietro nell'atrio principale della casa e passò in uno studio. Restò lì seduto per un po' a fissare il telefono. E poi, come se qualcosa lo costringesse a farlo, quasi controvoglia, cominciò a comporre il numero sull'apparecchio.

Lei rispose al terzo squillo. « Marc-Edouard? »

« *Oh, oui.* » Lui fece una pausa. « Come stai? » E se Deanna si fosse svegliata? Perché le aveva telefonato?

« Hai una voce strana. Qualcosa che non va? »

« No, no. Sono stanchissimo, però. Lo siamo tutti e due. »

« È comprensibile. Avete parlato? » Era instancabile. Ecco un lato del carattere di Chantal che non aveva mai conosciuto.

« Non proprio. Soltanto un po'. »

« Immagino che non sia facile. » La sentì sospirare.

« No, infatti. » Fece una pausa. Un rumore di passi nell'atrio. « Senti, ti richiamo. »

« Quando? »

« Più tardi. » E poi: « Ti amo ».

« Bene, tesoro, anch'io. »

Abbassò il ricevitore con la mano che gli tremava mentre i passi si avvicinavano. Ma si trattava soltanto del custode venuto a vedere se avevano tutto quello che occorreva. Soddisfatto, l'uomo se ne andò e Marc si lasciò cadere lentamente su una poltrona. Non poteva funzionare. Non sarebbe riuscito a continuare a lungo con quella commedia. Telefonare a Chantal, placare Deanna, volare avanti e indietro fra California e Francia nascondendo e cercando scuse e ricoprendole tutte e due di regali che comprava per soffocare il proprio senso di colpa. Deanna aveva ragione. Chiuse gli occhi e il suo cervello tornò immediatamente a Pilar, l'ultima volta che l'aveva vista. Avevano passeggiato sulla spiaggia. Lei lo aveva preso in giro e lui aveva riso e le aveva fatto promettere di stare attenta con la motocicletta. E poi lei aveva riso ancora... Si sentì salire le lacrime agli occhi e d'un tratto la stanza fu piena del suono dei suoi singhiozzi. Non si accorse neppure che era entrata Deanna, a passi felpati come quelli di un gatto, scalza. Gli si avvicinò lentamente e gli strinse fra le braccia quelle spalle scosse da un fremito.

« Su, su, coraggio, Marc. Sono qui. » Anche la sua faccia era bagnata di lacrime. Ne sentì l'umido tepore attraverso la camicia quando gli appoggiò una guancia sul dorso. « Su, coraggio. »

« Se almeno tu capissi come ho voluto bene a Pilar... Perché l'ho fatto? Perché le ho comprato quella dannata moto! Avrei dovuto immaginarlo. Perché? Perché lei? Perché noi? Avevamo già perduto due bambini ed era l'unica figlia che ci restava. Deanna, come fai a sopportarlo? »

Lei chiuse gli occhi stringendo violentemente le palpebre. « Non abbiamo altra scelta. Credevo... credevo che sarei morta anch'io quando sono morti i due bambini... credevo che non sarei riuscita a vivere ancora un altro giorno. Ogni giorno volevo rinunciare, nascondermi in un angolo. Invece non l'ho fatto. Sono andata avanti... Bene o male. In parte per te. In parte perte me stessa. E poi abbiamo avuto Pilar e quello è stato un tipo di sofferenza che ho dimenticato completamente. Credevo... credevo che non lo avrei provato mai più. Adesso, invece, ricordo com'era. Solo che stavolta è molto, molto peggio. »

« Lo so. Se sapessi come desidero, adesso, di non avere perduto quei due bambini. Adesso non abbiamo... non abbiamo più figli. Farei qualsiasi cosa per riaverla. »

Restarono lì seduti a lungo, stringendosi l'uno all'altro. Infine uscirono per fare una passeggiata e rientrarono che era l'ora di cena.

« Vuoi andare a mangiare in paese? » La guardò con una tale espressione di dolore e di stanchezza che lei scosse la testa.

« Perché non preparo qualcosa qui io? C'è roba da mangiare in casa? »

« Il custode ha detto che sua moglie ci ha lasciato un po' di pane, formaggio e uova. »

« Che cosa ne dici? » Lui fece segno di sì con aria indifferente. Lei si tolse il maglione che aveva infilato per andare a passeggio, lo buttò su un'ampia poltrona Luigi XIV e si avviò verso la cucina. Tornò dopo venti minuti con uova strapazzate, pane tostato e Brie, oltre due tazze di caffè nero fumante. Mangiarono in silenzio. Dopo il pasto andarono ognuno per conto proprio, lei nei lunghi corridoi, nelle gallerie a studiare la collezione di quadri, Marc in biblioteca. Alle undici andarono a letto in silenzio e, il mattino dopo, lui si alzò non appena la sentì muoversi. Arrivarono le undici prima che uno dei due parlasse. Deanna si era appena alzata e si era sentita cogliere dalla nausea tanto che si era seduta su una seggiolina dello spogliatoio.

« *Ça ne va pas*? » La guardò aggrottando le sopracciglia, preoccupato.

« No, no. Sto bene. »

« A guardarti non si direbbe. Devo andare a prenderti un po' di caffè? » Bastò quell'idea a darle un altro accesso di nausea. Scosse la testa, quasi disperata.

« No, sul serio. Grazie. »

« C'è qualcosa che non va? Che cosa ne pensi? Sono diversi giorni che non hai un bell'aspetto. »

Lei cercò di sorridere, ma fu un tentativo pietoso. « Mi dispiace di doverlo dire, caro, ma neanche tu. »

Lui si limitò ad alzare le spalle. « Non avrai l'ulcera per caso, Deanna? » Le era venuta dopo la morte del loro primo bambino. Ma poi non si era più ripetuta, Scosse la testa, facendo segno di no.

« Non provo nessun dolore. Mi sento esausta e di tanto in tanto mi viene un po' di nausea. È solo la stanchezza. » Continuò, sforzandosi di sorridere. « Ed è logico. Nessuno di noi due ha dormito molto. Stiamo cercando faticosamente di lottare contro cambiamento di fusi orari, viaggi lunghi, lo choc... Anzi, secondo me, c'è da meravigliarsi di riuscire ancora a stare in piedi. Sono sicura che non è niente. »

Marc invece non era completamente d'accordo. La vide vacillare un momento quando si alzò. Certo le emozioni potevano fare molti brutti scherzi. E istintivamente il suo pensiero tornò a Chantal mentre Deanna spariva in bagno a fare un doccia. Aveva voglia di telefonarle di nuovo, ma la ragazza desiderava sentirsi dire qualcosa, avere qualche notizia e lui non poteva dirle niente all'infuori del fatto che stava passando l'week-end con la moglie... e che si sentivano entrambi come in fondo a un pozzo.

Sotto la doccia Deanna si voltò alzando la faccia e lasciando che l'acqua le corresse lungo la schiena. Stava pensando a Ben. A San Francisco erano le due del mattino; probabilmente stava dormendo. Come vedeva chiaramente la sua faccia a letto, con i capelli bruni arruffati, una mano sul petto, l'altra appoggiata qua o là sul proprio corpo... No, forse era a Carmel e di nuovo il suo pensiero andò agli week-end che avevano passato là. Com'erano stati differenti da quei giorni che stava trascorrendo con Marc. Era come se lei e il marito non avessero più niente da dirsi. Tutto ciò che possedevano era il passato. Infine chiuse la doccia e restò un momento soprappensiero, guardando i giardini dalle finestre aperte mentre si asciugava con le salviette di spessa spugna color lampone. Quella casa era diversissima da Carmel. Un castello in Francia e una villetta a Carmel. Seta color lampone e lana comoda, un po' sciupata. Pensò alla simpatica coperta scozzese distesa sul letto rustico di Ben mentre adocchiava il copriletto di seta arricciata nella camera vicina. Era come il contrasto fra le sue due vite. Là, la realtà semplice e facile della vita con Ben nella sua « democrazia », dove a turno preparavano la prima colazione e mettevano la spazzatura fuori della porta di servizio; e lì soltanto l'eterno, vacuo splendore della sua vita con Marc. Si passò una spazzola fra i capelli e si lasciò sfuggire un lungo sospiro.

Intanto, nella camera da letto adiacente, Marc stava leggendo il giornale con le sopracciglia aggrottate. « Vieni con me in chiesa? » Alzò gli occhi dal giornale mentre lei usciva dal bagno, con la vestaglia ben chiusa, e si fermava davanti all'armadio. Fece segno di sì e tirò fuori una gonna e un maglione nero. Portavano entrambi il lutto stretto, così comune ancora in Francia. L'unica cosa che Deanna aveva evitato erano le calze nere, a differenza della suocera che invece le portava.

Deanna aveva un aspetto stranamente scialbo tutta vestita di nero senza niente che ravvivasse quel colore, con i capelli scuri stretti in una crocchia severa sulla nuca. Di nuovo, come il giorno prima, non si era truccata. Era come se non le importasse più.

« Sei tremendamente pallida. »

« È solo il contrasto con tutto questo nero. »

« Sei sicura? » La fissò per un attimo prima di uscire di casa, ma lei rispose soltanto con un sorriso.

In silenzio percorsero, in macchina, il tragitto fino alla piccola chiesa campestre di Sainte Isabelle. Deanna si infilò senza rumore in un banco al fianco di Marc. La chiesa, graziosa, piccola e calda, era piena di contadini e dei pochi che, come loro, erano andati lì a trascorrere l'week-end da Parigi. D'un tratto ricordò che era ancora estate, non era neppure la fine d'agosto. Il suo senso del tempo era svanito in quell'ultima settimana. Non riusciva neppure a seguire attentamente la funzione. Pensò a Carmel, a Ben, a Marc e poi a Pilar; le tornarono in mente le lunghe camminate che faceva in campagna da bambina e poi cominciò a fissare la nuca della persona che aveva davanti. Mancava l'aria in quella chiesa così piccola e la predica pareva che non dovesse finire mai. A un certo punto, piano piano, toccò il braccio di Marc. Cominciò a mormorargli che aveva troppo caldo, ma d'un tratto la faccia di suo marito cominciò a tremarle davanti agli occhi e tutto diventò nero.

21

« Marc? » Allungò una mano verso di lui mentre il marito, con l'aiuto di un altro uomo, la trasportava in automobile.

« Taci, tesoro, non parlare. » Aveva la faccia madida di sudore, di un pallore grigiastro.

« Mettimi giù. Davvero, sto bene. »

« Non ci pensare. » Ringraziò l'uomo che lo aveva aiutato e si fece ripetere ancora una volta le indicazioni per raggiungere l'ospedale più vicino...

« Che cosa? Non sarai impazzito. Sono svenuta soltanto perché faceva così caldo. »

« Non faceva caldo, anzi, c'era piuttosto fresco. E non voglio discutere. » Richiuse con forza lo sportello dalla parte di Deanna e poi salì al volante.

« Marc, non voglio andare all'ospedale. » Gli posò una mano sul braccio. I suoi occhi avevano un'espressione implorante, ma Marc scosse la testa. Era pallida, di uno strano pallore opaco, grigio. Avviò il motore.

« Non mi interessa quello che non vuoi fare. » La sua faccia era dura. Non voleva andare di nuovo in ospedale, non voleva sentire quei rumori, o annusare quegli odori intorno a sé mai... mai più. Si sentiva il cuore in gola. E se fosse stato qualcosa di serio? Se fosse stata molto malata? Diede un'occhiata al profilo di Deanna e poi giù giù alle spalle, alle mani a tutta la sua figura chiusa in quel vestito troppo nero. Austera. Sembrava il simbolo di tutto ciò che stava succedendo in quei giorni a loro due, di tutto ciò che si dicevano. Poi sospirò. Quel breve suono le fece staccare gli occhi dal finestrino.

« Non essere così sciocco, Marc. Sul serio, sto benissimo. »

« *On verra*. Vedremo. »

« Non preferiresti rientrare a Parigi? » Le tremava la mano quando la posò su quella di lui e lui le lanciò un'altra occhiata penetrante. Parigi e Chantal. Sì, aveva una gran voglia di tornare indietro. Ma, prima, doveva sapere se Deanna stava bene.

« Torneremo a Parigi quando avrai visto un dottore. » Lei stava per protestare di nuovo, ma fu colta da un altro capogiro. Appoggiò la testa allo schienale. Lui le diede un'occhiata piena di inquietudine e premette il piede sull'acceleratore. Lei non discusse, non ne aveva la forza.

Ci vollero altri dieci minuti prima che si fermassero davanti a una piccola costruzione dall'aria pulita e ordinata sulla quale un'insegna portava la scritta: HÔPITAL SAINT GERARD. Senza dire una parola Marc scese e girò rapidamente intorno alla macchina, ma quando le aprì lo sportello Deanna non fece neppure un movimento per scendere.

« Riesci a camminare? » I suoi occhi erano terrorizzati come prima. E se quello fosse l'inizio di un colpo? Che cosa avrebbe fatto? Sarebbe potuta rimanere paralizzata e lui essere costretto a restare sempre con lei. Ma, via! Era follia, quella; lui voleva stare con Deanna, non era forse così? Il sangue gli pulsava tumultuosamente nelle vene quando la invitò a scendere dalla macchina.

Stava per dirgli che tutto era passato. Ma sapevano

entrambi che non era vero. Deanna respirò a fondo e poi si alzò in piedi con un debole sorriso. Voleva dimostrargli che ce l'avrebbe fatta, che era soltanto una questione di nervi. Per un momento, mentre entravano nell'ospedale, si sentì meglio e si domandò perché erano andati lì. Per un attimo riuscì perfino a camminare con la sua andatura morbida e disinvolta. Poi, mentre stava per farlo notare con soddisfazione a Marc-Edouard, vicino a loro passò una lettiga sulla quale era disteso un vecchio. Era emaciato e rugoso, dal suo corpo emanava un fetore insopportabile, aveva la bocca aperta, la faccia priva di espressione. Deanna allungò una mano verso Marc e crollò di schianto sul pavimento, perdendo conoscenza.

Lui proruppe in un grido e fece appena in tempo a raccoglierla fra le braccia. Arrivarono correndo due infermiere e un uomo in camice bianco. In meno di un minuto l'avevano distesa su un lettino in una stanzetta che odorava di disinfettante e lei si era ripresa. Si guardò un momento intorno, confusa. Poi vide Marc fermo, inorridito, in un angolo.

« Mi dispiace, ma quell'uomo... »

« Basta così. » Marc si avvicinò lentamente alzando una mano. « Non c'entra il vecchio, non c'entra la temperatura della chiesa. Vediamo di capire che cosa è stato... Che cosa è. *D'accord*? »

Deanna non rispose mentre il dottore gli faceva segno di sì, che aveva capito, poi Marc se ne andò.

Cominciò a passeggiare su e giù per il corridoio, inquieto e angosciato, sentendosi stranamente fuori posto e continuando a lanciare occhiate al telefono. Doveva chiamarla? E perché no? Che cosa cambiava? Chi poteva vederlo? Ma in quel momento non se la sentiva. Tutti i suoi pensieri erano per Deanna. Gli sembrò che passassero molte ore prima che una giovane dottoressa arrivasse a cercarlo.

E allora seppe. Seppe che poteva dire a Deanna la

verità. Oppure raccontarle una bugia, una piccolissima bugia. Si domandò se era moralmente in debito verso di lei e se doveva sentirsi impegnato a dirglielo, a dirle che sapeva... Oppure se, invece, non era Deanna che doveva qualcosa a lui.

22

DEANNA si mise a sedere di scatto sul letto, diventando più pallida del muro imbiancato a calce che aveva dietro la testa. « Sei in errore. È una bugia! »

Marc la stava fissando, sulle labbra aveva un lieve sorriso. Era calmissimo. « Assolutamente no. Non lo è. E fra sei mesi, carissima, temo che ti riuscirà molto difficile convincere il prossimo che è una bugia. »

« Non è possibile. »

« E perché no? » Le lanciò un'occhiata penetrante.

« Sono troppo vecchia per essere incinta. Per amor di Dio! »

« A trentasette anni? Non essere assurda. Con ogni probabilità potresti avere un bambino in qualsiasi momento per i prossimi quindici anni. »

« Ma sono troppo vecchia! » Si era messa a gridare contro di lui e sembrava che stesse per scoppiare in lacrime. Perché non glielo avevano detto subito, perché non le avevano dato il tempo di riprendersi da quello choc prima di essere costretta ad affrontare Marc? Del resto immaginava benissimo la scena che Marc doveva avere fatto: un uomo deciso, un uomo importante doveva essere il primo a sapere quali fossero le condizioni di madame; non voleva che sua moglie restasse sconvolta, erano appena usciti da una tragedia talmente grande...

« Tesoro, ti prego, non fare la sciocchina », stava dicendole Marc. Si alzò e si avvicinò al letto, le posò gentilmente una mano sulla testa e poi la fece scivolare piano piano sui lunghi capelli neri e morbidi come la seta. « Non sei affatto troppo vecchia. Posso sedermi? » domandò. Lei annuì e Marc sedette sul bordo del letto.

« Ma... due mesi? » Lo guardò con gli occhi colmi di disperazione. Aveva desiderato che fosse di Ben. E ci aveva anche pensato, per la prima volta, appena prima di addormentarsi. Le era balenata quell'idea, poi l'aveva rifiutata, ma, mentre sprofondava nel sonno, si era chiesta all'improvviso se... Quei capogiri, la nausea, il continuo desiderio di dormire... Tutto quello a cui era stata capace di pensare era Ben. Non aveva nessun desiderio che fosse figlio di Marc. Lo stava guardando, delusa e addolorata. Se era incinta di due mesi significava che il bambino era di Marc, non di Ben.

« Dev'essere successo l'ultima notte prima della mia partenza. *Un petit au revoir.* »

« Non c'è niente da ridere. » Aveva gli occhi pieni di lacrime. Non era per niente soddisfatta. Marc aveva capito ancora di più di quanto lei stessa sapesse. E aveva anche capito che non solo c'era un altro uomo, ma che si trattava di una persona che lei amava. Non aveva importanza. Lo avrebbe dimenticato. Nei prossimi mesi aveva qualcosa d'importante e cui dedicarsi. Doveva quel figlio a Marc. « Non capisco. »

« Tesoro, non essere ingenua. »

« Non sono rimasta incinta per anni e anni. Perché proprio adesso? »

« È proprio così che succedono queste cose, certe volte. Comunque non cambia niente. Ci viene offerta una nuova possibilità: un'altra famiglia, un figlio. »

« Ne abbiamo già avuta una. » Sembrava una bambina petulante seduta com'era a gambe incrociate nel letto d'ospedale, ad asciugarsi le lacrime con il palmo della mano. « Non ne voglio altri. » *Perlomeno non da te.* Ormai anche lei sapeva la verità. Se l'avesse amato veramente avrebbe desiderato anche il suo bambino. Invece non era così. Voleva quello di Ben.

Marc aveva un'aria tanto soddisfatta da essere addirittura imbarazzante e sembrava pieno di una pazienza inesauribile. « È normale che, in principio, si provi questo. Capita a tutte le donne. Ma quando arriva il momento... ti ricordi Pilar? »

Gli occhi di Deanna ebbero un lampo guardandolo. « Sì, ricordo Pilar. E gli altri. Ho già fatto questo, Marc. E non voglio più farlo. Per che cosa? Per farmi spezzare di nuovo il cuore, per un altro dolore? Perché tu non sia a casa con me per altri diciotto anni? Alla mia età ti aspetti che io allevi un bambino da sola? E un altro mezzo sangue, un altro mezzo americano, tutto francese? Tu vuoi che io passi di nuovo per un'esperienza come questa, che mi metta a competere con te per guadagnarmi l'affetto e la fiducia del nostro bambino? Dannazione, no che non voglio! »

« Lo vorrai certamente. » La voce di Marc era pacata, ma dura come l'acciaio.

« Non ci sono obbligata! » Stava gridando contro di lui. « Non siamo nel Medio Evo! Posso avere un aborto, se lo voglio! »

« No, che non puoi! »

« Figuriamoci se non posso »

« Deanna, non desidero discutere di questa cosa con te. Sei sconvolta. » Lei si era lasciata cadere di nuovo sul letto e piangeva con la faccia nel cuscino. « Sconvolta » era una parola inadeguata per descrivere ciò che provava. « Ti abituerai all'idea. E ne sarai contenta. »

« Vuoi dire che non ho scelta, è così? » Lo guardò con aria torva. « Che cosa mi farai se me ne libero? Divorzierai? »

« Non dire sciocchezze. »

« E allora non fare il prepotente con me. »

« Non faccio il prepotente, sono felice. » La guardò con un sorriso e le tese le braccia, ma nei suoi occhi c'era qualcosa di differente. Lei non si lasciò abbracciare. Dopo un attimo le prese le mani e se le portò alle labbra una dopo l'altra. « Ti amo, Deanna. E voglio il nostro bambino. Nostro figlio. Tuo e mio. »

Lei chiuse gli occhi e cercò quasi di tirarsi indietro a quelle parole. Ma Marc non disse niente. Si limitò ad alzarsi e a stringerla fra le braccia, poi le accarezzò un attimo i capelli. Infine si staccò da lei. Restò a guardarlo andare via, pensierosa e turbata.

Sola, al buio, pianse per un po', chiedendosi che cosa doveva fare. Quella notizia cambiava tutto. Come aveva fatto a non capirlo? Come aveva fatto a non sospettarlo? Avrebbe dovuto già saperlo prima, ma aveva saltato soltanto un mese e aveva pensato che fossero i nervi, o l'inaugurazione della mostra alla galleria, quel continuo far l'amore con Ben e poi la notizia di Pilar, il viaggio... Era convinta che fossero soltanto un paio di settimane. Invece si trattava di due mesi. Com'era possibile? E quello significava che era stata incinta di Marc per tutto il tempo in cui aveva vissuto con Ben. Lasciare che quel bambino vivesse in lei, ormai, era come rinnegare tutto ciò che aveva avuto con Ben e strapparsi il cuore. Quel figlio era una conferma del suo matrimonio con Marc.

Restò sveglia a letto tutta la notte. La mattina dopo Marc-Edouard la fece uscire dall'ospedale. Sarebbero tornati subito a Parigi, dalla madre di lui, prima della partenza di Marc per Atene, il giorno successivo. « E questo è tutto. Starò via cinque o sei giorni. Dopo, la faccenda della Grecia sarà tutta sistemata. E fra una settimana ritorneremo a casa e ci resteremo. »

« Che significa questo? Che io resterò a casa e tu viaggerai? Quando ti vedrò, Marc? Due volte al mese per cena, quando sarai in città e non avrai un impegno in qualche altro posto? »

« Non sarà così, Deanna. Lo prometto. »

« Perché no? È sempre stato così. »

« Allora era diverso. Adesso ho imparato qualcosa. »

« Davvero? E che cosa sarebbe?» Aveva un'aria amara mentre lo osservava guidare, ma la voce di Marc fu dolce e triste quando parlò, pur continuando a tenere gli occhi sulla strada.

«Ho imparato come può essere breve la vita, come fugge in fretta. Lo avevamo già imparato insieme prima, due volte, ma me l'ero dimenticato. Adesso lo so. Mi è stato ricordato di nuovo. » Deanna abbassò la testa e non disse niente. Però Marc capì di avere colpito nel segno. « Dopo Pilar, dopo gli altri, come puoi pensare sul serio ad abortire e a rinunciare a questo bambino? »

Lei rimase sconvolta che le avesse letto fino a tal punto nel pensiero e tacque a lungo. « Non ne sono sicura. »

« Io sì. Ti distruggerebbe. » Il tono della sua voce la spaventò. Forse sapeva. « Il senso di colpa, la pena e l'emozione, saresti finita. Non riusciresti più a pensare, a vivere, ad amare, perfino a dipingere. Te lo garantisco. Non hai il temperamento adatto per essere così calcolatrice, per fare tutto a sangue freddo. »

« In altre parole », sospirò lei, « non ho scelta. »

Lui non rispose.

Quella sera andarono a letto alle nove e mezzo senza dirsi più niente. La baciò delicatamente sulla fronte prima di lasciarla nella loro camera. Stava per prendere un tassì e andare all'aeroporto.

« Ti telefono ogni sera. Lo prometto, cara. Ogni sera. » Lo ripeté, ma lei girò gli occhi dall'altra parte.

« Te lo permetterà? » Lui cercò di ignorare l'osservazione, ma Deanna lo fissò con occhi penetranti dal letto. « Mi hai sentito, Marc. Devo presumere che venga con te. Ho ragione? »

« Non essere ridicola. Questo è un viaggio d'affari. »

« E invece l'altra volta non lo era? »

« Sei semplicemente sconvolta. Perché non la smettiamo? Non voglio litigare con te prima di partire. »

« Perché non vuoi? Hai paura che perda il bambino? » Travolta da un attimo di follia provò una gran voglia di dirgli che quel bambino non era suo, mentre il guaio peggiore sembrava quello che, se si trovava incinta da due mesi, non poteva che essere la verità.

« Deanna, voglio che ti riposi mentre io sarò via. » La guardò con aria piena di tenerezza paterna, le mandò un bacio e chiuse la porta senza fare rumore.

Lei restò distesa ancora per un po' ad ascoltare i rumori della casa della suocera. Fino a quel momento nessuno sapeva niente. Era il « loro segreto », come lo aveva chiamato Marc.

Quando si svegliò la mattina seguente la casa era silenziosa. Restò a letto ancora a lungo, pensando, chiedendosi che cosa doveva fare. Sarebbe potuta partire in aereo per San Francisco mentre Marc era in Grecia, abortire ed essere libera, ma doveva ammettere che quanto suo marito le aveva detto era vero. Un aborto avrebbe distrutto lei non meno di lui. Già aveva sofferto troppe perdite. E se avesse avuto ragione Marc? Se fosse stato un dono di Dio? E se... se quel bambino fosse di Ben? Un ultimo raggio di speranza palpitò e poi si spense. Due mesi, aveva detto, e la giovane e timida dottoressa aveva fatto segno di sì, d'accordo con lui. Non poteva essere di Ben.

Scese dal letto fermandosi un momento per un forte senso di capogiro, poi si vestì senza fretta. Doveva uscire, andare a camminare, pensare.

Imboccò strade che conosceva appena e scoprì giardini, piazze e parchi che la incantavano. Sedette su una panchina e sorrise ai passanti: buffe vecchiette con il cappello sulle ventitré, uomini anziani che giocavano a scacchi, bambini che chiacchieravano allegri con i loro amici e di tanto in tanto una ragazza che spingeva una carrozzina. Una ragazza: sembrava che avessero tutte ventuno o ventidue anni, non trentasette. Mentre riposava Deanna le guardava. Il dottore le aveva detto di fare una vita tranquilla, di uscire pure a passeggiare, ma di fermarsi ogni tanto per un po' di riposo, di non stare alzata fino a tardi la sera e nel giro di poche settimane si sarebbe sentita meglio. Del resto si sentiva già meglio. E mentre girava per Parigi e si fermava ogni tanto, pensava. A Ben. Erano giorni e giorni che non gli telefonava.

Era la fine del pomeriggio quando, finalmente, si fermò in un ufficio postale. Non era più stata capace di resistere. Diede il numero alla centralinista e fece segno di sì quando lei, sorpresa, disse: « *L'Amérique?* » Le parve che passassero secoli prima di sentirlo e invece le rispose in meno di un minuto. Per lui erano le otto del mattino.

« Dormivi? » La sua voce risuonava calda e intensa anche a novemila chilometri di distanza.

« Quasi. Mi sono appena svegliato. » Ben si accomodò meglio sul letto riappoggiandosi ai cuscini con un sorriso. « Quando torni a casa? »

Lei strinse gli occhi convulsamente per ricacciare le lacrime. « Presto. » *Con Marc e il suo bambino.* Si sentiva un nodo alla gola. « Mi manchi terribilmente. » Le lacrime cominciarono a scenderle in silenzio sulle guance.

« Non quanto mi manchi tu, tesoro. » Tendeva l'orecchio, cercando di sentire. C'era qualcosa che Deanna non gli diceva, qualcosa che non capiva. « Stai bene? Allora? Come stai? Rispondimi! »

Lei non disse niente; era lì in piedi, nella cabina telefonica, in silenzio, in lacrime.

« Deanna? Tesoro?... Pronto? » Ascoltava attentissimo. Era sicuro che fosse ancora lì.

« Sono qui. » Una vocina rauca, triste.

« Oh, tesoro... » Si accigliò e poi sorrise. « Che cosa ne dici se venissi io? Sarebbe possibile? »

« No, proprio no. »

« E se andassimo a Carmel il prossimo week-end? Credi di arrivare in tempo per farlo? »

Era lontano anni-luce. Stava per dire di no, poi tacque. Il prossimo week-end a Carmel. E perché no? Marc sarebbe stato in Grecia. Se partiva quella sera stessa avrebbero trascorso insieme tutto quell'week-end e magari ancora un altro giorno prima che lui tornasse. Insieme. A Carmel E poi si sarebbero lasciati, come avevano previsto. La fine dell'estate era arrivata. Deanna aveva il cervello in tumulto. « Sarò a casa domani. »

« Davvero? Oh, piccola... A che ora? »

Lei fece un rapido calcolo mentale. « Alle sei di domani sera, più o meno. Ora locale. » D'un tratto, chiusa nella cabina telefonica, sorrise radiosa fra le lacrime.

« Sei sicura? »

« Certo che lo sono. » Gli disse il nome della linea aerea. « Se non ce la faccio a prendere quel volo ti telefono, altrimenti puoi contarci. » Poi, mentre rideva al telefono, si sentì di nuovo gli occhi pieni di lacrime. « Torno a casa, Ben. » Da quanto tempo le sembrava di essere partita! In realtà era stata solo una settimana.

Quella sera lasciò un biglietto per la suocera. Le spiegava solo che era stata richiamata a San Francisco e che le dispiaceva di partire così in fretta. E che, fra l'altro, aveva provato un bisogno irresistibile di reclamare il ritratto suo e di Pilar. Era sicura che sua suocera avrebbe capito. Poi diede istruzioni alla cameriera di informare Marc, quando avesse chiamato, che lei era fuori. Tutto lì. Si sarebbe seccato che fosse tornata a casa da Parigi, ma non ci sarebbe stato altro. Un'ora prima dell'atterraggio si accorse che non riusciva più a stare seduta tranquillamente al suo posto. Si sentiva ridiventata una ragazzina. Perfino gli accessi di nausea che la prendevano ogni tanto non riuscirono a smorzare il suo entusiasmo. Continuava a pensare a Ben.

Fu una delle prime a scendere dall'aereo a San Francisco dopo l'atterraggio, dando l'impressione di fare a gara con il sole mentre tutto intorno a lei diventava rosa e oro. Era una mattina splendida, ma neanche quello bastava a distrarla dal pensiero di Ben. Aveva già sulle labbra un mezzo sorriso quando si infilò frettolosamente una giacca di velluto nero sui pantaloni bianchi e sulla camicetta di seta bianca. Il volto pallido come l'avorio e i capelli scuri come l'ebano davano gli ultimi tocchi a quel ritratto in bianco e nero.

Poi lo vide, in piedi, solo, nel salone dell'aeroporto alle sei del mattino ad aspettarla al di là dei banchi della dogana, con una giacca buttata sul braccio e un grande sorriso. Si corsero incontro non appena lei varcò la porta e dopo un attimo si trovò fra le sue braccia.

« Oh, Ben! » Rideva e piangeva contemporaneamente, ma lui non disse nulla, si limitò a stringerla a sé.

« Quanto mi sono tormentato per te! È stato terribile, Deanna. Come sono contento che tu sia tornata! »

« Anch'io. » La guardò fisso negli occhi, ma non riuscì a capire esattamente ciò che vi lesse. Di una cosa era sicuro: che c'era tanto dolore in quelle pupille, ma che cos'altro ci fosse non avrebbe saputo dirlo.

« Andiamo a casa? » Lei fece segno di sì, con gli occhi pieni ancora di lacrime. A casa. Per una settimana.

23

« Come stai? Ti senti O.K.? » Deanna era distesa sul letto con gli occhi chiusi e un vago sorriso sulle labbra. Era tornata a casa soltanto da quattro ore ed era stata a letto con lui per tutto quel tempo. « Deanna? Sei O.K.? » La stava osservando quando lei riaprì gli occhi.

« Non sono mai stata tanto bene in vita mia. » Il suo sorriso gli disse che diceva la verità. « Quando partiamo per Carmel? »

« Domani. Dopodomani. Quando vuoi. »

« Potremmo partire oggi? »

C'era una sottile sfumatura di disperazione nella sua voce, che Ben aveva sentito senza ancora scoprirne il motivo. Lo preoccupava. « Certo che potremmo. Basta che organizzi le cose con Sally. Se non le importa di occuparsi da sola della galleria mentre noi siamo via va tutto bene. »

« Spero proprio che possa. »

« Andiamo male fino a questo punto? » domandò lui. Lei si limitò ad annuire e Ben capì. Andò a preparare la colazione. « Domani tocca a te. » La informò dalla cucina e le rise mentre attraversava la stanza, nuda, e si fermava sulla soglia a guardarlo. Ormai non importava se aveva fatto l'amore con il bambino di

Marc-Edouard nel ventre. Lo avevano fatto per tutta l'estate e non gliene importava. Voleva far l'amore con Ben. Ne avrebbe avuto bisogno, per ricordarlo poi. « Deanna? »

Lei sorrise. « Sì, signore? »

« Qualcosa che non va? Naturalmente oltre a quello che è logico... a Pilar. C'è qualcos'altro? »

Lei fu lì lì per dire che era già abbastanza anche solo quello, ma si accorse di non potergli mentire.

« Sono successe certe cose mentre ero in Francia. »

« Niente che io debba sapere? Qualcosa di cui dovrei essere al corrente? » Come Marc pensava subito alla sua salute, aveva un aspetto così fragile! La osservò attentamente dal posto in cui si trovava.

Lei scosse lentamente la testa. Lui non doveva sapere del bambino. Tutto sarebbe stato differente se il bambino fosse stato suo.

« Che genere di cose? » I suoi occhi sorridevano appena mentre domandava: « Fritte o strapazzate? »

« Strapazzate mi vanno bene. » Il pensiero di un uovo fritto la rivoltava, ma sarebbe riuscita a inghiottire quelle strapazzate se non le arrivava alle narici un profumo troppo forte di caffè. « Niente caffè. »

« Come mai? » Sembrava sbalordito.

« Faccio quaresima. »

« Mi pare che tu sia in anticipo di sei o sette mesi. »

Sette mesi... Sette mesi. Si impose con la forza di non pensarci e sorrise a quel timido tentativo di scherzare.

« Può darsi. »

« Cioè? Che cosa è successo? »

« Oh, non so. » Entrò in cucina e lo circondò con le braccia appoggiandosi alla sua schiena. « Non so... Non so. Vorrei che la mia vita fosse un po' più semplice. »

«Eh? » Si voltò, senza sciogliersi dalla sua stretta e la guardò in faccia. « Ti amo, solo questo. » Perché doveva essere proprio adesso? Perché doveva dirglielo così presto? Si sentì gli occhi pieni di lacrime, ma si impose di guardarlo. Quello, almeno, glielo doveva. « E... le cose non si sistemeranno facilmente come avevo creduto. »

« Pensavi davvero che sarebbe stato facile? » Non la lasciava con gli occhi.

Lei scosse la testa. « No, ma più facili di come sono. »

« E come sono? »

« Non posso lasciarlo, Ben. » Ecco. Glielo aveva detto. Oh, Dio, glielo aveva detto. Lo guardò per un tempo senza fine, con gli occhi pieni di lacrime.

« Perché no? »

« Non posso. Molto semplice. Non ora. » E neppure più avanti, non potrò quando avrò avuto suo figlio. Prova a telefonarmi fra altri diciotto anni...

« Lo ami, Deanna? »

Ancora una volta lei scosse la testa. « Credevo di sì. Ne ero sicura. E so di averlo amato, un tempo. Suppongo di amarlo ancora, in un certo senso. Mi ha dato qualcosa per diciotto anni, a modo suo. Ma è... è finita da anni. Non lo avevo capito fino a questa estate. E lo capisco ancora meglio adesso, dopo questa settimana. » Tacque per riprendere fiato, poi continuò. « Ci sono stati certi momenti, perfino quando ero con te, in cui non sapevo con certezza se dovevo lasciarlo o no. Non lo sapevo. Mi sembrava di non averne il diritto. E poi, forse, credevo anche di volergli ancora bene. »

« E invece non gliene vuoi? »

« No. Me ne sono resa conto pochi giorni fa. È successo qualcosa... e l'ho capito. » Perché non voglio il suo bambino, Ben, voglio il tuo!

« E allora, perché resti con lui? Per Pilar? »

« Per quella e anche per altre ragioni. Ma questo non ha importanza. Il fatto importante è solo che resto con lui. » Lo guardò di nuovo, disperata. « Vuoi che me ne vada? »

Ma lui si limitò a fissarla con gli occhi sbarrati e

poi a lasciare in silenzio la stanza. Lo sentì per un momento nel soggiorno e poi ancora gli sentì sbattere con tutta la forza possibile la porta della camera da letto. Restò in cucina per un po', attonita, sbalordita. Capiva che sarebbe dovuta andarsene in quel momento. Non ci sarebbe stato nessun viaggio a Carmel. Ma tutti i suoi vestiti erano chiusi con lui in quella camera. Non le restava altro da fare che aspettare che uscisse. E Ben uscì, un'ora dopo. Si fermò sulla soglia, aveva gli occhi rossi, stravolto.

« Che cosa mi stai dicendo esattamente, Deanna? Che è finita? »

« Io... No... Io... Oh, Dio! » Per un attimo credette di svenire di nuovo, ma si accorse che non doveva farlo, non in quel momento. Respirò profondamente un paio di volte e sedette sull'orlo del divano allungando verso il pavimento le lunghe e snelle gambe nude. « Ho una settimana. »

« E poi? »

« Sparisco. »

« Per ricominciare quella vita solitaria? Per vivere da sola? In quella specie di mausoleo dove abitavi e adesso anche senza Pilar? Come puoi fare a te stessa una cosa simile? » Aveva l'aria tormentata.

« Forse non mi resta altro da fare, Ben. »

« Non capisco. Deanna, ti avevo detto... ti avevo detto che poteva essere soltanto per l'estate e... avrei capito. È quello che ho detto. Non ho nessun diritto di cambiarlo adesso. È vero? »

« Hai ogni diritto di essere furibondo o molto, molto offeso. »

Vide che aveva gli occhi pieni di lacrime e si accorse di doversi fare forza per ricacciare le proprie, ma Ben continuò a fissarla senza un attimo di esitazione.

« Sono entrambe le cose. Ma soltanto perché ti amo moltissimo. »

Lei fece segno di sì, non riusciva più a parlare. Si limitò a tornare indietro fra quelle braccia aperte per lei. E sembrò che passassero molte ore prima che riuscissero a staccarsi.

« Vogliamo andare oggi a Carmel? » Era disteso bocconi e la stava guardando in faccia. Lei si era appena svegliata da un sonnellino di tre ore ed erano quasi le cinque. Lui non era neppure andato in galleria: aveva spiegato che sarebbe rimasto assente tutta la settimana e che Sally se la sarebbe dovuta sbrigare da sola. « Che cosa vuoi fare realmente? »

« Stare con te. » Lo disse con solennità, ma anche con un piccolo sorriso felice negli occhi.

« In qualsiasi posto? »

« In qualsiasi posto. »

« Allora andiamo a Tahiti. »

« Preferisco andare a Carmel. »

« Sul serio? » Le fece scorrere un dito lungo la coscia. Lei sorrise.

« Sul serio? »

« O.K., allora andiamo. Possiamo cenare là. »

« Certo. Sono le due del mattino, ora di Parigi. Al momento di cenare sarò pronta per la prima colazione. »

« Gesù. Non pensavo a questo. Sei già mezza morta? » Aveva un'aria molto stanca. Ma pareva che avesse ripreso un po' di colore.

« No, sto bene, sono felice e ti amo. »

« Neanche la metà di quello che io amo te. » Le prese la faccia fra le mani e l'avvicinò a sé. Voleva baciarla, stringerla, toccarla e avere tutto quello che poteva di lei per i pochi giorni che ancora rimanevano. Poi gli venne in mente una cosa. « E il tuo lavoro? »

« Sì, che cosa c'è? »

« Continueremo a lavorare insieme alla galleria? Sa-

remo ancora i tuoi rappresentanti... Lo sarò ancora? »
« Non so. Vedremo. »
« Va bene », disse lui. « Non importa. »
Ma, a quel punto, l'espressione di sofferenza nei suoi occhi fu tale che Deanna non riuscì a sopportarla e scoppiò in lacrime.
« Che cosa c'è che non va, amore? »
« Finirai per pensare che sono come lei... quella ragazza che avevi sposato, che era tutta falsa. »
Lui si inginocchiò sul pavimento, di fianco a lei. « Non sei falsa, Deanna. Non c'è niente in te che sia falso. Abbiamo fatto una scelta difficile e adesso dobbiamo tenere fede ai nostri patti. Non è facile, ma è onesto. È sempre stato onesto. Ti amo più di quanto io abbia mai amato qualcuno in vita mia. Voglio che tu ricordi sempre questo. Semmai tu volessi tornare sarò sempre qui per te. Sempre. Anche quando avrò novantatré anni. » Cercò di farla sorridere, ma non ci riuscì. « E adesso vogliamo fare un altro patto? »
« Quale? » Aveva messo il broncio mentre lo guardava. Odiava Marc-Edouard e odiava se stessa ancora di più. Doveva abortire. Qualsiasi cosa pur di potere stare con Ben. O forse lui avrebbe accettato il figlio di Marc se le avesse detto la verità fin dal principio. Ma capiva che non gliel'avrebbe mai potuta dire. Non avrebbe capito.
« Su, andiamo, adesso dobbiamo fare un altro patto. Voglio la promessa da parte di tutti e due che non continueremo più a ripeterci che 'abbiamo solo un'altra settimana'. Viviamo giorno per giorno, amiamo ogni giorno, godiamo ogni momento; quel problema lo affronteremo quando verrà la sua ora. Se non facciamo che parlarne guastiamo tutto il tempo che abbiamo. Promesso? » Le prese la faccia fra le mani e la baciò delicatamente sulla bocca mentre i capelli le scendevano morbidi intorno al viso dalla crocchia in cui li aveva attorcigliati in cima alla testa.

« Promesso. »

« O.K. » Lui annuì solennemente, la baciò ancora e uscì dalla stanza.

Un'ora dopo partivano per Carmel, ma era difficile non sentire quello che incombeva su di loro. Le cose non erano più le stesse di un tempo. Era quasi la fine e, che lo dicessero o no, lo sapevano tutti e due. Era fin troppo vicina. L'estate stava giungendo al suo epilogo dolceamaro.

24

« PRONTA, tesoro mio? » Era la mezzanotte del lunedì. Finito. Ora di tornare a casa. Si guardò intorno per l'ultima volta nel soggiorno, poi in silenzio gli prese una mano. Le luci erano già spente, la donna sulla spiaggia del quadro di Wyeth celava il suo volto al chiaro di luna. Per l'ultima volta Deanna la contemplò prima di lasciare la casa. Faceva già freddo, ma c'erano la luna piena e il cielo stellato.

« Ti amo. » Erano parole sussurrate mentre si sedeva senza fare rumore in macchina. Ben le accarezzò la faccia. Poi la baciò.

« Ti amo anch'io. » Sorridevano entrambi, d'un tratto non era più il momento di essere tristi. Avevano avuto uno stupendo rapporto fatto di gioia, di pace e di amore come mai nessun altro era stato e nessuno avrebbe mai potuto privarli di quello. Per una vita intera sarebbe stato qualcosa che avevano in comune. « Sei felice come lo sono io, Deanna? » domandò. Lei fece segno di sì, sorridendo. « Non so come faccio a sentirmi così maledettamente bene, ma la spiegazione c'è. Sei tu a farmi felice e lo sarai sempre. A qualsiasi costo. »

« La stessa cosa vale per me. » Si sarebbe aggrappata a quei ricordi nella lunga notte d'inverno che, da quel momento in poi, doveva essere la sua vita con Marc. Avrebbe pensato a lui ogni volta che si fosse stretta al cuore il bambino, pensando che poteva essere suo. Oh, come voleva che fosse proprio così; improvvisamente si accorse di desiderarlo più di qualsiasi altra cosa al mondo.

« A che cosa stai pensando? »

Erano partiti per il viaggio di ritorno a San Francisco. Pensavano di raggiungerla per le due di notte. Il giorno dopo avrebbero dormito fino a tardi e poi, dopo la colazione, lui l'avrebbe riaccompagnata a casa. Marc doveva arrivare nel pomeriggio del martedì alle tre. Ecco tutto quello che diceva il suo telegramma. Margaret glielo aveva letto al telefono quando l'aveva chiamata per avere la certezza che tutto andasse bene a casa. Martedì alle tre.

« Ti ho domandato a che cosa stai pensando. »

« Un minuto fa stavo pensando che mi sarebbe piaciuto avere un figlio nostro. » Lei sorrise nella notte.

« E una figlia? Ti sarebbe piaciuto avere anche una figlia? » Sorrisero tutti e due.

« A quanti bambini pensavi? »

« Un bel numero pari. Magari dodici. » Quella volta lei scoppiò a ridere e si appoggiò alla sua spalla mentre Ben continuava a guidare. Ricordò la prima volta che le aveva detto quella stessa cosa, la mattina dopo l'inaugurazione della mostra. Ci sarebbe mai stata un'altra mattina come quella?

« Io mi sarei accontentato di due. »

Come detestava quei verbi al passato, che Deanna usava. Gli facevano capire ciò che non voleva sapere. O ricordare. Non quella sera.

« Da quando hai preso la decisione di non essere troppo vecchia? »

« Continuo sempre a crederlo, ma... È facile sognare. »

« Staresti molto bene incinta. » Quella volta lei non disse niente. « Stanca? »

« Appena un poco. E adesso a che cosa stai pensando? » Alzò gli occhi a guardarlo con curiosità.

« A te. »

« Tutto qui? » Cercò di stuzzicarlo, ma lui non si prestò al gioco.

« Tutto qui. »

« E a proposito di te? »

« Stavo pensando quanto ho desiderato un figlio nostro. »

Lei si sentì un nodo alla gola e girò bruscamente la testa. « No, Ben. »

« Scusami. » La strinse ancora un po' più vicina a sé e continuarono il viaggio.

« E si può sapere che cosa significa questo? » Chantal rivolse un'occhiata di fuoco a Marc dall'altro lato della stanza. Lui chiuse la valigia e la posò sul pavimento.

« Significa esattamente quello che ho detto, Chantal. Su, andiamo, i giochetti non mi piacciono. Sono stato qui quasi tre mesi questa estate, adesso ho del lavoro da fare là. »

« Per quanto tempo? » Sembrava livida e si vedeva dai suoi occhi che aveva pianto.

« Te l'ho detto. Non lo so. Adesso fa' la brava bambina e lasciami andare. »

« *Non, tant pis*. Non me ne frega niente se perdi l'aereo. Non mi lascerai in questo modo. Ma come mi giudichi? Mi hai preso per una stupida? Tu stai tornando da lei. Povera, povera mogliettina con il cuore spezzato perché ha perso sua figlia e adesso il caro maritino va a consolarla. *Alors non, merde*! E io? » Avanzò verso di lui con aria minacciosa.

« Te l'ho detto. È malata. »

« Che cos'ha? »

« Tante cose. Questo non ha importanza, Chantal, è semplicemente malata. »

« Così, adesso non puoi lasciarla. E allora quando la lascerai? »

« Dannazione, è una settimana che non facciamo che discuterne. Possibile che dobbiamo proprio parlarne quando sto per prendere un aereo? »

« Al diavolo il tuo aereo! Non ti permetterò di lasciarmi. » La voce di lei si era alzata minacciosamente; i suoi occhi frugavano rapidi qua e là per la stanza. « Non puoi andartene! *Non*, Marc-Edouard, *non!* » Era di nuovo in lacrime. Lui sospirò mettendosi a sedere.

« Chantal, *chérie*, per piacere. Te l'ho detto, non sarà ancora per molto. Per piacere, tesoro. Cerca di capire. Non hai mai fatto così prima. Perché devi essere tanto irragionevole proprio adesso? »

« Perché ne ho abbastanza! Non ne posso più! Qualsiasi cosa succeda tu continui a restare sposato con lei. Un anno dopo l'altro, un anno dopo l'altro. *Bien merde alors, j'en ai marre*. Non ne posso più! »

« Proprio adesso non ne puoi più? » Guardò l'orologio con aria disperata. « Te l'ho detto ieri sera, anche se puoi avere l'impressione che passerà molto tempo sta' tranquilla, ti farò venire negli Stati Uniti. Va bene? »

« Per quanto tempo? »

« Oh, Chantal! » Aveva preso un'aria irritata che, prima, adoperava soltanto con sua figlia Pilar. « *Voyons*. Vediamo un po' come vanno le cose. Se vieni negli Stati Uniti puoi restare per un po'. Va bene così? E adesso lasciami andare. Ti telefonerò quasi ogni giorno. Cercherò di tornare fra poche settimane. E se non riuscirò verrai tu. Soddisfatta? »

« Quasi. »

« Quasi? » Marc gridò quella parola, ma lei buttò indietro la testa per farsi baciare e non seppe resistere.

« *Toi, alors*! » Marc la baciò e poi scoppiarono a

ridere tutti e due mentre tornavano a precipizio in camera da letto, prendendosi in giro e accarezzandosi di nuovo, avidi l'uno dell'altro.

« Perderò l'aereo, sai. »

« E con questo? E poi possiamo andare a cena da *Maxim's.* »

Si sarebbe potuto pensare che la donna incinta era lei, per quanto sapessero con ogni certezza che non era così. C'era stata una volta in cui avevano avuto quel sospetto, ma li aveva gettati in un tale terrore per via del diabete di cui soffriva Chantal, che avevano deciso di non correre mai più quel rischio. Non potevano permetterselo. Era in gioco la sua stessa vita. E poi a Chantal non importava molto restare incinta, non si era mai mostrata particolarmente ansiosa di avere un bambino. Neppure il bambino di Marc.

Ben fermò la macchina un po' più in giù sulla strada. « Qui? »

Lei fece segno di sì, con la sensazione che il mondo stesse per finire. Come se qualcuno avesse appena annunciato l'avvento dell'Apocalisse. Sapevano che stava per arrivare, sapevano addirittura quando... ma in quel momento che cosa dovevano fare? Dove andare? Come avrebbe potuto Deanna vivere ogni giorno senza di lui? Come poteva esistere senza i momenti che avevano vissuto insieme a Carmel? Come non svegliarsi in quella camera da letto gialla, facendo il calcolo se fosse il turno di Ben, o il proprio, per preparare la colazione? Sarebbe sembrato tutto un sogno?

Le sue parole gli arrivarono all'orecchio in un mormorio. « Abbi cura di te. Ti amo... »

« Anch'io ti amo. »

Si aggrapparono l'uno all'altra, allora, senza più dire niente. Infine Ben aprì con uno scatto lo sportello dalla parte di Deanna. « Non voglio che tu vada Deanna, ma se resti ancora un po' non sarò più capace... di lasciarti andare. » Si accorse che Ben aveva gli occhi troppo lucidi e anche i suoi si colmavano di lacrime. Li abbassò in grembo e poi li rialzò subito verso di lui. Doveva guardarlo, doveva sapere che era ancora lì. Istantaneamente gli buttò di nuovo le braccia al collo.

« Ben, ti amo. » Si strinse a lui, poi si staccò lentamente e lo guardò per un lungo attimo pieno di tormento. « Posso dirti che questi mesi hanno reso meritevole di essere vissuta la mia vita intera? »

« Sì, puoi. » Le sorrise e la baciò sulla punta del naso. « E io, per tutti i diavoli dell'inferno, posso dirti di scendere dalla mia macchina? » Deanna lo guardò stupita. Poi si mise a ridere.

« No, non puoi. »

« Be', capisco che questo non deve essere facile, allora tanto vale farci sopra una bella risata! » Rise infatti, ma al tempo stesso cominciò a piangere di nuovo. Lui si chinò a baciarla ancora una volta, la guardò molto intensamente e disse: « Va' ».

Lei fece segno di sì e gli sfiorò la faccia. Con le mani strette a pugno scese dalla macchina, lo guardò per un momento interminabile, si voltò e si allontanò. Gli aveva appena girato le spalle e stava ancora frugando nella borsetta per cercare le chiavi quando lo sentì ripartire. Ma non si voltò, non volle guardarlo e si accontentò semplicemente di seppellirlo nel proprio cuore. Poi rientrò nella casa che avrebbe diviso per il resto della sua vita. Con Marc.

25

« BUONGIORNO, tesoro. Hai dormito bene? » In piedi, vicino al letto, abbassò gli occhi a guardarla.

« Hai perduto l'aereo? » Neppure un cenno alla settimana precedente, al fatto che era letteralmente scappata via da Parigi.

« Già, proprio così. E in un modo molto stupido. Non sono riuscito a trovare un tassì, c'era un traffico spaventoso, diecimila piccoli incidenti e ho dovuto aspettare sei ore per il volo successivo. Come ti senti? »

« Discretamente. »

« Soltanto discretamente? »

Lei alzò le spalle per tutta risposta. Si sentiva malissimo e avrebbe voluto essere morta. Tutto ciò che desiderava era Ben. Ma non così. Non con il bambino di Marc-Edouard.

« Voglio che tu vada dal dottore oggi », disse Marc. « Vuoi che ti faccia prendere un appuntamento da Dominique oppure ci pensi da sola? »

« Come preferisci. »

« Voglio che tu lo veda oggi », ripeté lui.

« Va bene. Posso andarci da sola o mi farai accompagnare da Dominique? » I suoi occhi lo guardarono illuminati da un lampo di collera.

« Lascia perdere. Ci vai oggi? »

« Puoi contarci. E tu invece dove vai oggi, ad Atene o a Roma? »

Passandogli davanti e senza guardarlo entrò in bagno e chiuse silenziosamente la porta. Sarebbero stati otto mesi deliziosi, pensò Marc di cattivo umore. Quando il bambino fosse nato un mese dopo il previsto avrebbe semplicemente detto a Deanna che era uno dei soliti ritardi. Succedevano ogni momento cose simili e capitava spesso che un bambino nascesse con tre settimane di ritardo. Non aveva fatto che pensarci in aeroplano.

Andò davanti all'uscio chiuso del bagno e parlò con fermezza. « Se hai bisogno di me mi troverai in ufficio. E cerca di vedere il dottore. Oggi. Capito? »

« Sì. Perfettamente. » Cercò di dare un tono fermo alla propria voce in modo che lui non capisse che stava piangendo. Non poteva andare avanti così. Era troppo. Doveva lasciarlo, trovare il modo di tornare da Ben, con o senza quel maledetto bambino. Ma le venne una idea. Quando sentì sbattere la porta di casa uscì dal bagno e andò direttamente al telefono. L'infermiera le disse che il dottore era occupato, ma quando riuscì a convincere la donna a spiegargli chi c'era al telefono lui prese la comunicazione.

« Deanna? » Pareva sorpreso. Era rarissimo che lei gli telefonasse.

« Salve, dottor Jones. » La sua voce prese un'intonazione più calma, di sollievo, non appena lo sentì all'apparecchio. L'avrebbe aiutata. Lo aveva sempre fatto prima. « Ho un problema. Un problema molto grosso. Posso venire a trovarla? » Lui capì che c'era qualcosa di urgente dal tono di Deanna.

« Quale sarebbe la sua idea? Di venire oggi? »

« Mi odierebbe molto se dicessi di sì? »

« Non la odierei, magari mi strapperei soltanto quei

pochi capelli che mi sono rimasti. Non è una cosa che può aspettare? »

« No. Altrimenti divento pazza. »

« Va bene. Veda di essere qui fra un'ora. »

Si presentò all'ora stabilita e lui si accomodò meglio nell'ampia poltrona di cuoio rosso alla quale Deanna pensava sempre, quando le veniva in mente lui. « E allora? »

« Sono incinta. » Gli occhi di lui non ebbero un attimo di incertezza. Niente si mosse sulla sua faccia.

« E che cosa prova di fronte a questo fatto? »

« Sono stravolta. È il momento sbagliato... Tutto in questa cosa è sbagliato. »

« Anche Marc la pensa come lei? »

Che cosa c'entrava lui? Che importanza aveva? D'altra parte doveva essere onesta. « No. Lui è contento. Ma ci sono mille ragioni per le quali io penso che sia il momento sbagliato. Tanto per cominciare sono troppo vecchia. »

« Da un punto di vista tecnico lei non lo è affatto. Però, forse, si sente troppo vecchia per dovere allevare un bambino piccolo? »

« Non è tanto quello, ma... Sono troppo vecchia per ricominciare tutto daccapo, ecco, molto semplice. E se il bambino morisse, se gli succedesse di nuovo qualcosa di simile? »

« Se è di questo che si preoccupa non deve farlo e lo sa. Io credo invece che lei voglia semplicemente dirmi, Deanna, che non desidera questo bambino. Le ragioni non importano. Oppure sono le ragioni che non vuole dirmi? »

« Io... sì. Io... non voglio il bambino di Marc. »

Per un attimo il buon dottore rimase senza parole. « C'è qualche motivo speciale oppure è un capriccio del momento? »

« Non è un capriccio. È tutta l'estate che sto pensando di lasciarlo. »

« Capisco, e lui lo sa? » domandò. Lei scosse la testa. « Questo complica le cose, vero? Ma il bambino è suo? »

« Il bambino è suo. » Esitò e poi proseguì. « Perché sono incinta da due mesi. Se fossi incinta da meno tempo il bambino non sarebbe suo. »

« Come fa a sapere di essere incinta da due mesi? »

« Me lo hanno detto in Francia.»

« Possono avere sbagliato, ma probabilmente no. Perché non vuole questo bambino? Perché è di Marc? »

« In parte. E poi non voglio essere legata a lui più di quanto non lo sia già. Se avrò questo bambino non potrò semplicemente prendere e andarmene. »

« Potrebbe farlo ugualmente, anche se non sarebbe molto semplice. Ma, in tal caso, che cosa farebbe? »

« Be', un po' difficile che io possa tornare dall'altro uomo con il bambino di Marc. »

« Potrebbe. »

« No, dottore. È una cosa che non posso fare. »

« No, ma non è neppure obbligata a restare con Marc perché è incinta di suo figlio. Potrebbe andare a vivere da sola. »

« E come? »

« Se è quello che vuole il modo lo troverà di certo. »

« Non lo è. Io voglio... voglio qualcos'altro. »

E allora lui capì.

« Prima di dirmelo mi permetta di chiederle qual è la posizione che assume sua figlia in tutto questo. Che cosa proverebbe se lei avesse un altro bambino? » Ma Deanna aveva abbassato tristemente gli occhi in grembo.

Finalmente li alzò di nuovo a guardarlo. « Questo non ha più importanza. È morta quindici giorni fa in Francia. »

Per un attimo tutto si fermò; poi lui si sporse verso Deanna e le prese una mano. « Mio Dio, Deanna. Come mi dispiace. »

« Anche a noi. »

« E anche ora che è successo questo non vuole un altro bambino? »

« Non in questo modo. Non ora. Non posso, molto semplice. Voglio abortire. Ecco perché sono qui. »

« Crede che riuscirebbe poi a vivere con questo pensiero? Parlo di dopo, sa, perché non è più possibile tornare indietro. È quasi sempre una situazione che crea rimorso, rammarico, senso di colpa. Sentirebbe tutto questo per molto molto tempo. »

« Nel mio corpo? »

« Nel suo cuore... nel suo cervello. Deve proprio desiderare moltissimo di liberarsene per potere sentire quiete e pace per ciò che ha fatto. E se avessero commesso un errore nella loro diagnosi in Francia e ci fosse una possibilità che questo bambino possa essere dell'altro uomo? Lo desiderebbe ancora, l'aborto? »

« È un rischio che non posso correre. Devo liberarmene nel caso sia di Marc. E non c'è motivo di credere che abbiano fatto un errore. »

« Capita, però. Succede anche a me qualche volta. » Le sorrise con bonarietà, poi si accigliò perché gli era venuta in mente un'altra cosa. « Dopo quello che è appena successo a Pilar si sente in grado di affrontare anche questo? »

« Devo affrontarlo. Me lo farà lei? »

« Se è quello che desidera. Ma prima voglio visitarla ed esserne sicuro. Perbacco, forse lei potrebbe addirittura non essere incinta. »

Invece lo era. E dovette ammettere che probabilmente lo era già da due mesi anche se riusciva sempre difficile essere precisi così agli inizi di una gravidanza. Tanto valeva fare l'operazione al più presto visto che Deanna sembrava così decisa.

« Domani? » le domandò. « Venga alle sette del mattino e potrà rientrare a casa per le cinque. Lo dirà a Marc? »

Lei scosse la testa. « Gli dirò che l'ho perduto. »

« E poi? »

« Non so. Ci penserò. »

« E se decidesse di restare con Marc e di avere un altro bambino che cosa succederà se dovesse trovare, per esempio, che non può più concepire, dopo questo, Deanna? Non si sentirà distruggere dal rimorso? »

« No. Non riesco a immaginare che possa succedere una cosa simile, ma se anche dovesse succedere dovrò semplicemente cercare di vivere e di sopportarlo. E ci riuscirò. »

« Ne è sicura? »

« Assolutamente. È pericoloso? » Non aveva neppure pensato di domandarlo fino a quel momento. Non che gliene importasse veramente. Preferiva morire piuttosto che essere incinta del figlio di Marc.

Ma il dottor Jones scosse la testa e le diede un colpetto incoraggiante sul braccio. « No, non lo è. »

« Dove vai a quest'ora? » Marc alzò la testa e le diede un'occhiata mentre scivolava fuori del letto, irritata con se stessa per averlo svegliato.

« Nel mio studio. Non riesco a dormire. »

« Dovresti rimanere a letto. » Ma aveva già richiuso gli occhi.

« Oggi cercherò di stare moltissimo a letto. » Perlomeno quello era vero.

« Va bene. » Ma lui si era già riaddormentato quando finì di vestirsi e non la vide uscire. Gli lasciò un messaggio: usciva e non sarebbe rientrata che nel pomeriggio. Forse si sarebbe stizzito, però non avrebbe mai saputo niente e quando lei fosse rientrata a casa, ormai sarebbe stato troppo tardi. Mentre saliva in macchina e avviava il motore si guardò i sandali e i pantaloni di jeans. L'ultima volta che li aveva messi era stato a Carmel con Ben. L'ultima volta che aveva visto un cielo come quello era stato con lui. Poi, senza nessun motivo, ricordò ciò che il dottore aveva detto: e se quel bambino fosse di Ben? Ma non era possibile, vero? Due mesi prima aveva fatto l'amore con Marc. Però aveva conosciuto Ben alla fine di giugno, quindi il bambino sarebbe potuto essere anche suo. E se fosse proprio così? Perché non poteva essere incinta di un solo mese invece che di due? « Accidenti! » Esclamò quella parola a voce alta mentre posava il piede sull'acceleratore e usciva sulla strada facendo la retromarcia. Lo voleva ancora, quell'aborto? D'un tratto sentì una gran voglia di parlargli, di dirglielo, di domandargli quello che ne pensava, ma capì che era pazzesco. Andò direttamente all'indirizzo che le era stato indicato, ma già si sentiva il cervello in tumulto.

Era pallida e tesa quando ci arrivò. Il dottor Jones la stava già aspettando. Era calmo e pieno di gentilezza, come sempre. Le sfiorò un braccio con la mano.

« È sicura? » domandò. Lei annuì, ma c'era qualcosa che non gli piacque nei suoi occhi. « Andiamo a parlare un momento. »

« No, facciamolo subito. »

« Va bene. » Diede istruzioni all'infermiera e Deanna fu condotta in una stanzetta dove la donna le disse di cambiarsi e di mettere un camice da ospedale. Cercava di essere gentile con lei, ma non ci riuscì molto. « Ha paura? »

« Un po'. »

« Non deve averla. Non è niente. Io ne ho fatti tre. » Santo Dio, pensò Deanna. Fantastico. Magari le hanno fatto anche uno sconto? Si mise a sedere nella stanzetta e aspettò. Finalmente la fecero uscire e percorrere un corridoio, poi entrò in una stanza dove la disposero sul lettino già sterile con i piedi infilati nelle staffe. Era come quella sala parto nella quale l'avevano portata quando aveva avuto i due maschietti e infine anche Pilar. Una sala parto, non un posto dove abortire. Si sentì madida di sudore. La lasciarono sola per quasi una mezz'ora. Restò lì distesa con i piedi sollevati a lottare contro una gran voglia di piangere e a ripetersi che presto tutto sarebbe finito. Finito. Passato. Si guardò intorno domandandosi qual era, fra tutti quegli apparecchi dall'aspetto sinistro, quello che avrebbero adoperato, ma le sembravano tutti terrificanti allo stesso modo. Si accorse che cominciavano a tremarle le gambe. Le parve che passassero ore e ore prima dell'arrivo del dottor Jones e quando lui entrò ormai si sentiva tesa e nervosissima.

« Deanna, adesso le faremo un'iniezione per metterla un po' più tranquilla e renderla un po' intontita. »

« Non lo voglio. » Cercò di mettersi a sedere e lottò con le gambe in aria.

« Non vuole l'iniezione? Ma le faciliterebbe molto le cose se la facesse. Mi creda. Così è molto più doloroso. » Aveva un'aria piena di comprensione e di gentilezza, ma lei scosse la testa.

« Non lo voglio. L'aborto. Non posso. E se il bambino fosse di Ben? » Era un pensiero che la rodeva da un'ora almeno, oppure si trattava soltanto di una scusa per tenerlo? Non lo sapeva con sicurezza.

« Ne è certa, Deanna? Oppure è soltanto spaventata? »

« Entrambe le cose. Tutto... non lo so. » Aveva gli occhi pieni di lacrime.

« E se il bambino fosse soltanto suo e di nessun altro? Se non c'entrasse nessun uomo? Se potesse avere il bambino soltanto per se stessa allora lo vorrebbe? »

Lei alzò gli occhi a guardarlo e fece silenziosamente segno di sì.

« E allora, cara, vada a casa e veda di decidere qualcosa con se stessa. Può avere quel bambino e tenerlo tutto per sé, se è questo ciò che vuole. Nessuno potrà mai toglierglielo. Sarà sempre tutto suo. » E lei si scoprì a sorridere a quel pensiero.

Marc era in bagno, a fare la doccia, quando rientrò in casa. Allora salì nello studio senza fare rumore e chiuse a chiave la porta. Che cosa aveva fatto? Aveva deciso di tenere il bambino e ciò che il dottore aveva detto era vero. Avrebbe potuto avere il bambino e tenerselo tutto per sé. Poteva farlo, vero? O il bambino sarebbe sempre stato di Marc? Proprio come Pilar. D'un tratto si rese conto che non aveva scampo. Il bambino era di Marc. Non avrebbe mai avuto il coraggio di tenerselo da sola. E poi che cosa importava? Aveva già perduto Ben.

26

« BUONGIORNO, Deanna. » Marc le diede un'occhiata mentre si sedeva al suo posto. C'era già disposto, accanto al suo piatto, il solito assortimento di giornali, il caffè era bollente e Deanna stava mangiando un uovo. « Hai fame stamattina? » Erano settimane che non la vedeva mangiare.

« Non molto. Ecco, puoi avere il mio pane tostato. » Spinse verso di lui l'elegante piatto blu di porcellana fragilissima di Limoges.

Marc la guardò attentamente mentre giocherellava con il suo uovo, più che mangiarlo. « Ti senti sempre poco bene? » Lei alzò le spalle, poi dopo un momento lo guardò.

« No. »

« Secondo me dovresti chiamare un dottore. »

« Devo vederlo comunque la settimana prossima. » Dall'ultima volta che era stata da lui erano passate tre settimane. Tre settimane da quella mattina in cui avrebbe dovuto abortire e invece era scappata via. Tre settimane da quando aveva visto per l'ultima volta Ben. E non ne aveva più saputo nulla. Ma si rendeva conto che non avrebbe saputo niente mai più.

« Che cosa fai, oggi? » Marc sembrava distratto, ma al tempo stesso preoccupato.

« Niente. Probabilmente lavorerò un po' nel mio studio. » Ma non lavorava. Si sedeva semplicemente, fissava il mucchio di quadri che era stato mandato indietro dalla galleria, malgrado le proteste iniziali di Ben. Non poteva farlo. Non poteva lasciare che lui vendesse i suoi quadri senza vederlo più. E non voleva che, per tutto quell'inverno, la vedesse incinta. Non aveva avuto altra scelta. Aveva insistito con Sally perché le fossero restituiti. E così erano appoggiati contro le pareti dello studio, con la superficie dipinta rovesciata e il retro delle tele, di quel grigio color fango, che la fissavano come occhiaie vuote, all'infuori di uno solo, il ritratto suo e di Pilar, che contemplava per ore e ore ogni giorno.

« Avresti voglia di raggiungermi in qualche posto per pranzo? » Udì queste parole mentre si allontanava e si voltò a guardarlo seduto al suo posto, in sala da pranzo, con l'aspetto di un monarca. Ormai era il suo re e lei la schiava, tutto quello per colpa di un bambino non nato di cui non aveva saputo liberarsi con l'aborto perché era stata troppo vile.

Scosse di nuovo la testa. « No, grazie. » Poi si avviò senza rumore nel piccolo studio, dove si nascondeva sempre.

Restò lì rannicchiata, con le ginocchia rialzate strette fra le braccia e le lacrime che le scendevano a fiotti sulle guance. Le sembrò che fossero passate molte ore quando udì il telefono che suonava.

« Ehi, bambina, che cosa stai combinando? » Era Kim. Deanna sospirò tra sé e cercò di sforzarsi e di fare un sorriso.

« Pochino. Me ne sto qui seduta nello studio e penso che dovrei rinunciare alla pittura. »

« Con il cavolo. Impossibile dopo quelle stupende critiche che hai avuto per la mostra. Come sta Ben? Ha venduto qualche altro quadro dei tuoi? »

« No. » Deanna cercò di evitare che, dalla sua voce, si capisse ciò che provava. « A dire la verità non... non ne ha avuto nessuna occasione. »

« Lo immagino. Ma sono sicura che quando tornerà da Londra li venderà. Sally dice che resterà via ancora per una settimana. »

« Oh, non lo sapevo. Marc è tornato a casa tre settimane fa e siamo stati impegnatissimi. » Kimberly trovò un po' difficile crederle; data la morte, così recente, di Pilar sapeva che non andavano in nessun posto. O perlomeno era quello che le aveva detto Deanna l'ultima volta che si erano parlate.

« Riesco a convincerti a venire fuori dallo studio per pranzare con me? »

« No, io... veramente... non posso. »

D'un tratto a Kim non piacque ciò che sentiva. C'era un tremito di dolore nella voce di Deanna che la spaventò, tanto era atroce, « Deanna? » Ma non ebbe risposta. Aveva cominciato a piangere. « Posso venire subito? »

Stava per rispondere di no, voleva impedirglielo, non aveva nessun desiderio di vederla, ma non ne ebbe la forza.

« Deanna, mi hai sentito? Vengo da te. Sarò lì in due minuti. »

Deanna sentì Kim sui gradini dello studio prima di avere il tempo di scendere al piano inferiore. Non voleva che vedesse quella fila di quadri voltati contro il muro, ma ormai era troppo tardi. Kim bussò una volta sola ed entrò subito, guardandosi intorno sbalordita, senza capire che cosa fosse quello che vedeva. Allineati contro i muri ci saranno stati venti o trenta quadri.

« Che cos'è questa roba? Li hai ritirati dalla galleria? » domandò. Deanna annuì. « Ma perché? Ti hanno fatto una mostra magnifica, le critiche sono state buone. L'ultima volta che ho parlato con Ben mi ha detto che aveva venduto quasi metà dei tuoi quadri. Perché? » E poi capì. « Per Marc? »

Deanna sospirò e si mise a sedere. « Non mi restava altro da fare. »

Kim si sedette di fronte a lei aggrottando le sopracciglia, preoccupata. « Deanna, io... capisco quello che devi provare per Pilar. O forse, a dire la verità, non lo capisco, ma posso immaginarlo. Però non puoi distruggere tutta la tua vita. La tua carriera deve restare separata dal resto. »

« Ma non è così. Per... per Ben. » Le parole le uscivano soffocate dalle labbra perché stava piangendo e si era coperta la faccia con le mani.

Kim le andò vicino e la prese fra le braccia. « Su, sfogati. »

Senza sapere perché lo faceva Deanna ubbidì. Pianse fra le braccia di Kim a lungo, le sembrò di piangere per giorni e giorni, per la perdita di Pilar, di Ben e forse anche di Marc. Sapeva di averlo perduto cedendolo alla sua amante. L'unica cosa che non aveva perduto era quel bambino che non voleva.

« Oh, Kim, scusami. Non so che cosa è successo. Io... ecco... »

« Cristo santo, non chiedere scusa. Non puoi continuare a tenerti tutto dentro. È impossibile. Vuoi una tazza di caffè? »

Lei scosse la testa, ma si rasserenò leggermente. « Magari una tazza di tè. » Kim afferrò il citofono e avvertì la cucina.

« E magari, dopo, potremmo uscire a fare quattro passi. Che cosa te ne sembra? »

« E tu? Hai piantato il lavoro oppure ti sei presa una giornata di libertà per venire a giocare allo psicanalista con me? » Deanna sorrise con gli occhi rossi e lacrimosi.

« Cavolo, se tu puoi ritirarti dalla galleria, non vedo

perché non potrei piantare in asso il mio lavoro anch'io. Sarebbe pressappoco lo stesso. »

« No, sbagli. Ho fatto bene a comportarmi così. »

« Ma perché? Ti giuro che non capisco. »

Deanna stava per trovare un pretesto per chiuderle la bocca, ma, invece, preferì guardarla molto semplicemente negli occhi. « Non voglio più vedere Ben. »

« L'hai fatta finita con lui? »

Per un lungo momento tutto si fermò nella stanza mentre le due donne si guardavano negli occhi. Deanna fece segno di sì.

« Resterai con Marc? »

« Devo restare. »

Sospirò e andò a prendere il vassoio che Margaret aveva lasciato fuori della porta. Mise in mano a Kim la sua tazza di caffè e poi tornò a sedere con quella di tè che aveva ordinato per sé, bevendone un piccolo sorso con aria incerta prima di chiudere gli occhi stretti stretti. Finalmente parlò di nuovo. « Marc e io aspettiamo un bambino. »

« Che cosa? Stai scherzando? »

Deanna spalancò gli occhi di nuovo. « Lo vorrei proprio. Me ne sono accorta quando ero in Francia. Sono svenuta in una chiesetta di campagna pochi giorni dopo il funerale e Marc ha insistito per portarmi all'ospedale che c'era lì vicino. Secondo me, deve avere creduto che avessi una grava malattia o fossi in punto di morte, ma eravamo entrambi talmente in preda all'isterismo che era anche possibile pensarlo, non credi? Tutto quello che hanno trovato è stato che ero incinta di due mesi. »

« Di conseguenza adesso di quanti lo saresti? »

« Tre, precisi precisi. »

« A vederti non si direbbe. » Conservando l'aria sbalordita di prima Kim abbassò gli occhi sul ventre ancora assolutamente piatto di Deanna, chiuso in un paio di jeans con la cerniera lampo allacciata sino in alto.

« Lo so che non sembra. Secondo me vuol dire che questa volta non diventerò grossa come le altre e poi sono stata talmente nervosa che ho perso molto peso. »

« Gesù santo. E Ben lo sa? »

Deanna scosse la testa facendo segno di no. « Non ho avuto il coraggio di dirglielo. »

« E Marc? »

« È al settimo cielo. Finalmente avrà quel figlio che desidera. O un'altra bambina che prenda il posto di Pilar. »

« E tu, Deanna? » Parlò con una voce sommessa e colma di dolore.

« Che cosa ne ricavo io? Non molto. Ho perduto l'uomo che amavo veramente, mi trovo imprigionata in un matrimonio che ho scoperto ormai morto e defunto da anni, aspetto un altro bambino che potrà vivere o no e che se vivrà sarà il bambino di Marc e mio marito lo farà ribellare contro di me, trasformandolo in una creatura francese al duemila per cento. Sa Dio, Kim, se non ci sono già passata da tutte queste cose e se non ne vorrei fare a meno. Ma quali sono le mie scelte, altrimenti? Che cosa posso fare? »

« Potresti averlo da sola, se lo vuoi, il bambino. E potrebbe darsi che perfino Ben lo voglia anche se non è suo. »

« Marc non mi lascerebbe mai andare. Farebbe tutto ciò che è in suo potere per fermarmi. » Sembrava un po' nebulosa come minaccia, ma Deanna prese un'aria terrorizzata al pensiero di quello che le sue parole potevano significare. Kim osservò l'espressione triste degli occhi dell'amica.

« Ma che cosa può fare, lui? »

« Non so. Qualcosa. Qualsiasi cosa. Provo la sensazione che non riuscirei mai, comunque, ad andarmene. Se anche tentassi di vivere per conto mio mentre aspetto il bambino sono sicura che farebbe tutto il possibile per impedirmelo. E, bene o male, finisce per corrodere alla base la fiducia che ho in me stessa e mi convince che non posso. »

« Dimmi una cosa, Deanna. » Kim la guardò a lungo e con occhi severi. « Dipingi, in questi giorni? »

Deanna scosse la testa. « Perché dovrei farlo? Non posso fare un'esposizione dei quadri. » E alzò le spalle, con aria impotente.

« Non hai fatto mostre per vent'anni, eppure dipingevi ugualmente. Perché ti sei fermata adesso? »

« Non so. »

« Perché te lo ha detto Marc? Perché lui pensa che sia una idiozia, perché riesce a farti sentire il tuo lavoro di artista come una cosa di nessuna importanza? » Gli occhi di Kim erano scintillanti di collera.

« Non so, può essere... è un fatto che riesce a fare sembrare ogni cosa tanto sciocca e inutile! »

« E Ben? »

La voce di Deanna si fece improvvisamente molto dolce e sommessa e riapparve nei suoi occhi quella luce che Kim ci aveva visto soltanto raramente. « È tutto molto diverso, con Ben. »

« Non credi che potrebbe volere bene a questo bambino? »

« Non so. » Deanna tornò alla realtà con uno sforzo e guardò a sua volta Kim con un'occhiata lunga e penetrante. « Non posso chiederglielo. Ti rendi conto che ero incinta del bambino di Marc per tutto il tempo in cui ho dormito con lui? »

« Ma non lo sapevi, di essere incinta! È vero, sì o no? »

« No. Certo che non lo sapevo. »

« Vedi? Per amor di Dio, Deanna, allora potrebbe essere di Ben! »

Ma Deanna stava scuotendo la testa. « No. C'è un mese di differenza. »

« Non possono avere fatto un errore? Tu dovresti saperlo. »

« Sì, dovrei, ma non è così semplice. Sono molto irregolare. E così tutto resta estremamente confuso. Devo fidarmi delle loro teorie, non delle mie. E loro dicono che sono rimasta incinta nella seconda quindicina di giugno. Potrebbe ancora essere di Ben, ma non è molto probabile. »

« Deanna, lo desideri questo bambino? Voglio dire che se niente di tutto ciò esistesse, se entrambi questi uomini scomparissero dalla faccia della terra e non restassi che tu, lo vorresti questo bambino? Pensaci un attimo prima di rispondere. »

Ma non ce n'era bisogno. Il dottor Jones le aveva fatto la stessa domanda. Alzò gli occhi verso Kim con uno sguardo carico di tenerezza. « La risposta è sì. Sì, lo vorrei. Vorrei che fosse il mio bambino. Mio. » Girò la testa dall'altra parte: aveva le lacrime agli occhi. « E potrei sempre dire a me stessa che era di Ben. »

Kim sospirò e posò la tazza. « E allora, per l'amor del cielo, Deanna, fai questo bambino! Goditelo. Amalo. Resta con lui. Prospera con lui... ma devi averlo da sola. Lascia Marc, così perlomeno potrai goderti questo bambino. »

« Non posso. Ho paura. »

« Di che cosa? »

Lei abbassò la testa come se si vergognasse. « Il brutto è che non lo so neanch'io. »

27

« NON lo so, Kim. Non mi piacciono i bozzetti e nel suo insieme non mi sembra abbastanza rifinito e curato. » Ben si passò una mano fra i capelli e restò a fissare con aria assente la parete più lontana. Era tutta la mattina che si era rivelato impossibile da trattare e Kim ne sapeva il motivo mentre lo osservava.

« Forse, se avessi dormito un po' la notte dopo essere rientrato in volo da Londra, ti piacerebbe di più. »

« Non fare la saccentona. So io che cosa voglio! »

« Va bene. Riproveremo. Resterai qui tanto a lungo da poter controllare di nuovo il lavoro nel giro di un paio di settimane o scappi di nuovo? » In quegli ultimi tempi non aveva fatto altro che quello, o quasi.

« Parto martedì per Parigi. Ma sarò di ritorno entro una quindicina di giorni. Devo fare qualcosa per la casa. »

« Cambi l'arredamento? »

« No, trasloco. »

« Come mai? Credevo che ti piacesse. »

« Non riesco più a viverci. Non la sopporto. » D'un tratto Kim scoprì che Ben la fissava come se volesse leggerle nel cuore. « L'hai vista? » In silenzio Kim fece segno di sì. « Come sta? »

« Bene. » Ha il cuore spezzato, idiota, come ce l'hai tu.

« Bene. Vorrei dire la stessa cosa anche di me. Kim, io... non so come spiegarlo. Sto diventando matto. Non lo sopporto. Non ho mai provato niente di simile. Neppure quando mia moglie mi ha piantato. Ma mi sembra, semplicemente, che tutto ciò non abbia senso. Avevamo tutto in nostro favore. E io le ho promesso... le ho promesso che sarebbe stato soltanto per l'estate, che non le avrei fatto nessuna pressione. Ma, Cristo, Kim, è come seppellirsi viva restare con quell'uomo. Non credo neanche che lui le voglia bene. »

« Se può essere una consolazione ti dirò che io ne sono sempre stata convinta. »

« Non è una consolazione. Ha deciso ugualmente di continuare a vivere con lui e quello che io o tu possiamo pensare non ha importanza. È contenta? Dipinge? »

Kim avrebbe voluto mentirgli, ma non se la sentì. « No. Né una cosa, né l'altra. »

« E allora, perché? È Pilar, il motivo? Ma, secondo me, anche questo è assurdo. Avrebbe potuto chiedermi di aspettare e avrei aspettato. Sarebbe potuta restare con lui per un po'. Non avrei insistito e non le avrei fatto fretta. È possibile che abbia un tale ascendente su di lei? »

« Certe relazioni fra le persone sono strane. Ed è un po' difficile capirle per chi le guarda dal di fuori. Ho conosciuto persone che si odiavano eppure hanno continuato a rimanere sposate per cinquant'anni. »

« Che delizia! » Ma mentre le parlava la sua faccia era diventata cupa. « Le telefonerei, ma sento che non devo farlo. »

« Dimmi di te, Ben? Come te la passi? » La sua voce era tanto gentile da fare quasi male.

« Lavoro come un pazzo. Non ho altra scelta. Lei non mi ha lasciato altra scelta. » Girò gli occhi dall'altra parte. « Sai che non riesco più neppure a sopportare di avere davanti quel quadro di Wyeth, tanto le somiglia? » Sospirò e si alzò, come se potesse, con quel gesto, andarsene lontano anche dai propri pensieri. « Non so cosa fare, Kim. Non so che cosa accidenti fare. »

« Non c'è niente che tu possa fare. Vorrei aiutarti. »

« Anch'io. Ma non puoi. Vieni, ti invito a pranzo. Lo sai che qualche volta ho quasi voglia di incontrarla per caso? In ogni ristorante dove vado, in ogni negozio, perfino alla posta, mi scopro a cercarla fra la gente con gli occhi... è come se credessi di poter vedere la sua faccia e guardo gli altri con tutta l'attenzione possibile. »

« Non esce molto di questi tempi. »

« Ma sta bene? Non è malata, vero? » Kim fece segno di no con la testa, senza dire una parola e lui continuò: « Forse l'unica soluzione è quella di continuare a muovermi, di viaggiare, di correre ».

« Non puoi farlo in eterno. » Si alzò e lo seguì alla porta, mentre gli occhi di Ben la fissavano tristemente da dietro le mura della sua prigione privata.

« Posso provare. »

28

« Che cosa ha detto il dottore, oggi? » Deanna era già a letto quando Marc rientrò in casa. « Tutto bene? »

« Ha detto che, per essere incinta di quattro mesi, sono tremendamente piccola, ma è convinto che si tratti semplicemente di una questione di nervi e del peso che ho perduto. Però vuole che torni fra un paio di settimane, questa volta, per assicurarsi di sentire il cuore del bambino. È ancora troppo piccolo per poterlo sentire anche se Jones ha detto che avrebbe dovuto già riuscirci, quest'oggi. Forse fra una quindicina di giorni. » Tuttavia Marc non parve preoccupato a sentire quelle notizie. « Come è andata per te, la giornata? »

« Una noia da morire. Però abbiamo una nuova causa. » Prese un'aria soddisfatta.

« Dove? »

« Ad Amsterdam. Ma la tratteremo insieme, Jim Sullivan e io. »

Abbassò gli occhi verso di lei con un sorriso. « Ti avevo detto che non avevo più intenzione di stare via per troppo tempo. Ho mantenuto la parola? »

« Certo. » Quella volta sorrise anche lei. Era a casa da due mesi e non si era mai mosso. Neanche per il viaggetto di un week-end a Parigi. Per quanto, ormai, non avesse molta importanza. Da un certo punto di vista Deanna avrebbe dovuto provare un grande sollievo perché suo marito le aveva detto che con quella ragazza tutto era finito. « D'altra parte, non c'è nessuna ragione che tu non debba occuparti di questa causa. Quando la discuterete in tribunale? »

« Probabilmente non se ne farà niente fino a giugno. Un bel po' di tempo dopo la nascita del bambino. »

Il bambino. Continuava a non sembrare reale. Perlomeno per lei. Solo per Marc.

« Vuoi qualcosa da mangiare? Scendo a fare uno spuntino. » Si voltò a guardarla dalla porta, sempre con quel sorriso così tenero. Non faceva che pensare al loro bambino e a fare star bene lei perché era importante per il nascituro. Qualche volta ne restava commossa, ma in genere la cosa le dava fastidio. Sapeva perfettamente che non aveva niente a che fare con lei. Importava solo per il bambino. Il suo « Erede ».

« Che cosa hai intenzione di mangiare, sottaceti e gelato? »

« E tu, Deanna, che cosa preferiresti? Caviale e champagne? Si può vedere di averli. »

« Un po' di cracker mi andranno benissimo. »

« Che gusti poco interessanti. Spero che il bambino ne avrà di migliori. »

« Ne sono sicura. »

Tornò dopo pochi minuti con le gallettine secche per lei e un sandwich per sé.

« Niente fragole, niente pizza, niente *tacos*? »

Era la prima volta da mesi che le vedeva prendere le cose con umorismo. Ma la sua giornata era stata piacevole. Dopo la visita al dottore si era trovata con Kim per pranzo. E in quelle giornate così strane, piene di solitudine, Kim la stava aiutando a non perdere la sua sanità mentale.

Marc stava per offrirle un morso del sandwich

quando il telefono vicino a lei si mise a suonare. « Vuoi che risponda io? Probabilmente è per te. »

« A quest'ora? » Guardò l'orologio. Poi fece segno di sì con la testa. In Europa erano le otto del mattino. Con ogni probabilità la telefonata era per lui. Le sorrise ancora una volta e afferrò il microfono. « Pronto? »

« Marc-Edouard? » Era una voce carica di disperazione e Marc si sentì impallidire di colpo. Chantal. Deanna vide che le sue spalle si irrigidivano leggermente e che si voltava, tenendosi il più discosto possibile da lei, con aria accigliata.

« Sì? Che cosa c'è? » Le aveva parlato soltanto quella mattina. Perché gli telefonava a casa? Le aveva già promesso che sarebbe tornato in Europa entro poche settimane. Era sicuro che sarebbe riuscito a lasciare Deanna subito dopo il Giorno del Ringraziamento. A quell'epoca le avrebbe già dato ampiamente quello che le era dovuto. Due mesi e mezzo al suo fianco, negli Stati Uniti. « Qualcosa che non va? »

« Sì. » Alla ragazza sfuggì un lungo singhiozzo strozzato e Marc si sentì gelare per la paura. « Sono... sono di nuovo all'ospedale. »

« Ah, *merde*. » Chiuse gli occhi e Deanna si accorse che aggrottava le sopracciglia. « Come mai, questa volta? Sempre per lo stesso motivo? »

« No, ho fatto confusione con le mie iniezioni di insulina. »

« Ma se non le succede mai! » *A meno che tu non lo faccia di proposito*, pensò, ricordando quella notte all'ospedale e il panico provato: « Dopo tutti questi anni dovrebbe pur sapere... Ma sta bene, adesso? »

« Non so. » E poi dopo una pausa: « Oh, Marc-Edouard, ho bisogno di te. Non puoi venire a casa per piacere? » *Dannazione*.

« Non ho qui i documenti necessari per poterla mettere al corrente della situazione. Non ne possiamo discutere domani dal mio ufficio? » Aveva sollevato in mano l'apparecchio e, attraversata la stanza, si era seduto su una sedia. Deanna aveva ripreso la lettura del suo libro. La conversazione sembrava scarsamente interessante e Marc aveva un'aria così seccata!

Invece Marc stava trovando quella comunicazione tutt'altro che noiosa. Chantal aveva lanciato un grido alla sua proposta di discuterne dal suo ufficio il giorno dopo.

« No, non puoi liquidarmi in questo modo! »

« Non la sto liquidando affatto. Non so semplicemente quando potrò. »

« Allora lascia che venga io. Mi avevi promesso prima di partire che se non riuscivi a venir via ti avrei raggiunto io. Perché non posso? »

« Ne discuteremo domattina, quando avrò il materiale sott'occhio. Può aspettare una decina di ore? La richiamerò io. » La sua voce si era fatta glaciale. « Dove posso raggiungerla? » Lei gli diede il nome di una clinica privata e lui, tra sé, sospirò al pensiero che per fortuna non si era fatta ricoverare all'Ospedale Americano perché non avrebbe avuto la forza di telefonarle là. « La richiamo non appena arrivo in ufficio. »

« Se non lo fai salgo sul primo aereo. »

Si comportava come una bambina viziata. E pericolosa, anche. Non voleva complicazioni ulteriori con Deanna. Assolutamente no, almeno fino alla nascita del bambino. Poi, avrebbero visto. Ma, a motivo della sua nazionalità, il bambino sarebbe diventato legalmente anche cittadino francese oltre che americano e, una volta in Francia, sarebbe stato sotto la giurisdizione francese. E se lui avesse deciso di condurre il suo bambino in Francia Deanna non avrebbe potuto fare assolutamente niente per portarlo fuori di quel paese. Niente. Era solo quel pensiero a sorreggerlo e a dargli forza, anche per i sette mesi successivi. Quando il bambino avesse avuto un mese lo avrebbero portato in Francia a vedere per la prima volta la nonna paterna. Naturalmente sarebbe andata anche Deanna, ma poi avrebbe potuto fare le sue scelte. Restare o andarsene. Tuttavia il bambino non sarebbe ripartito con lei. Se fosse stato necessario avrebbe vissuto con la madre di Marc e Marc avrebbe cercato di passare con lui più tempo che poteva. Quel bambino era suo... come avrebbe potuto esserlo totalmente Pilar se non ci fosse stata di mezzo Deanna. E non era certo il momento che Chantal gli mettesse i bastoni fra le ruote.

« Marc-Edouard? Mi hai sentito? Ho detto che se non vieni, salgo sul primo aereo. »

« E dove va? » Il suo tono era glaciale.

« A San Francisco, naturalmente. Che cosa credi? »

« Sono decisioni che prenderò io. E gliele farò sapere. Domani. Capito? »

« *D'accord*. E... Marc-Edouard? »

« Sì? » Si addolcì al suono della sua voce.

« Ti amo tanto! »

« Sono sicurissimo che si tratta di una cosa reciproca. » Per un attimo abbozzò quasi un sorriso. « Ne riparleremo fra poche ore. Buonanotte. »

Marc appoggiò il microfono con un sospiro. Non si era accorto che Deanna lo stava osservando.

« Clienti bisbetici? »

« Niente che non possa essere sistemato. »

« C'è mai stato qualcosa che tu non abbia potuto sistemare? »

Le sorrise, guardandola negli occhi. « Spero di no, cara. Spero proprio di no, con tutto il cuore. »

Mezz'ora dopo era a letto; Deanna, al suo fianco, non dormiva.

« Marc? »

« Sì? » La stanza era buia.

« Qualcosa che non va? »

« No, naturalmente. Che cosa vuoi che ci sia? »

« Non so. Quella telefonata... Dovresti essere in

viaggio più di quanto tu non faccia? » Ma sapeva già la risposta.

« Sì. Però riesco a cavarmela, per il momento. Non voglio lasciarti sola. »

« Andrà tutto bene. »

« Probabilmente. Ma finché non ci sarò costretto, non andrò via. »

« Te ne sono grata. »

Era il primo pensiero gentile che aveva avuto per lui da tanti mesi e Marc chiuse gli occhi un momento mentre lei gli sfiorava con una carezza il dorso della mano. Avrebbe voluto prendergliela, quella mano, stringerla, baciarla, chiamarla *ma Diane*, ma non gli riusciva più. Non più. Non in quel momento. Già gli si affollavano al cervello mille pensieri che avevano come oggetto Chantal.

« Non preoccuparti, Deanna. Andrà tutto bene. » Le diede un colpetto sulla mano, le voltò le spalle e si allungò dalla sua parte, all'estremità più lontana del letto.

« Si può sapere cos'è questa pazzia di telefonarmi a casa in piena notte? » La voce di Marc-Edouard l'aggredì, carica di furore, attraverso un continente e un oceano. « E se avesse risposto lei al telefono? »

« Be' e con questo? Tanto lo sa, dannazione! »

« No. Lo sapeva. » Il verbo andava al passato, non al presente. « Non me ne frega niente di quello che lei sa e comunque tu non hai nessun diritto di fare una cosa simile; te lo avevo proibito. »

« Ho il diritto di fare tutto quello che voglio. » Ma la sua voce ebbe un tremito. Improvvisamente gli arrivò all'orecchio il suo pianto. « Non posso, Marc-Edouard. Non posso andare avanti. Per piacere, sono più di due mesi. »

« Sono esattamente due mesi e due giorni. »

« Per piacere... » Provò quasi odio per se stessa a

supplicarlo in quel modo, ma aveva bisogno di lui. Voleva essere con lui. Non intendeva perderlo di nuovo e cederlo alla moglie. Gli avvenimenti cospiravano sempr contro di lei, anche con la morte di Pilar le cose lo avevano avvicinato di nuovo a Deanna, e c'erano stati momenti in cui avevano avuto bisogno l'uno dell'altro. In quel momento però era lei ad avere maggior bisogno e non intendeva perderlo. « Marc-Edouard? » La sua voce si era fatta di nuovo minacciosa.

« Chantal, tesoro, non puoi resistere ancora per un po'? Te lo chiedo come un favore. »

« No. Se non fai qualcosa adesso è finita fra noi. Non posso continuare ad andare avanti così. Divento pazza. »

Oh, Dio, che cosa doveva fare? « Verrò la settimana prossima. »

« No. Non verrai. Troverai una scusa. » Il suo tono si fece di nuovo duro. « Chi mi ha portato all'ospedale, Marc-Edouard, è stato un uomo, un amico. Quello di cui ti avevo parlato durante l'estate. Se non mi lasci venire da te subito e per sempre, io... »

« Non usare le minacce con me, Chantal! » Ma c'era qualcosa nelle sue parole e nel suo tono che lo sconvolse fin nel profondo del cuore. « Che cosa mi stai dicendo, che sposerai quell'uomo? »

« Perché no? Tu sei sposato, perché non dovrei essere sposata anch'io? »

« Se vieni qui », le disse, « non potrai scorrazzare per la città. Dovrai comportarti con estrema discrezione. E ti annoierai quasi subito. »

« Non puoi lasciarlo decidere a me, questo? » Ma già aveva intuito che Marc era in preda all'incertezza e, mentre gli rispondeva, apparve un pallido sorriso sul suo volto. « Sarò buona, amore, te lo prometto. » Allora sorrise anche lui. « Tu sei sempre buona. Non soltanto buona, straordinaria. D'accordo, piccola ricattatrice, provvedo a farti avere il biglietto oggi stesso. »

Lei proruppe in un urlo di vittoria e di gioia. « Quando posso venire? »

« Quando ti lasciano uscire dall'ospedale? »

« Stasera. »

« Allora vieni domani. » Ormai sorridevano entrambi apertamente. Al diavolo le complicazioni, moriva dalla voglia di vederla. « E, Chantal... »

« *Oui, mon amour?* » Tutta innocenza e forza, come un missile nucleare avvolto in seta rosa.

« *Je t'aime.* »

29

CHANTAL fu la prima persona a passare la dogana e mentre Marc la osservava aprirsi un varco fra la folla nella sua direzione si accorse di essersi tutto illuminato di un sorriso. Dio mio, com'era bella! Avvolta in un completo di camoscio color champagne chiaro, con un gran collo e un cappello di lince. Sotto il colbacco si intravedevano i capelli color rame e sembrava che gli occhi dorati le danzassero dalla gioia mentre correva a raggiungerlo. Si accorse che, per un attimo, Chantal gli avvicinò la faccia come per baciarlo e poi si ricordò di tutto. Invece si allontanarono l'uno di fianco all'altra bisbigliando, chiacchierando, ridendo; ma era come se si fossero baciati togliendosi in fretta e furia i vestiti di dosso. Erano felici di trovarsi riuniti e non lo nascondevano.

« Oh, Dio, come è bello averti qui con me! » Era quasi ansante mentre la stringeva a sé e Chantal sorrise. Ormai aveva ripreso completamente sotto controllo la situazione e sapeva valutare il proprio potere su di lui come dicevano, guardandolo, i suoi occhi ridenti.

« Stupidone, mi avresti tenuto lontano per un anno! » gli disse.

« No, ma io... ecco le cose si erano un po' bloccate, qui. »

Lei alzò gli occhi al cielo e sospirò. « Non ha importanza. Adesso è tutto finito. Finché siamo insieme non mi importa di nient'altro. » Per un attimo lui si domandò fino a quando Chantal aveva intenzione di rimanere, ma non volle chiederlo. Del resto non aveva nessuna voglia perfino di parlarle, voleva soltanto stringerla fra le braccia e fare l'amore con lei per il resto dei suoi giorni.

L'automobile si fermò davanti all'*Hotel Huntington* e Marc l'aiutò a scendere. Le aveva già fissato una camera per dieci giorni, pagandola anticipatamente. Non restava altro da fare che ritirarsi lì dentro e sparire. Marc aveva avvertito in ufficio che sarebbe rimasto assente per tutto il giorno.

« Marc? » Deanna alzò la testa nel buio con aria insonnolita e sorrise. Erano le due del mattino passate e aveva dormito un paio d'ore.

« No, sono il presidente degli Stati Uniti. Chi ti aspettavi che fossi? »

« Tu. Come mai, così tardi? » Non l'aveva neppure chiamata, ma Deanna non se n'era preoccupata molto.

« Clienti da fuori città. Ci hanno sequestrato per l'intera giornata. Non siamo neppure usciti a colazione ». Avevano ordinato qualcosa da mangiare in camera, invece, e lui aveva combinato che gli portassero su una cena ordinata appositamente dall'*Etoile*.

« Deve essere stata una gran scocciatura. » Sorrise al buio e si girò nel letto.

« Come ti senti? » Si stava spogliando e aveva voltato le spalle alla moglie. Gli pareva strano essere tornato a casa da lei. Era rimasto fuori quasi tutta la notte, ma aveva dovuto prepararsi l'ambiente per farlo. Aveva promesso a Chantal l'weekend e qualche altra giornata.

« Ho soltanto sonno, grazie. »

« Bene. Anch'io. » Si infilò a letto, le sfiorò con una carezza la guancia e la baciò distrattamente sulla testa. « *Bonne nuit.* » Era quello che aveva detto a Chantal lasciandola, solo che per lei aveva aggiunto *mon amour.*

« Non mi interessa », disse Chantal, « io non parto. E se smetti di pagarmi l'albergo lo farò con i miei soldi e mi troverò un appartamento. Il mio visto dice che posso rimanere per sei mesi. »

« Ma è assurdo. » Marc la squadrò furibondo dall'altro capo della stanza. Era un'ora che discutevano e Chantal alzò verso di lui il mento delicato guardandolo con aria furente e piena di petulanza. « Te l'ho detto. Sarò di nuovo a Parigi fra quindici giorni. »

« Per quanto tempo? Cinque giorni? Una settimana? E poi? Non ti vedrò per altri due mesi. *Non! Non, non et non.* O restiamo insieme adesso o è finita. Per sempre. E questa, Marc-Edouard Duras, è la mia ultima parola. Deciditi: devi sapere quello che vuoi. O mi fermo qui adesso e vediamo di trovare insieme una soluzione o torno a casa. E la facciamo finita. *Finis! C'est compris?* » La sua voce era diventata stridula e faceva un contrasto con l'elegante stanza in cui si trovavano. « Questo giochetto è finito per me. Basta, adesso! Non ne posso più. No, mi fermo o... » Lo guardò con aria torva « me ne vado per sempre. »

« E fra sei mesi, quando il tuo visto sarà scaduto? Sempre che, naturalmente, io ti lasci rimanere qui. » Intanto il suo cervello lavorava febbrilmente e stava pensando... Sei mesi. Sì, poteva funzionare. A quell'epoca Chantal sarebbe andata a casa e lui l'avrebbe seguita nel giro di qualche settimana. Poi avrebbe sistemato Deanna e il bambino in rue François Premier con sua madre. E allora avrebbe potuto essere perfino plausibile il suo desiderio di trascorrere tutto il tempo che poteva in Francia. Avrebbe fatto il pendolare avanti e indietro dagli Stati Uniti, ma la sua base sarebbe stata Parigi. « Lo sai, Chantal », disse, « che forse possiamo organizzare le cose come vogliamo. E se io ti dicessi che con l'anno prossimo ci sono moltissime probabilità di trasferire la mia residenza stabile a Parigi? Potrei tenere sempre un ufficio qui, ma invece di viaggiare da qui a Parigi tutto il tempo farei il contrario e vivrei stabilmente laggiù. »

« Con tua moglie? » Lo fissò sospettosa. Non la convinceva del tutto. « Parli sul serio? » Lo osservò attentamente e, quello che vide, le piacque.

« Certo. Sul serio. »

« E nel frattempo? »

« Dovrò rassegnarmi a lasciarti rimanere qui. » Aveva abbozzato un mezzo sorriso. Quasi prima che quelle parole gli fossero uscite dalle labbra Chantal aveva attraversato al volo la stanza e si era buttata fra le sue braccia.

« Dici sul serio? »

« Sì, amore mio, sul serio. »

30

MARC-EDOUARD parcheggiò la sua *Jaguar* all'angolo e tirò giù dal sedile la grossa scatola avvolta in semplice carta da pacco. Le aveva già mandato dei fiori perché sarebbe stato imbarazzante farsi vedere mentre attraversava la strada portandoli in mano. La scatola, invece, era ingombrante, ma dava meno nell'occhio. Si fermò davanti alla casa alta e stretta situata fra due palazzi di Nob Hill e schiacciò uno dei due bottoni del campanello. Si trattava di un appartamento silenzioso e tranquillo al primo piano; per arrivarci bisognava salire una breve rampa di gradini. I pavimenti erano di marmo bianco e nero, i serramenti tutti di ottone lucidissimo. Marc aspettò divertito quando la sentì correre ad aprire la porta. Avevano affittato quell'appartamento completamente arredato da novembre fino a giugno. E lo avevano trovato in meno di una settimana. Chantal vi abitava da due giorni esatti e quella sarebbe stata la prima sera in cui avrebbero cenato « in casa ».

Sentì il rumore dei suoi passi che si avvicinavano alla porta e non poté reprimere un sorriso. Era stata la decisione giusta anche se lei gli aveva forzato la mano, ma sarebbe stato bello averla lì, in città, per tutto l'inverno. E per la primavera. Deanna non gli teneva più compagnia; restava nascosta nello studio quasi tutto il tempo anche se non aveva l'impressione che ci lavorasse. Se ne stava lì seduta, semplicemente.

« *Alors*! » Schiacciò di nuovo il bottone del campanello. E d'un tratto la porta si spalancò ed eccola, affascinante in un caffetano di chiffon bianco con sandali d'argento.

« *Bonsoir, monsieur.* » Gli fece un profondo inchino e poi si rialzò mentre sulle labbra le appariva un sorriso sbarazzino. Le luci nell'appartamento erano soffuse e nella stanza in fondo Marc intravide un piccolo tavolo rotondo già apparecchiato per la cena e adorno di fiori e di candele.

« Come è tutto carino, qui! » Stringendola a sé con un braccio si guardò intorno. Tutto era scintillante di argenti e splendeva alla luce delle candele. Era un appartamentino molto simpatico e accogliente; apparteneva a un arredatore che stava passando l'inverno in Francia con l'amica. Una combinazione perfetta. La strinse a sé, prendendola fra le braccia. «Sei una donna stupenda, Chantal, *ma chérie*, e hai anche un profumo paradisiaco. »

Lei rise. Il giorno prima Marc le aveva mandato una bottiglia gigantesca di Joy. Era una delizia averla così vicino, a disposizione. Poteva fare una scappata dall'ufficio all'ora di pranzo, trovarsi con lei alla sera prima di andare a casa. Fermarsi a prendere il caffè e a darle un bacio al mattino o a fare l'amore nel pomeriggio.

« Che cosa c'è in quella scatola? » Stava guardando con aria incuriosita e divertita il grosso pacco. Lentamente lui le fece scorrere una mano lungo la gamba. « Smettila! Che cosa c'è in quella scatola? » Lei si era messa a ridere mentre Marc continuava a fare scorrere quella mano su e giù lungo le sue gambe nude.

« Quale scatola? Non ho portato niente in una scatola. »

Arrivò con la bocca a baciarla dietro un ginocchio e poi più su, lentamente, nell'interno della coscia. « Ti trovo molto più interessante, amore mio, di qualsiasi pacco. » Anche lei era dello stesso parere. Pochi minuti dopo il caffettano, tutto spiegazzato, giaceva sul pavimento.

« *Merde*! » Si staccò dalle sue braccia di scatto mentre erano distesi sul letto e stavano sonnecchiando. Ormai si erano appisolati da quasi mezz'ora. Marc-Edouard si mise a sedere con un sobbalzo, pieno di stupore.

« *Merde*? Che cosa vuoi dire? »

« Il tacchino! Me ne sono dimenticata! » Corse in cucina mentre lui si lasciava ricadere sul letto con un sorriso. Ma Chantal tornò dopo un attimo, con aria molto più sollevata.

« *Ça va?* »

« *Oui. Oui.* Sono sei ore che cuoce, ma mi sembra che non si sia rovinato. Ho deciso di fare il tacchino perché domani è il Giorno del Ringraziamento e io ho molti motivi per ringraziare. »

« Davvero? E per che cosa? » Si era disteso di nuovo e con le dita le arruffava i folti capelli ramati. Le scendevano fino alle spalle incorniciandole delicatamente il volto. « Per quali motivi devi ringraziare, bella ragazza? »

« Tanto per cominciare devo ringraziare te. E poi per il fatto che vivo qui. Che sono venuta negli Stati Uniti. *La vie est belle, mon amour*. »

« Davvero? Allora apri quel pacco. È per te. » Cercò di nascondere un sorriso.

« *Oh, toi alors*! Tu! » Corse nell'altra camera e tornò indietro con la scatola avvolta nella carta da pacco. « Che cos'è? » Sembrava una bambina a Natale e lui sorrise. « *Qu'est-ce que c'est*? »

« Apri un po' e guarda! » Il piacere di Marc era quasi pari a quello di Chantal quando, strappata la carta da pacco, venne alla luce una scatola dall'aspetto anonimo. Lui si compiacque con se stesso, felice per le astuzie usate. Chantal stava fissando la scatola quasi con la paura di aprirla e preferiva aspettare gustandosi ancora a fondo la sorpresa.

« È qualcosa per la casa? » I suoi occhi erano diventati immensi quando li alzò a fissare quelli di Marc, ma lo sguardo dell'uomo scivolò rapidamente più giù ai seni dalla forma perfetta mentre si inginocchiava, nuda, vicino a lui sul letto, stringendo fra le braccia la grossa scatola.

« Su, avanti, sciocchina... *vas-y.* » Lei tolse il coperchio e cacciò le mani nella carta velina per scoprire di che cosa si trattava. Poi le sue mani si ritirarono in fretta come se avesse toccato il fuoco e le salirono istantaneamente alla bocca.

« *Ah non*! Marc-Edouard! »

« Sì, mademoiselle? »

« Oh... » Era una stupenda pelliccia di zibellino russo dal colore di cioccolata al latte. « Oh, mio Dio. »

« Proviamola. » Gliela tolse dalle mani e gliela fece scivolare piano piano sulle spalle. Lei la indossò e l'abbottonò fino al mento: aveva un taglio stupendo e faceva una magnifica figura ricadendole in linee morbide e sciolte oltre il petto sottile e i fianchi snelli.

« *Bon Dieu, chérie, que tu est belle.* Come sei incredibilmente bella, Chantal. Oh, amore mio! » Restò a guardarla ammirato ed estasiato mentre Chantal faceva una veloce piroetta su un piede lasciando molto astutamente che la pelliccia si aprisse a mettere in mostra una gamba nuda.

« Non ho mai avuto niente di simile. » Sembrava sbalordita mentre si contemplava nello specchio e poi tornava a guardare lui. « Marc-Edouard, è un... è un dono incredibile! »

« Anche tu lo sei. » Senza aggiungere altro uscì dalla stanza per andare a prendere la bottiglia di champagne. Tornò con quella e due bicchieri, li posò e poi la prese tra le braccia. « Vogliamo festeggiarla, tesoro? » Con un sorriso radioso lei fece segno di sì e gli si abbandonò di nuovo fra le braccia.

« Che cosa fa Marc, stasera? »

« Riunioni di affari, come al solito. » Deanna sorrise a Kim. « In questi giorni ha qui dei clienti venuti dall'Europa. Non lo vedo mai. » Era la prima volta che si era lasciata letteralmente trascinare fuori a cena da Kim. Fra la morte di Pilar e la gravidanza, Deanna non era più andata in nessun posto da molti mesi. Avevano deciso, come al solito di cenare da *Trader's Vic.* « Gesù santo, mi vergogno a dirlo, ma è una gran bella cosa uscire di casa. » Lì, in quel posto, non aveva paura di incontrare all'improvviso Ben. Sapeva che odiava quel genere di locali.

« Come ti senti? »

« Discretamente. È difficile credere che sono quasi di cinque mesi. » Però, finalmente, cominciava a vedersi, per quanto si trattasse di un rigonfiamento appena percettibile nel vestito di crêpe di lana nero a forma di trapezio.

Kim non le aveva visto un'aria così serena e distesa da settimane e sembrava anche che le fosse tornato il senso dell'umorismo. « A proposito, che cosa fai per il Giorno del Ringraziamento? Qualcosa di speciale? »

« Niente di interessante. Uscirò a cena con qualche amico. E tu? »

« Il solito. Niente. » Deanna alzò le spalle. « Marc avrà da lavorare. »

« Vuoi venire con me? »

« No. Probabilmente riuscirò a convincerlo a uscire a cena. Andremo in qualche posto. Lo facevamo sempre con Pilar. Un ristorante o un albergo non è precisamente quello che si può considerare una vera Festa del Ringraziamento, ma bisognerà accontentarsi. E poi, perlomeno, non saremo costretti a mangiare sandwich di tacchino per quindici giorni. » Però, all'improvviso, si scoprì a domandarsi che cosa stesse facendo Ben. Forse sarebbe andato a Carmel, oppure era ancora lontano, nell'Est. Non voleva chiederlo a Kim.

La conversazione, a quel punto, si spostò su altri argomenti. Erano le dieci e mezzo quando, finalmente, si alzarono un po' stanche, fin troppo piene di quello che avevano mangiato, contente di avere passato una serata piacevole senza momenti di tensione o di imbarazzo.

« Posso sedurti con la prospettiva di andare a bere qualcosa? » domandò Kim.

« Magari un'altra volta. Mi dispiace doverlo ammettere, ma sono distrutta. Mi trovo ancora in quello stadio in cui mi sento stanca dalla mattina alla sera. »

« Quando smette questa sensazione, se mai deve smettere? »

« Di solito smette dopo quattro mesi esatti, ma questa volta mi sembra che si prolunghi. Ormai sono di quattro mesi e mezzo e continuo ad avere un gran sonno tutto il giorno. »

« Allora goditela e reputati contenta di non lavorare! » Ma Deanna non lo era. Le sarebbe piaciuto lavorare. Le avrebbe dato qualcosa a cui pensare finché non si rimetteva a dipingere. Portarono la piccola *MG* rossa di Kim davanti al ristorante e Deanna, con un gemito, vi entrò mentre Kim dava la mancia al ragazzo e saliva al volante.

« Fra un paio di mesi bisognerà che smetta di venire in macchina con te. » Aveva le gambe piegate quasi fino al mento. Scoppiò a ridere e Kim le fece eco. Poi avviò il motore e partì, girando a sinistra per uscire da Cosmo Place e poi svoltò di nuovo a sinistra fino a quando dovette svoltare rapidamente a destra per evitare una costruzione che bloccava la strada. « Tanto vale passare da Nob Hill, ti sembra? » Lanciò un'occhiata a Deanna con un sorriso e poi tacquero entrambe. Deanna non vedeva l'ora di andare a letto.

Si erano fermate davanti a un semaforo quando li vide. Per un momento si meravigliò perché quell'uomo somigliava moltissimo a Marc, poi, sussultando, si accorse che era proprio lui. Kim si voltò a guardarla di scatto e poi anche lei seguì la direzione del suo sguardo. Era Marc con una donna elegantissima, avvolta in una stupenda pelliccia di zibellino scuro. Erano strettamente abbracciati. Lui sembrava molto più giovane del solito e lei straordinariamente bella con i capelli sciolti e un vestito rosso vivo che si intravedeva sotto la pelliccia. A un certo punto buttò indietro la testa e scoppiò a ridere. Marc la baciò sulla bocca. Deanna continuava a guardarli sbarrando gli occhi.

Quando la donna si staccò da lui Deanna vide all'improvviso di chi si trattava. Era la ragazza dell'aeroporto, quella che aveva visto con lui la notte della morte di Pilar. Le parve di non riuscire più a respirare, di colpo: boccheggiava. Poi la coppia salì sulla macchina di Marc. Deanna si aggrappò al braccio di Kimberly.

« Vai avanti, per piacere. Non restiamo qui. Non voglio che ci veda... penserebbe... » Girò la testa allontanandola dal finestrino perché non voleva vedere più nulla e quasi come per un riflesso Kim abbassò violentemente il piede sull'acceleratore. La macchina ripartì con un balzo e si avviarono a tutta velocità verso la baia mentre Deanna cercava di mettere ordine fra tutti i pensieri confusi che le mulinavano nel cervello. Fu Kim la prima che finalmente si decise a parlare.

« Deanna, mi... mi dispiace. C'è qualcosa... cavoli! Non so che cosa dire. » Lanciò un'occhiata a Deanna. Anche lì, al buio, aveva un'aria paurosamente pallida. « Vuoi venire a casa con me intanto che ti calmi un po'? »

« Lo sai che è molto strano? » Si voltò a guardare

Kim con quei suoi immensi e luminosi occhi verdi. « Mi sento calma. È come se tutto il resto si fosse improvvisamente fermato. Tutta quella confusione, quel turbinio, il terrore e la disperazione... È tutto finito, passato. » Guardò fuori del finestrino la notte piena di nebbia e parlò a Kim senza voltare la faccia verso di lei. « Credo di sapere, adesso, quello che farò. »

« Che cosa? » Kim si sentì molto preoccupata per l'amica. Era stato uno choc tremendo. Si era accorta di essere scossa da un tremito anche lei.

« Ho intenzione di lasciarlo, Kim. » Per un attimo Kimberly non rispose, ma si limitò a guardare il profilo di Deanna, stagliato nettamente contro la notte. « Non posso vivere così per il resto dei miei giorni. E credo che sia andata avanti in questo modo per anni. L'ho visto con lei a Parigi... la notte che Pilar... è arrivata con lui da Atene. E la beffa più grossa è che quando è tornato a casa in settembre mi aveva giurato che tutto era finito. »

« Credi che sia una cosa seria? »

« Non so. Forse non ha importanza. Il guaio è... » finalmente si girò a guardare l'amica, « che io non sono soddisfatta di questo modo di vivere. Sono sola tutto il tempo. Non facciamo nulla insieme e neppure questo bambino servirà a unirci. Me lo porterà via, esattamente come ha fatto con Pilar. Perché dovrei rimanere con lui? Per un dovere, per vigliaccheria, per qualche assurdo e pazzesco sentimento di lealtà che mi trascino dietro da anni? Per che cosa? Lo hai visto stasera? Sembrava felice, Kim. Sembrava giovane. Saranno quasi diciotto anni che non gli vedo un'espressione simile. Forse, a ben pensarci, non gliela ho mai vista. Forse lei è quello che ci vuole per Marc. Forse gli sa dare qualcosa che io non sono mai stata capace di dargli. Ma, di qualsiasi cosa si tratti, è un problema tutto suo. Io me ne vado. »

« Perché non ci pensi un momento? » Kim parlò

con voce calma e guardò Deanna. « Forse questo non è il momento giusto. Forse dovresti aspettare fino alla nascita del bambino. Vuoi restare sola mentre sei incinta? »

« Forse non te ne sarai accorta, ma sola lo sono già. »

Kim capì e dovette ammetterlo, ma la spaventava l'espressione degli occhi di Deanna. Non vi aveva mai visto una decisione più forte. Era spaventosa. Finalmente si fermarono davanti a casa.

« Vuoi che salga? » Perlomeno sapevano che Marc non sarebbe stato a casa. Ma Deanna scosse la testa.

« No. Voglio restare sola. Devo pensare. »

« Gli parlerai stasera? »

Deanna guardò l'amica a lungo prima di rispondere e allora Kim vide che i suoi occhi erano colmi di dolore. Le fece male. Qualcosa dentro di lei le disse che, a Deanna, Marc importava ancora. « Forse no. È probabile che non torni a casa. »

31

SOLA nella sua camera da letto, Deanna si tolse lentamente il vestito nero e restò a guardarsi allo specchio. Era ancora carina e sotto certi aspetti ancora giovane. La pelle del suo viso era morbida e distesa, il collo aveva la curva slanciata ed elegante di quello di un cigno, gli occhi erano grandi, le palpebre non sembravano cadenti e non aveva il doppio mento, i suoi seni erano ancora sodi, le gambe snelle, i fianchi piccoli. Non rivelava in alcun modo la sua età, eppure aveva l'aspetto di una persona dieci anni più vecchia di quella ragazza che aveva visto con Marc. In lei c'erano stati l'ardore, il fascino e la carica di eccitazione di un'amante. Cose contro le quali non c'era da lottare. Ma allora, che cosa desiderava realmente Marc? C'era forse qualcos'altro? Forse perché era francese come lui... O forse perché l'amava. Deanna se lo chiese mentre si infilava la vestaglia. Avrebbe voluto fare a Marc tutte quelle domande, avrebbe voluto sentire tutte le risposte da lui... Se gliele avesse date, se mai fosse tornato a casa. Non provava nessuna voglia di aspettare tutta la notte per chiederglielo, avrebbe voluto farlo subito, ma da quello che aveva visto capiva che suo marito e quella ragazza sarebbero andati fuori città. Probabilmente non sarebbe rientrato in casa prima dell'alba, pretendendo di essere stato impegnato in trattative interminabili di affari e di avere passato una notte insonne. Si chiese all'improvviso quante delle cose che le aveva raccontato non fossero state altro che bugie, da quanto tempo quella situazione continuava. Appoggiò la testa allo schienale della poltrona e chiuse gli occhi: le luci diffuse le davano fastidio. Perché voleva continuare a tenere in piedi il loro matrimonio, visto che Pilar non c'era più? Aveva avuto un'ottima occasione di lasciare Deanna a Parigi, di dirle che fra loro tutto era finito. Perché non lo aveva fatto? Perché era rimasto? Perché voleva continuare a tenere in piedi il loro rapporto? Poi, d'un tratto, lo capì. Il bambino. Ecco quello che aveva desiderato. Un figlio.

Sorrise a se stessa, allora. Era davvero buffo. Per la prima volta in quasi vent'anni di vita comune aveva lei il coltello per il manico. Aveva lei l'unica cosa che Marc desiderasse. Un figlio. O anche una figlia, una bambina, dal momento che Pilar non c'era più. Però Marc voleva un figlio da lei. Era una pazzia, in fondo. Avrebbe potuto avere un bambino con quella ragazza, visto che, da tutte le apparenze, era così preso da lei e non riusciva a lasciarla. Eppure, chissà per quale motivo non era stato così. Quel fatto la divertì. Da un certo punto di vista lo aveva in pugno. Anzi, lo teneva per la gola. Poteva lasciarlo o restare. Poteva costringerlo a pagare. Forse perfino imporgli di liberarsi della ragazza. O di lasciargli far credere di averlo fatto, com'era già successo. L'aveva convinta che quella relazione fosse finita mentre, evidentemente, non lo era affatto. Con un sospiro si mise a sedere più dritta e spalancò gli occhi. Erano troppi anni che viveva con gli occhi chiusi. In silenzio uscì dalla stanza e scese le scale della casa immersa nell'oscurità. Si trovò nel salone, seduta al buio a guardare fuori le luci della baia. Sarebbe stato strano non trovarsi più lì, lasciare quella casa, lasciare lui.

Sarebbe stato spaventoso trovarsi sola, senza nessuno che si occupasse di lei e del suo bambino. Sarebbe stato tutto terrificante e nuovo. Ma pulito. Sarebbe stata sola allo stesso modo di prima... non sarebbe stata una menzogna. Restò lì seduta, sola, fino all'alba. Ad aspettarlo. Aveva preso una decisione.

Erano quasi le cinque quando sentì infilare la chiave nella porta. Si alzò e senza rumore andò fino all'uscio del salone e lì si fermò: un'apparizione in satin bianco.

« *Bonsoir.* » Glielo disse in francese. « Oppure dovrei dire *bonjour*? » La prima luce del giorno stava accendendo di rosa e di arancione il cielo, a strisce, sopra la baia piatta e lucida come uno specchio. Una volta tanto non c'era nebbia. La prima cosa che notò fu che Marc era ubriaco. Non esageratamente, ma abbastanza.

« Sei già alzata? » Cercava di tenersi dritto, ma inciampò e dovette aggrapparsi allo schienale di una seggiola. Pareva che fosse molto imbarazzato per essere costretto a parlare con lei. « È terribilmente presto, Deanna. »

« O terribilmente tardi. Ti sei divertito? »

« No, naturalmente. Non essere assurda. Siamo rimasti in riunione fino alle quattro. E poi siamo andati a bere. Per festeggiare. »

« Che bello! » La sua voce era glaciale. Lui la fissò, con la speranza di capire, guardandola, il suo umore. « Che cosa stavate festeggiando? »

« Un nuovo... affare. » Per poco non gli era sfuggita la parola « pelliccia » e si era fermato in tempo. « Una combinazione per la vendita di pellicce con la Russia. » Prese un'aria molto soddisfatta di sé, poi sorrise alla moglie. Deanna non ricambiò il sorriso.

Sembrava una statua. « Era una pelliccia molto bella. » Le parole caddero fra loro come pietre.

« Che cosa vuoi dire? »

« Credo che lo sappiamo benissimo entrambi, quello che voglio dire. Ho detto che era una bella pelliccia. »

« Dici cose senza senso. » Ma per un attimo i suoi occhi non riuscirono a sostenere lo sguardo di Deanna.

« Credo di sì, invece. Stasera ti ho visto con la tua amica. Ne devo concludere che è una relazione durevole. »

« Potrei dirti che era qui di passaggio. » Tornò a guardarla. « Ma non lo farò. Sono stati momenti difficili per me, questi. Pilar... le preoccupazioni per te... »

« Vive qui, adesso? » Deanna era decisa a non mollare e lo fissava spietatamente con quei grandi occhi verdi. Lui scosse la testa. « No, è venuta qui solo per qualche settimana. »

« Che bella idea. Devo accettare questo come parte del mio futuro oppure, quando te ne verrà voglia, ti deciderai a fare un scelta fra noi? Suppongo che lei ti ponga le stesse domande. A dire la verità, in questo preciso momento, penso che, quasi quasi, la scelta toccherebbe a me. »

« Potrebbe, infatti. » Per un attimo sembrò che vacillasse, poi si mise più dritto sulla persona. « Ma non sarà così, Deanna. La posta è troppo alta per te e per me. »

« Davvero? E quale sarebbe? » Ma aveva capito esattamente ciò che lui voleva dire. Comunque, non avevano più uno scopo verso il quale puntare insieme. Dopo quella sera, il bambino era suo. Non di loro due. Era suo.

« Sai benissimo che cosa voglio dire. Il nostro bambino. » Cercò di prendere un'espressione affettuosa, ma non gli riuscì. Continuava a fissarla con occhi foschi. « Questo significa tutto per me. Per noi. »

« Noi? Sai che cosa ti dico, Marc? Non credo neanche più che esista un 'noi.' C'è un te e un me, ma non c'è un 'noi'. Il tuo unico 'noi' è con quella ragazza. Te lo dico in faccia stasera. »

« Ero ubriaco. » Per un attimo nei suoi occhi si affacciò la disperazione. Deanna la vide, ma non gliene importava più.

« Eri felice. E noi due, insieme, non siamo più stati felici da anni. Ci aggrappiamo l'uno all'altro per abitudine, per paura, per dovere, per il dolore. Avevo intenzione di lasciarti durante l'week-end dopo la morte di Pilar. Se non avessi scoperto che ero incinta lo avrei fatto. E adesso è precisamente quello che ho intenzione di fare. »

« Non te lo permetterò. Morirai di fame! » Adesso si era arrabbiato e negli occhi gli brillava una luce cattiva. Deanna stava per portargli via l'unica cosa che aveva importanza per lui, ora, il bambino.

« Non ho bisogno di te per sopravvivere. » Quelle parole erano un po' una smargiassata e lo sapevano entrambi.

« Che cosa farai per mangiare, cara? Dipingerai? Andrai a vendere alla gente per la strada i tuoi quadrettini? Oppure tornerai dal tuo amante? »

« Quale amante? » Deanna provò la sensazione di essere schiaffeggiata.

« Pensavi che io non lo sapessi, vero? Puttanella imbrogliona, con quelle arie da educanda! E poi vieni a parlare a me... delle mie... attività... » Vacillò mentre le gridava con brutalità quelle parole. « Anche tu, con tutte queste arie da giglio di purezza... mentre non lo sei affatto. »

Lei era impallidita di colpo. «Che cosa vuoi dire? »

« Esattamente quello che ho detto. Sono partito per Atene e, evidentemente, tu hai voluto toglierti un capriccetto. Non so con chi e non me ne importa perché sei mia moglie e questo è il mio bambino. Vi possiedo, tutti e due, lo capisci? »

Qualcosa scattò dentro di lei. « Come osi dirmi una cosa simile! Come osi! Può darsi che tu mi abbia posseduta prima, ma adesso non mi possiedi e non mi possiederai mai, come non possiederai questo bambino. Non ti lascerò fare con lui ciò che hai fatto con Pilar. »

Lui le rivolse un sorriso cattivo dalle scale. « Non

hai scelta, mia cara, il bambino è mio... mio perché ho deciso di accettarlo, di essere suo padre, di tenerti a dispetto di quello che hai fatto. Ma non dovrai mai dimenticare che io lo so. Non sei meglio di me, con tutte quelle tue arie da santerellina. Però ricordati », socchiuse gli occhi mentre parlava e vacillò, « sono io che impedirò al tuo bambino di essere un bastardo. Io gli darò il mio nome. Perché lo voglio e non perché sia mio. »

La voce di Deanna aveva un tono glaciale misurato. « Allora il bambino non è tuo, Marc? »

Lui si inchinò goffamente verso di lei e piegò la testa. « Esatto. »

« Come lo sai? »

« Perché quella donna verso la quale tu provi tanto risentimento è malata di diabete, e se l'avessi messa incinta avrebbe rischiato di morire. Mi sono fatto fare una vasectomia qualche anno fa. » Guardò di nuovo Deanna con aria di sfida, soddisfatto di quello che le aveva rivelato mentre Deanna, per non cadere, si aggrappava smarrita allo schienale di una seggiola.

« Capisco. » Un lungo silenzio calò fra loro. « Perché me lo dici adesso? »

« Perché sono stanco di bugie, di vedere quella tua faccia patetica e infelice e di accorgermi che ti senti maltrattata e sfruttata da me. Io ti ho fatto un piacere. Mi sono tenuto te e il bambino a dispetto del tuo modo vergognoso di comportarti e del fatto che sei un'adultera. E adesso lui se ne è andato e tu non hai nessun altro a cui rivolgerti all'infuori di me. Tu sei mia. »

« Per fare di me quello che vuoi, è così, Marc? »

« Proprio così. E adesso ti consiglio di portare te e mio figlio a letto; andrò a letto anch'io. Ci vediamo domattina. » Si voltò e si mise a salire solennemente le scale, senza rendersi conto dell'effetto di ciò che aveva ammesso con le sue parole. Deanna era stata liberata.

32

La porta di servizio, dietro la cucina, era stata chiusa e Deanna ne aveva la chiave. Aveva telefonato a Kim chiedendole di noleggiarle un'automobile, una giardinetta. Le avrebbe spiegato tutto dopo. Si era fatta mandare dalla drogheria dodici grossi cartoni. Tre furono riempiti con tutto l'occorrente per dipingere che teneva nello studio. Altri cinque delle sue fotografie e degli album. I quadri erano tutti ammucchiati ordinatamente vicino alle scale di servizio. Sei valigie aspettavano di essere riempite. Prese il telefono e chiamò Margaret che venisse ad aiutarla. Non voleva fare tutto da sola. Era dalle sei che stava lavorando nello studio e ormai erano quasi le nove. Sapeva che, con ogni probabilità, Marc era già uscito di casa. Non l'aveva seguita nello studio quando lei se n'era andata dalla camera da letto e il silenzio della casa era stato terribile. La fine era arrivata in silenzio, tranquillamente. Poteva veramente riporre il passato in una dozzina di grossi cartoni e in qualche valigia. Gli lasciava tutto il resto. Aveva i suoi vestiti. Avrebbe portato via anche i gioielli. Li avrebbe venduti per mangiare finché non fosse riuscita a trovare un lavoro. Portava via tutti i suoi quadri che per Marc non avevano alcun significato e perché avrebbe potuto vendere anche quelli. Tutti, all'infuori di quella tela che rappresentava Pilar e lei. Quella non era da vendere. Era il tesoro di tutta una vita. Quanto al resto Marc poteva avere tutto.

Aprì, con la chiave, la porta che aveva sbarrato ai piedi delle scale dello studio e, con una certa esitazione, mosse qualche passo per la casa. E se Marc fosse ancora lì? Se la stesse aspettando? Se avesse capito ciò che aveva intenzione di fare e al più presto? Ma ormai non aveva importanza. Non poteva fermarla. La sera prima le aveva detto ciò che doveva sapere. Il bambino non era suo, era di Ben. E lui lo aveva saputo fin dal principio. Ma non aveva più importanza. Niente di tutto quello che era passato ormai aveva importanza.

« Margaret, è... » Non sapeva con esattezza che cosa dire.

« È uscito per andare in ufficio alle otto e mezzo. » Gli occhi di Margaret erano pieni di lacrime. « Signora Duras non vorrà... Oh, non ci lasci, non vada via... »

Deanna mise un braccio intorno alle spalle di Margaret.

« Devo farlo. Ma verrai a trovarmi. »

« Davvero? » L'anziana donna pareva annichilita e Deanna le sorrise fra le lacrime. Però stava piangendo per se stessa, non per lui.

Il campanello della porta squillò mentre stavano finendo la seconda valigia. Deanna ebbe un sussulto, trasalì e per un attimo anche Margaret le diede l'impressione di essere presa dal panico, ma Deanna si precipitò giù dalle scale e scoprì che si trattava di Kim.

« Ho preso la giardinetta più grossa che avevano. Sembra un battello. » Si accorse che Deanna aveva due occhiaie molto profonde, i capelli in disordine e gli occhi orlati di rosso. « A vederti dev'essere stata una di quelle nottate! »

« Il bambino non è suo. È di Ben e sono tanto felice. »

« Gesù santo. » Per un momento Kim non riuscì a capire se aveva voglia di piangere o di ridere, ma, comunque, capì che provava soprattutto un immenso sollievo. Deanna era libera. « Sei sicura? »

« Assolutamente. »

« E te ne vai? »

« Sì. Subito. »

« Ho avuto il sospetto che si trattasse di qualcosa del genere. Per via del bambino? » Erano ancora ferme sulla porta. A quel punto Deanna si avviò lentamente verso le scale.

« Per quello e per tutto il resto. L'altra ragazza, il bambino. Non è un matrimonio, Kim. E qualsiasi cosa sia o non sia è finito. Stanotte l'ho saputo con certezza. »

« Lo dirai a Ben? » Ma era una domanda sciocca. Sapeva che Deanna lo avrebbe fatto. Ne era sicura, finché non vide Deanna scuotere la testa. « Non stai scherzando per caso? E perché no? »

« Perché? Perché così posso scappare dalla casa di Marc per andare in quella di Ben? Perché anche lui possa prendersi cura di me? L'ho lasciato, Kim. Me ne sono andata. Sono tornata da Marc e non gli ho mai detto che stavo aspettando un bambino. Quale diritto avrei di telefonargli adesso? »

« Ma è il suo bambino, quello che aspetti. Di quali altri diritti hai bisogno? »

« Non lo so. So semplicemente che non gli telefonerò. »

« Ma allora si può sapere che cosa accidenti stai facendo? » Kim l'afferrò per un braccio mentre cominciavano a salire le scale.

« Me ne vado di qui. Troverò un appartamento e me la caverò da sola. »

« Oh, Cristo santo, vuoi piantarla di fare la nobildonna? Come accidenti mangerai? »

« Dipingerò, lavorerò, venderò i miei gioielli... vedrai. Su, vieni, devo finire di sopra. » Kim aveva una aria molto cupa quando la seguì per le scale. Pensava che quella di lasciare Marc era l'idea migliore che Deanna avesse mai avuto, però non telefonare a Ben era una follia.

Ci vollero venticinque minuti per caricare la macchina mentre Margaret piangeva incessantemente e Kim si occupava del bagaglio più pesante. Deanna si limitò soltanto a trasportare i suoi quadri che erano leggeri.

« Non toccare quella! » gridò a Deanna quando vide che stava per prendere una valigia. « Sei incinta di cinque mesi, stupidona. » Deanna sorrise.

« No, non è vero. Probabilmente è molto più facile che siano soltanto quattro. » A quel punto si misero a ridere tutte e due: erano conti che Deanna aveva fatto quella mattina prestissimo, mentre ripuliva i pennelli, li incartava in un giornale e li riponeva. Lui le aveva detto che era rimasta incinta alla fine di giugno e cioè quando era partito. Ma molto probabilmente si trattava della fine di luglio, mentre viveva con Ben. Quello spiegava anche perché il dottor Jones non fosse riuscito a sentire battere il cuore del nascituro fino a un mese più tardi del previsto e perché non era ancora così grossa. Non solo, ma anche perché si sentiva sempre così stanca. Probabilmente era incinta esattamente da quattro mesi. « Oh, mio Dio. » Improvvisamente alzò gli occhi a guardare Kim. « È il Giorno del Ringraziamento, oggi? »

« Sì che lo è. »

« Perché non me lo hai detto? »

« Credevo che lo sapessi. »

« Ma tu non dovevi essere in qualche altro posto? »

« Ci vado dopo. Prima dobbiamo sistemare te. Devi fare un pisolino. Poi ci metteremo tutte eleganti e andremo a cenare con un bel tacchino. »

« Sei matta. A sentirti si direbbe che sono settimane

che stai pensando di farmi restare a casa tua. Se proprio vuoi saperlo, ho intenzione di andare in albergo. »

« Niente affatto. » Kim stava mostrando la stessa fermezza. « Tu vieni a casa mia e ci resti finché non sei pronta a trasferirti altrove. »

« Ne discuteremo poi. Adesso voglio rientrare un momento a controllare qualcosa. »

Kim fece segno di sì e salì in macchina mentre Deanna scompariva in casa. Margaret era in cucina e, per un momento, Deanna rimase sola. Sola per l'ultima volta in quella che era stata la sua casa, solo che, in realtà, non lo era mai stata. Era sempre stata la casa di lui. Forse sarebbe piaciuta alla ragazzina francese, forse tutto quello avrebbe avuto un significato per lei.

Deanna rimase un attimo ferma in anticamera, guardando nel salone, sfiorando con gli occhi i ritratti degli antenati di Marc-Edouard. Era incredibile: dopo diciotto anni se ne andava quasi con quelle stesse cose, poche, che ci aveva portato quando vi era entrata per la prima volta. E tutte cose che potevano sempre trovare posto in una sola automobile. Diciotto anni in quelle valigie e in quei cartoni. Sedette alla scrivania e tirò fuori un foglio di carta da un cassetto. Era dell'azzurro delle porcellane di Wedgwood, con il bordo bianco, e l'intestazione da un lato diceva: MADAME MARC-EDOUARD DURAS. Prese la penna, ci pensò un momento e poi scrisse solo poche parole: Ti ho amato, caro. Addio.

Piegò il foglio di carta, si asciugò una lacrima con il dorso della mano e lasciò il biglietto infilato nello specchio dell'anticamera. Voltandosi vide che Margaret la stava guardando con le lacrime che le scendevano sulle guance. Deanna non disse niente, si limitò a raggiungerla e a stringerla forte fra le braccia per un momento. Poi la salutò con un cenno del capo e andò alla porta. Disse una sola parola mentre usciva e la disse così piano che Margaret quasi non la sentì. La disse dolcemente, mentre chiudeva la porta con un sorriso: « *Adieu* ».

33

« PERCHÉ non vuoi venire? » Kim pareva delusa. « È il Giorno del Ringraziamento e non voglio lasciarti sola. »

« Sì, invece, mi lascerai sola! Sono un'ospite non invitata e per di più anche esausta. Non posso, cara. Sul serio. Sono maledettamente stanca. Lasciami qui e chissà che non mi riprenda un po' per domani. » Ma Kim non era sicura neppure di quello. Le ultime ventiquattr'ore avevano stremato Deanna che appariva esausta e affranta. Kim era addirittura arrivata al punto di telefonare al dottor Jones dall'apparecchio della cucina, dove Deanna non poteva sentirla. Gli aveva spiegato l'accaduto. Il suo consiglio era stato quello di lasciare che Deanna facesse ciò che voleva e che tirasse avanti secondo il proprio ritmo. Quanto a lui, era sicuro che non ci fosse nessun pericolo. Forte di ciò che aveva saputo, Kim decise di non insistere.

« D'accordo. Ma sono sicura che ti sentirai sola. »

« No, molto più probabilmente mi addormenterò. » Le due donne si scambiarono un sorriso; Deanna era già addormentata quando l'amica uscì. Kim andò alla porta in punta di piedi e, dopo esserne uscita, la chiuse piano piano a chiave.

Quella sera infilò la chiave nella toppa verso le undici e per un momento trattenne il fiato. Era stata una pazzia non telefonarle, ma non avrebbe saputo che cosa dirle. Che cosa poteva raccontarle? Come poteva ritirare ciò che aveva detto? Avrebbe voluto comprarle qualcosa di carino, qualcosa per riconquistarsela, ma tutti i negozi erano chiusi. Il Giorno del Ringraziamento. Un giorno in cui dire grazie. Aveva passato una mezza giornata lavorando al suo tavolo e l'altra mezza pensando a Chantal.

Spalancò la porta e alzò lo sguardo. Non c'era una luce, né un rumore. Evidentemente dormiva. La sua macchina era in garage. Non vide neppure la luce sotto la porta di Margaret, in fondo al corridoio. Tutta la casa era immersa nel silenzio, così Marc accese soltanto una piccola lampada mentre appendeva il cappotto. Poi vide il biglietto infilato nella cornice dello specchio vicino alla porta e lentamente aprì la busta e spiegò il foglio. Gli si velarono gli occhi e si sentì pulsare le tempie mentre leggeva quello che c'era scritto: « Ti ho amato, caro. Addio ». Perché 'amato'? Perché al passato? Poi capì. Le aveva detto l'unica cosa che Deanna non avrebbe mai dovuto sapere. Che il bambino non era di lui, Marc. Ormai Deanna sapeva che le aveva mentito per quanto riguardava il bambino, per quanto riguardava Chantal... Sapeva dell'esistenza della sua seconda vita. Lo aveva visto con Chantal a Parigi e di nuovo con lei, la sera precedente. Con passi pesanti, trascinando due piedi che sembravano di piombo, cercò di salire le scale. Ci avrebbe trovato Deanna, di sopra. Sarebbe stata addormentata nel loro letto. Per tutto il giorno aveva ignorato ciò che era accaduto tra loro, con la speranza quasi di poterlo annullare. Sarebbe bastata una telefonata per renderlo realtà. Non poteva. Non voleva. Ormai non gli restava altro da fare che correre vicino al letto e ce l'avrebbe trovata, addormentata.

Ma quando raggiunse la loro camera scoprì che era

accaduto ciò che temeva: la camera era vuota. Deanna era andata via.

Marc-Edouard rimase impietrito per un lungo momento, senza sapere che cosa fare. Poi, ricacciando le lacrime, allungò la mano verso il telefono. Aveva bisogno di lei. Disperatamente. Compose il numero all'apparecchio, ma quando Chantal rispose gli parve che la sua voce avesse un tono strano.

« Chantal... Io... io devo vederti... Verrò subito. »

« È successo qualcosa? »

« Sì... no... Aspettami. Vengo immediatamente. » Avrebbe voluto dirgli di spicciarsi, ma non era riuscita a trovare le parole adatte ed era ancora un po' imbarazzata e leggermente confusa quando lui arrivò pochi minuti dopo. Tuttavia non disse niente. Si limitò a prenderla fra le braccia nel preciso momento nel quale gli aprì la porta.

« Tesoro, che cosa c'è? Sei stravolto. »

« Infatti... Non so... Se n'è andata. »

Pover'uomo. Di nuovo Pilar. Possibile che continuasse ancora a essere tanto tormentato da quel ricordo? Ma che cos'era successo per farglielo tornare in mente così di colpo? « Lo so, amore mio, ma hai me. » Lo strinse forte a sé mentre andavano a sedersi sul divano.

« Ma il bambino... » Poi Marc si accorse che non avrebbe dovuto lasciarsi sfuggire quelle parole.

« Quale bambino? » Era impazzito? Prese un'aria spaventata mentre lo staccava da sé.

« Niente... Sono sconvolto... È Deanna. Se n'è andata. »

« Per sempre? Ti ha lasciato? » Lui annuì, smarrito, attonito e Chantal si mise a ridere.

« Secondo me dovrebbe essere una ragione per far festa, non per disperarsi. » Senza pensarci ulteriormente si alzò dal divano e andò in cucina a prendere una delle bottiglie di champagne che Marc le aveva lasciato soltanto pochi giorni prima. Tornò con la bottiglia e due bicchieri, ma si bloccò quando vide l'espressione disperata della faccia di Marc. « Dunque sei infelice fino a questo punto? »

« Non so. Sono sbalordito. Ho detto certe cose... che non avrei dovuto dire... ho... ho esagerato. »

Intanto Chantal lo fissava con occhi gelidi. « Non mi ero mai resa conto che ci tenessi tanto a conservarti quella donna. E adesso che cosa vuoi fare? Vuoi riconquistarla? » Mentre lo osservava scosse lentamente la testa. « A proposito... » Chantal fece una pausa brevissima... « Che cos'è questa storia di cui hai appena parlato, del bambino? » Marc non disse niente, aveva gli occhi sbarrati e fissava qualcosa che lei evidentemente non poteva vedere. La morte di ogni speranza. « Era incinta, Marc? » Quelle parole furono come una scudisciata in pieno viso. Annuì in silenzio.

« Lo sapeva che non era tuo, il bambino? »

« No, non l'ha saputo fino a ieri sera. »

« Capisco. Ecco perché eri rimasto con lei fino a ora... Per un bambino che non era neanche tuo... Non avevo capito che avesse tutta questa importanza per te. »

« Non ce l'ha. » Le mentì, cercando di prenderla fra le braccia.

« Sì, invece, che ce l'ha. » Lo champagne non venne stappato. Si guardarono disperati. « Sì, anzi, ce l'ha. »

« Possiamo adottare un bambino », disse Marc. Lentamente Chantal annuì.

« Che cosa hai intenzione di fare, adesso? »

« Sposarti. » Cercò di sorridere mentre pronunciava quelle parole, ma gli pareva di avere la lingua di piombo. « Se lo vuoi ancora. »

« Certo, che lo voglio. » Aveva assunto un tono solenne, ma nei suoi occhi c'era ancora una vaga espressione di ansia. « Ma non parlavo di quello, tesoro. Parlavo di stasera. »

« Non so. Posso fermarmi qui? » L'idea di rientrare a casa gli era insopportabile, ma era troppo presto per portarci Chantal.

« Perché non usciamo a cena? »

« Adesso? » La guardò, sbalordito. « Non sono dell'umore adatto. In queste ultime ore è avvenuto un grande cambiamento in me e per quanto io ti ami molto ho bisogno di adattarmi a una situazione tutta diversa. » Per un attimo si domandò se per caso non avesse commesso un errore correndo da Chantal così presto, prima di avere superato lo choc. Sembrava che la ragazza non capisse assolutamente niente di quello che stava provando. « Non potremmo mangiare qualcosa qui? »

« No. Voglio uscire. » Lo disse in tono innervosito, con l'aria di avere fretta, e Marc si accorse all'improvviso che aveva addosso un vestito di seta nera, come se si fosse preparata per uscire a cena ugualmente, anche senza di lui.

« Stavi per andare in qualche posto quando ti ho telefonato? » La guardò come se non capisse.

« Avevo pensato che sarebbe stato carino andare fuori a cena. »

« Sola? » Sembrava sconcertato.

« Naturalmente. » Rise, guardandolo, ma la sua risata aveva un suono falso e prima che potesse aggiungere qualcosa si sentì suonare il campanello della porta. Lei lanciò una rapida occhiata a Marc-Edouard e poi si affrettò verso l'ingresso. « Torno subito. »

Dal posto dove Marc era seduto sul divano non poteva vedere la porta, tuttavia sentì che Chantal l'apriva e che usciva e allora, in quell'attimo, qualcosa si scatenò all'improvviso dentro di lui. Attraversò la stanza a lunghi passi, seguendola, e raggiunse la porta socchiusa dell'appartamento. Poteva sentirla parlare sottovoce dall'altra parte. Allora l'aprì bruscamente e sentì sussultare Chantal mentre, con uno scatto, si tirava da parte. Stava parlando con il suo socio, Jim Sullivan, il quale sembrò piuttosto turbato nel trovarsi a faccia a faccia con Marc.

« Vi ho interrotto, oppure preferisci entrare? » Guardava il suo socio, ma in realtà le sue parole erano rivolte anche a Chantal. In silenzio il terzetto rientrò nell'appartamento. La ragazza chiuse la porta.

« Tesoro, ecco, veramente... Jim aveva semplicemente pensato che mi avrebbe fatto piacere uscire a cena il Giorno del Ringraziamento. Pensavo che forse tu... saresti stato... a casa... » Aveva la faccia stravolta per l'imbarazzo e la sua forzata allegria non riusciva a ingannare nessuno.

« Vedo. Che idea simpatica. Strano che nessuno di voi due abbia pensato di accennarne anche a me. »

« Mi dispiace, Marc. » Jim lo guardò con aria cupa mentre si fermavano, imbarazzati, al centro del salone. « Temo di non potere dire nient'altro. » Marc-Edouard gli voltò le spalle. Jim gliene sfiorò leggermente una con la mano e un attimo più tardi Marc sentì lo scatto della porta di casa che si richiudeva. Allora si voltò lentamente ad affrontare Chantal.

« È questo che stavi facendo? »

Lei aveva gli occhi sbarrati quando scosse la testa. « Sono soltanto andata fuori a cena con lui un paio di volte. Non credevo, sul serio, che te ne importasse. » Ma sapevano entrambi che era una menzogna.

« Che cosa ti posso dire adesso? »

« Che mi perdoni. E io ti dico che non succederà mai più. » Gli scivolò in silenzio fra le braccia e lo tenne stretto a sé mentre Marc abbassava lentamente la testa e appoggiava la guancia a quei capelli morbidi come la seta. Si sentiva le lacrime agli occhi stringendola a sé perché sapeva che sarebbe successo ancora, ancora e ancora.

34

KIMBERLY guidava lentamente per le strette viuzze di Sausalito. A un certo punto imboccò un vicolo che si dirigeva verso la baia. Guardò la carta vicino a lei sul sedile ed ebbe la conferma che aveva preso la strada giusta. Un'altra svolta, un altro vicolo cieco e finalmente arrivò. C'era uno steccato in miniatura di paletti bianchi, un enorme cespuglio tempestato di margherite e, seminascosta da quello, una casetta. Era il gioiello che Deanna le aveva descritto e Kimberly la trovò immediatamente incantevole. Aveva le braccia cariche di pacchi e faticò ad arrivare al campanello. Un attimo più tardi Deanna arrivò ad aprirle la porta.

Portava un paio di jeans, scarpe senza tacco rosse e un ampio maglione rosso su una camicetta giallo vivo. Aveva i capelli raccolti in una crocchia e negli occhi un sorriso pieno di affetto per l'amica.

« Buon Natale, bella signora. Come sono contenta che tu sia riuscita a venire! » Tese le braccia a Kim e si abbracciarono. « Ti ho lasciata soltanto da quindici giorni e già mi sento piena di nostalgia. »

« Non è il caso. Che incanto, qui. » Kim la seguì nell'interno e si guardò in giro. Deanna aveva lavorato con grande zelo a dipingere la cucina e a ripulire i pavimenti. In un angolo c'era un albero di Natale coperto di palline d'argento e di lampadine che si accendevano e spegnevano. Sotto l'albero tre pacchetti: su ognuno di essi c'era scritto il nome « Kim ».

« E allora, che cosa te ne pare? Ti piace? » Deanna sembrava una ragazzina mentre le faceva quelle domande sorridendo. Per la prima volta da molto tempo sembrava felice e in pace. Nel giro di poche settimane soltanto aveva cominciato a scoprire qualcosa di sé. Nella piccola stanza luminosa che dava sulla facciata della casa non c'erano molti mobili, ma quello che vi aveva raccolto era comodo e grazioso. C'erano sedie e poltroncine di vimini riverniciate di bianco e uno stupendo divano dall'aria vecchiotta che Deanna aveva foderato con una morbida stoffa azzurra. E piante dappertutto e vecchie bottiglie piene di fiori. Alle pareti erano appesi alcuni dei suoi quadri preferiti e aveva comprato un bel tappeto dal disegno a colori caldi. Sulla mensola del camino c'erano delle pentole di rame e su un piccolo tavolo da pranzo di legno, grande abbastanza per due, i candelieri d'ottone; ma il locale era fornito anche di un piccolo lampadario di bronzo. Si era fatta da sé le tende servendosi di una stoffa ricamata, trovata in un baule, che aveva poi inamidato. Sembrava che avesse vissuto in quella casa già da anni. Poi c'era una minuscola camera da letto che aveva tappezzato con una bellissima carta da parati di tipo antico, di un caldo color rosa cipria, e un'altra cameretta più piccola adiacente a quella, completamente vuota all'infuori di una culla di vimini e di un cavallo a dondolo disposti vicino alla porta.

Kim si guardò intorno con aria piena di ammirazione e si mise a sedere su una poltrona. « Sono innamorata di questa casa, Deanna. Posso fermarmi? »

« Per un anno, come minimo. Ma credo che scoprirai presto che ha qualche piccolo inconveniente. Per esempio l'acqua calda va e viene, ci vuole un secolo a fare riscaldare il forno, ogni tanto le finestre si bloccano, il camino manda fumo... » Scoppiò a ridere. « A me piace moltissimo. Non sembra una casa di bambola? »

« Proprio così. Mi piace molto di più di casa mia, che manca completamente di fascino. »

« La tua ha più classe, ma questa può andare. » Nessuno avrebbe creduto che soltanto un mese prima Deanna vivesse nella *grandeur*. Sembrava felicissima di trovarsi dov'era. « Caffè? » domandò. Kim annuì. Deanna scomparve e poi tornò con due grosse tazze fumanti.

« Allora, che cosa c'è di nuovo? » Ma il cavalletto in un angolo della cucina le aveva già svelato ciò che si stava domandando da un po'. Deanna si era rimessa a lavorare.

« Ho ricominciato a dipingere. » Sembrava felice e orgogliosa.

« Già, vedo. Che cos'hai intenzione di fare con i tuoi quadri? »

« Venderli, probabilmente. Ne ho già venduti due o tre. Mi sono serviti per pagare i mobili, i piatti, le lenzuola. » Tre quadri e gli orecchini di giada e diamanti.

« Dove li vendi? » Kim la guardò con un'idea precisa in mente, ma Deanna l'aveva già intuita.

« Non pensarci, a questo! » Sorrise e bevve un sorso di tè.

« Perché non gli lasci almeno vendere i tuoi quadri, Gesù Cristo? Non sei costretta a vederlo. » Kim lo aveva visto solo la settimana precedente e le era parso in pessime condizioni fisiche. Aveva provato una gran voglia di passargli di soppiatto l'indirizzo di Deanna, ma sapeva di non poterlo fare. Deanna doveva trovare da sola la strada che l'avrebbe riportata a lui. Se mai ci fosse riuscita. Kim cominciava a dubitarne. Deanna sembrava molto più felice da sola. « Perché, se non altro, non telefoni a Ben per parlargli del tuo lavoro? »

« Non fare la sciocca, Kim. A che cosa servirebbe? Non posso. E poi, molto probabilmente, mi sputerebbe in un occhio se gli telefonassi per domandargli di occuparsi dei miei quadri. »

« Ne dubito. » Ma forse Deanna aveva ragione. « E, a proposito, Marc? Lo hai sentito? »

Deanna scosse la testa. « Gli ho telefonato una volta dopo avere parlato al mio avvocato. Lui capisce e, praticamente, non c'è stata alcuna discussione. »

« Credi che sposerà quella ragazza? »

Deanna sospirò, poi la guardò con un sorriso. « Può darsi. Vive con lui, a casa. Ma credo... credo che tutta questa storia sia stata una specie di choc per lui. »

Per un attimo Kim si domandò se Deanna sentisse la sua mancanza; a guardarla sembrava di sì.

« Come fai a sapere che adesso vive con quella ragazza? »

« Me lo ha detto Margaret quando le ho telefonato, un giorno, per sapere come stava. A quanto sembra si è licenziata e se ne andrà il mese prossimo. Probabilmente è una buona idea. Lui non ha bisogno di niente che gli ricordi me. E tanto vale ricominciare daccapo tutt'e due. »

« È quello che stai facendo? » domandò Kim. Deanna fece segno di sì, con un altro sorriso.

« Sì, proprio! Anche se non sempre è semplice. La casa mi tiene impegnata, il mio lavoro pure. Il mese prossimo devo arredare la camera del bambino. Ho trovato una stoffa deliziosa. E poi voglio disegnargli qualche buffo personaggio delle favole sui muri. »

Kimberly le sorrise mentre si preparavano a fare una bella chiacchierata tranquilla. Erano le cinque passate quando finalmente Deanna si alzò e accese tutte le luci.

« Buon Dio, ce ne siamo rimaste qui sedute al buio! »

« E io, invece, dovrei proprio andarmene a casa. A proposito, hai intenzione di fare qualcosa per Natale? » Ma era quasi sicura del contrario.

Deanna scosse la testa. « Non è proprio l'anno di fare cose strane. Credo che lo passerò tranquillamente... qui. » Kim fece segno di sì, ma provò un po' di rimorso.

« Io vado in montagna a sciare. Vuoi venire? »

Deanna scoppiò a ridere e le indicò la sua figura che era diventata piuttosto grossa.

« Non credo che mi dedicherò allo sci quest'anno. »

« Lo so, ma potresti venire ugualmente. »

« E congelare? No, preferisco molto di più restare qui. »

« Va bene. Ma ti darò il mio numero di telefono. Devi chiamarmi se hai bisogno di me, sai? »

« Lo so. Lo so. » Raccolse tutti i regali di Kim, glieli mise fra le braccia e guardò con aria entusiasta quelli che Kim aveva posato sotto l'albero. « Buon Natale, cara. Spero che l'anno prossimo sarà molto bello. »

Kim fissò sorridendo la vita sempre più ingrossata dell'amica e annuì. « Lo sarà di certo. »

35

IL Natale arrivò e passò senza nessuno degli splendori o delle sontuosità degli anni precedenti. Non c'erano più i *peignoirs* raffinati e costosi da parte di Pilar, scelti da lei e messi sul conto del padre. Non c'erano più le bottiglie di cristallo di profumo francese, né gli orecchini di brillanti, né le pellicce. C'erano quattro regali da parte di Kim, aperti la mezzanotte della prima vigilia di Natale che Deanna avesse mai passato da sola. In principio ne era rimasta un po' spaventata; era spaventata di ciò che sarebbe stato il trovarsi sola, spaventata di non riuscire a sopportare la solitudine o il dolore. Ma non si sentì sola, soltanto un po' triste. Si accorse che le mancavano Marc e Pilar perché Natale era sempre stato soprattutto loro: le feste, il baccano, il prosciutto o l'oca o il tacchino, Margaret in cucina e montagne di scatole sotto l'albero. Era il gran daffare che le mancava, non il lusso e l'abbondanza; erano le facce di cui sentiva la mancanza alla sera tardi. Quella giovane e raggiante di Pilar e quella del Marc di tanto tempo prima. D'altra parte non era più possibile raggiungerli. Erano spariti, perduti irreparabilmente. Non le venne neppure in mente di telefonare a Marc, di udire la sua voce nel pieno della notte. Bevve una cioccolata calda e andò a sedersi vicino all'albero. Invece pensò di telefonare a Ben. Intuì che doveva essere a Carmel. Da solo? D'altra parte la sua vita era diventata molto più semplice. L'unica preoccupazione era quella finanziaria, per quanto riuscisse a tenerla sotto controllo, per il momento. Aveva scoperto una piccola galleria a Bridgewater disposta a vendere i suoi quadri per poche centinaia di dollari l'uno, ma quei soldi bastavano a pagare l'affitto e a comprare tutto quello di cui poteva avere bisogno. Le restavano ancora un po' di quattrini dalla vendita degli orecchini di giada e di brillanti. E poi aveva una cassetta di sicurezza piena di altri gioielli che avrebbe potuto vendere nei mesi successivi. Sarebbe stata costretta a liberarsene in parte quando fosse venuto il momento della nascita del bambino. Marc, forse, dopo il processo le avrebbe passato qualcosa.

Sorrise a se stessa e si infilò a letto. « Buon Natale, bambino. » Si accarezzò il ventre e si distese sulla schiena lottando per un momento contro il ricordo di Pilar. Forse anche quel bambino sarebbe stato di sesso femminile. Ma le cose sarebbero andate diversamente, quella volta.

36

ERANO le nove di una mattina di febbraio. Ben, seduto nel suo studio, stava guardando i nuovi schizzi pubblicitari. Schiacciò il pulsante di un campanello sulla scrivania e aspettò che Sally entrasse nella stanza. Quando si presentò con una bracciata di carte, la guardò con aria accigliata.

« Che cosa ne pensi di questa roba, Sally? Secondo te può andare o no? »

« Sì. » Ebbe un attimo di esitazione mentre guardava. « Non è forse un po' troppo vistosa? »

Lui annuì enfaticamente e lasciò cadere ogni cosa sulla scrivania. « È esattamente quello che penso. Chiamami Kim Houghton al telefono. Devo andare da un pittore a Sausalito alle undici. Vedi un po' se può trovarsi con me al *Mozzo* verso le dodici e un quarto. »

« A Sausalito? » domandò Sally. Lui fece segno di sì con aria distratta e la ragazza scomparve. Erano quasi le dieci quando mise dentro la testa.

« Si troverà al *Mozzo* alle dodici e mezzo e ha detto di portare i bozzetti. Ha delle altre proposte da mostrarti e porterà anche quelle. »

« Bene. » Alzò gli occhi e la fissò con un sorriso distratto e poi sospirò, rimettendosi a lavorare. Qualche volta gli sembrava di non avere mai finito. Aveva aggiunto, a quelli di cui già si occupava, altri quattro artisti, quell'inverno, ma non era del tutto entusiasta del loro lavoro. Erano stati i migliori fra tutti quelli che aveva visto, ma non erano niente di speciale, non erano Deanna Duras. La gente continuava a domandargli sue notizie e lui cercava di spiegare. Si era « ritirata ». Gli sfuggì un altro sospiro mentre si buttava a capofitto nel lavoro. Non faceva altro, da settembre, e aveva quasi ottenuto lo scopo che voleva. Quasi. Salvo che alla sera tardi e al mattino presto. Finalmente capiva ciò che lei doveva avere provato per Pilar. Quella sensazione di non potere più toccare una persona, o stringerla a sé, o sentirne la voce, di non potere mai più ridere con lei o potere scambiare una battuta scherzosa o vederla sorridere. Si interruppe un momento e cercò di scacciare quei pensieri. Ormai era diventato bravissimo a farlo. Aveva dovuto fare pratica cinque mesi per riuscirci.

Lasciò la galleria alle dieci e un quarto precise. Così avrebbe avuto il tempo di attraversare il ponte sulla baia, raggiungere Sausalito e parcheggiare la macchina. Perlomeno quello era un pittore che gli piaceva, un giovanotto con un occhio fantastico per il colore e una specie di stile un po' magico, per quanto la sua pittura fosse molto più moderna di quella di Deanna e quasi altrettanto buona. Fino a quel giorno il giovanotto si era appoggiato a una galleria d'arte nelle vicinanze del posto dove viveva, una piccola galleria simpatica di Sausalito che trattava una quantità di opere di artisti completamente diversi. Ben vi aveva notato i quadri di quel pittore sepolti fra altre cose, alcune buone e alcune cattive, e sapeva anche come il giovanotto venisse pagato in modo paurosamente sproporzionato al valore del suo lavoro. Il prezzo massimo che riusciva a strappare erano centosettantacinque dollari. Ben lo avrebbe alzato fin dal principio a duemila. E sapeva di poterli ottenere. L'artista ne sarebbe stato felicissimo.

Fu così infatti. « Oh, mio Dio. Chissà quando lo saprà Marie! » Sorrise con la bocca che gli arrivava fino alle orecchie e afferrò la mano di Ben stringendogliela calorosamente. « Mio Dio. Finalmente, tanto per cambiare un po', riusciremo a permetterci di mangiare qualcosa di decente. A proposito, che cosa è successo di quella ragazza che trattavate l'estate scorsa? Una certa Duras? »

« Non abbiamo più in esposizione i suoi quadri. » Ben rispose con molta calma. Le aveva già dette almeno cento volte, quelle parole.

« Lo so. Ma dove espone adesso, lo sa, per caso? »

« In nessun posto. Si è ritirata.» Ben aveva già pronto il suo discorsino. Ma quella volta il giovanotto scosse la testa.

«Non credo. È sicuro? »

« Sicurissimo. Quando ha ritirato i suoi lavori mi ha detto che aveva intenzione di smettere di dipingere. » Ma qualcosa negli occhi del giovanotto lo stupì. « Perché? »

« Avrei giurato di avere visto una delle sue tele al 'Gabbiano' l'altro giorno. La conosce vero, quella galleria dove esponevo i miei lavori? Non ne ero sicuro e non ho avuto il tempo di chiedere, ma sembrava proprio uno dei suoi quadri. Era un nudo stupendo. E chiedevano un prezzo ridicolo. »

« Quanto? »

« Ho sentito che qualcuno parlava di centosessanta dollari. Un vero delitto per un bel quadro come quello. Dovrebbe andare a dargli un'occhiata per vedere se è suo. »

« Credo che lo farò. » Guardò l'orologio. Erano soltanto le undici e mezzo. Aveva il tempo necessario per farlo prima di trovarsi a pranzo con Kim. Sapeva esattamente dove si trovava la galleria e lasciò la macchina parcheggiata all'angolo. La sua intenzione era quella di entrare a dare un'occhiata, ma non ce ne fu bisogno. Il quadro di Deanna era esposto bene in vista vicino alla porta. Era proprio suo, il giovanotto aveva avuto ragione.

Restò lì un momento, domandandosi che cosa doveva fare, cercando di decidersi a entrare. Stava per andarsene quando qualcosa lo costrinse a varcare la soglia della galleria. Doveva dare un'occhiata più da vicino a quel nudo. Perché l'aveva visto dipingere. Deanna ci aveva lavorato al principio di luglio sulla loro terrazza. E di colpo si sentì trasportare indietro nell'estate.

« Sì, signore? Posso aiutarla? » Era una biondina graziosa, in sandali e jeans.

« Stavo guardando quel quadro là fuori. » Indicò la tela di Deanna.

« Costa centosessanta dollari. È di un'artista locale. »

« Locale? Di San Francisco vorrà dire. »

« No. Di Sausalito. » Evidentemente la ragazza si confondeva, ma era inutile mettersi a discutere.

« Ha qualche altra delle sue opere? » Era sicuro di no. Invece, con suo grande stupore, la ragazza annuì.

« Sì, ne abbiamo. Mi pare che ce ne siano altri due. »

Risultò poi che i quadri erano tre. Un altro ancora dipinto quell'estate e due lavori precedenti, nessuno dei quali valutato più duecento dollari.

« Come avete fatto a procurarveli? » Si scoprì a domandarsi se per caso non erano stati rubati.

La biondina parve stupita della domanda. « Ci sono stati lasciati per essere venduti. »

« Davvero? » Allora toccò a Ben stupirsi. « Perché? »

« Scusi, ma non capisco. »

« Voglio dire perché sono qui? »

« Ma questa è una galleria che ha un'ottima reputazione! » Parve un po' sorpresa e offesa da quella domanda e Ben cercò di nascondere la propria confusione con un sorriso.

« Mi scusi. Non volevo dire questo. Il fatto è... Il fatto è che conosco l'artista e sono rimasto sorpreso di vedere qui i suoi lavori. Credevo che fosse via... all'estero. » Non sapeva neanche che cosa stava dicendo. Colto alla sprovvista guardò la biondina con un ampio sorriso. « Non importa. Li prendo. »

« Quali? » Doveva essere pazzo, di sicuro. O forse solo drogato.

« Tutti. »

« Tutti e quattro? » Pazzo, non drogato.

« Sì, benissimo. »

« Ma sono quasi ottocento dollari! »

« Perfetto. Le firmo un assegno. » A quel punto la biondina annuì e se ne andò. Il proprietario fece un controllo con la banca di Ben e vide che l'assegno era valido. Dieci minuti dopo Ben se ne andò lasciando Deanna e la galleria più ricchi di quattrocento dollari a testa. Continuava a non sapersi spiegare perché aveva comprato quei quadri mentre li metteva in macchina. Sapeva soltanto che il suo unico desiderio era stato quello di avere le tele dipinte da Deanna.

Tuttavia era arrabbiato con se stesso quando parcheggiò la macchina di fronte al *Mozzo* per trovarsi a pranzo con Kim. Che gesto grandioso, quello di comprare tutti e quattro i quadri! Quando Deanna l'avesse saputo probabilmente si sarebbe infuriata. Tuttavia c'era qualcosa in quell'intero episodio che non lo convinceva del tutto. Che cosa intendevano dire quando avevano parlato di un'artista locale, cioè di Sausalito?

Kim lo stava aspettando a un tavolo vicino alla finestra da cui si poteva avere un ampio panorama della città al di là della baia.

Gli sorrise e lui ricambiò il sorriso.

« Vuoi bere qualcosa? » domandò. Lei fece segno di sì e ordinarono due Bloody Mary. Per un attimo Ben guardò il panorama della baia. « Kim? »

« Sì, lo so. Stai per dirmi che quei bozzetti non ti piacciono. Non piacciono neanche a me. Ma ho qualche altra idea. » Lui scosse la testa e con uno sforzo riportò gli occhi su di lei. « Non pensarci, anche se, a dire la verità, hai ragione. Ne parliamo più tardi. Voglio domandarti un'altra cosa. » Tacque tanto a lungo che Kim, aspettando, si domandò all'improvviso se si trattava di ciò che gli aveva visto negli occhi.

« Di che cosa si tratta? » Sembrava tanto turbato che provò il desiderio di accarezzargli una mano.

« Deanna. »

Kim ebbe l'impressione che il cuore le si fermasse. « L'hai vista? »

Ma lui si limitò a scuotere la testa ancora una volta. « No. E tu? » Kim, per tutta risposta, annuì. « C'è qualcosa che non va? Ho scoperto proprio ora quattro dei suoi quadri in una galleria locale e non capisco. Perché si è messa a vendere qui i suoi quadri? Lo sai a che prezzo li vendono? Centosessanta, centosettantacinque dollari. È assurdo, non ha senso. E dicono che si tratta di un'artista locale. Locale, cioè di qui, di Sausalito. Anche questo è assurdo. Che cosa diavolo sta succedendo? »

Kim rimase lì seduta a guardarlo per un momento senza parlare. Non sapeva che cosa poteva dire.

« Kim, per piacere, dimmelo. Tu lo sai? » I suoi occhi erano supplichevoli e colmi di preoccupazione.

« Forse c'è qualcuno che vende le sue tele a questa galleria dopo averle comprate direttamente da lei. » Doveva parlarne con Deanna prima di dirgli qualche cosa.

« No, non è così. La ragazza ha detto che è stata la pittrice stessa a lasciarli da loro perché siano venduti. Ma perché? Perché una galleria come quella e qui, per giunta? Sta cercando di venderli senza che suo marito lo sappia? È nei guai? Ha bisogno di soldi? » I suoi occhi supplicavano Kim di parlare e lei si lasciò sfuggire un lungo sospiro, molto turbata.

« Oh, Ben. Che cosa posso dire? Nella vita di Deanna sono cambiate moltissime cose. »

« Non abbastanza, a quanto sembra, per farla decidere a telefonarmi. »

« Forse lo farà. Con il tempo. È ancora molto sconvolta per la morte di Pilar. »

Ben fissò di nuovo Kim e lei si sentì morire nel leggere quello che c'era nel suo sguardo. « Si trova in qualche pasticcio? » Ma Kim fece segno di no con la testa.

« Sta bene, Ben. Davvero. Sotto certi aspetti credo che sia felice per la prima, anzi per la primissima volta. » Poi si pentì: avrebbe dovuto mordersi la lingua prima di pronunciare quelle parole. Deanna era stata ancora più felice durante l'estate precedente, ma ormai Kim non avrebbe saputo come rimediare a ciò che aveva appena detto. « Dipinge moltissimo. »

« Ed è felice. » Guardò la baia, poi riportò gli occhi su Kim. « Con lui... » Ma d'un tratto Kim non riuscì a resistere oltre. Molto lentamente scosse la testa. « Che cosa vuoi dire? »

« È tornato in Francia. » Deanna glielo aveva detto appena un mese prima. Marc era tornato finalmente nella sua casa, nella sua patria.

« Per sempre? » Ben sembrava sbalordito. Kim si limitò semplicemente ad annuire. « E lei è rimasta qui? » Ancora una volta Kim fece segno di sì e negli occhi di Ben apparve la disperazione. Non gli aveva telefonato. Marc era partito e lei non gli aveva telefonato. Ma, mentre abbassava gli occhi sul bicchiere, si sentì toccare dolcemente una mano da Kim.

« Lasciale la scelta, Ben. Sono successe molte cose. Io credo che le occorrerà ancora qualche mese per chiarire tutto. »

« E vive qui? A Sausalito? » Niente di quello che stava ascoltando aveva un senso. Perché non viveva nella loro casa? Marc era scappato e l'aveva piantata? « Vuoi forse dirmi che stanno divorziando? »

Lei trasse un lungo sospiro. « Sì. Precisamente. »

« Per colpa di lui o di lei? Kim, devi dirmelo. Ho il diritto di saperlo. »

« Sono la prima a trovarmi d'accordo con te, Ben. » *Ma prova un po' a dirglielo.* « La decisione è stata di Deanna, ma lui ha acconsentito. Non aveva altra scelta. »

« Come sta, lei? »

« Bene. Vive in una buffa casetta, dipinge qualche nuovo quadro, si prepara... » A quel punto tacque, era andata troppo avanti.

« Si prepara per che cosa? » Era di nuovo confuso e Kimberly lo stava facendo diventare pazzo. « Cristo, vuoi dirmi, Kim, che quella schifosa galleria le sta preparando una mostra? » Kim scoppiò improvvisamente a ridere. Lo guardò con una nuova luce negli occhi.

« Sai che cosa ti dico? È assurdo. Ce ne stiamo qui a giocare a farci le domande e le risposte su Deanna quando l'unica cosa di cui ha bisogno sei tu. » Tirò fuori una penna dalla borsetta, cercò un pezzo di carta fra i suoi bozzetti e scrisse rapidamente un indirizzo che gli consegnò. « Vai. Questo è l'indirizzo. »

« Adesso? » Sembrava smarrito mentre le toglieva quel pezzo di carta dalle mani. « Ma e se... e se lei non vuole vedermi? »

« Ti vedrà. Da questo momento in avanti però sei tu che devi sapere che cosa vuoi fare. » Si mise a ridere. « E se solleva qualche obiezione tirale uno schiaffone. » Lui scoppiò a ridere e la guardò di nuovo, sempre confuso come prima.

« E il nostro pranzo? »

« Al diavolo il nostro pranzo. Possiamo parlare della pubblicità qualche altra volta. Vai. » Ben si chinò a baciarla e le strinse convulsamente una spalla.

« Un giorno, Kim Houghton, ti ringrazierò. Ma adesso... » e si voltò finalmente a ricambiare il suo sorriso, « devo scappare. Dimmi solo una cosa: abbatto la porta a spallate o passo dal camino? »

« Fracassa i vetri della finestra con una sedia. Funziona sempre. »

Stava ancora sorridendo quando salì in macchina. Raggiunse il vicolo cieco cinque minuti dopo avere lasciato Kim. Guardò ancora il pezzo di carta e vide subito che si trattava della casetta nascosta dai grandi cespugli di margherite circondata da un piccolo steccato. Chissà se era a casa.

Scese dalla macchina e si avviò lentamente alla porta. Sentì qualcuno che si muoveva nell'interno, c'era anche una radio che suonava un po' di jazz, piano piano. Suonò il campanello e poi bussò. Prima di quanto non si aspettasse la voce di lei si levò dal retro della casa.

« Ciao, Kim, è aperto. Entra! » Ben spalancò la bocca per dire che non era Kim, ma la richiuse subito. Non voleva che Deanna sapesse la verità finché lui non fosse entrato e non l'avesse vista, solo una volta, solo per un momento. Solo una volta ancora. Spinse la porta con una mano. E si trovò in un luminoso soggiorno, completamente vuoto.

« Sei entrata? » gli gridò lei dal retro della casa. « Sto dipingendo la cameretta. Vengo subito. »

Ben provò l'impressione di essere svuotato dentro, mentre ascoltava la voce di Deanna per la prima volta dopo cinque mesi. Restò semplicemente radicato al pavimento e aspettò che arrivasse. Voleva dire qualcosa, ma non ci riusciva. Gli pareva quasi di non averne la forza. Invece fu lei a parlare di nuovo. « Kim? Sei tu? » Quella volta doveva parlare. Non voleva che si spaventasse.

« No, Deanna. Non sono Kim. » Allora ci fu un silenzio e gli parve di sentire cadere qualcosa. Restò dov'era, in silenzio, immobile, ad aspettare. Invece non venne nessuno. Non successe niente. Nessuno si mosse. Poi, lentamente, Ben cominciò ad avviarsi verso la parte interna della casa. Non ci mise molto. In pochi passi raggiunse la soglia di una cameretta.

« Deanna? » Era lì in piedi, una mano su una culla, appoggiata contro l'ultima parete non ancora verniciata. Guardò direttamente i suoi occhi e non poté reprimere un sorriso. « Scusami, io... » E poi vide, mentre gli occhi di lei diventavano immensi e il mento cominciava a tremarle. « Mio Dio sei... Deanna... » Non voleva chiederglielo, non sapeva che cosa dire. Quando e come? E di chi? E poi si accorse che non gliene importava di chi fosse quel bambino; in un balzo la raggiunse e la prese tra le braccia. Ecco perché vendeva i quadri, perché era sola.

« È nostro, vero? » domandò. Lei fece segno di sì bagnandogli la spalla di lacrime. La strinse ancora più forte fra le braccia. « Perché non me lo hai detto? Perché non hai telefonato? » Si staccò da lei soltanto il minimo necessario a vederla in faccia. Sorrideva.

« Non potevo. Ti avevo lasciato. Non potevo tornare da te, così. Pensavo che forse... Dopo il bambino... »

« Sei tutta matta, ma ti amo. Perché dopo il bambino? Io voglio stare con te, voglio... Oh, Deanna, è nostro! » Tornò a stringerla fra le braccia trionfante, ridendo e piangendo contemporaneamente.

« Come diavolo hai fatto a trovarmi? » Lei rise, stringendolo a sé, e poi tirò su con il naso. Quando lui non rispose capì. « Kim. »

« Forse. Oppure, forse, quella ignobile galleria che vende i tuoi quadri. Deanna, come hai fatto...» La frase restò in sospeso e lei sorrise.

« Ho dovuto farlo. »

« D'ora in avanti non più. »

« Vedremo. »

« Preferisci il 'Gabbiano' a me? » Rise a quel pensiero e lei scosse la testa con veemenza.

« Però sono riuscita a fare tutto da sola. Ho acquistato l'indipendenza. Ce l'ho fatta. Ti rendi conto di che cosa significhi? »

« Significa che sei meravigliosa e che ti adoro. Stai

divorziando? » La teneva stretta fra le braccia, contro di sé. Poi le sfiorò delicatamente il ventre. Trasalì sentendo scalciare il bambino. « Era il nostro bambino, questo? » Aveva gli occhi pieni di lacrime quando lei rispose di sì con la testa.

« E poi, sì, sto anche divorziando. In maggio avremo la sentenza. »

« E il bambino? »

« Tutto sarà finito in aprile. »

« E allora in questo caso, pazza donna indipendente che sei, prenderemo anche noi una decisione finale in maggio. »

« Che cosa vuol dire? » Ma ormai stava ridendo e anche lui.

« Semplicemente quello che pensi. E... » Si guardò intorno con aria interrogativa. « Fai i bagagli, bella signora, ti porto a casa. »

« Adesso? Ma non ho ancora finito di dipingere la camera del bambino. E... »

« E un bel niente, amore mio. Ti porto a casa. »

« Adesso, subito? » Posò il pennello e sorrise.

« Adesso, subito. » La strinse di nuovo a sé con tutto l'ardore di cinque mesi passati pensando a lei. « Deanna, non voglio più restare lontano da te. Mai più. Hai capito? » Ma lei si limitò ad annuire, sorridendo, e lo baciò mentre la mano di Ben si alzava lentamente verso il loro bambino.

FINE

L'autrice

Danielle Steel è la scrittrice più popolare del mondo, con più di 580 milioni di copie vendute in 47 Paesi. Dal 1981 è sempre presente nella classifica dei bestseller del *New York Times* con almeno un libro, ed è addirittura entrata nel Guinness dei primati per esserci rimasta 381 settimane consecutive, primato da lei stessa successivamente battuto. Autrice di oltre 70 bestseller internazionali, ha anche scritto un memoir, *Brilla una stella*, dedicato alla vita del figlio Nick, scomparso prematuramente.
www.daniellesteel.com

Superbestseller

M. Higgins Clark, *Le piace la musica, le piace ballare*
S. Sheldon, *E le stelle brillano ancora*
D. Steel, *Il caleidoscopio*
D. Steel, *Zoya*
S. King, *Scheletri*
S. King, *La metà oscura*
D. Steel, *Daddy - Babbo*
M. Higgins Clark, *La Sindrome di Anastasia*
S. Casati Modignani, *Il Cigno Nero*
D. Steel, *Messaggio dal Vietnam*
M. Higgins Clark, *In giro per la città*
S. Casati Modignani, *Come vento selvaggio*
S. King, *Quattro dopo mezzanotte* (Volume primo)
D. Steel, *Batte il cuore*
S. King, *Quattro dopo mezzanotte* (Volume secondo)
D. Steel, *Nessun amore più grande*
M. Higgins Clark, *Un giorno ti vedrò*
S. King, *Cose preziose*
D. Steel, *Gioielli*
G. Pansa, *Ma l'amore no*
S. Sheldon, *Nulla è per sempre*
S. King, *Il gioco di Gerald*
D. Steel, *Star*
M. Higgins Clark, *Ricordatevi di me*
S. King, *Il Miglio Verde*
D. Steel, *Le sorprese del destino*
M. Higgins Clark, *Domani vincerò*
S. King, *Dolores Claiborne*
S. Sheldon, *Giorno & notte*
D. Steel, *Scomparso*
G. Pansa, *Siamo stati così felici*
S. Casati Modignani, *Il Corsaro e la rosa*
M. Higgins Clark, *Un colpo al cuore*
D. Steel, *Il regalo*
N. Sparks, *Le pagine della nostra vita*
S. King, *Incubi & deliri*
D. Steel, *Scontro fatale*
M. Higgins Clark, *Bella al chiaro di luna*
S. Casati Modignani, *Caterina a modo suo*
D. Steel, *Cielo aperto*
G. Pansa, *I nostri giorni proibiti*
D. Steel, *Fulmini*
R. Bachman (S. King), *L'occhio del male*
M. Higgins Clark, *Una notte, all'improvviso*
M. Higgins Clark, *Testimone allo specchio*
D. Steel, *La promessa*
D. Steel, *Cinque giorni a Parigi*
G. Pansa, *La bambina dalle mani sporche*
S. Sheldon, *Una donna non dimentica*
S. Casati Modignani, *Lezione di tango*
S. King, *Desperation*
R. Bachman (S. King), *I vendicatori*
S. King, *Riding the bullet - Passaggio per il nulla* (Libro + CD)
D. Steel, *Perfidia*
S. King, *Mucchio d'ossa*
D. Steel, *Silenzio e onore*
M. Higgins Clark, *Sarai solo mia*
S. Sheldon, *Dietro lo specchio*
D. Steel, *Il ranch*
G. Pansa, *Ti condurrò fuori dalla notte*
D. Steel, *La lunga strada verso casa*
D. Steel, *Il fantasma*
M. Higgins Clark, *Ci incontreremo ancora*
S. King, *Insomnia*
N. Sparks, *Le parole che non ti ho detto*
G. Pansa, *Il bambino che guardava le donne*
S. Casati Modignani, *Vaniglia e cioccolato*
S. King, *Rose Madder*
D. Steel, *Un dono speciale*
R. Bachman (S. King), *L'uomo in fuga*
M. Higgins Clark, *Accadde tutto in una notte*

D. Steel, *Dolceamaro*
R. Bachman (S. King), *La lunga marcia*
S. King, *La bambina che amava Tom Gordon*
S. Sheldon, *L'amore non si arrende*
S. King, *Cuori in Atlantide*
N. Sparks, *Un cuore in silenzio*
M. Higgins Clark, *Prima di dirti addio*
D. Steel, *Immagine allo specchio*
M. Higgins Clark e C. Higgins Clark, *L'appuntamento mancato*
D. Steel, *Forze irresistibili*
S. King e P. Straub, *La casa del buio*
D. Steel, *Le nozze*
M. Higgins Clark, *Sapevo tutto di lei*
S. King, *L'acchiappasogni*
S. Casati Modignani, *Vicolo della Duchesca*
D. Steel, *Aquila solitaria*
M. Higgins Clark, *Dove sono i bambini?*
D. Steel, *Granny Dan - La ballerina dello zar*
S. Casati Modignani, *6 aprile '96*
N. Sparks, *I passi dell'amore*
D. Steel, *La casa di Hope Street*
D. Steel, *Un uomo quasi perfetto*
M. Higgins Clark e C. Higgins Clark, *Ti ho guardato dormire*
S. King, *Tutto è fatidico*
D. Steel, *Atto di fede*
M. Higgins Clark, *La seconda volta*
S. Sheldon, *Hai paura del buio?*
D. Steel, *Brilla una stella*
N. Sparks, *Come un uragano*
M. Higgins Clark, *Una luce nella notte*
S. King, *Buick 8*
D. Steel, *Il bacio*
N. Sparks, *Un segreto nel cuore*
D. Steel, *Il cottage*
S. Casati Modignani, *Qualcosa di buono*
M. Higgins Clark, *Quattro volte domenica*
D. Steel, *Una preghiera esaudita*
B. Mills, N. Sparks, *Il bambino che imparò a colorare il buio*
S. Sheldon, *Una stella continua a brillare*
N. Sparks, *Quando ho aperto gli occhi*
S. King, *Torno a prenderti*
D. Steel, *Tramonto a Saint-Tropez*
M. Higgins Clark, *La notte mi appartiene*
S. King, *La storia di Lisey*
M. Higgins Clark, *La figlia prediletta*
N. Gardner, *Un amico come Henry*
M. Higgins Clark, *Dimmi dove sei*
N. Sparks, *Come la prima volta*
D. Steel, *Un angelo che torna*
S. Casati Modignani, *Rosso corallo*
S. Sottile, *Più scuro di mezzanotte*
E. Segal, *Love Story*
S. Foster, *A spasso con Ollie*
M. Higgins Clark, *Due bambine in blu*
A. Thomas, *Sempre con me*
M. Higgins Clark, *Ho già sentito questa canzone*
N. Sparks, *Il posto che cercavo*
J. Fletcher & D. Bain, *La Signora in Giallo - Assassinio nel vigneto*
J. Fletcher & D. Bain, *La Signora in Giallo - Caffè, tè e il delitto è servito*
J. Fletcher & D. Bain, *La Signora in Giallo - Long drink con delitto*
R.J. Waller, *I ponti di Madison County*
J. Fletcher & D. Bain, *La Signora in Giallo - Omicidio in primo piano*
J. Fletcher & D. Bain, *La Signora in Giallo - Brandy & pallottole*
J. Fletcher & D. Bain, *La Signora in Giallo - Manhattan & omicidi*
A. Caprarica, *Dio ci salvi dagli inglesi... o no?!*
L. Dalby, *La mia vita da geisha*
J.P. Sasson, *Schiave*
J.P. Sasson, *Dietro il velo*
B. Mahmoody con W. Hoffer, *Mai senza mia figlia*

Gentile lettore,
la ringraziamo per aver scelto uno dei libri della linea Paperback. Per poter soddisfare sempre meglio le sue esigenze e i suoi gusti, le chiediamo di voler gentilmente compilare il seguente questionario. Se ci fornirà anche il suo indirizzo, le invieremo le informazioni relative alle nuove pubblicazioni del gruppo Sperling & Kupfer e alle iniziative speciali rivolte ai nostri lettori. Se invece preferisce registrarsi sul nostro sito www.sperling.it, riceverà nella sua casella e-mail la nostra newsletter informativa.

Ho trovato questo questionario nel volume dal titolo

....

Ho acquistato questo volume

☐ in libreria ☐ al supermercato

Numero libri acquistati in un anno: ....

Il mio autore preferito è: ....

Preferisco leggere:

☐ Romanzi femminili ☐ Romanzi per ragazzi
☐ Gialli e thriller ☐ Saggi
☐ Romanzi storici ☐ Manuali

INFORMAZIONI ANAGRAFICHE

Età: ...... Sesso: ☐ M ☐ F

Professione: ....

FACOLTATIVO

Nome ....
Cognome ....
Via .... n. ....
Città .... Provincia .... CAP ....
E-mail ....

Informativa ai sensi dell'art. 13 D. Lgs n. 196/2003
I suoi dati saranno trattati da Sperling & Kupfer Editori S.p.A. e dalle società con essa in rapporto di controllo e collegamento ai sensi dell'art. 2359 cod. civ. – titolari del trattamento – per evadere la sua richiesta di invio di materiale d'informazione libraria delle titolari anche attraverso la nostra newsletter e più in generale per finalità di marketing, attività promozionali, offerte commerciali e per indagini di mercato da parte delle stesse titolari.
Nome, cognome, indirizzo sono indispensabili per il suddetto fine. Il suo indirizzo di posta elettronica è necessario solo se desidera ricevere via mail i suddetti materiali.
Inoltre, previo suo consenso, i suoi dati potranno, altresì, essere comunicati a soggetti operanti nei settori editoriale, largo consumo e distribuzione, vendita a distanza, arredamento, telecomunicazioni, farmaceutico, finanziario, assicurativo, automobilistico, e a enti pubblici e Onlus, per propri utilizzi aventi le suddette medesime finalità.
Responsabile del trattamento è il Responsabile Dati presso Sperling & Kupfer Editori S.p.A. L'elenco completo e aggiornato delle società in rapporto di controllo e collegamento ai sensi dell'art. 2359 cod. civ. con Sperling & Kupfer Editori S.p.A., delle aziende terze a cui i dati possono essere comunicati e dei responsabili può essere ottenuto scrivendo al seguente indirizzo e-mail: privacy@mondadori.com.
I suoi dati saranno resi disponibili agli incaricati preposti alle operazioni di trattamento finalizzate all'elaborazione e gestione dei dati.
Ai sensi dell'art. 7 D. Lgs. n. 196/2003, potrà esercitare i relativi diritti, fra cui consultare, modificare e cancellare i suoi dati o opporsi al loro trattamento scrivendo a Sperling & Kupfer Editori S.p.A. Ufficio Promozione - Via Durazzo 4 - 20134 Milano.
Acconsente che i suoi dati siano trattati da Sperling & Kupfer Editori S.p.A. e dalle società con essa in rapporto di controllo e collegamento per le finalità illustrate nell'informativa e che i suoi dati siano comunicati a soggetti terzi e da questi utilizzati per le finalità e secondo le modalità illustrate nell'informativa   sì ☐   no ☐

La preghiamo di tagliare lungo la linea tratteggiata e di inviare in busta chiusa e affrancata a:

Sperling & Kupfer Editori S.p.A. Ufficio Promozione
Via Durazzo 4 - 20134 Milano

iPad
21:40
Libreria
1 di 18
Sono arrivati
gli ebook
Sperling e Frassinelli
Guarda l'elenco
su www.sperling.it
e cercali
nei migliori stores

Finito di stampare nel febbraio 2011
presso la Mondadori Printing S.p.A.
Stabilimento N.S.M. di Cles (TN)
Printed in Italy

Prova d'acquisto
978-88-8274-410
2011